福島大学叢書新シリーズ⑦

歴史小説の空間

鷗外小説とその流れ

勝倉壽一――著

和泉書院

目次

第一章　歴史小説の空間

第一節　歴史小説と歴史小説論

一　近現代文学史の問題

日本の近現代文学の流れを通観するとき、明治・大正・昭和の三代にわたって「歴史小説」と呼ばれる多くの作品群が存在する。いま、その代表的な作者名を五十音順に挙げれば、芥川龍之介、石川淳、井上靖、井伏鱒二、江馬修、円地文子、大岡昇平、大原富枝、菊池寛、幸田露伴、坂口安吾、島崎藤村、太宰治、田宮虎彦、田山花袋、辻邦生、中島敦、中山義秀、野上弥生子、堀田善衛、本庄陸男、森鷗外、山田美妙などの名が直ちに連ねられるであろう。それらの作家の手になる歴史小説は、多種多様な文学全集や個人全集に収載されて人口に膾炙し、また多年にわたる研究の蓄積により名作、代表作の名を不動のものとなしてきたのである。

しかし、これを近現代文学史の俎上において見るとき、一連の歴史小説がジャンル論として、もしくは様式論的に整理され、その歴史的な展開について通時的・共時的に体系的な記述がなされた著作は現在まで認められない。明治期の歴史物、第二次大戦下の文学的抵抗として歴史小説を評価する記述は散見されるものの、他は鷗外の著作をはじめ個別的な作家論の中で説明され、評価されているのが現状であると言ってよい。まず、右の作家たちの代表的な歴史小説がほぼすべて発表された昭和五十年（一九七五）以降の文学史の記述について、実情を確認しておきたい。

『増補新版日本文学史』（至文堂）全八巻は昭和五十年から五十二年にかけて刊行された。『近代Ⅰ』『近代Ⅱ』合わせて三十四名の執筆に成る。『近代Ⅰ』の「第二章、小説」「一、二十年代」の「2、浪漫的傾向」に「歴史小説」（塩田良平執筆）の小見出しが見られ、塚原渋柿園、宮崎三昧、渡辺霞亭、高山樗牛らの作が紹介されている。また、「四、反自然主義」の「3、鷗外とその周辺」に「歴史小説」（高田瑞穂執筆）の小見出しが見られ、鷗外の歴史小説について簡単な記述がなされている。『近代Ⅱ』では「戦後の文学」の「第一章、昭和十年前後より終戦まで」の「一、昭和十年代前半の文学」に「私小説・歴史小説・風俗小説」（佐藤勝執筆）の小見出しが見られ、藤森成吉、本庄陸男、高木卓、榊山潤、中山義秀、尾崎士郎、橋本英吉、丹羽文雄らの著作が「国策便乗を拒否し歴史のなかに沈潜することによって現代小説ではしだいに追求しがたくなった人間像の造型を試みたもの」であると評せられている。

次に、『日本文学全史』（学燈社）全六巻は昭和五十三年の刊行で、『5、近代』『6、現代』合わせて五十一名の執筆に成る。『5、近代』の「第六章、文学的近代の成立」「3、漱石、二葉亭、鷗外」に「歴史小説から史伝文学へ」（重松泰雄執筆）の小見出しが見られ、鷗外小説の展開が簡潔に記述されている。また、「第十章、大衆文学の成立」の「1、歴史小説と家庭小説」に「歴史小説」（浅井清執筆）の小見出しが見られ、大衆文学の主流として宮崎、渋柿園、霞亭らの作品を紹介し、「講釈・実録・歌舞伎の伝統を継承する大衆的な歴史小説（時代小説）」であると評されている。『6、現代』の「第七章、戦中・戦後の文学」「2、文学的抵抗の系譜」に「風俗小説と歴史小説」（渡部芳紀執筆）の小見出しが見られ、昭和十年代中頃に多くの歴史小説が書かれたとして、藤森、本庄、高木、榊山、中山、尾崎、橋本、丹羽、太宰らの作品が紹介されている。「第九章、大衆文学の〈現代〉」の「4、視聴覚化の時代」に「歴史ものの活況」（尾崎秀樹執筆）の小見出しがあり、山本周五郎、海音寺潮五郎、子母沢寛、長谷川伸、山岡荘八、今東光などの作品を挙げて、「本格的な歴史小説や史伝ものも人気をよび、昭和十年代から営々と自己の道を歩みつづけた作家たちによって、ゆたかな収穫があげられた」と評されている。

『日本文芸史』（河出書房新社）全八巻は昭和六十一年（一九八六）から平成十七年（二〇〇五）に至る十九年間を要した。近現代編に四巻を割き、のべ八十名の執筆に成る。しかし、その目次に「時代小説」の項目はあるが、「歴史小説」の項目は見られず、最終巻に「歴史と情念」（清原康正執筆）という項目が見られる。その項で清原氏は井上靖、田宮虎彦、中山、吉村昭、城山三郎、新田次郎を取り上げて、各自の歴史小説にも簡単な言及がなされている。一方、同氏執筆の「時代小説」の項では山本周五郎、永井路子、大原富枝、宮尾登美子、柴田錬三郎、笹沢佐保、藤沢周平、平岩弓枝などの作品に「歴史小説」の名を冠している。

『新批評・近代日本文学の構造』（国書刊行会）全八巻は近代日本文学に焦点を絞った総合的な文学論で、昭和五十四年（一九七九）から平成三年（一九九一）まで十二年を要し、のべ一四九名の執筆に成る。「歴史小説」の項目は見られない。

『日本文学新史』（至文堂）全六巻は平成二、三年に刊行され、その近代編、現代編はのべ四十名の執筆に成る。しかし、その目次に「歴史小説」の項目は見られず、『近代』の「第十章、大衆文学の登場」（浅井清執筆）の「一、時代小説の変化」の中に渋柿園、宮崎、霞亭らの作品が紹介されているが、「歴史小説」の語は用いられていない。また、「第六章、鷗外と漱石」の「一、鷗外」（小泉浩一郎執筆）においては鷗外の文学的出発から史伝までの文学活動の全体がまとめて記述されているが、その歴史小説については一切「歴史小説」の語を用いず、「歴史の証言者の道」「鷗外の〈歴史〉に対する誠実な姿勢」「鷗外における〈歴史〉の客観の尊重と、〈私〉の主観の解放という二つの要求を真に充足しうる方法論の成立」などが記されている。

一方、個人執筆の文学史を見ると、加藤周一著『日本文学史序説・上』（昭和五〇年〔一九七五〕、筑摩書房）、『同・下』（昭和五五年、同）が独自の捉え方で注目されるが、「歴史小説」の項目は見られず、鷗外、芥川の項目でその歴史小説に言及するにとどまる。なお、『加藤周一著作集』（全一五巻）には『第三巻・日本文学史の定点』『第六巻・近代日本の文学的伝統』を収めるが、ともに歴史小説への言及は見られない。小西甚一著『日本文芸史』（講談社）全五巻は昭和六十年（一九八五）から平成四年（一九九二）まで八年を要した大作である。しかし、第五巻に「小説と新しい俗―大衆小説―」の項目はあるが、「歴史小説」の項目は見られず、個別作家論の中で歴史小説にも言及されている。ドナルド・キーン著『日本文学の歴史』（徳岡孝夫訳、中央公論社）全十八巻は平成六年（一九九四）から平成九年にかけて出版されており、近代・現代編が九巻を占める。やはり「歴史小説」の項目はなく、個別作家論の中で言及するにとどまる。

現在最大規模の総合的な文学史である『岩波講座日本文学史』全十七巻・別巻一は、平成七年から九年にかけて出版された。そのうち十二巻から十四巻が近現代編であり、五十六名の執筆者が名を連ねる。ここでは、第十二巻に「歴史叙述と文学」（山崎一穎執筆）の項があり目をひく。この項で山崎氏は、幕末から明治初年代の歴史叙述に始まり、近代歴史学の成立、久米邦武事件、講談・実録体小説と史学との関わり、民友社の史論、伝記と自伝、伊達騒動の系譜、由井正雪像の問題等を経て、鷗外の歴史小説、史伝に至る歴史叙述の総合的・俯瞰的な記述を行っている。歴史小説の基本的な性格付けをした坪内逍遙の論説を紹介するとともに、渋柿園を歴史小説家として位置づけていることは注目される。しかし、同講座にはこれ以後の歴史小説の展開に関する独立した記述は見られない。

諸外国の文学史にはそれぞれ独自の理念と記述方法があり単純に比較し難いが、日本の近現代文学史に「大衆小説」「時代小説」などの大項目が見られるのに対して、「歴史小説」に関する通史的・体系的な記述が見られず、大衆小説に含めるか個別作家論の中で記述されている現状は異様であると言ってよいであろう。

近現代文学史に「歴史小説」に関わる系統的・総合的な記述がなしえない事情として、歴史小説の理念的な問題をめぐる昭和十年代から五十年代にかけての厳しい議論の流れ、とくに歴史家を巻き込んだ歴史哲学的な問題の提起がある。古今東西の歴史家、思想家、哲学者の言説を駆使した議論の応酬は、歴史小説の範疇論に多くの前進を見たが、一面で議論の晦渋さと多面性、歴史小説の範疇を確定することの難しさから、文学史の記述において歴史小説の体系的・総合的な記述が敬遠され、「歴史小説」という用語自体の使用を忌避するという現象を招いたことが想定される。しかし、たとえば鷗外の創作活動の全体記述に「歴史小説」という概念の導入を避けて「歴史の証言者」「〈歴史〉に対する誠実な姿勢」を説くのみでは、「阿部一族」「堺事件」をはじめとする鷗外の史料操作への深刻な疑問の提起[1]、「歴史其儘」を説く鷗外の「歴史」が歴史学に言う第一次史料ではなく、伝承や実録物などの参考史料に拠って構成されたものであるという歴史学者の指摘[2]に正確に対応しえているとは言えないであろう。

一連の作品群を捉える表記上の用語の不統一性、及び歴史小説の範疇論と小説群の内容、歴史小説作者の創作意識との決定的な乖離の存在も指摘しておかなければなるまい。

用語の問題について言えば、「歴史物」という曖昧な表現や、「王朝物」「切支丹物」「まげもの」「開化期物」などの便宜的な分類、「史実小説」「記録文学」など「歴史小説」と重なる用語の概念規定の問題、「歴史文学」の語に包含される時代・内容の不統一性、及び「歴史小説」と「時代小説」の範疇の不明確性などが指摘される。「歴史文学」という用語は、鷗外論においてその史伝を含む広義の概念として用いられるが、『鷗外歴史文学全集』（全一三巻、平成一一年〔一九九九〕から一四年、岩波書店）のように歴史小説のほかに脚本、伝記、史伝、漢詩を含む場合と、時代小説を重く位置づける立場が見られる。尾崎秀樹著『歴史文学夜話』（平成二年〔一九九〇〕、講談社）は鷗外作を含め百八十篇の作品を取り上げているが、詳説されているのは時代小説の範疇に入るべきものであり、先に掲出した芥川、井伏、大岡、菊池寛、辻邦生、堀田善衛らの作品は含まれない。また、尾崎氏と歴史家菊地昌典氏の対談集『歴史文学読本』（昭和四五年〔一九七〇〕、平凡社）は「人間学としての歴史学」という副題を有し、鷗外、藤村、芥川、菊池寛、井上靖を含むが、長谷川伸、吉川英治、真山青果、海音寺潮五郎、大佛次郎、山本周五郎、松本清張、司馬遼太郎ら時代小説作家に記述の大半が割かれている。かつて大岡昇平は「歴史文学」の中のジャンルの混淆を避けるために「史」と「伝」の区別による「歴史文学」の整理を説いたが、(3) その後この提言が学界において深められた形跡は認められない。一方、歴史家の側からも歴史小説をめぐる議論や提言が続いたが、文学史の記述に反映されていない。

文学史の記述において、「歴史小説」と類似領域をなす「時代小説」との区別の曖昧さも問題を深刻なものにしている。つとに大岡は鷗外の大正年間の「興津弥五右衛門の遺書」「大塩平八郎」から、藤村の「夜明け前」、本庄陸男の「石狩川」を経て、江馬修の「山の民」、西野辰吉の「秩父困民党」、井上靖の「天平の甍」「風濤」、辻邦生の「安土往還記」に至る「純文学系の歴史小説の流れ」(4) を認めていた。しかし、その後の文壇における時代小説の盛行もあって歴史小説と時代小説の境界は曖昧化され、歴史家の著述においてもその傾向は踏襲されている。山室恭子著『歴史小説の懐』（平成一二年〔二〇〇〇〕、朝日新聞社）は日本中近世史専攻者の著作であるが、内容は「大菩薩峠の七不思議」「時代小説二十一面相」「御宿かわせみの建築学」とあり、書名に「歴史小説」の名を冠しつつも、大岡の挙げた「純文学系の歴史小説」や冒頭に挙げた歴史小説家の作品には全く触れられていない。

歴史小説の体系的な記述のためには、大衆小説の一分野をなし娯楽性を主とする「時代小説」と「純文学系の歴史小説」との明確な分離と、歴史小説の分類基準の整理、その生成・展開・消長のメカニズム、及び社会的条件の解明が不可欠であるが、歴史小説の範疇論と一連の作品の内容、及び作者の創作意識や方法との乖離も問題を複雑にしている。

二　歴史叙述と歴史小説

歴史小説のあり方に関する論述は、歴史学の分野から津田左右吉、服部之総、遠山茂樹、色川大吉、和歌森太郎、菊地昌典らの諸氏が、文学の分野からは作家の大岡昇平、文学者の高橋義孝、岩上順一、長谷川泉、平岡敏夫などの諸氏により貴重な提言が行われてきた。その論点は多岐にわたり、歴史小説の厳密な規定を求める範疇論に関する議論は出尽くした観がある。本書においては別の観点から論点を整理し、従来等閑に付されてきた問題に触れておくことにしたい。

現在、歴史小説に関する論説は百家争鳴の観があり、その論点を整理することは至難の業であるが、その主要な論点を大略整理すれば、以下の三点に要約されよう。

一、「歴史」と「文学」の起源的同一性を基底に据えた歴史小説の本質規定の問題。
二、大衆小説である時代小説の盛行、歴史ブーム、大河ドラマなどを通じて、国民大衆に似て非なる歴史観が定着することへの危機感。
三、民衆史を基盤に据えた歴史認識の主張。

従来の歴史小説論は以上の三点が一体となって論じられ、また、論点ごとに三者が角度を変えて浮上するなど、論者の立場、視点により論点の扱い方が相違する未整理の状態にあると言ってよい。

そのうち、昭和三十六年（一九六一）一月の「群像」に発表された「『蒼き狼』は歴史小説か」でそれ以後の歴史小説をめぐる議論を主導した大岡は、一の本質論を基礎に据えて二に関わる批判論を具体的に展開した。大岡の所論は、一連の論説を収載した『常識的文学論』（昭和三七年、講談社）の「序」に、「大衆文学、中間小説の文壇主流進出を認容する論調」と「伝統や世界文学に関する知識に基いた文学の理念をこわして、これを擁護しようとする批評家」に対して、「淫祠邪教の実態を摘発する方法によった」とされていることに明らかであろう。本来、大岡の提起した論点は、歴史小説の発生と展開に関わる問題、叙事詩論、表現の問題、及び作者の世界観やイデオロギーの問題など歴史小説の「小説」としてのあり方を問う多面的なものであったが、大岡自身が「蒼き狼」をめぐる論争を「井上氏と私との論争の焦点は、歴史小説の中の、史実の変更の許容度を中心としたものであった」[5]と概括したこともあり、歴史小説家の史実・史料との関わりを問う視点と主張が鮮明であることの反面、「史実の変更の許容度」という論点の単純化と矮小化をもたらした観は否めない。

大岡があくまで小説の枠内で論じたのに対して、歴史小説の本質規定を歴史家と歴史小説家の基本的同一性を基軸に据えて論じたのは、ソビエト政治史家の菊地昌典氏である。氏は次のように説いている。

歴史小説とは、いわば、詩人でもある歴史家の作品である。あるいは、歴史家でもある詩人の作品である。歴史と文学の自己同一性は、歴史文学、つまりは、真の歴史を書く場合の最低限の条件である。[6]

菊地氏の著作『歴史小説とは何か』（昭和五四年〔一九七九〕、筑摩書房）の全体は「過去をして、過去を語らしめよ、借景をやめよ、現代人の心理をそこへはさみこむな」「歴史家は、歴史小説を批評の対象にするのみではなく、歴史家自身が、歴史小説家たらねばならない」という主張を具体化したものである。その所論は司馬遼太郎や松本清張らの歴史小説の流行、当代の歴史ブーム、時代小説の氾濫に対する民衆操作の危惧を背景としており、あるべき歴史小説像の提示、歴史家の歴史叙述不足への批判、歴史家と歴史小説家における想像力の働きの同一性、借景小説批判、伝記の重視などの論点から構成されている。

両氏の所説は現状への危機感を背景とした〈あるべき歴史小説像〉の条件の提示という構図をなしており、歴史小説の理論に関する基本的な論点を提示し、範疇の厳密化を訴えたものである。歴史小説論は、歴史家の論争への参加により必然的に〈歴史叙述〉に関わる歴史哲学的な論争をも提起することになった。そこでは歴史と文学の起源的同一性の主張が繰り返され、歴史叙述における歴史学と歴史小説の一体化が志向される。

そのことを基軸に据えた正統の歴史小説のあるべき姿を論述する点において、近代文学史家平岡敏夫氏が昭和五十四年二月、「日本文学」に掲載した「歴史叙述と文学・おぼえ書き」の所説も、大岡・菊地両氏の主張と同一線上で展開されている。

私は今のところ、文学、とくに歴史小説は歴史叙述に接点ぎりぎりまで、あるいは極論かも知れぬが歴史叙述に重ねるところまで行くべきだという考えを持っている。それほどに近代のうみだした歴史小説がやわなのであり、現在、適当に史実をアレンジして貧困な想像力で歴史の捏造をはかるよりも、むしろ出来るかぎり禁欲的でありつつ歴史叙述に近づくべきだと思うのである。歴史（歴史叙述）も広義では文学なのであり、歴史小説も広い意味では歴史叙述の一種であるが、戯作的な荒唐無稽の虚構性・小説性を制御するためには、ギリシャ古代史に取材した歴史小説『経国美談』（明16～17）におけるがごとく、出来るかぎり、実事に近づこうと意図しなければならなかったのである。

平岡氏の所説は氏自身の主張する〈あるべき歴史小説像〉を前提として、近代の歴史小説全体の否定的評価を重ね、「歴史」を「捏造」した歴史小説の制作を批判するという構図をなしている。そのうち、「現在、適当に史実をアレンジして貧困な想像力で歴史の捏造をはかる」小説とは、直接には当時盛行を見た「時代小説」を視野に置いたものであると推定されるが、次の「歴史叙述」と「歴史小説」の理念的同一性という本質論を踏まえるならば、平岡氏の所説は自ら抱懐する〈あるべき歴史小説像〉を踏まえた、近現代歴史小説の全体に対する批判論であると理解しなければなるまい。平岡氏の言う「やわ」とは作家の歴史認識や歴史叙述の脆弱さ、柔弱さの謂いであると思われるが、鷗外・大岡らの歴史小説を含めて、冒頭に掲出した作家たちの歴史小説の全体を「やわ」と断罪しうるかは極めて疑問視される。

また、『歴史小説とは何か』を通読するとき、歴史家である菊地氏の問題設定が論旨の展開において偏りを生じていることに違和感を禁じ得ない。「歴史家自身が、歴史小説家たらねばならない」と主張する菊地氏は、近現代の歴史小説及びその作者に向けた批判の眼をなによりも歴史家に向けるべきであったし、歴史家の〈あるべき歴史叙述〉を提示すべき問題であった。菊地氏が〈歴史叙述〉における歴史学と歴史小説とに差異が存在しないことを主張するとすれば、歴史学の場における歴史叙述の現状分析と批判による例証が不可欠であったのだ。そのことを踏まえてはじめて歴史家の著作と歴史小説の基本的同一性の主張は説得性を持ちうることになる。

たとえば、上記の論点二に関わり批判の対象とされた司馬遼太郎・松本清張の小説は、大岡の言う「純文学系の歴史小説」とは異なるものであるが、一九七〇年代の読者を魅了した司馬遼太郎らの作品の位置づけには、〈歴史家の歴史叙述〉のあり方と関わる視点が必要である。鈴木陽一氏は司馬作品が国民に迎えられた理由として、「読者が硬派の歴史学の著作を読みこなすだけの体力がなくなったこと」の反面、「過去の事象について、それがなぜ起きたかを明瞭に解きほぐしてみせる鮮やかな手並みこそが司馬史観の特徴であり、それが多くの読者を引きつける魅力となっ」たことを説いている。すなわち、過去の事象について歴史叙述にその原因や理由の説明を求める国民の欲求に対して、「余りに専門化し、科学たらんとする学問的リゴリズムのもたらした禁欲主義によって、学問としての歴史学は十分に答えられなくなって」おり、また「英雄豪傑の歴史であってはならないとするリベラルな見方が硬直化し、魅力的な人物像を発掘することに臆病になっていた」。一方、司馬の作品に代表されるアカデミックな歴史学を踏まえた歴史小説が、「過去の歴史的な事象に対してなぜ起きたかという問いに明瞭に答えていること、魅力ある人物を配して歴史の一場面を再現すること、王侯貴族にあらざる人々の歴史を綴るという点」で、読者に歓迎されたのは当然であるという(7)。

言わば、菊地氏が強調されるような「歴史小説に対して歴史家が、正統な批判すべき権利を行使しうること」「歴史家としての責務と範囲に歴史小説批判をとりこむ」ことが問題解決の道ではなく、国民の渇望に応える〈歴史家の歴史叙述〉こそが緊要な課題であると言ってよい。筆者が対象とする「純文学系の歴史小説」は司馬作品とは異なり、歴史的な時空間を舞台とする独立した芸術的営為であると考えられる。一九六〇年代の歴史ブームをもたらした高度経済成長期の社会状況を背景に、国民の渇望に応えて広範な読者に迎えられた司馬らの作品と、明治以来の「純文学系の歴史小説」群を等しなみに論じ、批判する範疇論が当を得ていないことは指摘しておかなければなるまい。

また、歴史小説の範疇論における主要な論点の一つに、〈歴史叙述〉の概念規定、及びその〈歴史叙述〉が歴史小説の備えるべき本質的内容をなすものであるのかという問題がある。従来、論者において自明のこととして扱われてきたこともあり、範疇論における〈歴史叙述〉の概念規定に関わる記述は極めて少ない。いま、ドイツ現代史家野村真理氏の所論によれば、歴史叙述は次のように規定される。

歴史叙述とは、叙述者が特定の視角から選択し、裁断をほどこした諸事実なるものを、叙述を行うその時の、叙述者を含む一群の人間にとって意味ある連続性としてまとめあげたものでしかない。視角が異なれば、選択される史実も、その裁断の仕方も異なり、叙述者によって創造される連続性もまた異なる。そのさい叙述者の視角は、その者が、歴史的現在に立ち会う者として自分の生を真摯に生きようと志せば志すほど、その者のすぐれて現在的で政治的な問題意識に規定される。すなわち、叙述者の視角は、叙述者がいま現在に対して抱く歴史的認識と、その現在に主体的に参加しようとする実践的問題関心とに規定される。しかしそのさい、歴史叙述者の意識において実践を媒介として接続される過去と未来の連続性の正しさを保証するものは何もない。それは、叙述者によって、ある問題関心のもとに創造された連続性、一つのイデオロギー的構築物でしかあり

えない。しかも叙述される側から見れば、歴史叙述者の創造する連続性のなかに位置づけられなければならぬいわれはない。(8)

ここには、歴史叙述の本質と、その限界が明瞭に規定されている。いま、右の「叙述者」を歴史小説の作者に置き換えてみれば、小説の作者が「特定の視角から選択し、裁断をほどこした諸事実」を基に制作された歴史小説は、異なる視角を有する叙述者である歴史家の「選択される史実も、その裁断の仕方も異な」り、「創造される連続性もまた異なる」批判の眼に晒されることになる。その批判の根拠が、歴史家各自の「政治的な問題意識」に基づく「一つのイデオロギー的構築物」批判であってみれば、歴史小説の作者は普遍的な真実ではありえない〈歴史叙述〉の当否をめぐる歴史家の「政治的な問題意識」や各自の歴史観を基にした議論に翻弄されることは避け難いことになる。たとえば、岩上順一氏の古典的な著作『歴史文学論』（昭和二二年〔一九四七〕、文化評論社）が階級史観に基づく歴史小説批判であったごとく、菊地氏が「個人から構成される集団と、その集団のなかで矛盾、融合、反撥、闘争しあう個人の動きを、綜合的な歴史認識のもとに書かれるべきである。」と主張し、色川大吉氏が「一人の過去の人間を描きながら、それを描くことが同時にその時代の本質的な矛盾に迫るような」(9)人間描写を求めるのも、各歴史家の「特定の視角」を根拠とした歴史観に基づく裁断と批判であるという限界を越えることは出来ない。しかもまた、その各自の歴史観が、菊地氏自身が認めるように「叙述の過程で、事実をふるいにかけ、取捨選択するのは、この史観という、とらえどころのない歴史認識、あるいは歴史に対する主体的相対感覚である」とすれば、それに基づく議論に翻弄されて、「純文学的な歴史小説」が有する「小説」としての独自の存在意義は否定し去られることになるであろう。

右の論点を踏まえるならば、「歴史小説」の理念的問題に関わる歴史家の発言は、各歴史家の抱懐する〈あるべき歴史叙述〉を規範として、その典型としての歴史小説像を想定することに発し、自らの〈あるべき歴史叙述〉から逸脱した歴史小説への批判と警告という論旨を構成することになる。しかし、歴史家の望む〈あるべき歴史叙述〉は、各歴史家自身の科学的実証主義に基づく分析と検証の手続きを経た〈歴史家自身の歴史叙述〉として成立するものである。したがって、歴史小説を歴史家のなすべき歴史叙述の〈補完機能〉において位置づけ、歴史家が望む〈あるべき歴史叙述〉の〈代行行為〉のみを歴史小説家に求めて、逸脱を断罪するという構図には疑問が提起される。

歴史家の望む〈あるべき歴史叙述〉を歴史小説に求めることへの疑問は、更に〈芸術性〉を〈歴史叙述〉の本質規定となしうるのかという問題を提起することになる。この点について、色川氏はその著『新編明治精神史』（昭和四八年〔一九七三〕、中央公論社）において、歴史家が〈歴史学という学問領域における歴史叙述〉において求められ、踏まえるべき要件と、歴史小説作家が歴史的な時空間において行う〈創作〉という芸術的営為の本質的相違性を明示し、両者を明確に分離すべきことを主張された[10]。一方、続いて発表された『歴史の方法』（昭和五二年〔一九七七〕、大和書房）では表現の場における歴史と文学の相違性は不分明となり、「ある場合には歴史家の書いたものがほとんど芸術作品になり、また作家の書いたものが歴史作品となる」ことが想定されると説いている。しかし、「表現過程で作家と歴史家が決定的に違うのはフィクション使用の問題」であり、「作家はフィクションを自由に使える」が、「歴史家にはフィクションを使う自由は全くない。というより許されない。」ことが「歴史家の鉄則」であるならば、『歴史の方法』における結論は矛盾を含むことになる。近年の歴史学においては、歴史的事実にかかわる実証的史学の生命線である資料の「日付とか年代なるものが実はフィクションなのではないのか」という疑問の提起と、「歴史に関わる議論のすべてはそこから出発するしかない。」という指摘があることも留意しなければなるまい[11]。

つとに、昭和十五年（一九四〇）、高橋義孝氏は「歴史小説は素材としての『歴史』によってではなく、取扱ひ方としての『小説』によって解明されなければならない。[12]」と述べて、歴史小説を素材をなす「歴史」によってではなく、方法としての「小説」の観点から解明すべきであると説いたが、長谷川泉氏は歴史小説をめぐる諸論点を整理し、次のように結論づけている。

歴史小説は複合概念から成りたつから、その複合概念を分解するならば、「歴史」と「小説」から構成される。その場合に、あきらかに歴史小説は「小説」である。すなわち、複合概念のうちに「小説」が歴史小説の基本的な性格、第一義的な性格を規定するのであって、この場合の「歴史」は、小説のわく内での性格規定、ないしは「小説」の様式を規定する限定条件を構成する概念である。以上のことから、まず歴史小説は「小説」であって、「歴史」ではないことが明確にされる。歴史小説における「歴史」は第二義的な性格を規定するものである。[13]

歴史小説のあるべき一つの方向として、史実・史料に忠実な「歴史其儘」を意図した作品が求められることに異論はない。一方、史実・史料準拠を強調することから歴史小説を歴史に従属せしめ、芸術的営為としての文芸の自立性、その具体化である小説作者の創作動機や意図、作家に与えられた「虚構《フィクション》」という武器、表現の自由性などに制約を与えることは認め難い。

また、文学史の問題に立ち帰ってみれば、歴史家の歴史叙述の補完機能と代行行為のみを求めた近現代の歴史小説の切り捨てと、あるべき歴史小説の主張は、明治から昭和に至る数多い歴史小説作者とその手になる膨大な作品群を整理・分類し、「小説」という芸術的営為の一分野として統一的な理念に基づく系統的・総合的な記述を志向すべき文学史のあり方と矛盾・齟齬を来している。そのことが、歴史小説の作者たちとの相互不信を増幅させ、近現代文学史における歴史小説の統一的な記述の忌避という現実を招来していることは否定しえないであろう。

三　歴史小説と現代的課題

歴史小説の理念的な論述と、具体的な作家論、作品論との乖離が際立つのは、作者が抱懐する現代的な課題と歴史的な時空間において形成される〈創作〉という行為に関する認識の相違であろう。作者の抱懐する現代的課題は、歴史家が主要なテーマに据える政治史的な問題とともに、自らの存在に関わる私的な問題も作者の創作衝動と深い関わりを有している。歴史的な時空間に材源と表現の場を求める歴史小説の方法は、前者においては史的事実の追甚と再現のみならず、むしろ〈虚構〉の場において表現が全うされるのであり、後者においては、歴史小説はしばしば〈私的な思念の仮託〉の場として機能している。

(イ)　政治的・社会的関心

歴史家の歴史叙述に最も近似した叙述形態を有するものと考えられるのが、小説の対象とされる時代に対する作家の政治的・社会的関心に基づく課題である。しかし、その制作動機や問題意識のあり方、及び表現方法を見れば、歴史家の求める〈あるべき歴史叙述〉とは根本的に異なるものであることも留意されなければならない。その事例を鷗外の「興津弥五右衛門の遺書」と乃木殉死問題について見ておきたい。

鷗外歴史小説の始発をなす初稿「興津弥五右衛門の遺書」が乃木希典の殉死事件に触発されて成立したことは、鷗外日記の記載に照らしても疑いがない。この作品は、つとに斎藤茂吉が乃木殉死賛美説を唱えて以来、尾形仂氏の弁疏説を中心に、作品の主題を旧主の恩顧への報謝の意志を殉死の形で実践した弥五右衛門の崇高な無償の献身に定位することが通説となっている。

しかし、乃木殉死の事実に接した衝撃について、鷗外は「予半信半疑す。」という日記の記述以外にその胸懐を窺わせるに足る言動を残していない。したがって、乃木殉死の事実から直ちに〈衝撃―感動―賛美―弁護のための作品制作〉へと推測を重ねた通説には危うさが付きまとう。乃木殉死に対する賛否の激越な論説、論難が展開されている言論界の状況を見れば、鷗外が不用意に創作を寄稿したことは考えられない。自らの所懐を洩らすことを拒み続けた鷗外が、乃木遺書を披見したことによる衝撃と感動をもとに執筆したのは、「中央公論」が期待した論説ではなく、〈創作〉という虚構と所懐の韜晦手段であった。鷗外をして作品化を促したものは、乃木遺書から感得された乃木の無念の思いと悲哀、すなわち生涯を懸けた自責とその賠償の場への執着、焦燥、国家に挺身する日を失う老耄への恐れであり、そこに創作による「弁疏」は存在した。それは〈歴史家が期待する歴史叙述〉とは軌を異にする営みであり、「歴史小説」という〈虚構の場〉においてのみ可能な弁疏と所懐の韜晦手段であった（第二章第一節に詳述）。

しかし、初稿「興津弥五右衛門の遺書」は、史料調査の不備の指摘により全面的に改稿された。単行本『意地』に収められた再稿「興津弥五右衛門の遺書」が歴史家の期待する史実・史料への準拠において評価されるとしても、長々しい父祖の経歴紹介と餞別者の列記、藁莚三千八百枚を敷き詰めた切腹の場の仰々しさ、末尾の明治に至る興津家の系譜の記述を挟んだ弥五右衛門の「晴がまし」い姿は、乃木の無念の思いや悲哀とは無縁な、江戸初期の殺伐とした〈殉死記録〉でしかない。

歴史小説作者の抱懐する現代的な課題として、「佐橋甚五郎」と日韓併合問題に関わる鷗外の問題意識も挙げておきたい。「佐橋甚五郎」は鷗外研究者においてもあまり高い評価を受ける作品ではないが、その〈創作動機〉をめぐっては見逃し得ない問題が存在する。すなわち、明治四十二年（一九〇九）十月二十六日、初代韓国統監伊藤博文はハルピン駅頭で日韓併合反対派の安重根に射殺されたが、当日の鷗外日記は陸軍大臣寺内正毅よりハルピンに医師派遣を命ぜられた事、電文作成中に伊藤死去の報を受けた事、医師派遣の件について親友賀古鶴所より問い合わせの電話があった事、翌日の日記には遺骸保存を電話で指示した事の記述が見られる。鷗外はこれ以前より、日韓合併による暴動と反乱軍鎮圧のために派遣された日本軍の衛生管理、及び蔓延するコレラ対策を通して日韓併合問題に深く関与しており、大韓医院の整備と派遣軍の衛生管理がその職掌の重要課題となっていた。

一方、この時期、鷗外日記には川上善兵衛なる者の訪問記事が多出する。川上は、李容九を助けて日韓問題に尽力した新潟県の僧侶武田範之の事蹟を取りまとめた『洪疇遺蹟』を鷗外に献じ、範之の伝記執筆を依頼した。李容九は、李王朝と両班の苛烈専制の圧政から農民平民を解放すべく、一進会を設立して日韓両国の合邦のために日本に積極的に協力したが、日韓併合により売国奴の汚名を来たまま亡命先の日本で死去していた。川上は「佐橋甚五郎」執筆前に三度鷗外宅を訪問しており、また鷗外文庫には寺内正毅の韓国統監就任を祝した一進会長名による上申書『李容九上書』、及び『洪疇遺蹟』が残されている。朝鮮通信使の一員として大御所家康と対峙する一場の無言劇を描いた「佐橋甚五郎」は、鷗外の日韓併合問題への関わりと、川上善兵衛を介して得た日韓問題の内幕への関心をもとに制作された。長州閥の元老山県有朋の恩顧に浴し、同じ長州出身の陸相寺内の傘下にあり、日韓併合問題への関わりと、川上の求めとの狭間に落ちた鷗外は、創作という〈虚構の場〉において自らの所懐を綴ったのである（第二章第二節に詳述）。

（ロ）　民衆史的視点

戦後歴史学の主要な柱をなす民衆史の研究者が、小説の英雄史観に鋭い批判の眼を向けたのは当然であったとも言える。しかし、その批判は多くの虚妄な英雄を創作してきた時代小説と芸術的な営為である純文学系の歴史小説の区別なく展開されたために、歴史小説における歴史叙述の独自性や、民衆史の視点を有する歴史小説への評価を欠落させてきたことも見逃せない。本書では、民衆史の視点を有する歴史小説として、井伏鱒二の「青ケ島大概記」（昭和九年〔一九三四〕）、田宮虎彦の「霧の中」（昭和二二年〔一九四七〕）、井上靖の「補陀落渡海記」（昭和三六年〔一九六一〕）を挙げておきたい。

「青ケ島大概記」は、伊豆諸島の南端、絶海の孤島青ケ島を舞台に、打ち続く大自然の猛威に幾世代にもわたって生活の根幹をおびやかされ、幕政の酷薄な要求に耐えて生き延びる火山島島民の生活を描いたものである。井伏は史料『八丈実記』に忠実な史実の再構成という「記録文学」の形式を踏まえつつ、無名の一漂流民による公儀への上申書という虚構の方法を採ることにより、書き手に託した庶民の視座と、公儀批判の意図を巧みに潜入させる。絶海の孤島をめぐる近世期の悲惨な現実は、井伏自身の生きる昭和の「時代」に通底するものであり、支配者の飽くことのない苛斂誅求に困窮疲弊の生活を強いられながら安住を求め続ける底辺の人間を描いて、そのような民衆への共感と徹底した同化意識を吐露している（第三章第二節に詳述）。

明治四十四年（一九一一）生まれの田宮が三十六歳の時に執筆した「霧の中」は、自ら生き抜いた敗戦までの近代史を、幕末維新に遡って検証する意図を込めた歴史小説である。幕末維新の動乱の折に父兄を戦乱に失い、母姉を薩摩兵に惨殺された孤児中山荘十郎は、維新政府への怨念を秘めて社会の底辺を生き、近代日本の道筋の総決算である第二次大戦敗戦の三日後、孤独な生涯を終える。維新のかげで零落した旧幕臣や旧藩士、社会の底辺、淪落の生を生きる女たちの造型を通して、近代日本の底辺史が綴られる（第三章第三節に詳述）。

「補陀落渡海記」は、『熊野年代記』『熊野巡覧記』などの史料を踏まえ、現地取材を重ねて、史料にわずかに残る金光坊説話から一篇の歴史小説を構築している。六十一歳の十一月を補陀落寺の住職の渡海の日と定めた習俗を前に、歴代の渡海上人への羨望と名誉心、信仰のための捨身の覚悟と生存本能との格闘の果てに、諦念と煩悩の間を彷徨する金光坊の姿と心理の動きを追うことを通して、補陀落渡海が信仰の名を借りた一種の棄民習俗であった史的事実を鋭く告発している（第三章第五節に詳述）。

「青ケ島大概記」において、井伏は徹底した史実・史料準拠を前提としつつ、〈虚構の語り手〉という観察者・批評者の視座を確保することにより、過去から現在に通底する権力の非道への諷刺と、圧政に耐えて生きる逞しい庶民精神を描きあげている。これに対して、田宮の歴史小説は、代表作『落城』に見られるように作品の全体に関わる直接の史実・史料は存在せず、史実・史料準拠を絶対条件とする〈歴史叙述〉には相当しない。田宮の歴史小説が歴史家を中心とする歴史小説の範疇論において徹底した無視という処遇を受けてきた所以であるが、虚構の落城劇や旧藩士の孤児の設定とその生涯記述を通して幕末維新から第二次大戦の敗戦に至る近代史を検証し、権力の責を問う田宮の小説は、虚構の時空間に主題を形象する「小説」という創作行為においてなしうる〈歴史叙述〉の一つの型を示したものであると言ってよい。一方、歴史小説の範疇論においては心理描写を用いることに厳しい批判が存在するが、迫り来る入水死の運命を前に動揺と醜態を晒す金光坊の心理の動きを追うことにより、補陀落渡海の〈史実の欺瞞性〉を告発する井上の方法もまた文学の描く独自の〈歴史叙述〉の営為であることが認められなければなるまい。

（八）　自伝的問題

歴史的な時空間という表現の場において、自らの存在や過去を検証する自伝的な歴史小説の方法は、不遇と失意のどん底においてその淵源を幕末維新を生きた父祖の血脈に問う中山義秀の「碑」（昭和一四年〔一九三九〕）が著名である。本書においては、大原富枝の「婉という女」（昭和三五年〔一九六〇〕）を挙げてその〈歴史叙述〉の方法を検証しておく。

「婉という女」は、作者大原富枝の故郷である土佐の地に伝わる史実として、四十年の幽閉生活を生き抜いた野中婉の生涯を作品化することにより、偶像化された虚像ではなくその真情を語り伝える願いと、不遇な境涯を生きた婉の心情に闘病生活を生きた自らとの共通項を見出し、生きること、女であることの意味を問う作者の真摯な問題意識を基に制作された歴史小説である。のみならず、その執筆が作者の心に深い傷痕を残した恋人との死別問題の検証を目的とした、自伝小説的性格との複雑な複合体として成立したことも見逃しえない（第三章第四節に詳述）。「婉という女」は残された史跡調査と史料の徹底した読みによって成立した歴史小説であるが、歴史上の一女性の人生とその心理に肉迫することを通して自らの生のありようを問い、過去の清算を果たすという方法は、もとより歴史家の歴史叙述に許されるところではない。しかし、史実を見詰め、史料を読み込むことを通して、私的な世界との連携をはかることもまた、「小説」という文芸によってのみ可能な〈歴史叙述〉の方法であったと言ってよいであろう。

四　芥川・菊池寛の歴史小説

歴史小説の範疇論において、繰り返し「借景小説」などの厳しい断罪の言葉に晒されてきたのが、芥川・菊池寛の歴史小説、及び両者の歴史小説観である。現代に視座を据えた芥川・菊池寛の歴史小説のあり方を批判することをもって鷗外の一連の小説の正統性を主張するという論理構成や、歴史家が自らの抱懐する歴史小説観を主張するための攻撃対象として議論の俎上に上げられてきたのであるが、芥川・菊池寛の歴史小説そのものの具体的な分析は希薄である。芥川が史実・史料に対して適確な読みを示していたことや、歴史に対する厳しい認識を有していたことについても無関心であった。しかし、近時見直しを要求する所説が相次いで提起されていることは注目しておかなければなるまい。

「芋粥」（大正五年〔一九一六〕）において、五位が利仁に「嘲笑《あざわら》」われる史的背景について、藤井淑禎氏は「芥川の『芋粥』における芋粥の捉え方が、設定時期の価値観や通念に即して、という考古学的姿勢に照らしても何ら問題がなかったこと」(14)を明らかにしており、山内昌之氏は「地方社会の台頭にもとづく伝説的都鄙や身分的秩序の転換」を描いた『今昔物語集』の原話が芥川の「芋粥」の歴史的基礎をなしていると述べている(15)。

『今昔物語集』の世俗説話に寄せる芥川の強い関心を踏まえ、「羅生門」（大正四年）から「二人小町」（大正一二年）に至る「王朝物」の歴史小説が、平安摂関政治のきしみと諸階層の群像を描いて、芥川の生きた大正期の危機的状況をあぶり出すという独自の構想を有したことを明らかにしたのは、小森陽一氏である。小森氏は次のように説いている。

> 芥川龍之介は、『今昔物語』を素材にすることによって、一連の歴史小説を書き、それらを一つに束ねることで、多様な連関を相互に作り出すような連作小説を書き、「王朝時代」の日本社会の全体像を描き出すと同時に、それを自らが生きている一九一〇年代の日本社会の全体像の鏡にしようとしていたのである。（略）
>
> 芥川龍之介が「歴史小説」として捉えようとした「王朝時代」は、すべての題材に内在している天皇の権力が危機に瀕している時代であった。同時に芥川がこうした小説を発表していた「大正時代」も、そのはじまりは、大正天皇が即位した直後の連続的な都市騒擾を伴った「大正政変」であった(16)。

芥川が歴史小説に込めた問題意識の背後に正確な歴史認識と、厳しい現実批判を読み取りうることは、次の事例にも認められる。芥川に、文禄・慶長の役にあたり祖国朝鮮を救うために活躍した金応瑞の伝説に取材した、「金将軍」（大正一三年〔一九二四〕）という歴史小説がある。その作品末尾に、芥川は次のように記している。

> 歴史を粉飾するのは必ずしも朝鮮ばかりではない。日本も亦小児に教へる歴史は、——或は又小児と大差のない日本男児に教へる歴史はかう云ふ伝説に充ち満ちてゐる。たとへば日本の歴史教科書は一度もかう云ふ敗

戦の記事を掲げたことはないではないか？
　如何なる国の歴史もその国民には必ず光栄ある歴史である。何も金将軍の伝説ばかり一粲に値する次第ではない。

「かう云ふ敗戦の記事」とは『日本書紀』天智天皇二年（六六三）八月の白村江の戦いにおける日本軍の敗戦記事を指し、その一節を引用している。関口安義氏は「金将軍」が朝鮮の軍記小説「壬辰録」を典拠としたことを検証し、作品から芥川の歴史認識を解明して次のように説いている。

芥川龍之介が「金将軍」で描きたかったのは、実は歴史認識の問題であったことが、ここに至って判明するのである。歴史は改竄されてはならないし、歴史を粉飾しても意味はないとの考えである。が、これまで日本では「金将軍」は、たいした作品ではないと無視され、この作品に芥川の歴史認識を読むなど、まったく考えられなかったことである。それは「将軍」や「桃太郎」評価においても同様のことがいえるのである。

　わたしはここに読み手の歴史認識の問題を考えざるを得ない。「将軍」にしても、「桃太郎」にしても、そして当面の課題である「金将軍」にしても、それを論ずることは、読み手（論者）の歴史認識が問われるということなのである。歴史認識をもたずに作品を論じることは、論者の眼鏡によって上から作品を見下し、断罪して得々とするだけである。そうした思い上がり批評に、まどわされてはならぬ(17)。もって銘すべき言であろう。決めつけ、断罪、排除の論理からは、いかなる生産的な議論も、真実の解明も、新たな評価もなしえないからである。本書においては「糸女覚え書」（大正一三年（一九二四））を取り上げて、その歴史小説の方法に触れておく。
　この作品は一般に完節の貞婦、敬虔なキリシタンの伝説の美女ガラシャ（秀林院）の偶像破壊を意図したものと解されており、芥川研究者においても評価は低い。しかし、芥川の『手帳』の構想メモや未定稿などを見ると、当時の芥川には近世初期の人物群像に焦点を当てた壮大な歴史小説の構想があったが、芥川の心身の疲労のために断念され、近世初期の動乱の世の動きとキリシタン信仰を描く「糸女覚え書」という短編小説の完成にとどまった。そこに、心身の疲労・衰弱と、大正末期の激変する社会情勢の中で、自己の確かな拠り所を求めた芥川の心意の揺れが認められるのである。

「糸女覚え書」は、秀林院の遭難時に、その遺命を受けた侍女入江霜が細川光尚に提出した殉難始末書「霜女覚え書」を典拠とし、町家出の侍女糸女の冷然たる批判の眼を通して殉難のさまが描かれる。その苛辣な視線に映じたのは、突然の死という逃れ難い運命の到来、夫の厳命、無能な留守居役、侍女らとの心理的対立、信仰によっては抑え難い心のおののき、共に自害を約した与一郎室の脱出、侍女らの離散、さらに追い打ちをかける護衛役稲富伊賀の裏切り、すべてを失い尽くし、キリシタン信仰も恃みえず、動揺と醜態を晒した果ての最期の場において無垢な女心と生気を回復する秀林院像であった。「糸女覚え書」は、秀林院の自恃も信仰もすべてを虚飾として嫌悪と蔑視を露わにした糸女の設定を通して、動揺と醜態を晒した果ての殉節の無意味さを描くことにより、芥川が死と信仰（宗教的救済）の問題を最もリアルな場で追究した意欲作であり、大正十二年末の芥川の心のうちに密かに死が忍び寄ってきたことをも暗示している（第三章第二節に詳述）。

芥川の歴史小説、とくにその初期の作品が強い寓意的性格を有することは周知のとおりである。したがって、史実・史料準拠の観点から見れば、〈あるべき歴史小説〉の枠組から外れるものであるとする批判も否定しえない。しかし、文学史的に見れば、「『昔』の再現を目的《エンド》にしてゐない」と述べて「所謂《いはゆる》歴史小説」との違いを主張する芥川の所感は、大正初期までの歴史小説のあり方との明確な「区別」の要求であり、時代に応じる芥川の固有の方法の主張であった。菊池寛も含めて、彼らのいわゆる寓意的歴史小説を生んだ当時の文壇の状況、社会的背景、寓意的な歴史小説の系譜、それらを踏まえた各作家の固有の方法的問題を総合的に捉え、文学史に定位することが不可欠であると思われる。芥川の歴史小説が「歴史其儘」という歴史考証主義的な方法を採用しなかったことをもって歴史小説の範疇論から排除するならば、それは芥川の独自な歴史認識と方法の否定であり、ひいては歴史小説の「小説」の否定につながるものであると言わねばなるまい。

〔注〕

（1）阿部千鶴子「『阿部一族』事件の発掘—阿部弥一右衛門の出自・経歴・殉死—」（「文学」四三巻一一号、昭和五〇年（一九七五）一一月）以下一連の所論、大岡昇平「『堺事件』の構図—森鷗外における切盛と捏造—」（「世界」昭和五〇年六、七月）など。

（2）藤田寛『鷗外歴史文学集第二巻』（平成一二年（二〇〇〇）、岩波書店）「解題」。

（3）大岡昇平「歴史小説の問題」（「文学界」昭和四九年（一九七四）六月）。『大岡昇平集14』（昭和五七年（一九八二）、岩波書店）所収。

（4）大岡昇平「歴史小説の発生」（「文学界」昭和三九年（一九六四）三月）。『大岡昇平集14』所収。

（5）（3）に同じ。

（6）菊地昌典著『歴史小説とは何か』（昭和五四年（一九七九）、筑摩書房）三頁。

（7）鈴木陽一「序論　文学と歴史の境界—問題提起に代えて—」（「神奈川大学人文学研究所編『歴史と文学の境界：「金庸」の武俠小説をめぐって』」平成一五年（二〇〇三）、勁草書房）。

（8）野村真理「歴史叙述の主体性と責任—ナチズムとドイツの歴史家たち—」（『歴史叙述の現在—歴史学と人類学の対話』所収、平成一四年（二〇〇二）、人文書院）。

（9）色川大吉著『歴史の方法』（昭和五二年（一九七七）、大和書房）第一部「一、歴史叙述と歴史小説」。

（10）色川大吉著『新編明治精神史』（昭和四八年（一九七三）、中央公論社）第三部「2、歴史叙述とはなにか」。

（11）富山多佳夫「フィクション抜きの史実は存在するか」（『歴史叙述の現在』所収、平成一四年、人文書院）。

(12) 高橋義孝「歴史小説論」(「文学」八巻一一号、昭和一五年〔一九四〇〕一一月)。
(13) 長谷川泉「近代歴史小説入門」(「国文学解釈と鑑賞」三五巻四号、昭和四五年〔一九七〇〕四月)。
(14) 藤井淑禎「芋粥の考古学と読者という問題」(「国文学解釈と教材の研究」四六巻一一号、平成一三年〔二〇〇一〕七月)。
(15) 山内昌之著『歴史の作法』(平成一五年、文藝春秋)「芥川『芋粥』の歴史的基礎」。
(16) 小森陽一「『国体』論と『歴史小説』」(『岩波講座文学9フィクションか歴史か』所収、平成一四年)。
(17) 関口安義著『芥川龍之介の歴史認識』(平成一六年〔二〇〇四〕、新日本出版社)一七二頁。

第二節　歴史離れへの道

一　「歴史其儘と歴史離れ」の位置

大正四年（一九一五）一月、鷗外が「心の花」に載せた「歴史其儘と歴史離れ」は、歴史小説の制作者による苦悩告白の端的な表現であった。このエッセーは、この時期を境として鷗外の歴史小説が「歴史其儘」系列と「歴史離れ」の作品群に截然と分けられること、「歴史其儘」と「歴史離れ」という二項対立、もしくは両者のせめぎ合いが鷗外一個人の問題意識や苦悩告白を離れて、歴史小説の制作に関わる基本的な問題として以後の作家たちのあり方を呪縛してきたことにおいて注目される。

しかし、このエッセーについて、従来鷗外論においては重視しない行き方が一般的であったようである。小堀桂一郎氏は次のように説いている。

これは彼が『山椒大夫』を書いた時の創作の楽屋裏を正直に打ち明けてみたまでの文章であり、これを以て鷗外の歴史小説観全体を窺い見る手がかりとまでは見ない方がよい。(1)

また、歴史家菊地昌典氏もこのエッセーを「単なる気休め」「遊び」であると断じている。(2)「歴史其儘」を歴史小説制作の根幹に据えてきた鷗外が、このエッセーののちいくつかの「歴史離れ」の作品群を残しつつも史伝へと転じたその過程を必然的な帰結であると捉えるならば、右のような理解は認められるべきであるのかもしれない。一方、鷗外自身の苦悩の内実と、鷗外の歴史小説を規範としてそれと対峙し独自の世界を切り開いた以後の作家たちの対応を視座に据えて見るとき、鷗外がこのエッセーに込めた問題はそれほど軽微なものと見なすことは出来ないであろう。

まず、鷗外の作品年譜におけるこのエッセーの位置を確認しておくと、次のようになる。

・大正三年四月　「安井夫人」……………………「歴史離れ」系列
・同年九月　「栗山大膳」…………「歴史其儘」系列、または史伝
・大正四年一月　「山椒大夫」……………………「歴史離れ」系列
・同　「歴史其儘と歴史離れ」
・同年四月　「津下四郎左衛門」………………………史伝
・同年七月　「魚玄機」……………………「歴史離れ」系列
・同年九月　「ぢいさんばあさん」……………「歴史離れ」系列
・同年十月　「最後の一句」……………………「歴史離れ」系列
・大正五年一月　「椙原品」…………………………史伝
・同　「高瀬舟」……………………「歴史離れ」系列
・同　「寒山拾得」……………………「歴史離れ」系列
・同年一月〜五月　「渋江抽斎」…………………………史伝
・大正六年一月　「都甲太兵衛」…………………………史伝

右の年譜のうち大正三年九月発表の「栗山大膳」については、これを「歴史其儘」系列の最後の歴史小説と見る(3)か、「都甲太兵衛」とともに「鷗外の理想とする生き方を直接的に吐露」(4)した史伝であると捉えるか評価が分かれ

る。これに対して、「栗山大膳」を除く「安井夫人」以下「寒山拾得」に至る一連の歴史小説を「歴史離れ」系列とする理解は異論のないところであろう。すなわち、大正四年一月発表の「歴史其儘と歴史離れ」は、「歴史離れ」系列の最初の歴史小説である「安井夫人」、「歴史其儘」系列の最後、または史伝の初発に位置づけられる「栗山大膳」の後に発表されており、以後は「歴史離れ」系列の歴史小説と、史実・史料準拠において対極に位置づけられる史伝とが並行して発表されてきたことが確認されるのである。

その間の大正五年（一九一六）一月、鷗外は伊達騒動に取材した史伝「椙原品」において、「外に向つて発動する力を全く絶たれて、純客観的に傍看しなくてはならなかつた綱宗」に、「みやびやかにおとなしい」夫人初子と「怜悧で気骨のあるらしい」妾椙原品を配して「三角関係の間に静中の動を成り立たせよう」としたが、「創造力の不足と平生の歴史を尊重する習慣とに妨げられて此企を抛棄してしまつた」ことを告白している。ここでは、作品制作の破綻をもたらした「創造力」と「歴史を尊重する」態度とが対立概念的に捉えられている。次いで、翌六年一月発表の史伝「都甲太兵衛」には「歴史小説を書くに当つて採用した思量のメカニスム」が歴史家、小説家双方からの批判に晒される苦悩が、「二つの床の間に寝る」という諺に託して告白されている。

この一連の流れを見れば、鷗外の思念と作品制作の方法は「歴史離れ」系列の歴史小説と、その対極に位置づけられるべき史伝の間で大きな振幅を示してきたのであり、その四年間にわたる試行錯誤の道筋は、「歴史其儘」と「歴史離れ」の問題が鷗外自身においても超克すべき重い課題であったことを意味していたと見なければなるまい。また、二度にわたるその苦悩告白が他ならぬ史伝の場においてなされたことは、鷗外自身の問題意識の深刻さを端的に語るものであり、歴史小説の制作におけるその問題の超克こそが以後の作家たちの前に立ちはだかる本質的な課題であったことを示していると言ってよい。

二　「安井夫人」の問題

「歴史其儘」と「歴史離れ」をめぐる鷗外の苦悩は、このエッセーに先立つ「安井夫人」における佐代像の造型と作品の破綻として浮上していた。「安井夫人」は、「歴史其儘」と「歴史離れ」の間で苦悩する鷗外の矛盾の産物として、作品の破綻の様相と問題の所在を正確に捉え直す必要がある。

全体を十一の大段落から構成された作品世界において、小説的結構を有するのは安井仲平像の紹介からその嫁取り問題における佐代の登場を記す第五節までであり、第九節の佐代の死亡記事に続いて、突然作者鷗外と思しい「これを書くわたくし」なる者の佐代賛美の言辞が記される。その間の第六節から八節まで、さらに十・十一節は言わば両人の履歴・身上を語る編年的・系譜的叙述がなされるのみである。献身・犠牲・叡智・無償の愛・忍耐などの鷗外論者の佐代像に寄せる夥しい賛辞は、第九節の「わたくし」の佐代賛美の言辞の解釈と賛嘆の言葉として記されている。しかし、その賛辞から血肉を有し喜怒哀楽の感情を備えた一個の生きた人間像を想起することは困難であり、佐代の生涯記述に論者の賛辞に相当する具体的な形象性が付与されなかった事実が指摘される。

作品には息軒の我意を通す専恣な生き方も指摘される。第九節の「わたくし」の感懐を除いて見れば、文字通りの〈忍従の生涯〉であると読み取りうる書き方であり、婚姻問題で示した利発・聡明な佐代像、結婚後繭から出た蛾のように変貌を遂げた佐代像は、その後の激動する世の先端を夫息軒とともに生き抜いたという生動した姿を全く見せていない。息軒と佐代の家庭経営と心の交流、激動する世の先端を夫と共に生きる佐代像の確かな形象を鷗外がなしえなかったのは、その創造力の不足などではなく、形象化を阻害する要因が働いたためである。

「安井夫人」が上述の欠陥を露呈した理由として、典拠資料『安井息軒先生』に記された息軒の封建的な妻女観、女子教育に無理解な言辞が鷗外の佐代像造型の障害になったことが指摘される。その内容は三従三貞の道徳律を遵守すべしとする封建婦道の徹底を要求するものであり、女子の学識、才・智の発現を抑止し、従順の徳を最重要とする一種の愚民政策である。『詩経』の女性観を範として『列女伝』『女四書』などの女子教訓の徹底を求める息軒の妻女観は、当時の女子教育観よりも後退している。苦難に処した娘須磨子の生涯を見れば、息軒の時代錯誤は明白である。幕末維新の動乱の世に二度の結婚と離婚、弟妹の相次ぐ死、二人の幼子を抱えて生き抜き、安井家の血筋と滄洲以来の漢学の学統を継承させえたのは、他ならぬ須磨子の学問と気丈な人間性の働きによる。

作品における滄洲の嫁取りの条件は、典拠資料における息軒の妻女観と決定的な乖離を示している。滄洲翁が期待したのは醜貌の奥に秘められた息軒の人間的価値を認めうる眼識、力量を有する女人像である。婚姻問題における佐代像の形象は、典拠資料における息軒の容認し難い女人像であった。この女人像を発展させ、激動の世を主体的に生きた佐代を描くことは、典拠資料との決定的な乖離を招くことになる。学問は士人以上の男子の専有物であり、政治と一体不可分の関係において捉える儒学者の女性観として見れば、女子の教育を社会体制上無用で有害であるとする息軒の認識は、洋学への批判意識も含めて必然であると言ってよい。それは「現在がありの儘に書いて好いなら、過去も書いて好い筈だ」という「歴史其儘」の主張からは捨象しえない「歴史の『自然』」であった。それは鷗外の抱懐する女性観と決定的に矛盾する。

「安井夫人」執筆時の鷗外は、当時「新しき女」と呼ばれた女性解放運動家たちの動向に強い関心と関わりを有していた。佐代像に「新しき女」の形象を重ねるならば、その生涯記述は牢固とした女性観を持してその徹底を求める夫息軒との心理的な格闘を内包する佐代像にならざるをえない。封建社会にあって隷属的な地位にあった女性の主体的な生き方の可能性をリルケの説く高次の献身に求めるとしても、隷従を強いるものが他ならぬ夫の封建的な妻女観であってみれば、典拠資料に従い、「歴史其儘」の方針を堅持しつつ主体的に生きる佐代像を形象することは不可能である。

佐代の献身・犠牲への論者の賛辞は、第九節の感懐がなかったならば、封建婦道を忠実に生きた佐代の忍従の生涯を賞賛するに等しい。報われない献身、惨めな封建婦道の犠牲者像と解されるべきものである。「わたくし」に託された鷗外自身の感懐は、「歴史の自然に縛られてあえぎ苦しんだ」鷗外の形を変えた苦悩告白に他ならない。典拠資料の「『自然』を尊重する」という「歴史其儘」の創作方法が作品の構図を歪め、佐代像の形象化に阻害要因として働いた、その原因は「安井夫人」一篇の問題にはとどまらないのである（第二章第三節に詳述）。

一方、菊地昌典氏は歴史家の立場から「安井夫人」の歴史叙述を次のように評価する。

鷗外が、歴史に縛られるのを苦痛に思ったかどうかに関係なく、彼の歴史小説は、史実そのもののもつ重みをもって、われわれに迫ってくる。（略）お佐代は、鷗外の「附録」によれば文久二年五十一歳で死んでいる。安井息軒の死は、明治九年である。鷗外は、「附録」の一で「事実」を、二で「東京並其附近遺蹟」を記録し、安井家の変転を文字にしっかり書きとめている。

既に、このような手法は、歴史家のそれであり、鷗外が史伝ものへと第一歩をふみだしている確実な証拠ともいえよう。『安井夫人』で鷗外は、お佐代という女性を埋没した地下からほりおこした。「自然」を尊重するとは、すぐ眼の前にみえる史実をひろいあげる営為だけではない。史実としての意義を与えられず、地中に深く眠っている材料を発掘し、一つの歴史像にそれをはめこむことによって史実の機能を復権させることにあるのだ。これは歴史家の任務であると同時に、歴史小説家の任務でもある。鷗外は、歴史小説ですでに、このような態度を実践していたのである。(5)

鷗外が「附録」として「事実」「遺蹟」を記したことが歴史家の期待に沿う〈歴史叙述〉であったとしても、そのことは〈小説〉としての形象性不足の問題を提起しており、歴史小説として評価されるものではない。また、

「鷗外が、歴史に縛られるのを苦痛に思ったかどうか」の究明は、作品の成立事情を解明するために不可欠の手続きである。さらに、「史実そのもののもつ重み」について見れば、鷗外が典拠資料に記載された息軒の封建的な妻女観を削除したこと、及び佐代像の造型に当時世間の耳目を集めた「新しき女」の面影を投影していることを指摘しなければならない。そのことによって初めて佐代は史実の片隅から浮上したのであり、理想的女人像に寄せる鷗外の夢想が小説の破綻をもたらし、エッセー「歴史其儘と歴史離れ」の苦悩告白の因をなしたことを見逃してはなるまい。

三　鷗外小説の流れ

鷗外以後の歴史小説は、鷗外の方法と達成の影響を色濃く受けながらそれと対峙し、それぞれの時代の動きや文芸思潮と関わりつつ展開してきたのであるが、その方向は総じて「歴史」に対する「小説」の自立性を主張し、「歴史離れ」の空間に豊饒な表現の場を開拓するところに求められてきたと言ってよい。以下、いくつかの事例を挙げておく。

たとえば、菊池寛は「鷗外博士の影響を受けて歴史小説を書いたものは自分と芥川龍之介であると思ふ。」と述べて、鷗外小説の影響を明示するとともに、その方法からの離脱を「歴史的事件に新しい解釈を加へた」ところに求めている(6)。菊池寛は鷗外歴史小説の手法を「峻厳な現実主義」であると評して、次のように説く。

鷗外さんの歴史小説は、その手法も題目も、あくまでもリアルである。決してウソを書かない。鷗外氏以後に出た歴史小説は、芥川氏のものにしろ、自分のものにしろ、虚構がある。が、鷗外氏にはそれがない。飽くまでも、理責めである。煉瓦を一枚宛畳みあげて行つたやうに理責めである。何処にもごまかしがない。

また、そのような鷗外の「合理癖徹底癖」が、ついには歴史小説を離れて史伝に転じたことを惜しんでいる。(7)

菊池寛の歴史小説観は大正十三年（一九二四）に発表された「歴史小説論」に明瞭であるが、史実と創作との関係に焦点を当てて見ると、「歴史的記録」は「我々現代人の主観に依つて、生き返つたといふ事で、却つて重大な意義がある」のであり、作家は「歴史的記録に残つてゐる事柄を、我々が自分の主観を動かしてもう一度生活し直す」ことにより「人生的事実」や「人生問題」を捉えることが出来る。したがって、歴史小説は作家が「人生の真の姿を摑む」ために「歴史的な生活記録まで、踏み入」り、「作家としての全人格を働かして、古人の生活を、もう一度生活しなほして見る事」から得られた「第二義的生活の報告書」であると言う。(8) 菊池寛の歴史小説が、白樺派の作家とともに「個人主義、自由主義、人道主義を標榜」する立場に立脚して、「封建的な義理人情の打破」と「啓蒙」を目的としたことも周知の通りである。(9) 時代の要請に応じ、封建思想と対峙して人間性の回復を主張する菊池寛の歴史小説は、鷗外小説の方法からの離脱を鮮明にした一つの方向性を示すものとして文学史に位置づけられなければならない。

井伏鱒二の鷗外歴史小説との本質的な出会いは、折からの左翼運動の全盛期に最初の歴史小説『さざなみ軍記』の前身である「逃げて行く記録」（「文学」昭和五年（一九三〇）三月）、「逃亡記」（「作品」同年五月〜六年一〇月）を発表したことに求められる。当時の心境について、井伏は「僕は左翼になれなかったけれど、みんな友だちが同人雑誌やめて、全部左翼になった」「僕一人とり残された。その気持を僕は最初あれに入れているわけです。」と語っている(10)が、宗像和重氏は、『さざなみ軍記』の前身である二作が一方で鷗外再評価の気運が高まっている時期に発表されたことを踏まえて、「いわば孤舟に揺られて漂流していた井伏は、舫綱をたぐりよせるようにして、鷗外とその歴史小説に逢着したのではなかったか。」と説かれる。(11)

一方で井伏は同じ昭和五年四月、「寒山拾得」を発表しているが、これは「禅味横溢する鷗外の寒山拾得を」「現実の世界にひきずり出し、思い切って戯画化」したものである。[12]後年には鷗外の「ぢいさんばあさん」に対抗して「爺さん婆さん」（「群像」昭和二四年〔一九四九〕一〇月）を発表している。

両者の史実・史料への対処の方法について見れば、鷗外が史伝『渋江抽斎』（その三）に、

　わたくしは足利武鑑、織田武鑑、豊臣武鑑と云ふやうな、レコンストリユクシヨンによつて作られた書を最初に除く。次に群書類従にあるやうな分限帳の類を除く。さうすると跡に、時代の古いものでは、御馬印揃、御紋尽、御屋敷附の類が残つて、それが稍形を整へた江戸鑑となり、江戸鑑は直ちに後の所謂武鑑に接続するのである。

と記しているが、井伏の歴史小説「武州鉢形城」（「新潮」昭和三六年〔一九六一〕八月〜三七年七月）が鷗外の除いた分限帳『鉢形家臣分限録』を典拠史料として制作されたところにも、鷗外への対抗意識は認められる。昭和の現在と鉢形城落城の時空を自在に往還する小説の方法が、鷗外の「ぢいさんばあさん」に拠ることも挙げておきたい。

井伏は鷗外の歴史小説を「史伝小説」と呼び、

　鷗外の史伝小説は「山椒大夫」をはじめ「寒山拾得」「阿部一族」「最後の一句」その他、殆んど力と無力との対立に端緒を発して構成されてゐて、犯し難い詩がそこに存在する。

と説き、「私は史伝小説のうちで『山椒大夫』を最も愛してゐる。」「これは最も私を啓発してくれた作品であるといひなほしてもいゝ。」「新しい言葉でいへば『悠久なる人間の生命』を見たと思つた。」と述べている。[13]そのことは、大越嘉七氏が「鷗外が歴史における『自然』を尊重し、想像力を拒否し、ついに小説を否定して史伝に移行したのに対して、井伏の方法は、歴史的規定が逆に想像力を可能にする。そしてこの想像力による空想—フィクション—こそが、詩的真実性を保証するのである。」という評価[14]に通じるであろう。虚実の輻輳する歴史の時空間を自在に往還する井伏の歴史小説は、「歴史其儘」と「歴史離れ」の矛盾を止揚する新たな方法として正しく位

置づけられる必要がある。

田宮虎彦の歴史小説観については次節に詳述するが、田宮が史実準拠を第一義とする鷗外小説の「史実への隷属性」を指摘し、「あつたがま丶の歴史を尊重して歴史小説の筆を折つた鷗外には決してなるまい」とする決意を披瀝していることは、「あつたがま丶の事実」に対して「歴史小説家の構成した架空の歴史」を位置づけるその歴史小説の方法とともに留意しておく必要がある（第一章第三節に詳述）。

昭和四十一年（一九六六）、円地文子はある対談の場で、転換期を迎えた歴史小説の現状について、次のように述べている。

「なまみこ物語」を書きますとき、私もいろいろ考えたんですが……。安部（公房）さんの「榎本武揚」、あれなんか一つの転換期にきている小説だと思うんです。いままでの歴史小説――鷗外の尾をずっと引いた型のものは、もう駄目じゃないかと思います。（略）ある意味では書きやすいのかと思うんですけれども、どうも鷗外の鉱脈は、もうすっかり掘り尽くされたような感じですね。[15]

円地文子は鷗外の「歴史其儘」系列の方法の行き詰まりを指摘するとともに、自らの歴史小説は「昔の事実をふまえてはいても、ポイントは現代にあり」[16]、「史実に忠実であるよりも、情緒としての実在性をこの小説（引用者注「女帝」）で確かめて行きたい」[17]と述べている。竹西寛子氏は、代表作「なまみこ物語」は「時間の流れそのもののような」「過去のある種の歴史小説の『実在』信仰に対する懐疑と反抗から生まれたものであり」、著名な歴史上の人物を登場させながら、「実在」の「外側に架空の網をうつことにより、『実在』に対する受動的な立場を逆転させることに成功した」と述べている。[18]また、西田友美氏は「『なまみこ物語』の場合、正史に対して批評性をもって仮構した『生神子物語』をさし出すことによって歴史の営為そのものに向かい得、こぼれおちた人々の生を作家という媒体を通して甦らせることに成功した。歴史を扱いながら、事実と創造の二律背反という問題とは分かたれた稀有の空間を獲得することになったのである。」と説く。これもまた、「歴史其儘」と「歴史離れ」の対立を超克し、「歴史離れ」の空間に創造の場を獲得する新たな方法の確立を意味するものであったと言ってよい。

辻邦生の歴史小説「安土往還記」（「展望」昭和四三年（一九六八）一、三月）は、作者が繰り返し「信長小説」「歴史小説」であることを表明し、批評家、研究者が信長を主人公とする歴史小説であることを否定するという奇妙な構図をなしている。両者の断絶は、作者が作中において「織田信長」の名とその官職等のすべてを消去し、「尾張の大殿《シニョーレ》」とのみ記したことに起因するが、その意図について、辻は次のように説いている。

私は、日本史の文脈の中にあった信長を、何とかして十六世紀にひろがりはじめた世界的視圏の中に置きなおして、新しい「信長像」を創造したかった。それは戦後、変貌した世界の中に置かれた日本を、新しい視野の中に取りこむ仕事ともなるはずであった。[20]

世界史的な視野のもとに十六世紀末の動乱の世に処した信長の生涯に戦後日本の現実を重ねるという小説の方法は、「異なる時代を重ね合せることによって、その両者に共通する部分を透視しようとする試み[21]」として、「背教者ユリアヌス」（「海」昭和四四年（一九六九）七月～四七年（一九七二）八月）において更に拡大・深化が求められる。辻は「古代異教文明の崩壊を一人でささえようとする悲劇的な意志[22]」を有したローマ皇帝ユリアヌスの生涯に「現代の知識人の姿勢と、どこか似たものを感じ[23]」とり、「古代世界の崩壊と、現代の崩壊現象を重ね合せることによって、いや応なく進行する歴史の歯車の動きを、その原型にまで単純化しつつ、描[24]」くことを目的としたのであると言う。

辻は、自らの歴史小説を「ある社会的な変革期に人間がどう生きていくかというエトス、生き方が不安定になって混乱した時期に、社会の構造的な力学を透視することによって、内側の骨格を生きた形で摑みだす。その純粋な形が歴史小説となる[25]」のであると規定する。したがって、歴史小説の作者は「平板な歴史的事実の集積をこえた

『歴史の生気』を直観してゆく勇気が必要[26]」なのであり、「歴史的事実」は「現実の状況の比喩である場合、いわば現実の認識をそこにあてはめて、より現実を典型的に把握できる場合、その歴史的事実に興味を示す[27]」のであるという。

右に見た辻邦生の方法は、すでに史実準拠か虚構かという二律背反を抱えた歴史小説の範疇論を超えて、「歴史の歯車の動き」や「社会の構造的な力学を透視する」という歴史学・哲学的な思索の根源に踏み込む姿勢を示していると言ってよい。

四　『落城』連作の意義

歴史小説における「歴史離れ」の問題について論じる場合、田宮虎彦の代表作『落城』連作の意義に注目しておかなければなるまい。そこには、「歴史」と「小説」という複合概念から成り立つ歴史小説の問題点と意義が集約的に見出されるのである。

幕末維新の動乱の中、奥羽越列藩同盟の破綻を象徴する出来事として、奥州黒菅藩なる小藩の落城の悲劇が克明に描かれる。紅野敏郎氏は歴史小説『落城』の意義を次のように説いている。

激動の歴史の波間に消え去った幾多の人々すべてが主人公というかたちをとった歴史小説『落城』一巻の意義は大きい。「明治」の歴史は、この『落城』のなかに出てくる生き残った部落の母子や逃亡者山崎剛太郎らの怨念を裏側に充分にふくみこんで幕が開かれていったのである。どの歴史書を見る以上に、「歴史」の真実がそこには語られていると思う[28]。

「歴史離れ」を庶幾した田宮虎彦の歴史小説の意義については、つとに昭和二十七年（一九五二）三月、歴史家服部之総氏が次のように述べている。

「歴史其儘と歴史離れ」が、鷗外において対立的に語られていたとすれば、それは鷗外に独自な悲劇なのであって、当代への寓意と歴史への執着とは、交響しつつ破綻なき統一をもたらすことができるのである。田宮虎彦の若干の歴史小説はこのことを示している。鷗外で「歴史離れ」は破綻しているが、田宮のばあい――『霧の中』にしても『落城』にしても――この破綻はない。(29)

田宮の歴史小説を「当代への寓意と歴史への執着」の「交響しつつ破綻なき統一をもたら」した作品として評価する見解は、その後の一連の歴史小説論を先導した作家大岡昇平にも見られる。

『落城』（一九四九年）は戊辰戦争に対して、最後まで揺がなかった黒菅藩を舞台としているが、これは架空の藩である。仮想国は西欧のロマンチックな歴史小説、映画に時々採用される設定であるが、『落城』のような地味な現実的な作品にそれが取入れられた例はあまりない。そして作者がその造型に殆ど完全に成功している例も少ない。

仙台など大藩が降伏しているのに、二万三千石の小藩が最後まで抵抗するのは異常であるが、それは領主の恣意によって決定されたのであった。名誉ある開城をすすめる官軍の軍使が来て、事態は収拾の途に就くが、一部の過激派が軍使を国境で襲撃したので、火縄銃と竹槍による徹底抗戦を強いられる。

その結果多くの武士が死に、婦女子は姦せられる。作者は籠城側にも肉欲に耽る者があること、領民が官軍を教導し、領主に隠匿してあった米を供する様を描いている。

作品には、太平洋戦争中、方々で行われた絶望的な戦いの反映が見られる。(30)

大岡は、『落城』連作が直接の史実・史料が存在しない「架空の藩」の落城悲話であること、「その造型に殆ど完全に成功している」こと、及び「太平洋戦争中、方々で行われた絶望的な戦いの反映が見られる」ことを挙げている。すなわち、大岡は架空の小藩の落城悲話という虚構の設定を通して幕末維新の悲劇を象徴的に描き、今時の大戦の矛盾と悲劇の責を問う田宮の歴史小説の方法そのものに高い評価を与えたのであった。

一方、昭和二十九年（一九五四）一月、歴史家遠山茂樹氏は「歴史と文学との関係」（「思想」三五五）と題する論文において、田宮の「歴史小説について」というエッセー、及び田宮の歴史小説「鷺」を取り上げて論じている。しかし、田宮の代表的な歴史小説である『落城』連作は取り上げていない。遠山氏の論文は東京文庫版から二年十ケ月後の発表であり、田宮の歴史小説論とその歴史小説に強い関心を持ち、該論文に引用したほどの遠山氏が『落城』の存在を知り得なかったとは考え難い。論文題でもある「歴史」と「文学」との関係を論じるにあたって、『落城』連作は歴史家遠山氏には扱いにくい作品であるために言及を避けたと推測される。

大岡以後、歴史家菊地昌典氏の論著『歴史小説とは何か』においても、他の歴史家・近代文学史家の論説においても田宮虎彦の名前、及びその著作に言及されることはなかった。そうであるとすれば、歴史家、歴史小説を論ずる者たちには取り上げにくい作品であるところにこそ、歴史小説『落城』の特徴とその存在意義があることを我々に示していると言えるのではなかろうか。遠山、菊地両氏などの歴史家がその論著において田宮の歴史小説の代表作『落城』一巻の存在を無視、ないし言及を避けた理由は、言うまでもなく『落城』一巻に関わる史実が存在せず、したがって黒菅藩の落城に関する直接史料が一切存在しないという、言わば〈完全な虚構の産物〉であるということに起因するであろう。

この一切の直接的な史実、史料の存在しない『落城』一巻を「どの歴史書を見る以上に、『歴史』の真実が語られていると思う。」と述べた紅野氏の評価の重さに思いをいたすとき、日本近現代の歴史小説の全体を「やわ」と切り捨てた平岡氏の歴史小説観、歴史家の歴史叙述の補完機能と代行行為のみを求める菊地氏の立論との決定的な乖離に暗然とせざるをえない。紅野氏の評価は、〈歴史を小説という虚構の空間と方法で描く〉歴史小説のあり方の一つの典型として『落城』一巻の意義を認めようとするものであったと言ってよい。歴史小説家が歴史の事実を尊重することは当然であるが、歴史家の歴史叙述と決定的に相違するのは、〈虚構〉という小説作者に与えられた創造の武器を用いて〈歴史の事実〉から飛翔し、「『歴史』の真実」を描くことにある。紅野氏はそれを正当に評価したのであった。

〔注〕

（1）『鷗外選集第十三巻』（昭和五四年〔一九七九〕、岩波書店）「解説」。
（2）菊地昌典著『歴史小説とは何か』（昭和五四年、筑摩書房）一一七頁、七九頁。
（3）玉置邦雄「鷗外歴史小説の展開を巡って」（「日本文芸研究」三七巻二号、昭和六〇年〔一九八五〕七月）。
（4）山崎一穎「『細木香以』覚書」（「本の本」二巻一二号、昭和五一年〔一九七六〕一二月）。『森鷗外・史伝小説研究』（昭和五七年〔一九八二〕、桜楓社）所収。
（5）（2）に同じ、一二四、一二五頁。
（6）菊池寛「僕の歴史物」（昭和四年〔一九二九〕四月）。『菊池寛全集二三巻』（平成七年〔一九九五〕、文藝春秋）所収。
（7）菊池寛「鷗外氏の歴史小説」（「新小説」大正一一年〔一九二二〕八月）。『菊池寛全集二二巻』所収。
（8）菊池寛「歴史小説論」（文藝春秋社版「文芸講座」大正一三年〔一九二四〕）。『菊池寛全集二二巻』所収。
（9）菊池寛「半自叙伝」（「新潮」昭和二二年〔一九四七〕五月）。『菊池寛全集二三巻』所収。
（10）河盛好蔵著『井伏鱒二随聞』（昭和六一年〔一九八六〕、新潮社）三九頁。
（11）宗像和重「森鷗外という歴史」（『昭和のクロノトポス井伏鱒二』所収、平成八年〔一九九六〕、双文社出版）。
（12）涌田佑著『井伏鱒二をめぐる人々』（平成三年〔一九九一〕、林道舎）七七頁。
（13）井伏鱒二「森鷗外論」（「新潮」昭和七年〔一九三二〕九月）。『井伏鱒二全集第三巻』（平成九年〔一九九七〕、筑摩書房）所収。
(14) 大越嘉七「井伏鱒二『さざなみ軍記』―井伏鱒二の認識構造―」（「研究と評論」一一号、昭和三九年（一九六四）六月）。
(15) 「河盛好蔵連載対談16作家の素顔円地文子」（「小説現代」昭和四一年（一九六六）四月）。
(16) 『円地文子全集第一五巻』月報一二（昭和五三年（一九七八）、新潮社）。
(17) 『円地文子全集第一〇巻』（昭和五三年、新潮社）「解題」。
(18) 竹西寛子「なまみこ物語論」（「展望」昭和四二年（一九六七）一月）。
(19) 西田友美「円地文子『なまみこ物語』論」（「方位」一一号、昭和六二年（一九八七）一一月）。
(20) 辻邦生「歴史のなかのロマネスク」（「読売新聞」昭和四七年（一九七二）二月）。『辻邦生歴史小説集成第一二巻』（平成五年（一九九三）、岩波書店）所収。
(21) 辻邦生「想像力の中の歴史」（「読売新聞」昭和四一年（一九六六）五月）。『辻邦生歴史小説集成第一二巻』所収。
(22) (21)に同じ。
(23) 辻邦生「歴史小説の地平」（『岩波講座世界歴史第一〇巻』月報、昭和四五年（一九七〇））。『辻邦生歴史小説集成第一二巻』所収。
(24) (21)に同じ。
(25) 辻邦生「濃縮された生命の躍動」（「週刊読者人」平成四年（一九九二））。『辻邦生歴史小説集成第一二巻』所収。
(26) (23)に同じ。
(27) 辻邦生「『春の戴冠』をめぐって」（「CRONACA」二一号、昭和五三年（一九七八）三月）の「歴史的事実と現実」。『辻邦生歴史小説集成第一二巻』所収。
(28) 紅野敏郎「落城」（「国文学解釈と鑑賞」三五巻四号、昭和四五年（一九七〇）四月）。
(29) 服部之総「歴史文学あれこれ」（「改造」昭和二七年（一九五二）三月）。
(30) 大岡昇平「歴史小説論」（昭和四三年（一九六八））。『大岡昇平集14』（昭和五七年（一九八二）、岩波書店）所収。

第三節　田宮虎彦の歴史小説観

一　はじめに

田宮虎彦は、昭和二十二年（一九四七）十一月、最初の歴史小説である「霧の中」を発表して文壇の注目を集め、次いで翌二十三年十一月の「物語の中」から二十五年二月の「菊の寿命」に至る一連の黒菅藩落城秘話を書き続けた。この連作は二十六年三月に東京文庫から連作小説『落城』として刊行され、歴史小説家田宮虎彦の名は不動のものとなった。

一方、田宮はこの一連の黒菅物に次いで、昭和二十五年（一九五〇）から二十八年（一九五三）の間に歴史小説に関する見解を相次いで発表している。管見に入った論説の題名、発表年月、紙誌名は次のとおりである。

「歴史小説について」　昭和二十五年九月十八〜二十日　「東京新聞」
「歴史小説をなぜ書くか」　昭和二十六年六月七日　「夕刊新大阪」
「歴史小説と史書・史料」　昭和二十六年十月　「日本古書通信」
「歴史小説について」　昭和二十六年十月　「文学」
「歴史小説の流行について」　昭和二十六年十月　「新文明」
「歴史小説と封建性」　昭和二十七年七月八〜十日　「東京新聞」

「歴史小説を書く時」　昭和二十七年三月　「歴史」
「歴史と歴史小説」　昭和二十七年十二月　『日本文学史講座』月報
「歴史小説と逆コース」　昭和二十八年一月　「教育」
「歴史と文学」　昭和二十八年二月　「歴史学研究会年度報告」
「歴史小説についての一つの考え方」　昭和二十八年三月　「文学」

このうち、「歴史小説の流行について」「歴史小説と逆コース」は歴史小説を反動であるとする批判への反論を主とするが、その他は森鷗外の歴史小説に関する見解、歴史と歴史小説の関わり、及び現代小説と歴史小説の関係に分類される。

これらの所説は、代表作「霧の中」『落城』の執筆契機と、歴史小説家として立つ自らの所信を開陳したものである。これらは必ずしも論理的・体系的な論説の形はなしていないが、戦後の範疇論の論点を先取りした観がある実作者の見解表明として検討に値すると思われる。

二　鷗外の歴史小説について

田宮は、鷗外歴史小説の文学史的意義と、その史実準拠の功罪について、次のように指摘する。
まず、田宮は、鷗外が「椙原品」（大正五年（一九一六））の末尾に「創造力の不足と平生の歴史を尊重する習慣とに妨げられて」、伊達騒動の渦中にあった藩主綱宗、側室初子、品の「三角関係の間に静中の動を成り立たせよう」とした「企を拋棄してしまつた」ことを挙げて、「あくまであつたがまゝの事実を追求しようとする鷗外の真摯な努力には敬意を表するにしても、私は、それが歴史小説家の進むべき道だとは思わない。」と述べて、その史実準拠を批判する。

鷗外の一連の歴史小説と史伝が近代文学に傑出した金字塔であったため、歴史小説と史伝の区別を越えて「その後のあらゆる歴史小説の規範」となり、ひいては「歴史小説というものがあくまで史実に忠実でなければならぬという定義」を生み出してしまった。しかし、史実に忠実であることは「歴史小説のひとつの条件ではあり得ても、決して、条件のすべてではない」。史実準拠が本質的な条件であるとすれば、「史学者の史書の方が、はるかに本質的な歴史小説である資格をそなえている」ことになる。

田宮は、従来、鷗外の作品が歴史小説の評価基準をなしてきたことを批判し、「あつたがまゝの歴史を尊重して歴史小説の筆を折つた鷗外には決してなるまい」とする決意を披瀝する。田宮によれば、歴史小説家のなすべきことは、「あつたがまゝの事実から、その奥にかくされた真実を探り出すこと」であり、そこに「真実の歴史的宇宙を構成するのだ」という。「真実の歴史的宇宙」については言及がないが、「歴史小説家の構成した架空の歴史」が「あつたがままの事実」と対比されており、虚構の空間に形成される歴史小説に重い意味を与えていると想定される。

鷗外の言う「歴史を尊重する習慣」が、田宮の指摘するような単純な性格にとどまるものでなかったことは周知のとおりである。すなわち、鷗外はその有名な「歴史其儘と歴史離れ」（大正四年（一九一五））において、自らの歴史小説が「事実を自由に取捨して、纏まりを附ける」小説一般の方法に拠らない根拠として、「史料を調べて見て、其中に窺はれる『自然』を尊重する念を発」し、「それを猥に変更するのが厭になつた」こと、及び「現在がありの儘に書いて好いなら、過去も書いて好い筈だと思つた」ことによると説明している。しかし、この「『自然』を尊重する念」は、鷗外を「知らず識らず歴史に縛られ」「此縛の下に喘ぎ苦」しむという事態に突き落とすことになる。

言わば、史料に基づく客観主義の主張であるが、史料に記された事実と、史料に基づく作家の創造力の飛翔とは、本来矛盾関係にある。作者の創造力を喚起した史実は、史料準拠を貫くならば限りなく史料追甚の方向は拡散し、膨大な史料が堆積される。一方、史料に触発された作者の創作意欲は、その主観の投影と、主観による史料の取捨、及び作者の主観・情念・思想を核とする統合を要求する。鷗外が拒否したはずの「事実を自由に取捨して、纏まりを附ける」ことを要求するのであり、その二極構造のあやうい均衡の上に、鷗外の歴史小説は成立したのである。

　これに対して、田宮は鷗外の「史実への隷属性」を強調するのであるが、その批判の根底に「史実を史実のまゝ把握し得たにしても、その史実が果して、信じ得られるかどうかという疑問」が存在することも見逃すことは出来ない。田宮によれば戦前の歴史記述は「官報的記録」に堕しており、「史学者の史書の残した余白の中から、書かれて来た歴史の全面的な訂正を要求せねばならぬ解釈」が生じることもある。「霧の中」はまさにその典型例だと言うのである。

　一方、鷗外の歴史小説が長い生命を保ち続けているのは、過去の事実の正確さのためではなく、鷗外がその創作を通して「歴史の動き」「歴史の精神」を追求しているためであると説く。その「歴史の精神」の意味するところは不明であるが、「歴史の動き」については先に「史実や史書の余白を左右している歴史そのものの流れ」という表現があり、歴史を形成してきた思想史的な展開と力学を指すのであろう。歴史小説はその「歴史そのものの流れと、作家の創造力とが、正面にからみあって、ひとつの更に高次の世界を生みだそうとする」行為であるという。鷗外の歴史小説はその視点から評価されるべきだと言うのであろう。

　右の見解をより簡明に説明しているのが、次の所説である。

　鷗外の最初の歴史小説「興津弥五右衛門の遺書」（大正元年（一九一二））が乃木殉死事件に触発されたこと、「大塩平八郎」（大正三年）の執筆動機を記した「大塩平八郎附録」を見ると、「鷗外においては、歴史小説は過去と現在とが交錯する場」であったことが分かる。したがって、「鷗外が歴史小説を書こうとした動機」は、「過去と現在との二重操作、そしてそれを通じて把握することの出来る絶対時間」を描くことにあった。

田宮の説くように、元陸軍大将乃木希典の明治天皇への殉死事件は、鷗外に武士道という旧道徳体系の実践を目の当たりにした驚愕と、近代科学的合理主義の立場からその行為への疑念と批判意識を抑えきれない戸惑いの狭間に追い落とす。また、社会主義が喧しい話題になり、逆徒と呼ばれる集団の出現が世間を驚愕させた現実、更に大正元年の米価騰貴問題が、大塩の暴動事件に寄せる鷗外の関心を呼び起こしたことは言うまでもない。史料を介して望見される過去と現在の往還による現実認識の深まりが、その歴史小説の創作を支えたのである。

一方、鷗外の歴史小説の時代背景について、田宮は、その歴史小説が完成した作品世界を結晶させているのは、大正初年の「半封建的、半近代的に完成した時代と社会とを、作品の基盤にもつていたから」だと説く。また、鷗外が歴史小説を離れて史伝に入ったのは、鷗外自身の内部に抱えた二元的対立である「封建思想、封建道徳の賛美とその否定的批判」との矛盾関係の解決を作品中ではかるのではなく、作品の場における批判を放棄したからであるという。

歴史小説家は歴史上の人物の行実として必ず封建制度・封建道徳との対決を避けられないが、鷗外は「史伝にはいることによつて、たくみにその課題から身をかわした」。しかし、自分は「鷗外が身をかわしたところで、身をかわすことなく、真直ぐにその困難を越えてゆく道」を進むのであるという。

三　歴史と歴史小説

それでは、歴史的事実と史料、及び歴史記述に対して、歴史小説はいかなる位置を占めるのか。

田宮は、「歴史は偉人の生がいを描いたものであり、小説は凡人の生がいを描いたものである」とする某歴史家の言葉を挙げて、その言葉は「歴史と小説のつながりを、ある程度はつきりと示して」おり、「その対象の範囲にずれがあるのにすぎぬ」のであると説く。この某歴史家の言葉なるものは以後の著述でも数度にわたって引用されるが、「この言葉は、『歴史』と『小説』との二つにふくまれた人間追求の精神をいひあらはしたもの」であると言う。また、その「対象の範囲」のずれについては、「歴史は表側の、小説は裏側の、人間の歴史だといえるのではないか」とも述べている。

「人間の歴史」ということについて見れば、田宮は、人生は偶然によって満たされており、「小説」は「あらゆる偶然が織りなしている現実のなかから、ひとすじの必然――その人の真実の姿を探し出すあがき」であり、「歴史」とは「小説が個人の生がいにさがし求めた必然を、集団、民族、国家、世界の過去の中に求めるいとなみ」であると規定する。

この田宮の所論に対しては、つとに歴史家遠山茂樹氏が、「偉人」「凡人」という類別は「はなはだあいまいな概念であ」り、「歴史学は、選択された史実のみをとりあげ、その真実を確定する作業を通じて、全歴史構造の真実を明らめようと望んでいる」が、その選択は「一定の歴史観が一定の史実の選択を必然にする」のであると批判している。(1)

田宮においては歴史と小説の「対象の範囲」のずれは明確に区別されるが、「歴史と小説の間には本質的に共通する基盤」も存在するとも言う。すなわち、真の歴史学の追求する目的と、真の小説が追求する目的は同一であり、「歴史」と「小説」とが重なり合ったところに生まれるのが真の歴史小説である。言い換えれば、歴史の本質と小説の本質が重なり合ったところに歴史小説は成り立つのであり、「作品の中に、『歴史』が追求されてゐなければ『歴史小説』とはいへない」のであるという。

作品の中に歴史を追求するとはやや熟れない表現であるが、その論点は次の二点に要約されようか。

その一は、歴史は過去の時代への理解を根本とするが、「常に現在、未来へとつながるものとして理解されなければ」「決して歴史の正しい理解は求め得られない」が、歴史小説を書くうえで大切なことも「その時、それが、そうであった」という事実ではなく、「何故、その時、それが、そうならなければならなかったか」という原因、理由の究明、「史書史料に対する作者の判断解釈」の正確さが要求される。

その二は、史実に忠実であることは歴史小説のひとつの条件ではありえても、条件のすべてではないのであり、歴史学者の歴史書の余白から歴史の全面的な訂正を求める解釈もある。史書には誤謬が含まれることも避け難いのであり、史実とされるものにも疑いは残る。したがって、「史実や史書の余白を左右している歴史そのものの流れと、作者の創造力とが、正面にからみあって、ひとつの更に高次の世界」へ創作意欲を燃焼せしめることが必要である。

このことから、歴史小説の本質は、「史実の空白は空白としたまま、明らかな限りの史実をふまえて、そこに、その時代に生きていた人間像を描き上げ、それを通じて、人間の生きている目的や意味を追求する」ものであると規定される。

四　現代小説と歴史小説の関係

田宮は、歴史小説「霧の中」について、「私には歴史小説を書こうなどというつもりはさら〳〵な」く、「歴史小説ではなく、むしろ現代小説を書いたつもりであつた。」と述べて、歴史小説と現代小説の関わりに一石を投じ、「私は、歴史小説を書いているという意識なく、ゆくりなく、日本近代史をあつかった歴史小説を書いていたこと

になったのだ」と結論づけている。(2)

田宮によれば、歴史小説は過去の時代を素材とするが、「常に未来を対象とせねばならぬ」。また、現代小説は「現代という時代を描いて歴史小説でなければならら」ないのであり、「真に時代をつかんだ現代小説ならば、今後、幾年か後には、それは、歴史小説といわねばならぬようになるに違いない」と説く。真に時代を摑んだ現代小説は歴史小説であるとする規定はいささか奇矯に聞こえるが、「どんな小説でも小説といわれる以上は、すべて歴史小説とならざるをえない」とも述べており、その小説観には注意を要する。

田宮は、「明治維新にはじまつて、大正、昭和とつゞく歴史は、官許歴史の裏側に、今のいゝ方をすれば人民の歴史ということになる別の歴史をひそめている。(3)」という。「人民の歴史」とは、史料を踏まえた史実として歴史学が主たる対象とする支配者、英雄、知名人の歴史に対して、草莽の民、無名の民衆・大衆を対象とする歴史の謂いであろう。田宮が注目するのは、まさに為政者の歴史の「裏側」に存在する無数の「凡人」の歴史であり、「史実や史書の余白を左右している歴史」である。その「人民の歴史」に肉迫し、過去から現在・未来に繫がるその「歴史そのものの流れ」を把握するところに歴史小説の存在意義があるのであり、その要件を満たす現代小説はそのまま歴史小説として評価されるべきだと言うのである。

田宮の歴史小説の代表作「霧の中」『落城』には、その典拠となる直接の史実・史料は存在しない。言わば、幕末維新から太平洋戦争の敗戦に至る近代史を形成した史実を踏まえつつ、虚構の空間に「歴史そのものの流れ」と「人民の歴史」を望見し、為政者の責を問うことに歴史小説の意義は求められた。東京文庫版『落城』（昭和二六年〔一九五一〕）の「あとがき」に「この物語は私の祈りをこめて書いた。」、六興出版刊『落城』（昭和五四年）の「あとがき」に「小説とは架空の世界に現実以上に真実である人間の世界を構築するものだと私は考えている。」と記した所以である。

〔注〕

（1）遠山茂樹「歴史と文学との関係」（「思想」三五五号、昭和二九年〔一九五四〕一月）。

（2）田宮虎彦「『霧の中』について」（『岩波文庫・落城・霧の中』昭和三一年〔一九五七〕）。

（3）田宮虎彦「作品が生れるまで〈詩人の発想と小説家の着想〉」（「新潮」昭和三一年〔一九五六〕六月）。

第二章　森鷗外の歴史小説

第一節　初稿「興津弥五右衛門の遺書」の位置
――「死遅れ」を視点として――

一　はじめに

初稿「興津弥五右衛門の遺書」（以下、「初稿本」と略称）が、乃木希典の殉死事件に触発されて成立したことは、鷗外日記の記載に照らしても疑いない。乃木殉死に寄せる鷗外の熱い心情と初稿本の執筆動機について、尾形仂氏は次のように説いている。

鷗外は、乃木大将の殉死に直面し、それを在来のいわゆる忠義という固定観念を超えた、より根源的な献身の行為、ないし利他的個人主義にもとづく「忠義生活の最大の肯定」の、崇高な実践の姿と受けとめた、と解するのが至当だろう。それは、乃木大将が実際にどのような思想・信条を抱懐していたかということとかかわりなく、鷗外自身の生の課題追求の中で、大将の死がそのようなものとして解釈された、ということにほかならない。

初稿本「興津弥五右衛門の遺書」においては、乃木大将の死をそのような献身の行為としてとらえ、そこに功利主義の時流を超えた崇高な倫理を見出だし、そうした立場から大将の殉死を弁護せんとする意図が、まず存した。それは歴史小説の形を藉りた一種の自己主張と見ることができる。(1)

氏は「大将の殉死をめぐる功利主義的立場からの批判に対する反撥」を執筆契機とする「鷗外の弁疏の意志」を作品解釈の根底に据えられたのであるが、その「弁疏」の中核をなすところの「功利主義の時流を超えた崇高な倫理」は、三好行雄氏の説かれる次のような論説と重なり合うものであろう。

「興津弥五右衛門の遺書」の初稿（「中央公論」初出稿）は、歴史に仮装した乃木希典への鎮魂曲であった。（略）「興津弥五右衛門の遺書」（初稿）は殉死することで、故主の大恩に報じようとする古武士の心情を惻々と描く。他者の死がそのまま自己の死になる。そこにいささかの〈私〉もさしはさまれない。殉死という行為の本質としての無償性、絶対の自己放棄をともなう献身のあざやかさに感動しながら、鷗外が封建武士道という旧道徳体系のひとつの可能性をそこに見ていたのは確かである。(2)

弥五右衛門の殉死は「故主の大恩」への報恩行為であり、その「行為の本質としての無償性」に鷗外は「功利主義の時流を超えた崇高な倫理を見出し」た。初稿本は「歴史に仮装した乃木希典への鎮魂曲」であり、そこに「大将の殉死を弁護せんとする意図」と「歴史小説の名を藉りた一種の自己主張」を見るというのである。両氏の所説は従来の作品解釈を代表するものであり、主要な論点を簡潔に網羅した見解であると言ってよい。

しかし、研究史を主導してきたこのような通説的解釈を踏まえて再び作品世界に戻るとき、そこに作品の骨格に関わるいくつかの基本的な問題が存在することを提起しなければならない。まず、乃木希典の死が明治天皇の「大恩」への報謝としての「殉死」であるとしても、弥五右衛門の自害を乃木の死に重ねて直ちに「殉死」と解しうるかは疑問である。また、その遺書体小説の全体が〈「死遅れ」の釈明書〉という内実を有することはどのように解するべきであろうか。

初稿本に「殉死」の語が使用されるのは、遺書の末尾に記された次の用例のみである。

最早某が心に懸かり候事毫末も無之、只々老病にて相果候が残念に有之、今年今月今日殊に御恩顧を蒙候松向寺殿の十三回忌を待得候て、遅馳に御跡を奉慕候。殉死は国家の御制禁なる事、篤と承知候へ共壮年の頃相役を討ちし某が死遅れ候迄なれば、御咎も無之歟と存候。(3)（傍線引用者、以下同じ）

弥五右衛門の死が「殉死」であることの証左は、初稿本の典拠とされた『翁草』巻之六「当代奇覧抜萃」の「細川家の香木」に「其の後三斎逝去あり、万治寛文の頃、第三回忌の砌、彼弥五右衛門山城国船岡山の西麓に於て潔く殉死す(4)」とあることや、作品末尾に付された史実考証の一文で鷗外自身「翁草に興津が殉死したのは三斎の三回忌だとしてある。」と記していること、及び大正二年（一九一三）四月六日の鷗外日記に「阿部一族等殉死小説を整理す。(5)」とあることから自明であるとされるかもしれない。

しかし、典拠の記載と作品内容とは分けて考えるべきであり、史実考証における鷗外の記述も典拠の記載の確認にすぎない。また、鷗外日記の記事は新史料に基づく根本的な改稿ののち単行本『意地』に収録された定稿の執筆を指すものであり、初稿本における弥五右衛門の死を文字通りの「殉死」と断じえるかという問題は依然として残ることになる。

「殊に御恩顧を蒙候松向寺殿の十三回忌を待得候て、遅馳に御跡を奉慕」り、追腹を切るという行為が、形式上の「殉死」の要件を備えていることは認められる。しかし、形式上の「殉死」という死にざまと、死の決断に至る弥五右衛門の思念を貫くものは明確に区別して捉えなければならない。弥五右衛門の自害は「只々老病にて相果候が残念に有之」という事由のもとに決断されたのである。

また、初稿本では「殉死は国家の御制禁」であることを承知しつつ、あえて禁令に触れる理由を「壮年の頃相役を討ちし某が死遅れ候迄」であると弁明し、「御咎も無之歟と存候」と述べて禁令に抵触していないことを釈明している。法に触れる通例の「殉死」とは異なり、喧嘩両成敗の掟に従った「死遅れ」者の自害であると弁明しているのである。

言うまでもなく、「死遅れ」は武士の最も恥とするところであり、文字通り弥五右衛門の「宿望」が「殉死」そのものにあったとすれば、旧主忠興の逝去時をはじめその機会は数多く存在したはずである。にもかかわらず、弥五右衛門は「心に懸かり候事」のために相役を討ち果たしてのち三十五年を生き続け、ついに忠興の十三回忌にあたり、「老耄」「乱心」「借財等の為め自殺候」かとする世人の誤解が生じることを恐れつつ、「老病にて相果候が残念」であるとする「死遅れ」の釈明書を残して追腹を切ったのである。

弥五右衛門はいかなる事情のために「死遅れ」たのであろうか。その「死遅れ」の弁明書が、いかなる意味で乃木殉死の「弁護」を目的とした作品でありうるのか。言い換えれば、弥五右衛門の死を「死遅れ」と見る作者の視点は、乃木殉死の報に接した折の「予半信半疑す」という感懐といかに関わるのかという問題が解明されなければならないと思われるのである。

二　「死遅れ」の問題

某儀今年今月今日切腹して相果候事奈何にも唐突の至にて、弥五右衛門奴老耄したるか、乱心したるかと申候者も可有之候へ共、決して左様の事には無之候。（略）某年来桑門同様の渡世致居候へ共、根性は元の武士なれば、死後の名聞の儀尤大切に存じ、此遺書相認置候事に候。

当庵は斯様に見苦しく候へば、年末に相迫り相果候を見られ候方々、借財等の為め自殺候様御推量被成候事も可有之候へ共、借財等は一切無き某、厘毛たりとも他人に迷惑相掛け不申、床の間の脇、押入の中の手箱に

　　は、些少ながら金子貯置候へば、茶毘の費用に御当て被下度、是亦頼入候。

右の作品冒頭の文章は極めて切迫した調子であり、世人の誤解を恐れ、「死後の名聞」にこだわる追い詰められた心理の吐露が認められる。宛名は「皆々様」であり、子孫は副次的な扱いにとどまる。遺書の対象は世人一般であり、その正当な理解を懇願する悲壮な訴えと見ることも出来る。

弥五右衛門自身、自らの行為を「奈何にも唐突の至にて」と書き出していることからすれば、この「自殺」が係累も含めた他者の眼に「唐突」と映ることが明瞭に自覚されていたことになる。にもかかわらず、切腹が実行され、その事情を遺書として書き残さなければならなかったのは、文字通り世人から「老耄」「乱心」「借財等の為」の「自殺」と誤解され、嘲笑されることへの警戒心のゆえであった。

そこには確かに、世人の誤解を生む客観的条件が存在していた。主君忠興の死後、興津一家は肥後国八代の城下を引き払って隈本に在住したが、弥五右衛門のみは京都紫野の船岡山の西麓に草庵を営み、剃髪して「桑門同様の渡世」をしていたという。肥後国を離れて京洛に隠居・遁世後十二年余を経ており、肥後細川藩の行政機構からは遠く忘却された存在であった。その異郷に独居する隠居人の突然の自害が世人の耳目をそばだて、根拠のない風聞・流言が広がることは充分に予測しうる。また、「形ばかりなる草庵」の「見苦し」い状態から、「借財等の為め自殺」という見方が出ることも必然であったであろう。そのために借財がないことを言明し、「些少ながら金子貯置候へば、茶毘の費用に御当て被下度」と書き残し、覚悟の切腹であることの証としているのである。

しかし、弥五右衛門自身の弁明にもかかわらず、この自害が「故主の大恩」への報謝を目的とした「根源的な献身の行為」の「崇高な実践」と解する通説には多くの疑問が残ることになる。

まず、切腹の時を目前にした弥五右衛門の切迫した感情表出に比して、忠興をはじめとする三代の主君の死を記すその筆致が極めて淡々としていることである。

然処寛永十八年妙解院殿（注、忠利）不存寄御病気にて、御父上に先立、御逝去被遊、肥後守殿（注、光尚）の御代と相成候。次で正保二年松向寺殿（注、忠興）も御逝去被遊、（略）其後肥後守殿は御年三十一歳にて、慶安二年俄に御逝去被遊候。

松向寺殿忠興の十三回忌を期しての覚悟の切腹であることには一応の根拠を認めることが出来るとしても、忠興の逝去時になぜ殉死しなかったのかという疑問はなお残る。また、「妙解院殿よりも出格の御引立を蒙り」とあるにもかかわらず、当主忠利の逝去時に殉死を思う倫理の表出は見られない。その他、忠興の一回忌、三回忌等の忌日に当たっても全く殉死の意志が認められないことの説明は一切見られず、生き残りの弁明のみが語られる。その結果、相役殺害の賠償として「一旦切腹と思定」め、「竊に時節を相待居」たはずの弥五右衛門の決意は、三十五年にわたり遅延することになる。そこに、先に掲出した通説的解釈との決定的な乖離が存在することは見逃しえないであろう。

言わば、この自裁は弥五右衛門の心中に密かに固められた覚悟であり、あくまで個人の心内の問題として決意されており、他者の眼には切腹すべき根拠は見当たらない。それが「唐突」という世間の見方が予測される根拠であり、弥五右衛門自身の認識でもあったのである。

それではなぜ弥五右衛門は「死遅れ」たのか。作品にはその心中が次のように語られる。

其後肥後守殿は御年三十一歳にて、慶安二年俄に御逝去被遊候。御臨終の砌、嫡子六丸殿御幼少なれば、大国の領主たらんこと無覚束被思召、領地御返上被成度由、上様へ被申上候処、泰勝院殿以来の忠勤を被思召、七歳の六丸殿へ本領安堵被仰付候。某は当時退隠相願、隈本を引払ひ、当地へ罷越候へ共、六丸殿の御事心に懸かり、責ては御元服被遊候迄、乍余所御安泰を祈念致度、不識不知許多の歳月を相過し候。然処去承応二年六丸殿は未だ十一歳におはしながら、越中守に御成被遊、御名告も綱利と賜はり、上様の御覚目出度由消息有之、乍蔭雀躍候事に候。

慶安二年（一六四九）光尚逝去の折、幼少の六丸が細川家を継ぐのは覚束ないので、将軍家に領地返上を申し出たところ、歴代の忠勤により七歳の六丸の相続が認められた。当時弥五右衛門は遠く京都船岡山に隠棲の身であったが、六丸のことが気にかかり、元服まで余所ながら安泰を祈念して歳月を過ごし、承応二年（一六五三）六丸が十一歳で元服、将軍家綱の一字を賜って綱利と名乗り、越中守に任ぜられて、もはや心に掛かることもなくなったので切腹するのであるという。

しかし、正保二年（一六四五）の忠興の死から慶安二年の光尚の急逝までには四年の時間があり、忠興の恩顧に報いるために殉死するのであれば、その逝去時、一回忌、三回忌などの機会が存在したはずである。この間、光尚の治政には切支丹、黒船入港などの問題はあったがおおむね平坦であり、隠居人の弥五右衛門が殉死を延期する積極的な事情は見当たらない。また、弥五右衛門は光尚から六丸の庇護を託されたわけではなく、六丸の安泰を見届けたいというのはその個人的な願望にすぎない。

さらに疑問を提起するならば、切腹当日の弥五右衛門の心事のあまりの慌ただしさが指摘される。弥五右衛門の心中において、忠興の十三回忌の忌日が殉死の日として予定され、ある期間がそのための身辺整理に費やされたとすれば、そこには覚悟を定めた静穏・清澄な心の働きと、まさに「死後の名聞」を思う雑事の処理が行われえたはずである。六丸元服の日を待ち望んで「死遅れ」たとしても、その元服の日から万治元年（一六五八）の切腹当日の間にはやはり五年もの歳月が存在したのである。にもかかわらず、弥五右衛門は切腹当日の夜半、蠟燭の灯の燃え尽きるのを恐れつつ慌ただしく遺書をしたため、「窓の雪明り」を頼りに切腹して果てたのである。

したがって、「老病にて相果候が残念」なので「遅馳に御跡を奉慕」るという遺書の文意からは、文字通り「死遅れ」者の「老耄」の死を恐れての「自殺」が真実ではないのかという疑問が提起される。周囲から忘れ去られた老人の、(6)自らの死を意味づける行為であったとも解せられるのである。

三　六丸襲封との関係

右に指摘した問題を解明するためには、弥五右衛門の「死遅れ」と六丸の家督相続問題を結びつけた作者の意図に注目しなければならない。一見、作品の破綻とも見なしうる弥五右衛門の六丸襲封への異常なこだわりこそは、その「死遅れ」と老残の身の孤独な「自殺」の真実を解明する鍵であると思われる。しかし、管見では従来の研究史において、右の問題に言及した論説は見当たらないのである。

もちろん、典拠の『翁草』の考証から弥五右衛門の切腹を万治元年（一六五八）、忠興の十三回忌の折と推定したため忠興の死後の細川家の動きに触れざるを得なくなり、光尚の三十一歳での死去、六丸の家督相続問題に筆が及んだ結果であるという成立事情は存在した。また、作品成立の契機として、弥五右衛門の同僚殺害から忠興の十三回忌を期として自害に至る三十五年の歳月が、軍旗喪失から殉死に至る乃木の苦渋の年月に相当することも指摘されているとおりである。(7)しかし、それは作品内部の構図とは別に考えられるべきものである。

六丸襲封の史実について、鷗外の参看した徳川幕府編の公記録『徳川実紀』慶安三年四月十八日の条には次のように記されている。

肥後国熊本城主細川肥後守光尚大病にのぞみ。其子幼稚なるゆへに。病卒せば封地悉く返し奉るべき旨。遺書あるをもて其事聞え上しに。細川は玄旨法印以来世々忠勤のゆへをもて。原封五十四万石悉く稚子六丸に襲しむ。小笠原右近大夫忠真その外舅といひ。幸に隣国たるを以て。時々彼所をも行めぐり。大小の事はからひて沙汰すべき旨。光尚が家司長岡式部。長岡勘解由めして仰下さる。(8)

当主光尚の逝去時、細川家には長子六丸（七歳）が存在したが、光尚の遺言として嗣子幼少のゆえをもって五十四万石の領地返納を上申した。これに対して幕府は細川家歴代の忠節を高く評価し、原封五十四万石をそのまま六丸に継がしめたが、隣国小倉藩主小笠原忠真に命じて監督せしむる旨、家老長岡式部、長岡勘解由を呼んで申し渡している。

鷗外は右の記録のうち前半部を作品世界に忠実に再現している。しかし、問題は作品化において捨象された後半部の記述の存在であろう。『徳川実紀』には、以下次のような記述が続く。

（日記。藩翰譜。世に伝ふる所は。光尚病重き由聞し召し。酒井讃岐守忠勝してとはせられしに。光尚重き枕をあげて申けるは。大国を給はりし身のさせる勤をもせで。いまこのきはにのぞみ。所領をいとけなき子共につたへん事おもひもよらず。なからんのちは。領国悉く公にかへし収むべし。いとけなきものどもひと丶なりなば。其材に応じてよろしく召仕はれ給ひなんと申ける。たれも子孫の事をこそ思はんは。人情さりがたきことなるを。これは公を重んじ。身の私にか丶はらざる事。他にことなりと殊更御感ありて。かく本領のま丶にて家つがせられしといふ。藩翰譜続編。）

嗣子幼少のゆえをもって領地返納を申し出た細川家に対し、将軍家光の恩情として本領安堵された顚末を記すこの記録には、幼少の六丸の襲封をめぐって、幕府との間に細川藩の安泰・存続に関わる問題が伏在したことを推測させるであろう。鷗外が初稿本の執筆にあたり『藩翰譜続編』を披見したかは詳らかではない(9)が、その記事を次に掲げる。

慶安二年十二月二十六日父光尚卒しけるとき、六丸わつかに七歳なりしかは、光尚終りに臨て領国を公にかへしいれん事を申おきたりしに、あくる三年四月十八日領地こと故なく六丸に賜り、この時節の老長岡式部おなしき勘解由を御所にめして仰下されけるは、光尚年わかくしてうせけることいと不便におほしめされ、肥後は西海の要地にしてことに国もひろし、六丸いまた幼弱なれは他にうつらすへけれとも、曾祖忠興より此かた世に忠真をあつくし仕へたてまつり、光尚終りにのそみて申せし処も奇特なるによりてそのまゝに賜はりぬ、家人等心を同しうして六丸をおふしたつへし、小倉侍従忠政（注、忠真）は隣国ことにうとからぬあはひなれは、よりて領国に行向ひて家人等と事をはからへと仰下されぬ、また御使をも下されて国政をとはせらるへしなとかすかすかたしけなき仰を賜りけり、やかて御使を熊本にくたされて国政をおきてさせたまふ。[10]……

この記事によれば、六丸の襲封にあたり、細川藩の減封・国替え問題が幕府の処置に予定されていたことは明瞭である。

徳川幕府の草創期において、国内統一と集権的な封建制度の整備のために武士身分からの除籍、所領の没収ないし削減、及び移転による所領の削減などの苛酷な処置が取られたことは周知の通りである。徳川初期三代の間に政治的・軍事的理由で改易された大名は九十二家、五百七万石、嗣子なきか幼弱のためなどの族制的な原因によるもの四十六家、四百五十七万石、法令違反によるもの五十九家、六百四十八万石に及んだという。[11]当主光尚の臨終にあたり、七歳の幼嗣子を抱えた肥後細川五十四万石が幕府の改易政策の恰好の標的と見なされたであろうことは想像に難くない。[12]光尚の領地返上の申し出は、窮地に陥った細川藩の起死回生の方策であったと理解される。

このような、幕府の諸大名に対する除封減封政策を記す一級史料は、幕府御持筒同心小田彰信の著『廃絶録』である。明治三十一年（一八九八）四月十一日の鷗外日記によれば、この日鷗外は『廃絶録』を購入しており、[13]幕府草創期の苛烈な大名廃絶の実態を把握していたと思われる。

当主光尚が重態に陥り、幕府の改易政策の前に藩の前途に困却した細川藩は、当主の遺言として領地の返上と遺児たちの成人後の身の振り方について幕府の恩情をこいねがうという窮余の方策を選んだ。これに対して、有力大名の勢力減殺を至上命題とする幕府にとって、西国の雄藩の家督相続問題への介入は必然であった。しかし、関ケ原の戦いにおける忠興の軍功、島原の乱における忠利の働きなど、徳川氏への忠誠心篤い細川藩に対して、その窮状の訴えを圧して改易政策を強行することは得策ではないと判断された。むしろ、恩情政策による有力大名への懐柔策として利用されたのかもしれない。

その折、細川藩内に動揺・紛糾の事態が生じたことが推測される。幕府の公記録である『寛政重修諸家譜』の綱利（六丸）の項には次のように記されている。

慶安三年四月十八日遺領を継。このとき重臣等を営にめされ、肥後国は西国の藩屏なれば、幼少の六丸に任せられがたしといへども、三斎以来の忠節、ことには光尚終にのぞみて請申所も神妙に思召るゝにより、遺領の地相違なく六丸に賜ふ所なり。このうへ国務の事ゆるがせにすべからず。且小笠原右近将監忠真は外戚のよしみといひ、領国も境をまじへたれば、より〳〵肥後へ参りてこゝろをそふべきよし命ぜらるゝのあひだ、忠真とも相議して、政事を沙汰すべきむね酒井忠勝鈞命を伝ふ。六月晦日上使朽木民部少輔稙綱等熊本城にいたり、家臣等におほせのおもむきを伝へ、国政の条目を下さる。このとき重臣等誓書をたてまつる。(14)

幕府は「遺領の地相違なく六丸に賜ふ」ことの条件として、「このうへ国務の事ゆるがせにすべからず」と厳命し、藩政はすべて小笠原忠真の指示のもとに行う旨、大老酒井忠勝をもって申し渡すとともに、上使朽木稙綱を直接熊本城に派遣して上意を伝え、幕府が定めた「国政の条目」に違背のないよう重臣らの誓書を取っている。

細川藩の記録『綿考輯録』によれば、この間、細川藩邸では光尚が没した十二月二十六日、光尚名で国元に急使を送り、幕府に領地返上を上申する旨を記した光尚の遺言書の写しを添えて、「被得其意、城内之掃除以下入念被申付、何時ニ而も御左右を被相待、御差図次第ニ可被相渡覚悟尤ニ候、か様之砌ハ家中之者共も弥穏便ニ仕居候様ニ可被申付儀肝要ニ候」(15)（巻六五）と書き送り、城明渡しなどへの冷静・迅速な対応を求めている。

光尚の逝去と六丸の襲封問題における細川藩の危機感を端的に伝えるのは、『都甲文書』の次の一節である。

一、上畧御国中末々迄モ何角批評仕至極危キ御事ト甚気遣仕候由佐渡儀ハ始終ノ事ヲ思慮仕寄之へ密意ヲ委細ニ申含メ寄之即夜罷立申候都甲太兵衛ハ当時鉄炮頭ニテ武功有之者ニ付今度寄之へ差添江戸へ差着越申候中畧則太兵衛九兵衛両人共式部九郎兵衛一所ニ江戸へ差立申候興長儀ハ御国ノ儀万端手当仕江戸ヨリ御左右相待申候

光尚公御逝去綱利公御家督一件之記録(16)

『都甲文書』は言うまでもなく、大正六年（一九一七）一月一日から七日まで「東京日日新聞」等に連載された「都甲太兵衛」の典拠史料であるが、鷗外文庫に蔵するこの史料を鷗外が入手した時期は詳らかではない。

『都甲文書』と同趣旨の記録は『綿考輯録』巻六十五所収の江戸藩邸宛返書にも見られる。

光尚君御逝去ニ付而ハ、別而御国の守り重き事ニ成、殊ニ興長ハ御境目の御城をも御預ケ被置、監物ニハ光尚君御発駕前に熊本を御預被遊候段被仰渡、其上御遺書之趣旁右両人ハ御国を難出との評議にて、式部少ニ長岡九郎兵衛相副可罷越に一決いたし候、此砌御国中末々迄何角風説多く気遣なる事も有之候由、興長始終を考、寄之ニ密意を示し、都甲太兵衛は武功之者ニ而、御鉄炮頭なる故、是を差添、梅原九兵衛は当時御使番ニ而江戸表功者と申器量の者なる間、委細ニ密旨を申含、式部少・九郎兵衛一同ニ右両人をも差立、夜ルハツ時分寄之熊本を罷立候、……

国元では江戸藩邸の方針を受けて、「下々迄喧嘩口論も無之、万事穏便ニ可申付候、私共差図違背仕候者候ハ、、重而従公義御仕置可有御座候条（略）此刻ハ他国より色々之取沙汰仕物ニ而御座候条、油断仕間敷由、代々家中之仕置宜申付候」と書き送っており、国中が緊張状態にあったことが推測される。

ところで、幕府の監視役として登場した小笠原忠真とはいかなる人物であったのか。『徳川実紀』寛永九年（一六三二）十月四日の項によれば、細川越中守忠利は豊前国三十七万石を転じて、肥後一国に豊後国鶴崎の地二万石を添えて賜り五十四万石になったが、同月十一日の項には細川忠利の転封をうけた忠真ら小笠原一族の豊前国襲封

の記事が見られる。

細川越中守忠利就封のいとま賜はり。行光の御脇差を下さる。小笠原右近大夫忠真播州明石を転じて。豊前国小倉を賜はり。五万石加へて十五万石になされ。小笠原信濃守長次は播磨国龍野より。豊前の中津にうつり。二万石加へて八万石。小笠原壱岐守忠知は豊後国杵筑にうつり。三万五千石加へて四万石。奏者の役大番頭をもゆるされ。城主になされて普第の列たらしめらる。松平丹後守重直は七千石加へて。三万七千石になされ。摂津の三田より豊後の龍王の地を賜はる。重直実は小笠原兵部大輔秀政三男たれば。小笠原の一族と共にこの日恩命を蒙りしとぞ聞えし。

この記録の背景を『寛政重修諸家譜』の「小笠原忠真」の項によりまとめると、次のようになる。小笠原忠真は兵部大輔秀政の嫡男に生まれたが、母は家康の長子信康の息女であり、家康の曾孫に当たる。家康は元和元年の大坂の役における忠真の満身創痍の働きを激賞して「これわが鬼孫なり」と讃えたという。元和二年六月には大御所家康の遺命として配流に処せられた家康の三男「越後少将忠輝朝臣の所領を没収せらる丶により、城請取の役」を果たし、同五年五月の豊臣恩顧の驍将福島正則改易の折には将軍上洛に供奉して京都にあったが、幕府の命により領地播磨に戻り、領地没収のための警衛にあたるなど一触即発の場を収めた。細川忠利の転封に当たってはその後を襲って豊前国十五万石を賜り、「豊前国は西国枢要の地なるがゆへに」同族の長次・忠知・重直らと「相ともに鎮護すべきのむね仰をかうぶ」ったという。

言わば、家康の曾孫忠真らの小笠原一族は、肥後細川五十四万石を囲繞する位置にあって西国諸大名に対する監視役である九州鎮護の任に当たり、六丸襲封に当たっては直接細川藩の藩政に介入することになったのである。忠真の妹が将軍秀忠の養女となり、細川忠利の正室となったため、忠真は六丸の外舅の立場にもあった。

右の史料のうち『藩翰譜続編』『都甲文書』については初稿本執筆時に鷗外が披見した確証はない。また、鷗外文庫に現存する『寛政重修諸家譜』は大正六、七年版であり、披見した事実はない。しかし、『廃絶録』及び参看した『徳川実紀』の掲出部分のみによっても、六丸襲封に関わる緊迫した事情は鷗外の理解しうるところであったと思われる。

弥五右衛門が「六丸殿の御事心に懸かり、責ては御元服被遊候迄、乍余所御安泰を祈念致度、不識不知許多の歳月を相過」ごすに至ったという細川藩の史的背景は、右のようなものであった。

四　論争の解釈

弥五右衛門の自害が、香木購求をめぐる意見の対立から相役の殺害に及んだ、いわゆる香木事件を因とするものであることは言うまでもない。両者の死をかけた論争は、「香木は無用の翫物」であるとする武道至上の価値観から主君に対する忠諫をも辞さない相役の主家第一の忠義観と、主命絶対の価値観に主家の文化的伝統を重ねる弥五右衛門の名聞第一の忠義観との対立に集約されよう。その論争の内容については先学の詳細な分析が備わるが、細部については筆者も稿を改めて論ずる必要を感じている。

いま、初稿本が「死遅れ」の弁明書という性格を有することとの関連で考えるべきことは、帰国後の弥五右衛門が死場所を求め続けた理由、及びその決意が三十五年間にわたり遅延した事情である。

長崎から帰国した折、弥五右衛門は相役殺害の顚末を忠興に報告するとともに、「主命大切と心得候為めとは申ながら、御役に立つべき侍一人討果たし候段、恐入候へば、切腹被仰付度」と願い出ている。これに対して、忠興は「其方が申条一々至極なり」、主命を「大切と心得候事当然なり」、「斯程の品を求帰候事天晴なり」と述べて弥五右衛門の行為を全面的に支持・賞賛し、相役の遺族との和解を仲介している。更に、二年後の寛永三年には弥五右衛門購求の香木が細川家から帝に献上されて叡感にあずかり、主家の面目を施すに至ったという。にもかかわらず、弥五右衛門の思念は切腹の決意に固まっている。

乍去一旦切腹と思定候某、竊に時節を相待居候処、御隠居松向寺殿は申に不及、其頃の御当主妙解院殿よりも出格の御引立を蒙り、（略）繁務に被逐、空しく月日を相送候。其内寛永十四年島原征伐と相成候故松向寺殿に御暇相願、妙解院殿の御旗下に加はり、戦場にて一命相果たし可申所存之処、御当主の御武運強く、逆徒の魁首天草四郎時貞を御討取被遊、物数ならぬ某迄恩賞に預り、宿望不相遂、余命を生延候。

帰国後、「一旦切腹と思定」めた弥五右衛門は「竊に時節を相待居」たが、島原の乱勃発までの間は「繁務に被逐、空しく月日を相送」ることになった。また、乱の鎮定に当たっては忠興から藩主忠利の旗下に属する許しを得て従軍し、「戦場にて一命相果たし可申所存之処」、戦死の機会に恵まれず「余命を生延」びたのであるという。

しかし、一旦切腹を決意しながら空しく歳月を過ごした事情、戦場における名誉の戦死を期して従軍しながら「余命を生延」びた理由は、「繁務に被逐」「御当主の御武運強く」という「死遅れ」の弁明に対応しうるものであろうか。それは、相役殺害の賠償としての切腹の決意から島原の乱に至る十三年間、乱後の忠興の十三回忌を期しての自害に至る二十年余の時間の経過を直接説明しうるものとは言い難いのである。

相役殺害の罪に寄せる弥五右衛門の罪責の意識は、その忠義観に対する忠興の全面的な評価、遺族との和解、主家の名誉への貢献という、外的には充分な結果によっても償われることはなかった。その罪責意識の中核をなすものは「御役に立つべき侍一人討果たし」たことへの賠償であろう。

香木購求をめぐる口論と互いの忠誠観の対立の根底には、武道至上の価値観に立つ相役とは決して理解しあえなかった文事の価値と主家の面目への思いが存在した。「伊達家の伊達を増長為致、本木を譲り候ては、細川家の流を瀆す事と相成可申」「御当家に於かせられては、代々武道の御心掛深くおはしまし、旁歌道茶事迄も堪能に為渡らるるが、天下に比類なき所ならずや」「茶儀は無用の虚礼なりと申さば、国家の大礼、先祖の祭祀も総て虚礼なるべし」と言葉を尽くして説く文事の価値は、相役により「高が四畳半の爐にくべらるる木の切れならずや」と一蹴され、「阿諛便佞の所為」とまで指弾されるに至る。

しかし、相役が不忠であったのではない。寛永元年（一六二四）の長崎行にあって弥五右衛門の主張を「若輩の心得違」いと非難し、自らを「一徹の武辺者」と称した相役が、慶長五年（一六〇〇）の関ケ原の戦、元和元年（一六一五）の大坂の陣に奮戦した武功者であることは推測に難くない。忠興の旗下に戦国の世を生き抜いてきた相役が、主家の危急存亡の秋に身命を抛って働くであろうことも疑いえない。その「御役に立つべき侍」を討ち果たしたことへの自責の念が弥五右衛門を突き動かす。切腹はその償いの意志表示であった。だが、その願いは、弥五右衛門の行為を全面的に支持し、相役の忠義観を「功利」主義と断じる忠興の認めるところとはならなかった。

切腹による賠償がならないとき、弥五右衛門の罪責賠償の決意は戦場で相役が果たしてきた忠誠の証を自らも実証すべく、「一命相果たし可申所存」に固まる。それは武道至上の信念から弥五右衛門の忠義観を「阿諛便佞の所為」と難じた相役との心理的な格闘であり、その意地は「表芸」による忠義の実証によってのみ貫きうるものであったからである。

しかしながら、十三年間待ち続けた島原の乱においても、相役に勝る軍功、名誉の戦死の機会は訪れなかった。結局、弥五右衛門は自責の念による切腹も許されず、戦場で一命を抛つことも出来ず、「余命を生延」びた慚愧の思いを自裁という手段に訴えるしかなかったのである。

「戦場にて一命相果たし可申所存」は、忠興の賞賛、相役の遺族との和解、叡感の誉れによっても癒しえない相役への意地として、弥五右衛門の心を占め続ける。島原の乱の七年後、忠興の逝去時にも弥五右衛門は殉死せず、老耄・困窮の不安を抱えながら生き続けた。その事実は忠興への「殉死」が「宿望」ではなかったことを証していよう。自らの生あるかぎり主家の安泰のために「戦場にて一命相果た」すことに老いの執念を持ち続けたのであり、六丸の成長を待ち、ついに「老病にて相果候が残念」であるとの無念の思いを遺書に残し、追腹を切ったのである。乃木殉死の事実に接した鷗外が作品において描こうとしたのは、罪責の賠償と相役との心理的格闘に生涯をかけた弥五右衛門の〈意地〉と、そのために「死遅れ」た〈無念の思い〉である。殉死の無償性への驚嘆を見る通説とは異質なものではなかったか。

五　乃木殉死と鷗外

つとに、斎藤茂吉が乃木殉死賛美説を唱えて以来、尾形氏の弁疏説を中心に、作品の主題を旧主の恩顧への報謝の意志を殉死の形で実践した弥五右衛門の崇高な無償の献身に定位する見解は通説となっている。筆者が披見した六十報余に及ぶ作品論のうち、この通説的解釈に異を唱えたのは数報にすぎない。

佐々木充氏は乃木遺書から軍旗喪失の処罰を求める「待罪書」を差し戻された乃木の無念の思いを読み取り、次のように説く。

罰せられることで一貫すべきはずの自己の論理が、永遠に押し曲げられてしまったことに対する、不満・無念・恨みといった思いが、決して澱まなかったと断言することはできない。むしろこれらの書類を篋底に蔵し続けた執心は、この暗い情念によって支えられていたと考えた方がよく、もしもそうであるならば、その時、「皇恩之厚ニ浴シ」は、乃木の無意識閾では、ほとんど反語であったともいえよう。

鷗外の冷徹な眼は、この、乃木自身、明確に意識することのなかったかもしれぬ領域に沈澱していた彼の〈私〉を映していたのである。(17)

氏は「鷗外が、そういう乃木の〈私〉にこそ反応したであろう」とする推定を踏まえて、初稿本の主題を「〈公〉の形式を十二分に調えた上で、はじめてそれは可能な、〈私〉の〈叛乱〉である。」と捉えている。

鷗外の初稿本執筆の契機を乃木殉死への感動と賛美・弁護に求める通説において、鷗外が当日（大正元年九月一三日）の日記に記した「予半信半疑す。」という一文はどのように位置づけられたのであろうか。言うまでもなく、乃木殉死の事実に接した衝撃について、鷗外はこの日記の記述以外にその胸懐を窺わせるに足る言動を残していない。したがって、その殉死の事実から直ちに〈衝撃→感動→賛美→弁護のための作品制作〉へと推測を重ねた通説には危うさが付きまとう。

乃木遺書が公表されたのは事件から三日後の九月十六日午後四時であり、翌九月十七日付の新聞各紙に一斉に掲載された。この間、鷗外は十四日に乃木邸を訪問し、翌十五日午後の納棺式に列したが、十六日には乃木邸を訪れていない。したがって、十六日以前に鷗外が乃木遺書を披見しえたか否かは不明であるが、乃木遺書に接することにより初稿本の内容が決定されたことは、遺書の文面と作品との密接な関わりから推知しうる。初稿本の原稿を中央公論社に渡したのは十八日夕刻である。

乃木夫妻殉死の衝撃が国中を揺るがし、言論界が賛否両論に沸騰した状況については、既に先学の詳細な調査が備わる。(18) 木村真佐幸氏は、鷗外と乃木の年来の交友、明治天皇の不例・崩御に接した乃木の心痛と赤誠の様子、及び乃木殉死の衝撃を抱えた鷗外の公務、岳父の再入院、多くの来客などで公私に多忙を極めた精神状況を踏まえて、次のように説く。

前述のような鷗外の精神状況の延長線上に、「乃木殉死」に対しての厳しい批判、世論の動向、加えて御大葬のため各国元首の来日中の出来事であり、鷗外にとっては心粋する乃木の死の正当性を、また日本武士道の正しい評価を認識させるべく鷗外の焦燥にも似たものがあったのではなかったか(19)――。

木村氏の説かれるように、鷗外が乃木の死に衝撃を受けたのみならず、激しい感動をもって処決の事実を受けとめたであろうことは推測しうる。また、当時の言論界の激しい乃木批判に対して、「弁疏」の立場を取ろうとしたことも想定しうる。しかし、そのとき鷗外の心中における「半信半疑」の思いはどのように処理されたのか。また、鷗外はなぜその感動と「弁疏」を歴史小説という創作の場において表現しようとしたのか。

初稿本が掲載された「中央公論」第二十七年第十号（大正元年一〇月一日）における乃木殉死関係の記事を見ると、「乃木大将夫妻の殉死」という社論を巻頭に据えるとともに、「乃木大将の殉死を評す」と題する特集に、陸軍中将東条英教、文学博士・法学博士加藤弘之、農学博士・法学博士新渡戸稲造、子爵曾我祐準ら五編の評論を掲げ、小説欄に小川未明「白痴」、田山花袋「郊外にて」とともに初稿本が掲載されている。

鷗外が「中央公論」の求めに創作をもって応じたことについて、竹盛天雄氏はこの号が「殉死をめぐる諸家の意見特集なので、鷗外も意見を求められたのに応じて答えたのが、創作の形を採った『興津弥五右衛門の遺書』（初稿）ではなかったか、というのが私の推測である。(20)」と述べている。竹盛氏の所説については、三好氏も「やはり鷗外は『中央公論』から意見を求められたのではないかと思うのです。雑誌記者としても、どうしても鷗外は一枚加えたいところでしょう。ただやはりはばかるところがあったか何かで、乃木将軍の死に対する感想を小説の形で(21)」書いたと説いて、賛意を示している。

鷗外が自らの立場を顧慮し、評論欄を避けて創作に所懐を込めたとする推定については、山崎一穎氏も「中央公論」の目次の構成を踏まえて、

一覧して明瞭なるが如く、《乃木大将の殉死を評す》という評論特集号であり、この評論の中に鷗外の名があってもおかしくはない。むしろ立場上乃木の自刃の感想を求められれば、正面から答えにくい。虚構の自由が生かされる小説の方が、立場上ふさわしい。(22)

と追認している。当時陸軍軍医総監、陸軍省医務局長職にあった鷗外が、自らの見解表明に憚るところがあったとする推測は蓋然性として否定しえないと思われる。しかし、その直接的な事由について諸家の見解は明瞭ではない。

騒然たる世論の動きを踏まえて「中央公論」が乃木殉死の特集を企画し、鷗外に執筆を依頼した時、特集の評論欄への執筆予定者の顔触れは鷗外に告げられたであろうし、それら各論者の立場と論調は鷗外も推知しうるところであったであろう。中央公論社の社論をはじめとして、特集評論は乃木殉死肯定の論調で軌を一にしている。また子息於菟氏の証言によれば、鷗外は「将軍の死はそのすべてを捧げた帝への真の殉死である。外国人には決してその心持は解せられぬだらう[23]」と語り、乃木夫妻の殉死の日の写真を町で求めて於菟氏に与えたという。乃木殉死に対する鷗外の所懐が於菟氏に語ったごとく一貫したものであれば、「中央公論」の求めにためらう決定的な事由は求め難い。

一方、竹盛・三好両氏の推定のごとく、「中央公論」の依頼が創作の執筆であったことは想定し難い。また、この作品が依頼によるものでなかったとしても、乃木殉死に対する賛否の激越な論説、論難が展開されている言論界の状況を見れば、鷗外が不用意に創作を寄稿したことは考えられない。

九月十四日の未明に受けた乃木殉死の衝撃から、沸騰する世論、言論界の喧騒を傍観しつつ、鷗外は自らの所懐を洩らすことを拒み続けた。十六日には乃木の死に寄せる哀悼歌の求めを「拒絶」している。このことは、鷗外自身の心内において、「予半信半疑す」と記した、乃木殉死の事実に対する衝撃と困惑の解決・処理が喫緊の問題であったことを推測させる。

維新後四十五年を経た今日、武士道という旧道徳体系の実践を目の当たりにした驚愕と、近代科学的合理主義の立場からその行為への疑念と批判意識を抑ええない戸惑いの狭間に落ちた鷗外には、評論であれ創作であれ、所懐公表の道は開かれない。乃木の哀悼歌を「拒絶」した鷗外の心中に軽薄な乃木熱に対する反発や憤り[24]が存在したことは否定出来ないとしても、むしろ乃木の殉死に対する賛否を決しえない鷗外自身の困惑と苛立ちを認めなければなるまい。

佐々木氏が指摘したように、初稿本は乃木殉死の衝撃のみならず、乃木遺書を披見したことによる衝撃と感動をもとに執筆された。鷗外の困惑はその遺書を披見することにより解決されたと言うことが出来る。しかも、それは「中央公論」が期待したであろう論説ではなく、歴史小説の創作という〈虚構と所懐の韜晦手段〉によって公表されたのである。それでは、鷗外は乃木遺書からいかなる事実を見出し、いかなる感動を創作に込めたのであろうか。

自分此度御跡ヲ追ヒ奉リ自殺候段恐入候儀其罪ハ不軽存候然ル処明治十年之役ニ於テ軍旗ヲ失ヒ其後死処得度心掛候も其機ヲ得ズ

皇恩ノ厚ニ浴シ今日迄過分ノ御優遇ヲ蒙追々老衰最早御役ニ立候時も無余日候折柄此度ノ御大変何共恐入候次第茲ニ覚悟相定候事ニ候(25)

あまりにも有名な遺族宛遺言の第一条であるが、崩御された明治天皇の「御跡ヲ追ヒ奉」ることがいわゆる「殉死」に相当することは言うまでもない。それがなぜ「其罪ハ不軽存候」と自覚されなければならなかったのか。

初稿本の執筆動機が乃木殉死の事実への衝撃に発することは否定しえないとしても、作品の全体構図は西南の役から三十五年を経た乃木の生涯を貫くものと、その端的な釈明である遺書を踏まえて形成されている。乃木遺書に接した鷗外がその文面の裡に「不満」「無念」「恨み」の情念を読み取り、または「悲惨への同情と、その要因への憤り」(26)を感じとったとする推測も、あながち否定し去ることは出来ない。にもかかわらず、それらの見解によっても、先に指摘した作品の骨格に関わる諸問題、すなわち初稿本は文字通り殉死小説でありうるのか、作品の全体が「死遅れ」の釈明書であることをどのように解するかという問題は依然として残ることになる。

乃木遺書に罪責の意識と老衰への恐れが繰り返し現れていることについて、先学の関心は乏しい。いま、残りの遺書によってその罪の意識と老衰への恐れを確認しておく。

◇学習院御用掛小笠原長生子爵宛遺書

（略）小生今度之所決ハ西南戦以来之心事ニ候得共斯ク畏クモ御跡ヲ追ヒ奉リ候様ノ場合可有之トハ予想モ不仕恐入候儀ニ御座候空敷今日ヲ過シ候而ハ日ニ加ハル老衰碌々御用ニモ不相立過分ノ御優遇ニ浴スル事恐懼ニ堪ヘス如此次第……

◇松井主事及び猪谷学生監宛遺書

（略）小生此度之儀は学習院全般ニ対シ多罪之至不相済事ニ存候得共何分不得已儀ト御承知被下度候……

◇桂彌一宛遺書

（略）小生此度之儀ハ定メテ御不同意ト存候得共三十五年前よりノ心事不得已儀ト御アキラメ被下度候……

西南の役から六十四歳の自決に至る三十五年間、乃木の心は軍旗喪失事件により自決または死罪に処せられるべき身を生き延びたことへの「死にまさるの苦悶」[27]に苛まれる。その罪責の賠償は戦場で奮闘戦死することで償うべきものであった。「死処ヲ得ズ」という自責の念は、二人の息子の戦死、旅順攻略戦における勝利の誉れによっても償われず、天皇への復命の折にも自らの作戦失敗を謝して割腹の許しを求め、帝の諫止を受けている。

松下芳男氏は、乃木殉死の理由を「西南戦争の軍旗喪失に対する責任と、旅順攻略戦の部下数万の犠牲者に対する責任と、そうして明治天皇の知遇に対する感謝とを、死によってはたしあるいは死によって表わしたのであ」り、したがって、殉死はやむをえぬ選択であり、本来の目的ではなかった。その覚悟に老耄の恐れを抱いていたであろうという鷗外の推測が重なる。鷗外の「半信半疑」には、乃木の心情世界に沈潜する必要を感じた鷗外の思いが含まれる。そこに見出した感動は驚嘆や羨望、賛美などとは異質なものではなかったか。

「この三つの負担をにないながら、死ぬべくして死ぬことができなかった苦悶の結果にほかならぬ。」と説いている[28]。

鷗外が過去の史実に遡及し、創作を選択したのは、自らの「半信」と「半疑」を繋ぐものを求めたからではなかったか。武士道精神の実践に接した驚愕と、近代科学的合理主義から見たその行為への批判意識との狭間に落ちた鷗外が、乃木遺書の中に見出したものは生涯を懸けた自責とその賠償の場への執着、焦燥、国家に挺身する日を失う老耄への恐れであった。そこに、弥五右衛門の若年の折、感情の制御を失って相役を打ち果たしたことへの自責の念と償いのための焦慮、老耄への恐れが重なる。

乃木殉死の報に接した鷗外に「『忠義生活の最大の肯定』の、崇高な実践の姿」を認めた時期があったことは否定出来ないとしても、鷗外をして作品化を促したものは、乃木の胸裏に肉薄することにより捉えた〈乃木の無念の思いと悲哀の摘出〉であり、そこに歴史小説という〈創作〉による「弁疏」は存在したのである。

〔注〕

（1）尾形仂著『森鷗外の歴史小説』（昭和五四年（一九七九）、筑摩書房）「興津弥五右衛門の遺書―弁疏と問いかけ―」。

（2）三好行雄著『鷗外と漱石のエートス』（昭和五八年（一九八三）、力富書房）「〈歴史〉への端緒―『興津弥五右衛門の遺書』と『阿部一族』」。

（3）初稿「興津弥五右衛門の遺書」の本文の引用は岩波書店版『鷗外全集第三八巻』所収本に拠った。

（4）神沢貞幹編、池辺義象校訂『校訂翁草』（明治三八年（一九〇五）、五車楼書店）、鷗外文庫蔵。明治三一年（一八九八）四月二一日の日記に『翁草』購入の記事があり、同文庫に蔵するが、「高瀬舟縁起」に「池辺義象さんの校訂した活字本」に拠ったとあり、池辺本も購入した。同本に拠る。

（5）『鷗外全集第三五巻』に拠る。

（6）作品末尾の考証的な文章中に「長崎行が二十代の事だとしても死ぬる時は六十歳位にはなつてゐる筈である。」とある。

（7）小堀桂一郎著『森鷗外―文業解題・創作篇』（昭和五七年〔一九八二〕、岩波書店）に「興津が同僚を殺害してから細川三斎の十三回忌にその後を追つて殉死するまでの三十五年といふのは、乃木希典の自責と隠忍の三十五年に引かれて算出した」とある。

（8）明治三一年一月一七日の日記に「国史大系の価を送遣す」とある。また、「続国史大系」の『徳川実紀』は明治三五年（一九〇二）から三七年まで刊行されたが、ともに鷗外文庫に所蔵されている。同本に拠る。

（9）明治三一年三月一八日の日記に「藩翰譜を買ふ」とあり、鷗外文庫に所蔵するが、『藩翰譜続編』は所蔵されていない。

（10）『新井白石全集第二』所収。意により読点を付した。

（11）『改訂増補日本史辞典』（昭和五一年〔一九七六〕、東京創元社）「改易」の項による。

（12）具体的には、光尚の死後、嗣子六丸が幼少のため、幕閣では肥後二分案・三分案があったが、江戸家老沼田勘解由が六丸の跡目相続に奔走し、肥後藩分裂を乗り切ったという。『藩史大事典第七巻九州編』（昭和六三年〔一九八八〕、雄山閣）の「肥後熊本藩」（松本寿三郎筆）に拠る。

（13）『廃絶録』は現在、鷗外文庫には所蔵されていない。

（14）『寛政重修諸家譜』は鷗外文庫に所蔵するが、鷗外が入手した時期は詳らかにしない。

（15）『出水叢書7綿考輯録第七巻』（平成三年〔一九九一〕、汲古書院）四八七頁。

（16）作品末尾の考証的な文章中に「細川忠利が隈本城主になつたのは寛永九年だから」とあるが、この年次考証も『徳川実紀』の掲出部分に拠ったと思われる。したがって、細川忠利の加増転封と小笠原忠真の小倉襲封の関係は知りえたはずである。なお、鷗外文庫には『小倉城沿革誌』が蔵せられている。これも入手時期は不明であるが、小倉時代の鷗外が小倉藩、熊本藩の遺跡・人物に関心を有していたことは日記から知られる。

（17）佐々木充「『興津弥五右衛門の遺書』論」（「国語国文研究」六〇号、昭和五三年〔一九七八〕七月）。

（18）木村真佐幸「鷗外の歴史小説試論―その転機の一側面―①」（「札幌大学教養部・女子短期大学部紀要」二号、昭和四六年〔一九七一〕三月）。山崎一穎「『興津弥五右衛門の遺書』（初稿）覚書」（「跡見学園女子大学国文学科報」一

九号、平成三年三月）、『森鷗外・歴史文学研究』（平成一四年（二〇〇二）、おうふう）所収など。

(19)（18）の木村氏の論。

(20) 竹盛天雄「鷗外と大正」（『シンポジウム日本文学13森鷗外』昭和五二年（一九七七）、学生社）。

(21)（20）に同じ、二二二頁。

(22)（18）の山崎氏の論。

(23) 森於菟著『森鷗外』（昭和二一年（一九四六）、養徳社）「乃木将軍と父鷗外」。

(24) 須田喜代次「『興津弥五右衛門の遺書』試論」（「近代文学論」九号、昭和五三年（一九七八）五月）。

(25) 学習院輔仁会編『乃木院長記念写真帖』（大正二年（一九一三）、審美書院）による。以下、遺書の引用は同じ。

(26) 藤森賢一「軍旗と香木―『興津弥五右衛門の遺書』の問題―」（「岡大国文論稿」一九号、平成三年三月）。

(27) 松下芳男著『乃木希典』（昭和三五年（一九六〇）、吉川弘文館）第八「日本陸軍とともに」。

(28)（27）に同じ。

第二節　「佐橋甚五郎」論
――謁見の場の構図と日韓併合問題について――

一　はじめに

森鷗外の歴史小説「佐橋甚五郎」は、大正二年（一九一三）四月発行の「中央公論」第二十八巻五号に掲載され、のちに「興津弥五右衛門の遺書」「阿部一族」とともに短編集『意地』（大正二年、籾山書店）に収載された。「佐橋甚五郎」の歴史小説としての性格と位置について考えるにあたり、『意地』の刊行に際して鷗外自ら次のような広告文を残したことは、留意されなければなるまい。

「意地」は最も新らしき意味に於ける歴史小説なり。従来の意味に於ける歴史小説の行き方を全然破壊して、別に史実の新らしき取扱ひ方を創定したる最初の作なり。其の観察の点に於て、其の時代の背景を描くの点に於て、殊に其心理描写の点に於て、読者は必らず此の作に或る驚くべき新意を見出さん。(1)

右の文意を踏まえるならば、「佐橋甚五郎」は「興津弥五右衛門の遺書」「阿部一族」に比肩する「新らしき意味に於ける歴史小説」として、「史実の新らしき取扱ひ方を創定し」「或る驚くべき新意」を込めた作品であったことになる。この作品を論じるにあたり、鷗外自身の熱意と独自の構想が存在したことは正確に踏まえられなければならない。

また、「中央公論」所載の初出稿によれば、作品世界は棒線で区切られた六部から構成されており、慶長十二年

（一六〇七）五月、朝鮮国通信使の来聘の様相と、大御所家康と通信使の一人に成り済ました旧臣佐橋甚五郎の無言の対決を描く第一部を踏まえて、同輩の頓死に及んだ若年の甚五郎の鷲撃ちの一件を描く第二部、家康の命を受けた甘利殺害を記す第三部、家康の冷淡な対応と甚五郎の意趣・出奔などの顚末を記す第四部、通信使一行の後日談の第五部、及び小活字で（著者云）として記された作者の付記となっている。作品の解釈にあたって、朝鮮通信使の来聘に関わる家康と甚五郎の再会とその後日談に挟まれる形で、両者の意趣を生んだ鷲撃ちの一件、甘利殺害、甚五郎出奔の経緯が語られる構成は注目しておく必要がある。すなわち、従来、作者鷗外の資料解釈の揺れとして作品の低評価に導かれることの多かった第五部の後日談は、二、三、四部を踏まえて再び第一部と緊密に連結される作品の結末部として、正当な位置が与えられなければならないと思われるのである。

右のことを踏まえてこの作品を解釈しようとするとき、「佐橋甚五郎」に寄せた鷗外自筆の広告文をどのように解するかが重要な問題となる。(2)

小山の城の月見の宴、城将甘利四郎三郎の寝首をかいた当年の美少年「佐橋甚五郎」は家康を鼻の先であざ笑ふて、浜松を逐転して、窃かに朝鮮に往きて、慶長十二年に朝鮮国の使者となつて来朝して、済ました顔で家康に謁見して帰りたる奇人。意地強きすね者。流石の家康も警戒したる人物。その一代の奇しき運命の物語。(3)

作者が、主人公である佐橋甚五郎を評して「奇人」「意地強きすね者」、また「その一代の奇しき運命」と言う時、その直接的な評価の材料とされたのは、家康の許を逐電して朝鮮国に渡り、二十四年後に突然朝鮮通信使として登場し、「済ました顔で家康に謁見して帰」朝した、その奇想天外な行動力にある。鷲撃ちの一件や甘利殺害のことが甚五郎の逐電と再登場の背景、ないし原因をなしていることは言うまでもないにしても、広告文を見るかぎり、鷲撃ちの一件や甘利殺害が甚五郎の「奇人」性や「意地強きすね者」であることの主たる証拠とされているのではない。同様に、作者が「流石の家康も警戒したる人物」と評した時、その家康の「警戒」は、広告文の文意に従えば、家康の許を逐電して朝鮮に渡り、通信使引見の場に出現した、その「意地強」さを指していることになる。

研究史を通観するとき、この広告文の意味するところは重要である。管見によれば、この家康の「警戒」につい て諸先学の説かれるところは、いずれも鷺撃ちの一件や甘利殺害に見せた甚五郎の怜悧で果断な計算と行動力に向けられているのであり、引見の場における「警戒」の内容に言及した論説は皆無に等しいのである。

つとに紅野敏郎氏(4)や尾形仂氏(5)が説かれたように、この作品は「権謀術数」と「深謀遠慮」を弄して封建社会体制を構築した「老獪にして非情な支配者」である家康と、「自己の能力に対する強い自信を資本」にして「自己の意地を貫き通」すために「大胆不敵な行動を敢然とやってのけ」た、封建体制からの逸脱者・自由人である佐橋甚五郎との対立・相克の構図において捉えるのが通説となっている。このような作品理解の基本構図は大筋において認められるべきものであるが、甚五郎の「意地」と家康の「警戒」の内実については、朝鮮通信使の来聘の史実とその政治的・外交的意味を踏まえたさらなる分析と、作品中における定位を必要とする。本作品を歴史小説として読むためには、作品世界の背景をなす歴史的事実の確認と復元が必要条件となるのであり、それを踏まえた甚五郎の「意地」と家康の「警戒」心の絡み合いに一篇の存在が賭けられていたからである。

慶長十二年（一六〇七）四月、朝鮮国通信使一行が来朝し、将軍秀忠、大御所家康に謁見するとともに、朝鮮王李昖の国書を呈したことは歴史的事実である。また、この通信使の来聘と国書の捧呈が、室町末期以来途絶えていた通交を回復するために、信長・秀吉・家康の三代にわたって続けられた来朝要請の働き掛けが実現を見たものであり、朝鮮側の拒否と秀吉の朝鮮出兵による両国関係の悪化という歴史的経緯を経て、その後の関係修復を求めた「徳川家の旨」が漸く実現に至ったものである。

甘利殺害による免罪を家康と甚五郎との間に交わされた一種の「契約(6)」関係であると見るならば、朝鮮通信使の来朝は、室町末期以来途絶えていた両国の国交回復という国家間の〈再契約の使い〉に外ならない。しかも、多年にわたる両国の友好と通商関係を一方的に断ち切り、己の野望のために理不尽な侵略を行ったのは日本国の支配者であり、その当事者である秀吉に代わって権力を掌中にした新たな統治者に対する疑心と、警戒心を内に含みつつ再契約のために朝鮮王朝から派遣されたのが通信使一行であった。

その史実を踏まえるならば、通信使の一員である喬僉知（佐橋甚五郎）もまた日本側の権力者の実像把握という外交的任務を負って登場したのであり、家康との対面が熾烈な無言劇を演じた所以は、その史的背景のもとに捉えなければならないはずである。

二　通信使来聘の史実と謁見場の構図

朝鮮通信使が来朝した事情は、作品の冒頭に、

豊太閤が朝鮮を攻めてから、朝鮮と日本との間には往来が全く絶えてゐたのに、宗対馬守義智が徳川家の旨を承けて肝煎をして、慶長九年の暮に、松雲孫、文彧、金孝舜と云ふ三人の僧が朝鮮から様子を見に来た。（略）中一年置いて慶長十二年四月に、朝鮮から始めての使が来た。(7)

と簡略に記されている。

通信使来聘の史実に即して見れば、秀吉の朝鮮出兵以来断絶していた朝鮮との国交を樹立することは、豊臣氏に代わって徳川幕府が日本国を代表する正統の政権であることを国の内外に示す重要な政治課題であった。国内的には大坂城に住む豊臣秀頼に心を寄せる豊臣氏恩顧の大名があり、外には琉球問題の解決と明との国交回復問題も存在していた。朝鮮との国交回復は、家康にとって元和元年（一六一五）の大坂夏の陣による全国統一までの重要な外交課題であったと言ってよい。

しかし、対馬藩主宗義智を通じて送った三度の使者はいずれも明の駐留軍に捕らえられ、ようやく四度目の使者が朝鮮国の返書を持ち帰った。朝鮮側にも日本との講和を望む機運があり、作品冒頭に記されたように、慶長九年の暮には国交回復交渉の使者が、慶長十二年（一六〇七）の四月には初めて正式の通信使が来日して幕府に国書を呈する運びとなったのである。(8) その相手国側の使者として、佐橋甚五郎が乗り込んで来たというのが作品の設定である。

慶長十二年五月二十日、駿府城における型どおりの謁見ののち、家康は周囲の者たちに次のように尋ねる。


家康は六人の朝鮮人の後影を見送つて、すぐに左右を顧みて云つた。

「あの縁にゐた三人目の男を見知つたものは無いか。」

側には本多正純を始として、十余人の近臣がゐた。案内して来た宗もまだ残つてゐた。併し意味ありげな大御所の詞を聞いて、皆暫く詞を出さずにゐた。稍あつて宗が危ぶみながら口を開いた。

「三人目は喬僉知と申しまするもので。」

家康は宗を冷かに一目見た切りで、目を転じて一座を見渡した。

「誰も覚えてはをらぬか。わしは六十六になるが、まだめつたに目くらがしは食はぬ。あれは天正十一年に浜松を逐電した時二十三歳であつたから、今年は四十七になつてをる。太い奴、好うも朝鮮人になりすましをつた。あれは佐橋甚五郎ぢやぞ。」一座は互に目を合はせたが、今度は暫くの間誰一人詞を出すものがなかつた。本多は何か問ひたげに大御所の気色を伺つてゐた。

家康は本多を顧みて、「もう好い、振舞の事を頼むぞ」と云つた。


家康の謁見の場に陪席した本多正純以下の十余人の近臣は、みな家康とともに苦難の時代を生き抜いた股肱の臣たちであり、鷺撃ちに絡む甚五郎の蜂谷殺害逃亡のこと、甘利刺殺の功績のこと、若御子の戦いにおける軍功のこと、更に逐電のことなどの事実に直接関わった者たちであった。しかし、彼らは既に佐橋甚五郎の存在を遠く忘却しており、朝鮮通信使一行の中に甚五郎の存在を認めることはなかった。

それでは、家康のみが瞬時にそれと見抜いたのは何故であったのか。甚五郎が逐電した後の二十四年間は、信長・秀吉政権における雌伏の時期から、関ケ原の戦を経て徳川政権の確立を望む苦難の道であった。この歴史的な変革の時期を経てきた六十六歳の大御所家康が一目で見破るほどに強烈な印象を与え、忘れ難い思いを権力者の胸中に刻印した佐橋甚五郎とはいかなる人物であったのか。

謁見の場に現れた甚五郎が、当然家康に見破られることを計算して登場した(9)ことは疑問を納れないであろう。単身で日本を脱出して密かに朝鮮に渡り、二十四年間、家康との対決という千載一遇の機会を待つ。そのために朝鮮人に成り済まして朝鮮王朝に入り込み、日本への国書捧呈使節に選抜される地位と信任を得るために費やしたであろう努力と、二十四年の時間をそのために傾注させたものは何であったのか。多くの論者によって「意地」と説かれるものであるが、その内実については説明不足の感を否めない。

その事由として論者が挙げるのは、浜松出奔後の甚五郎の動静に関する作品の記述の欠落である。竹盛天雄氏は次のように説いている。

逐電後の模様について、鷗外はきわめて不十分・不親切にしか語っていない。この作品のみの形象に即していえば、その説明は読者の当然の要求であり、いかにも残念な気がする。それをなしとげるには、史料の不足がゆくてをはばんだであろう(10)。

また、社本武氏は甚五郎像の形象性の問題を挙げて、より批判的な立場から鷗外の表現不足を指摘している。

日本国を亡命して朝鮮国へ渡り、国を代表する来聘使の一員、それもかなり高官の一員になるためには、異常な才能の発揮と測り知れないほどの持続する努力があったはずです。鷗外は、そういう甚五郎の変化・成長の過程を、書く書かぬは別にして、一人の人物像として構想していないと思うのです。だから数奇な人生を辿ったはずの甚五郎の内面的変化の描写は、まったくしていません。なぜ危険を冒して日本へやって来たか、甚五郎の胸中には複雑な思念がうず巻いていたはずですが、鷗外は、むろんそれもいっさい書きません。[11]

しかし、その動静の空白を歴史の時空間の中で想定することは、それほど難しいことではない。


天正十一年（一五八三）　佐橋甚五郎出奔。

文禄元年（一五九二）　文禄の役、秀吉の第一次朝鮮出兵（十五万余）。

慶長元年（一五九六）　慶長の役、秀吉の第二次朝鮮出兵（十九万余）。

同　三年（一五九八）　秀吉の死により朝鮮派遣軍撤退。

同　八年（一六〇三）　家康、幕府を開く。

同　九年（一六〇四）　朝鮮側、初めて国交回復の交渉に応じる。

同　十年（一六〇五）　家康、使者に俘虜三千人を返す。

同十二年（一六〇七）　国交回復の朝鮮通信使来日、朝鮮王の国書を呈す（甚五郎出現）。

元和元年（一六一五）　幕府が朝鮮にとって不倶戴天の敵である豊臣氏を滅ぼしたことに好感を持ち、元和三年、次いで寛永元年の三代家光以降、将軍の代替わりごとに朝鮮通信使が来聘することになる。


したがって、佐橋甚五郎が単身朝鮮に渡り、朝鮮人に成り済まして王室の政界の中に潜入し、政治的な地歩を確立していった時期は、日本からの侵略軍との戦いに明け暮れ、王都京城が焦土と化するなど、朝鮮側の強硬な抗戦の意志と極度な反日感情が国全体を覆っていた時期に当たる。これを朝鮮史の側から見れば、「壬辰・丁酉倭乱」と称される秀吉の朝鮮出兵による六年間の戦禍のために国土はかつてない惨状を呈し、耕地面積は三分の一以下に

荒廃した。少なくとも六万人前後の捕虜が日本に連行され、帰国出来たのは約七千五百人にすぎないという。(12)

甚五郎は、日本人であることが露顕すれば直ちに生命の危機に陥る危険極まりない相手国の政界を泳ぎきり、ついに歴史的な国交回復の使節になりおおせたのである。甘利の謀殺などとは比較にならない多くの試練と危機を、文字通り「怜悧」な思考力・判断力・決断力によって乗り越えたであろうことは想像に難くない。その事を如実に感じるからこそ、家康の驚愕と警戒心とおびえは心胆に達するのである。

甚五郎説話を取り巻く史的事実が、歴史小説を読む者の備えるべき基本的な与件であるがゆえに、鷗外は説明・詳述の必要を感じなかったのに違いない。また、甚五郎が「なぜ危険を冒して日本へやって来たか」という社本氏の問いと、竹盛氏が、

この絶対的な権力者は、何をそんなに過敏に反応し、ただちに甚五郎逐電の年月や年齢などまで記憶の淵から呼び覚まして、当年とって四十七になっているなどと、姑息な勘定をしなければならないのであろう。不思議と言えばまことに不思議なはなしである。(13)

と提起した疑問の解決こそは、通信使来聘の史実と甚五郎説話を結んで一篇を構成した鷗外の主題に直接関わるものであったはずである。したがって、通信使謁見の場に集約された両者の対立・相克の内実を〈読む〉ことは、背景をなす慶長十二年の国内の政治状況、及び朝鮮使節来聘の政治的・外交的意味を踏まえ、鷺撃ちの一件、甘利謀殺に絡む両者の意趣を読み解くことが基本であることが確認されなければなるまい。

三　研究史通観

家康の幕下を逐電した佐橋甚五郎が朝鮮国の通信使節に成り済ますことは、甚五郎を知る誰にも想像のつかぬこ

とであった。また、甚五郎が朝鮮国の使者として出現した狙いのはかり難さが、家康の驚愕と警戒心と苛立ちを募らせることになる。この佐橋甚五郎が家康の前に現れた意図・目的について、先学の解釈は必ずしも明確ではない。つとに、紅野氏は甚五郎の朝鮮への脱出を「日本への見切り」であると解し、家康像を中心に謁見の場を捉えようとされた。「喬僉知を甚五郎と見破った慧眼、自信はまさに支配者の本能的感覚と結合」したものであり、その場の家康の処置に「もはや敵するものもない時代の大人の家康の慎重さ」が読み取られるという。(14) しかし、広告文に言う家康の「警戒」と甚五郎の「意地」には言及されていない。

これに対して、尾形氏は、「甚五郎的存在は、その忠義の観念を紐帯として成り立っている封建機構を根柢からおびやかすもの」であると捉え、謁見の場を「海彼岸からやって来た、個人の意地に生きる人間と、忠義という美徳をもって封建機構を構築し、その上にあぐらをかいてこの国土を支配する絶対権力者との対決という象徴劇」であると説かれた。(15) しかし、甚五郎像とその出現の意義をこのように捉えるとすれば、「封建機構を根柢からおびやかすもの」が不意に出現したことによる家康の「警戒」の内容を解明するのでなければ、その「対決」の内実は不鮮明にならざるをえないであろう。

このののちの論者の見解は尾形説を踏まえつつ、日本脱出を「封建的機構に対する反逆性」(16) と捉え、「その出現自体、封建体制をまさに確立せんとしている支配者家康に向けられた〝反抗の鋒〟(17)」であると説かれているが、やはり「反逆」「反抗」の具体的な内容についての言及はない。

佐橋甚五郎が家康の前に現れた目的・狙いについての論者の解釈の不明確さは、言うまでもなく、作品が甚五郎に具体的な行動を起こさせることなく、もっぱらそれと見抜いた家康、及び権臣本多正純らの対応を中心に描いていることによる。したがって、その対応を捉える論者の解釈もまた多様にならざるをえない。

しかし、家康の心の動きや対応をどのように見定めるかという問題は、佐橋甚五郎がいかなる目的を持って家康の前に現れたのかという問題についての史的背景を踏まえた論者の解釈、ないしは推定において確定されるべきものである。作者は、作品冒頭の構図を朝鮮使節を接見する家康と駿府側の対応を通して描いているのであり、上々官喬僉知が甚五郎であることを見抜いた家康の心内劇を史実の上に重ねて読み取ることを読者に求めているのである。

佐橋甚五郎の出現の目的と家康の「警戒」の内容について、小堀桂一郎氏は謁見の場を「二人の人間の間に展開する自我の対決のドラマ」と捉え、「主君に裏切られ、自分の方からもまた主君を見限」った甚五郎が「この恨みを忘れずにゐて、二十四年の後になつて不思議な形で旧主君にそれを悟らせ、ひそかな意趣返しとした」のであり、「それは復讐といふほどのあらはなものではなかつたが、とにかく老主君は一瞬旧部下の異様な執念の影の如きものに怯えたのである。」と説かれる(18)。

また、甚五郎の「意趣返し」については、家康が「かつて自分に反抗して出奔という掟を破った甚五郎を目前にして、全く手も出せない屈辱と憤怒の炎を燃やしていることを実感し」「家康が『むごい奴』と吐き捨てるように言った甚五郎への侮蔑、それから受けた怒りと屈辱は、この一瞬にして癒されることになる」ところに「家康が手の出せない立場に居て真向かう快さ(19)」を捉え、または甚五郎の突然の出現を見抜いた家康の「明敏な個性が、その一瞬、彼自身を傷つける刃とな」り、「家康ひとりが愕然とする」のを望む「執拗きわまる意趣を読む(20)」など、謁見の場における「心理的軋轢感(21)」に限定して捉えるのが通説となっている。

研究史を通観するとき、特徴的なことは、佐橋甚五郎が朝鮮通信使の一員に成り済まして家康の前に現れ、家康がそれと見破ったとする出来事を、史実を離れた一種の奇談として捉え、両者の再会の場に〈心理的軋轢のドラマ〉を読み取ろうとすることである。その軋轢はそれを生じた二人の過去の交渉に遡及されるから、鷺撃ちの一件、甘利殺害から甚五郎出奔の事情の解明に力が注がれることになる。言わば、甚五郎の日本脱出という「見切り」に至る二人の確執、心理的な闘いの分析に論点が集中することになるのである。その結果として、論者の捉える家康のイメージ、再度出現した甚五郎の存在が家康の胸中に与えた衝撃の解釈については、殆ど対照的とも言いうる乖離を示すことになった。

家康像について言えば、「強大な権威者[22]」「この国土を支配する絶対権力者[23]」「官僚の頂点に立つ独裁的統治者[24]」という徳川幕藩体制を樹立した絶対権力者像を挟んで、「封建体制をまさに確立せんとしている支配者[25]」とする解釈と、「偉業を成し遂げてやっと安住の域に到達した老政治家[26]」「隠居後の家康の身についた支配者ぶり[27]」という対照的な把握まで、微妙な揺れを見せている。このことは、先に述べた慶長十二年（一六〇七）時点における国内の政治状況と、朝鮮通信使来聘の政治的意味についての論者の理解・解釈の相違に起因するものと言うことが出来よう。

慶長十二年を徳川幕府始発期の不安定要素を抱えた政治状況と見るか、家康による徳川幕藩体制が確立され、絶対権力を掌握した安定的な政治状況と見るかにより、通信使来朝の、また甚五郎出現の政治的な意味は根本から異なる。しかし、従来の論者の視線はもっぱら二人の確執の起因となった鷺撃ちの一件や甘利殺害に関わる意趣に向けられ、当時の政治状況や通信使来聘の政治的意味に関心が向けられることはなかった。直接には天正十年（一五八二）の本能寺の変を境とする「徳川家の運命の秤が乱高下をした」史実についての言及であるが、そのような「歴史認識は、直接この小説の〈よみ〉に重大な影響を及ぼさない[28]」とする見解も見られる。

したがって、甚五郎が家康の胸中に与えた衝撃の内実についても、それを無に等しいものと捉える立場や、「甚五郎の反逆性は家康の反発・嫌悪・冷遇を誘うであろうが、警戒心、恐怖心にまで到る必然性は薄い[29]」とする見解と、家康の胸中に「おびえ[30]」を認め、「家康をおびえさせるのは、彼の存在自体が、家康体制の社会を批判しうるものであったからにほかならず、「権力の座にある者なるが故の怯え[31]」であるとする解釈が対立する。前者のような解釈が「流石の家康も警戒した」とする広告文に対応しないことは勿論、家康の「おびえ」を見る後者の解釈についても、その具体的な内実は極めて不鮮明であると言わざるをえない。その結果、朝鮮使節として日本に潜入して来た「甚五郎の挑戦」の具体的な内実は、「裁くはずのものをもてなすという屈辱を甚五郎は確かに家康に与えた[32]」とする一場の「〈復讐〉的情念の心理劇[33]」と解され、「その一瞬のために、甚五郎は四十七年の人生を供犠するのである。[34]」とまで極論されるに至る。

しかし、このことは、「歴史其儘」と評される鷗外の一連の小説が史実・史料を材源として歴史的な時空間における史実の解釈と復元を事とする〈歴史小説〉であったのか、という深刻な問題を提起することに繋がる。少なくとも、「佐橋甚五郎」という作品に作者の歴史認識が存在しないとすれば、歴史認識を持たない作品を〈歴史小説〉と言いうるのか、また、研究者が歴史認識を持たずに作品に接することが〈歴史小説をよむ〉ということになるであろうかという根本的な問題を避けて通ることは出来ない。

甚五郎の存在が「封建機構を根柢からおびやかし」、または「反逆」「反抗の鋒」を家康に向けたという歴史的な事実は存在しない。一方、日本を脱出して朝鮮王朝に潜入し、二十四年後に朝鮮使節の一員として現れた甚五郎の来日目的が家康に対する〈無言の心理的な意趣返し〉であるというのは、鷗外の標榜する「歴史其儘」「歴史の自然」を「尊重する念」に合致するであろうか。

従来の作品解釈は、積年の意趣を晴らした甚五郎の痛快感を主軸に据えた、「心理小説[35]」としての理解を中心とするものであり、あえて奇矯な言い方をするならば、本作品は講談物の英雄である猿飛佐助や霧隠才蔵と同類の快男児による〈家康に一泡吹かせた男の物語〉として読まれて来たことになる。しかも、家康に屈辱を与えたはずの甚五郎の痛快感なるものは、甚五郎の存在を黙殺し、表面何事もなく送り帰してしまう老獪な「大人の家康[36]」像を配したならば、霧消してしまうであろう。その意味では、右の解釈に従うならば〈甚五郎の胸中でのみ夢想された自慰的な復讐劇〉に過ぎないとも言いうるのである。

また、そのような読みと、典拠とされた『通行一覧』『徳川実紀』『韓使来聘記』などを踏まえた通信使接遇の大仰な描写との不整合性のゆえに、

鷗外は朝鮮からの使者の様子などは、鷗外一流の重厚な筆致で事細かに描いているが、それも史料の語る範囲をふみ出さないよう注意深く守り、不要な説明描写は、一切出さないようにしている。それが、この作品をどう受けとめ、どう解釈していいのかひどく読者をまどわすのである。(37)

と説き、鷗外の小説性と資料性との処理における混乱を挙げ、(38)「鷗外は、甚五郎型人物のヴィヴィットな形象力を持つことができなかった」のであり、「竜頭蛇尾の短篇小説である」(39)と断じるのは、作品から乖離した論者の一方的な論断であると言わなければなるまい。

鷺撃ちの一件、甘利謀殺に絡む両者の意趣、及び日本を脱出して朝鮮王朝に潜入し、二十四年間を再会の機会に賭けた甚五郎の「意地」は、このような〈一場の心理的な軋轢の意趣返し〉に単純化して捉えられるものではない。朝鮮通信使の来聘は徳川時代二百七十年間に十二度にわたって行われた華麗な、しかし厳酷な両国の政治的思惑を含んだ外交行事であった。朝鮮史家寺内威太郎氏は、朝鮮通信使来聘の政治的意味を日本側から見れば、「幕府にとって、一国の統治者としての徳川将軍の存在を内外に示すまたとない機会だったのであ」り、朝鮮側にとっても、通信使派遣による「これらの見聞は日本の再侵略を警戒していた朝鮮政府にとって、日本の国情を把握するうえでの貴重な情報源になった。」と説いている。(40)また、慶長十二年度（一六〇七）の朝鮮使節の副使慶暹の『海槎録』、慶七松の『海槎録』をはじめ、日本の国情を探った膨大な日本滞在記が残されている事実も見逃すことは出来ない。このことを踏まえて見れば、右に概観した研究史が慶長十二年の政治的状況と通信使来聘の政治・外交的意味に対応しえていないことは指摘されなければなるまい。

四　「警戒」と「意地」の内実

言うまでもなく、「意地」とは、心中に思いを閉じ込めておく意味の「意」と、そのあるところを指す「地」からなり、自分の思い込んだことを押し通そうとする心の働きを指す。それは、

・賢を守り義をはげむ甘輝は言ひ出す詞の意路《いぢ》。引もとゞめず引返さぬ。日本の勇者異国の義者。みがきあひたる魂の。

（近松作・浄瑠璃「国姓爺後日合戦」）

・一身五骸。ずた〳〵に成まで切て切死。謀の先途を見ず。相果るも武士道の意路《いぢ》。

（紀海音作・浄瑠璃「鎌倉三代記」）

など、自らの生死や誇りを賭けてその主張や行動を貫徹しようとする心の働きに用いられる。本作が、藩主の命令の忠実な履行のために死を賭して朋輩と対立した武士の意地を描く「興津弥五右衛門の遺書」、藩主の恣意的な処置に抗して殲滅の運命を選んだ阿部一族の反抗心を描いた「阿部一族」とともに短編集『意地』として収載されたについては、冒頭に掲出した鷗外自筆の広告文に徴するまでもなく、前二作に匹敵する甚五郎の「意地」のありかを、慶長十二年の歴史的な背景に即して追究することが必要である。甚五郎が「なぜ危険を冒して日本へやって来たか。」「家康は何故このように苛立って、敏感に反応するのだろうか。」[41]という根本的な問いは、歴史的な背景を踏まえることにおいてはじめてその輪郭を捉えることが可能になるのである。

作品に即して言えば、少なくとも当事者である家康は、佐橋甚五郎が自分を驚かすために日本にやって来たなどという楽観的な見方をすることはないはずである。家康の心中に「警戒」心や「おびえ」を呼び起こしたとすれば、それは自分への意趣のために朝鮮一国を手玉に取った甚五郎の際限のない権謀の才と、二十四年間も執ねく意趣を

持ち続けたその偏執に対してである。家康に壮年の甚五郎と老齢の自らとの年齢差から来る焦りを与え、豊臣氏の打倒と権力基盤の整備をもくろむ家康の心胆を寒からしめて去ったのは、作品の構図から類推される紛れもない事実なのである。

これを歴史的な時空間に据えて見れば、その偏執の不気味さと、甚五郎が大御所家康の権力・武力をもってしても手出しの叶わぬ隣国の一員として存在すること、及び隣国を手玉に取った術数が自らの生涯をかけて構築した徳川幕藩体制にいかなる挑戦を企てるのかという問題である。それは、家康が、四十七歳の壮年である甚五郎と六十六歳の頽齢に達した自らを対置せざるをえなかった所以でもある。

家康の（家康を頂点に据えた日本国の封建的支配機構の）酷薄な内実を知悉する者が相手国の王朝の中枢に存在し続けることの不気味さ、そのことを暗黙裡に家康に悟らしめるために甚五郎は出現したのである。両者の視線が絡み合い、瞬間火花を散らした謁見の場が無言劇である所以である。自分の存在を誇示し、家康に驚愕と畏怖を与えることが甚五郎出現の唯一・最大の目的であり、無言で視線を合わせるのみで去ることで十二分にその目的を遂行しうるからである。

慶長五年（一六〇〇）の関ケ原の戦に勝利を得た家康が対馬藩に命じて開始された国交回復交渉の複雑な経緯は、典拠史料である『通航一覧』に所収の「隣交始末物語解」に詳述されており、鷗外も披見している。その曲折を経た外交交渉における朝鮮側の強硬な態度の背後に甚五郎の暗躍を想定し、手元で隷従せしめようとした甚五郎の怨念を抱えた国交樹立後の交流の多難さを思うとき、老齢にある家康の警戒心は「おびえ」を呼び起こすことになるのである。広告文に言う家康の「警戒」と甚五郎の「意地」をこのように読み解くとき、作品はその輪郭を明瞭にするであろう。

本多正純は、この事件のあった慶長十二年当時は四十二歳、家康の懐刀的な存在として駿府と江戸の二元政治に関わり、戦国の世を切り開いた武功派に代わる吏僚派の代表として徳川政権の確立のために辣腕を振るっていた。本多は家康の審問に答えて朝鮮側への確認を献言する。しかし、徳川氏の多年の請を納れて朝鮮王が漸く派遣してきた国交回復使節に対して、その人物への疑念を洩らすことは、相手国政権の国使の正統性への疑惑を伝えることであり、重大な外交問題に発展する可能性を含んでいた。本多のそれとない問いに対する正使呂祐吉の戸惑いにそれが暗示されている。そこに本多の政治家的資質の限界が透けて見えてくる。佐橋甚五郎の謀略の才、他者の意表を衝く決断力・行動力と比較された政治的力量の小ささ、忠実な官僚ぶりが点叙されていると言えよう。その差異が家康の自らの没後への不安を増幅させることになる。家康が「苛立って、敏感に反応」した所以であり、「もう好い。」と問答を断ち切った「おびえ」の内実である。

家康は調査の無意味さを知るがゆえに、国内での接触を警戒し、甚五郎の行動を規制して迅速に帰国させようとする。しかし、鷗外は小説の結末部に帰国後の甚五郎の動静を推測させる次のような後日談の第五部と作者の付記を記している。

天正十一年に浜松を立ち退いた甚五郎が、果して慶長十二年に朝鮮から喬僉知と名告つて来たか。それともさう見えたのは家康の僻目であつたか。確かな事は誰にも分からなんだ。佐橋家のものは人に問はれても、一向知らぬと言ひ張つた。併し佐橋家で、根が人形のやうに育つた人参の上品を、非常に多く貯へてゐることが後に知れて、あれはどうして手に入れたものかと、訝しがるものがあつた。（終）

（著者云。此話は「続武家閑話」に拠つたものである。佐橋家の家書等には、夙く永禄六年一向宗徒に与して討死した甚五郎の外には同名の者が無い。「甲子夜話」には、慶長十二年の朝鮮の使に交つてゐた徳川家の旧臣を、筧又蔵だとしてある。林春斎の「韓使来聘記」等には、家康に謁した上々官を金、朴の二人だけにしてある。若し佐橋甚五郎が事に就いて異説を知つてゐる人があるなら、その出典と事蹟の大要とを書い

て投寄して貰ひたい。大正二年三月記）

この文章を記した意図については、作者鷗外が朝鮮使節喬僉知が佐橋甚五郎であることに確信を持ちえたか否かをめぐって、作品の評価や鷗外歴史小説の方法に言及されることが多い。既に佐々木充氏が整理された(42)ところであるが、多くの論者によって、鷗外は喬僉知が甚五郎か否かを明らかにせず、この問題の解決を中途で放棄して擱筆したのであるとして、作品の低評価に導かれている。

掲出した本文は「中央公論」掲載の初出稿であり、第五部の終わりに「(終)」とあり、その後に三行分の空間を開けたうえで、丸括弧付きで「著者云。」以下の史実関係についての疑問が付記されている。したがって、「佐橋甚五郎」の作品世界は初出稿によれば第五部までを含み、「著者云」以下の付記とは明確に区別されなければならない。全集収録の際に「(終)」の記載、及びその後の丸括弧と「著者云」という記載は削除され、一部の表記が変えられて、行間を詰めて二字下げの形を取ったために、付記を含む全文が作品の一部をなすとする解釈が生じたものと思われる(43)。

言うまでもなく、家康が朝鮮通信使一行中に潜入した佐橋甚五郎の存在を見破ったとするのは、『通行一覧』所収の「続武家閑話」に依拠した設定である。しかし、尾形氏・山崎一穎氏の紹介された他の記録類にその記載がなく、上々官喬僉知なる者の存在も確認されていない(44)から、史的事実として甚五郎が喬僉知であったということは考え難い。

一方、作品世界は喬僉知が家康の許を逐電した佐橋甚五郎でなければ成り立たない。「確かな事は誰にも分からなんだ」という作品中の記載は、作者鷗外の典拠の史実性への疑念の表明ではなく、家康の確信と対置された本多ら近臣の疑念として捉えられるべきものである。それは、日本を脱出して朝鮮王朝に潜入し、政治的地歩を確立した甚五郎の際限のない権謀の才と、大胆不敵な決断力と行動力を目の当たりにして、向後の外交交渉に警戒心とおびえを隠せない家康と、戦国の世をしたたかな政治力で泳ぎきって来た老権力者の奇妙な動揺に寄せる股肱の臣たちの不審との、状況認識の決定的な乖離を語るものであった。

佐橋家の朝鮮人参所蔵の一節も「続武家閑話」に拠ったものであるが、「依之其時の沙汰に佐橋一家ハ朝鮮の使より人参多貰けると云々」という典拠の明瞭な記載を、鷗外は前掲のような不明瞭な設定に変えている。極秘であるべき佐橋甚五郎の日本脱出と朝鮮使節としての日本潜入の事実関係を佐橋家の者に尋問した当事者は、本多ら家康の側近が想定される。佐橋家側の強硬な関係否定の態度と、貴重な薬草である朝鮮人参の大量所蔵の事実との矛盾が、彼らの疑念をかき立てることになる。この設定はすなわち、家康や本多らの厳しい監視にもかかわらず、甚五郎の行動は何らの制約を受けずに海の彼方から日本国内に謀略の手を伸ばしうる状態にあることを暗示する。そのことを日本国の支配者に暗黙裡に知らしめる構想による改変であったと思われるのである。

五　蜂谷事件・甘利殺害の問題

両者の意趣の発端となった鷺撃ちの一件は、甚五郎が家康の嫡子信康の小姓として仕えていた十六歳の時に起こった。城下外れの沼に下りていた鷺を撃てるか否かという賭けに甚五郎が応じたのに対して、同輩の蜂谷が「今ここに持つてゐるものを何でも賭け」ると約束し、甚五郎が賭けに勝つ。

翌朝、蜂谷は死体で発見され、蜂谷の金熨斗付の大小が紛失しており、代わりに甚五郎の大小が置かれてあった。前日、甚五郎は「約束の事は跡で談合するぞ」と蜂谷に伝えているから、甚五郎が蜂谷を殺害して、その愛用の金熨斗付の大小を奪って逃走したという推測を呼び起こすが、蜂谷の体に傷がなく、傍らに甚五郎の大小が置かれていたことが周囲の不審をかき立てる。

一年後、甚五郎の従兄が家康に助命を嘆願し、事情が明らかになる。蜂谷は「なんでも賭け」ると言ったが、家宝の金熨斗付の大小だけは命に替えても駄目だと拒否した。甚五郎は「武士は誓言をしたからは、一命をも棄てる。」と言って蜂谷を罵り、怒って刀を抜こうとした蜂谷に当て身を食わせる。蜂谷はそのまま絶命したので、大小を取り替えて逐電したのであるという。

この陳述により、蜂谷の死と甚五郎の逐電の事情は一応周囲の者に納得される。甚五郎の主張するところは命に勝る武士の誓言の重さであり、蜂谷は誓言の履行を拒否したために死に至ったのである。甚五郎は武芸の腕に誇りを賭けた代償として蜂谷の金熨斗付の大小を要求し、代わりに自分の大小との交換を提案したが、拒否されたので奪って逃走した。言わば、「平生何事か言ひ出すと跡へ引かぬ」甚五郎の意地の行為であったという。

この申立てに対して、家康は「暫く考へて」「甚五郎の申分や所行も一応道理らしく聞えるが、所詮は間違うてをる」と断じ、「弱年の者ぢやから、何か一廉の奉公をいたしたら、それをしほに助命」すると伝える。「所詮は間違うてをる」という家康の指摘は、読者に甚五郎の主張する「意地」が果たして正当性を有するか疑問を喚起することになる。甚五郎の申立てた「道理」の矛盾・破綻の指摘が想定される。その指摘は、甚五郎の誓言重視の主張が、蜂谷の大小を奪い取ることと直結するかという疑問に集約されよう。

甚五郎は武士の誓言は命に勝ると主張し、その履行を要求する。侮辱を受けた蜂谷が抜刀しようとしたので、防御のために当て身を食わせたのであり、意図的な殺害や斬り合いではない。しかし、結果として死に至った以上、蜂谷は誓言の違約を死によって贖ったことになる。甚五郎が自らの行為の正当性を主張しうるのはここまでである。大小の交換は甚五郎の一方的な提案であり、蜂谷が死を懸けて拒否し、違約の代償として命を失った以上、大小を交換したのは金熨斗付の刀に欲心を持つ甚五郎の窃盗行為の糊塗策に過ぎない。

したがって、甚五郎の申立てが君主によって「間違い」の意地・理屈であると断定された以上、蜂谷の殺害、金熨斗付の大小の奪取、逃走という行為は当然死罪に相当する。蜂谷の遺族の報復に正当な根拠が与えられたことにもなり、従兄の嘆願のとおり、権力による処断に先んじて身内の者による贖罪のための処置を取るのがふさわしい。

ところが、家康は「何か一廉の奉公をいたしたら、それをしほに助命」するという条件を出す。甚五郎の行為を過ちと断じた理由と、代償行為要求との関連性は不明である。しかし、誓言を重視する甚五郎には〈助命のための絶対条件の提示〉、または家康との「契約」という性格を持つことになる。家康の示した条件とは、「甚五郎は怜悧な若者で、武芸にも長けてゐるさうな。手に合ふなら甘利を討」てというものであった。

甚五郎の行為が君主によって「間違い」と断定された以上、遺族による報復や権力による処断を避けるためには、君主の命ずる償いを命を懸けて完遂するしか道はない。命を助けるために命を懸けさせる。その結果として敵の勇将甘利を討ち取ることが出来れば、徳川方は無血の勝利を得ることになる。たとえ甚五郎が甘利殺害に失敗して死亡しても、蜂谷を死に至らせた償いとして一件は落着する。佐橋一族、蜂谷の遺族を納得させる両睨みの判断である。これが家康の「暫く考へて」示した条件の中身である。

甚五郎は家康の示した条件を一種の契約と解釈し、命ぜられるままに甘利の首を取る。しかし、家康はその功績を讃えることなく、むしろ甘利殺害の方法と、主従の義理を欠いた処世観を鋭く指弾することになる。家康の指示内容の曖昧さと決定的な条件づけに注意すべきである。蜂谷事件の一年後であれば、甚五郎は十七歳の少年である。徳川方の総力を挙げて戦い、「手に余つた」猛将に対して、十七歳の少年が単身で正面から戦いを挑み、その首を取ることは不可能である。したがって、奇襲・罠・油断をみすますなどの謀略的な方法を必要とするのであり、その具体化として「寝首を掻く」方法が選択されることは、家康にも当然予見しうることであった。家康の言葉は、自らの智恵・才覚と冷静な判断力、さらに武芸の力量の総力を挙げて、単独で「甘利を討」てと指示したことになる。しかも、その指示には、出来なければ死罪という恫喝が含まれていた。甚五郎に手段を選ぶ余地はないのである。

甚五郎は家康に予想しうる当然の方法で甘利殺害に成功する。しかし、家康は功を立てたから帰参は許したが、冷遇する。蜂谷の遺族も君主の処置であるから不満ながら帰参を了承する。五年後の天正十年（一五八二）、徳川氏と北条氏の戦いに甚五郎は若御子で戦い、負傷したが、家康からは加増のほかに褒賞の言葉はなかった。

その冷遇の意味を、家康は戦国の世を共に生き抜いた武功派の老臣石川数正に、次のように語る。

あれは手放しては使ひたう無い。此頃身方に付いた甲州方の者に聞けば、甘利はあれを我子のやうに可哀がってをつたげな。それにむごい奴が寐首を掻きをつた。

言わば、武士の大義名分に反する卑怯な行為であるという指弾の言葉である。家康には、その行為を非難する態度を家臣団に示す必要があった。家康の言葉は腹心石川数正を心服させ、主従の信義を重んずる君主像は家臣団の中にしかと定着されるであろう。自らいかなる手段を労しても甘利を討ち、武田の脅威を除いておきたい望みを甚五郎に託しておき、成功したのちは主従の信義・徳義を強調して冷遇する。冷遇は蜂谷の遺族をはじめとする家臣団の意向に沿う措置である。そこに君主という存在のしたたかな計算と狡猾さが見て取れる。

天正十年の武田滅亡を境に「徳川家の運命の秤が乱高下をした」経験は、家康の膝下にあった甚五郎にとっても同様であった。家康は徳川家の存続のために権力者信長の意を受けて嫡子信康と正室筑山殿を殺したが、信長は家臣明智光秀の謀叛に倒れ、明智を討って秀吉が天下の権を握る。ようやく岡崎に逃げ帰った家康は、秀吉の勢力に対抗するために「武田の旧臣を身方に招き寄せて」いるうちに北条氏直の攻撃を受け、二女督姫を輿入れさせて危機を脱する。戦国の世を支配する論理は、言わば怜悧な知恵・策謀と決断力である。愛息・正妻を手にかけ、かつての仇敵を味方に引き入れ、娘を敵方の人質に送るのも、すべては戦国の世を生き抜く知恵と手段にすぎない。

その非情な戦国の論理を体現してきた家康が、武田方の寝返り者を証言者として主従の信義を説くことに、甚五郎は権力者の偽善を鋭く察知する。事態打開の糸口を甘利の寝首を掻くという甚五郎の捨て身の働きに求め、それが出来なければ蜂谷の責めを負わせると恫喝した家康が、人前で人倫を説いて主従関係の倫理的規制を図ろうとするのは偽善である。

家康が甚五郎を「手放しては使」わないというのは、手元に置いて常に監視しつつ隷従せしめることを意味する。大坂城に入れば、いつ秀吉方に寝返るか分からないという奥深い猜疑心でもある。甚五郎は、常にその忠義心を疑われながら、常に命懸けの奉公による忠義心の証明を求められる。しかも、褒めずに使い潰すという考えなのである。謀略と信義を使い分けて敵対勢力を倒し、恩賞と恫喝を交えつつ隷従を要求する。それは、家康個人のみならず、日本の戦国の世を支配する非情な掟でもあった。佐橋甚五郎が秀吉または氏直方に寝返るのではなく、朝鮮に渡った所以である。

六　鷗外と日韓併合問題

明治四十二年（一九〇九）十月二十六日、初代韓国統監伊藤博文はハルピン駅頭で日韓合併反対派の安重根に射殺された。当日の鷗外の日記は、日韓問題と鷗外との関わりを象徴的に記している。

二十六日（火）陰。（略）午後三時過ぐる頃外務省にある寺内大臣に呼ばれて行く。大臣政府局長室《ママ》にありて、満州にある医師を選びて哈爾賓に遣らんことを命ぜさせ給ふ。本堂恒次郎、河西健次を遣ることとし電文を草す。未だ草し畢らざるに、公薨ずといふ電報至る。夜賀古鶴所電話にて医師を伊藤公の許に派遣せしやと問ふ。依りて事実を告ぐ。

翌二十七日の日記には「伊藤公遺骸保存の事に関して青山胤通に電話す。」、十一月四日には「陰。伊藤公国葬の日なり。」という記載が見える。

この事件に先立つ鷗外と韓国との関わりを日記から確認すると、

〔明治四十二年〕
五月三日（月）晴。大臣に事を稟す。韓国病院の事なり。（下略）
九月二十五日（土）半晴。（略）虎列拉予防接種法を韓国にある兵に行ふことを許さる。（下略）
九月三十日（木）雨。（略）韓国虎列拉の事を次官に謀る。（下略）
という記載があり、日韓合併による暴動と反乱軍の鎮圧のために派遣された日本軍の衛生管理、及び蔓延するコレラ対策に関与していたことが分かる。前年の明治四十一年、明治政府はこの暴徒討伐の名のもとに二万の軍隊を動員し、朝鮮全土で反乱軍の鎮圧に当たったが、陸軍軍医総監・陸軍省医務局長の職にあった鷗外は、韓国統監も兼ねた陸相寺内正毅の側近として、もっぱら派遣軍の衛生管理のために韓国病院の整備の任に当たってきたのである。

十月二十七日（水）晴。大韓医院職員の事に関して菊池常三郎に書状を遣す。

〔明治四十三年〕

四月二十一日（木）晴。（略）午餐後大臣予を召して衛生部将来の事を諮はせ給ふ。局長後任者の事、軍医補充の事、韓国衛生の事等なり。予所見を陳べ、序に北京に病院を置くことを建議し、允諾を得たり。

（下略）

四月三十日（土）晴。（略）山根正次来て告別す。韓国に聘せられ行くなり。

六月十六日（木）雨。（略）大臣官邸にゆきて事を稟す。大韓医院の事も其中にあり。（下略）

八月二十七日（土）半晴。（略）寺内大臣より大韓医院に関する電信到る。大西亀次郎に電信を発す。

八月二十八日（日）晴。（略）朝大西亀次郎、鶴田禎次郎を招きて、大韓医院の事を議す。（下略）

八月二十九日（月）晴。（略）平井政遒、鶴田禎次郎の二人来て、大韓医院の事を話す。同院の事につきて寺内大臣に電信を遣る。（下略）

翌八月三十日の日記には「是日官報朝鮮併合を発表す。」、九月二日の日記には「朝鮮を併合せられしを祝しに参内す。」とある。伊藤博文、曾根荒助に次いで韓国統監に就いた寺内は、韓国政府の警察権を統監府に移し、駐韓憲兵隊に全国の警察事務を司らせた。全憲兵・警察の厳戒のうちに寺内は韓国政府に迫り、八月二十二日「韓国併合に関する条約」が調印され、韓国という国家は消滅したのである。

九月二日（土）半晴。寺内大臣（京城）、賀古鶴所に書を寄す。

十二月二十日（火）陰。（略）寺内大将正毅に午餐に招かる。午後大将の朝鮮に立たせ給ふを新橋に送りまつる。

〔明治四十四年〕

二月二日（木）陰。（略）岩永重華朝鮮羅南より書を寄す。

四月十五日（土）陰。（略）日韓上古史の裏面を買ひて、京都なる潤三郎に送る。

五月七日（日）陰。寺内朝鮮総督を新橋に送る。（下略）

〔大正元年〕

九月二十八日（土）晴。夜寺内伯正毅の朝鮮に之かせ給ふを送りて、新橋に至る。

十月十二日（土）晴。朝竹島音次郎、田中政明の朝鮮に赴任するを新橋に送る。

以上、鷗外の日記から鷗外と朝鮮問題との関わりを示す記述を列挙したが、これらの記述から、日露戦争後韓国を日本の保護下に置いて外交上・財政上の権益を確保しようとする明治政府の方針が韓国の併合に至る過程に鷗外が軍事医学面から関与し、日韓併合問題に深く関わってきたことが分かる。とくに大韓医院の整備と派遣軍の衛生管理がその職掌の重要課題であったことが窺われる。
　鷗外の日記には、この時期、川上善兵衛なる者の名がしばしば登場することになる。

〔明治四十四年〕
六月十日（土）陰。（略）川上善兵衛来訪す。（下略）
七月二十日（木）晴。（略）川上善兵衛（越後）に書を遣る。（下略）
〔明治四十五年〕
四月十六日（火）陰。（略）川上善兵衛来話す。（下略）
四月二十七日（土）晴。寒。川上善兵衛、賀古鶴所に書を遣る。
六月二十九日（土）陰。川上善兵衛来訪す。
〔大正二年〕
三月九日（日）晴。（略）佐橋甚五郎を草し畢る。（下略）
七月二十日（日）晴。川上善兵衛来話す。（下略）
〔大正五年〕
一月二十二日（土）半陰。（略）川上善兵衛の母が死せるを以て弔す。（下略）
〔大正六年〕
四月七日（土）晴。南風勁。午時雨。川上善兵衛来。留洪濤《（ママ）》遺蹟去。夕往椿山荘。

吉野俊彦氏、柳生四郎氏の所説[45]によれば、川上善兵衛の鷗外宅訪問の目的は次のようになる。
日韓併合問題において、李容九は一進会を設立して「李王朝と両班の苛烈専制の圧制下から、韓国社会の底辺にあへぐ農民平民を解放する」目的で日韓両国の合邦のために日本に積極的に協力したが、その意図に反して韓国は日本に併合され、日本の植民地官僚の支配を招いた。李容九の志は挫折し、明治四十四年（一九一一）六月二十三日、李容九は売国奴の汚名を着たままで亡命先の日本で失意のうちに世を去った。大正六年（一九一七）四月に川上善兵衛が持参した『洪疇遺蹟』は「李容九を助けて日韓問題に尽力した新潟県の僧侶武田範之の事蹟を武田の友人である川上善兵衛がとりまとめた稿本十五巻」である。

洪疇和尚武田範之は川上善兵衛の母親の里新潟県中頸城郡顕聖寺村の顕聖寺の住職で、韓国布教師に任ぜられて韓国に渡り、李容九の一進会の同人として朝鮮問題に身を投じた。川上善兵衛は武田範之に心服して韓国併合の際には陰からその運動を助け、範之の没後はその遺文を集めて『洪疇遺蹟』正副二本を編纂し、その一本を鷗外に献じて範之の伝記執筆を依頼したのであるという。(46)

吉野氏はこの経緯を踏まえて、「佐橋甚五郎」執筆の動機を次のように推定している。

川上善兵衛が、鷗外を最初に訪問したのは、鷗外日記によれば明治四十四年六月十日であり、武田の逝去二週間前であるから、おそらくこのとき川上は、鷗外に武田や李容九を中心とした日韓併合の内幕を語ったのであろう。「洪疇遺蹟」がまとめられて鷗外の手許に届けられたのは大正六年四月七日ではあるが、『佐橋甚五郎』の執筆が終わった大正二年三月九日までに、川上善兵衛は第一回の訪問を含め三度鷗外を訪問しており、三度目の訪問は、『佐橋甚五郎』執筆より八カ月余以前の明治四十五年六月二十九日であったから、鷗外の念頭に日韓併合問題と、日本政府を信頼しこれに協力したのに結局は裏切られた悲劇の人李容九のことがあったことは間違いないのではなかろうか。

このような角度から『佐橋甚五郎』を改めて読み直してみると、徳川家康は、一進会の李容九を利用するだけ利用しながら、これに報いることのなかった時の政府、佐橋甚五郎は、相手から利用されながら、しかもその当の相手から充分の信頼を受けることができず裏切られたという深刻な絶望感をもたざるを得なかった李容九に、それぞれ相当するのではないかという気がしてくる。

川上善兵衛と鷗外との交渉に関する経緯については、吉野氏の所説に詳しい。鷗外日記から跡づけられる日韓併合への関わりと、川上善兵衛を介して得た日韓問題の内幕が、鷗外の日韓問題への関心を高めたことは想像に難くない。

武田範之は寺内正毅・山県有朋にも一進会を代表して書を奉じており[47]、両人に近侍した鷗外も、川上善兵衛の来訪以前に一進会の活動について知りうる立場にあったと推測される。鷗外文庫には『李容九上書』（七月五日付）が所蔵されている。寺内正毅の韓国統監就任を祝して、統監子爵寺内に宛てた、一進会長名による上申書である。また、鷗外文庫所蔵の『洪疇遺蹟』に付された朱点と書き入れも鷗外の関心の高さを証する。柳生氏の『洪疇遺蹟』の紹介文は昭和四十四年（一九六九）、吉野氏の所説は昭和五十四年（一九七九）に発表された。しかし、遺憾なことにそれ以後の作品論において、日韓併合問題と鷗外との関わり、「佐橋甚五郎」との関係に論者の目が向けられたことはなかった。

いま、鷗外と日韓併合問題との関わりを踏まえて「佐橋甚五郎」の構図を見れば、次のようになる。

戦国の世を支配する非情な掟を体現して生き抜き、己の権力機構の完成を目指す老権力者家康の前に、謀略と信義、恩賞と恫喝を交えて敵対勢力の制圧と臣下の隷従を要求する権力掌握の内実を知悉しているかつての旧臣が交渉相手として登場する。家康の権力掌握への道は、時の権力者信長に媚びて愛息・正妻を手にかけ、秀吉への忠誠心を演じてその老衰を待ち、寵臣石田三成と豊臣恩顧の大名の離反を策して関ケ原に三成を倒すことによって実現した。こののち家康は大坂方を挑発して和睦を条件にその無力化を謀り、豊臣氏の滅亡を実現する。その謀略的な権力掌握の構造は次の秀忠、家光に受け継がれ、豊臣恩顧の大名の取り潰しとなって現れる。その非情な論理は、それを遂行した権臣本多正純をも滅亡させるに至る。その日本の権力機構の酷薄な内実を、甚五郎は海の彼方から注視し続けることになるであろう。

甚五郎は、善隣友好を語る日本の支配者の隠れた野望への警戒心を胸に、朝鮮一国の運命を担って家康と対峙したと言ってもよい。それが佐橋甚五郎の「意地」であった。歴史小説「佐橋甚五郎」の執筆契機は日韓併合問題との関連から問われるべきものであり、鷗外の属した官僚機構内の軋轢に結合させる従来の解釈は訂せられるべきであろう。

〔注〕
（1）『鷗外全集第三八巻』（昭和五〇年（一九七五）、岩波書店）所収。
（2）『意地』の広告文を鷗外自筆と解することについては、山崎一穎「『佐橋甚五郎』攷」（「跡見学園女子大学国文学科報」一二号、昭和五九年（一九八四）三月）の補注に疑問が提起されている。『森鷗外・歴史文学研究』（平成一四年（二〇〇二）、おうふう）所収。しかし、その論拠の一つ、作品末尾で鷗外が喬僉知が佐橋甚五郎であることの断定を避けたとする点については本論中にその意図について見解を述べたので、通説どおり広告文は鷗外の手になるものと解しておく。
（3）（1）に同じ。
（4）紅野敏郎「佐橋甚五郎」（「国文学解釈と教材の研究」一巻一〇号、昭和三一年（一九五六）九月）。
（5）尾形仂「森鷗外『佐橋甚五郎』―典拠と方法―」（「文学」三二巻一〇号、昭和三九年（一九六四）一〇月）。「『佐橋甚五郎』―意地」と改題のうえ『森鷗外の歴史小説―史料と方法』（昭和四五年（一九七〇）、筑摩書房）所収。
（6）小堀桂一郎『鷗外選集第四巻』（昭和五四年（一九七九）、岩波書店）「解説」。
（7）「佐橋甚五郎」の本文の引用は、岩波書店版『鷗外全集第一一巻』に拠り、旧字体は新字体に直した。ルビは省いた。
（8）朝鮮通信使来聘の政治的・外交的意味については、辛基秀「回答兼刷還使の現実」（『大系朝鮮通信使第一巻』明石書店、平成八年〔一九九六〕）、仲尾宏「慶長度朝鮮通信使と国交回復」（同）に詳しい。
(9) 須田喜代次「鷗外『佐橋甚五郎』論」（『日本近代文学』二七集、昭和五五年〔一九八〇〕一〇月）。
(10) 竹盛天雄「佐橋甚五郎」（『現代国語研究シリーズ六』昭和五一年〔一九七六〕、尚学図書）。
(11) 社本武「鷗外と創作集『意地』—『阿部一族』『興津弥五右衛門の遺書』『佐橋甚五郎』—」（『信州白樺』四一・四二号、昭和五六年〔一九八一〕四月）。
(12) 姜在彦著『新版朝鮮の歴史と文化』（平成五年〔一九九三〕、明石書店）、金両基著『物語韓国史』（平成元年〔一九八九〕、中央公論社）。
(13) (10) に同じ。
(14) (4) に同じ。
(15) (5) に同じ。
(16) 板垣公一「鷗外『佐橋甚五郎』論」（『名城商学』昭和四九年〔一九七四〕一一月）。「『佐橋甚五郎』論—その主題と鷗外の主観性について—」と改題のうえ『森鷗外・その歴史小説の世界』（昭和五〇年〔一九七五〕、中部日本教育文化会）所収。
(17) (9) に同じ。
(18) (6) に同じ。
(19) 山崎國紀「鷗外『佐橋甚五郎』小考—為政者像への視線」（『国文学論究』一六号、昭和六三年〔一九八八〕十月）。『森鷗外—基層的論究』（平成元年〔一九八九〕、八木書店）所収。
(20) 佐々木充「『佐橋甚五郎』論」（『千葉大学教育学部研究紀要』三三号、昭和五九年〔一九八四〕一二月）。
(21) (10) に同じ。
(22) (4) に同じ。
(23) (5) に同じ。
(24) (16) に同じ。

(25)（9）に同じ。
(26)大庭米治郎「鷗外の歴史小説（二）」（「大谷学報」三三巻三号、昭和三九年（一九六四）三月）。
(27)樋口正規「『佐橋甚五郎』の評価をめぐって」（「稿」三号、昭和五五年（一九八〇）二月）。
(28)小林幸夫「『佐橋甚五郎』論―二つの物語」（「宇都宮大学教育学部紀要」四四号、平成六年（一九九四）三月）。
(29)（16）に同じ。
(30)（9）に同じ。
(31)（2）の山崎一穎氏の論。
(32)（28）に同じ。
(33)（19）に同じ。
(34)（20）に同じ。
(35)（20）に同じ。
(36)（4）に同じ。
(37)井村紹快「『佐橋甚五郎』と『堺事件』の提示するもの」（「椙山国文学」五号、昭和五六年（一九八一）三月）。
(38)（4）に同じ。
(39)（11）に同じ。
(40)寺内威太郎著『朝鮮の歴史』（平成七年（一九九五）、三省堂）第五章第二節「両班支配体制の展開」。
(41)（2）の山崎氏の論。
(42)（20）に同じ。
(43)ちなみに、全集の底本とされた単行本『意地』においては、全集と同じ表記の削除・変更に加えて、付記の部分は一行アケ、五字分下げの小活字で記されており、本文とは明確に区別されている。次頁に著作者の押印があり、鷗外の確認するところであったと思われる。
(44)崔博光「佐橋甚五郎は実在したか」（「比較文学研究」四〇号、昭和五六年（一九八一）一一月）。

（45）　吉野俊彦著『権威への反抗─森鷗外』（昭和五四年〔一九七九〕、ＰＨＰ研究所）第七章「裏切られた者の悲哀と復讐─『佐橋甚五郎』と李容九」。柳生四郎「武田範之の『洪疇遺蹟』」（「東京大学付属図書館月報・図書館の窓」八巻五号、昭和四四年〔一九六九〕五月）、同「武田範之の『洪疇遺蹟』後日談」（「同月報」九巻一号、昭和四五年〔一九七〇〕一月）、同「日韓併合資料『洪疇遺蹟』」（東京大学出版会「ＵＰ」二巻一一号、昭和四八年〔一九七三〕一一月）。

（46）　明治三七年〔一九〇四〕二月六日付川上善兵衛宛手翰（『洪疇遺蹟二』）。

（47）　「明治四十一年十月二十日内田良平ニ代リ山縣公ニ上ツル書」（『洪疇遺蹟八』）、「隆熙四年六月十一日一進会ニ代リ寺内統監ニ上ツル書」（『同・十三』）、「明治四十三年七月五日代㆓一進会㆒上㆓寺内統監㆒書」（『同・十四』、返り点は鷗外筆）他。

第三節　「安井夫人」の問題
――「歴史其儘」の苦悩――

一　はじめに

森鷗外の歴史小説「安井夫人」（「太陽」第二〇巻四号、大正三年（一九一四）四月）は、十全な小説の形態を保持しえているのであろうか。江戸末期の儒学者安井息軒の夫人佐代像の造型について、小堀桂一郎氏は、それが鷗外の「自らの夢と理想を託すに足る典型的な女性像の実現を試み」たものであり、佐代像は渋江抽斎夫人五百像とともに「彼の描いた女性像中の双璧に於て見事な成功を収めたのである。」と説いている。(1) 鷗外論を代表する見解であるが、佐代像の造型には、「歴史其儘と歴史離れ」（「心の花」第一九巻一号、大正四年一月）の問題で苦悩する鷗外の歴史小説制作の方法に関わる多くの障害が存在していた。

鷗外の日記によれば、大正三年三月一日の条に「駒籠龍光寺と養源寺とにある安井衡一族の墓に詣づ。」、同三日の条には「安井小太郎に書を遣る。佐代子の事を問ふなり。」、七日の条には「安井夫人を書き畢る。高輪東禅寺に往きて、安井佐代、登梅、歌三女の墓を払ふ。寺僧はかかる人達の墓あることを全く知らざりしなり。」とあり、鷗外がこの作品の執筆に強い意欲を有していたことは推測しうる。

にもかかわらず、全体を十一の大段落（以下、「節」と呼ぶ）に分けて構成された作品世界において、小説的結構を有するのは安井仲平（息軒）像の紹介からその嫁取り問題における佐代の登場を記す第五節までであり、第九節の佐代の死亡記事に続いて、突然作者鷗外と思しい「これを書くわたくし」なる者の佐代賛美の言辞が記される。その間の第六節から八節まで、さらに十・十一節は、言わば両人の履歴・身上を綴る「編年的・系譜的叙述[2]」がなされるのみである。

一方、作品研究史を繙くとき、献身・犠牲・叡智・無償の愛・忍耐などの佐代像に寄せる夥しい賛辞に直面する。それは第九節の「わたくし」の佐代賛美の言辞の解釈、及びそれへの賛嘆の言葉として記されているのであるが、それらの賛辞は歴史小説という典拠史料準拠と、具体的な形象性を有する文芸の評価として整合性を保ち得ているのであろうか。佐代像に対する論者の極度な高評価の存在と、同時になされた「作品の欠点[3]」の指摘、「比重の偏った不完全な小説[4]」であるとする評価の併在状況はいかに考えられるべきなのか。「安井夫人」は、「歴史其儘」と「歴史離れ」の間で苦悩する鷗外の矛盾の産物として、作品の破綻の様相と問題の所在を正確に捉え直す必要があると思われる。

二　佐代像の問題

まず、佐代像に寄せる論者の賛辞の分析から始めたい。

◇自己滅却の無償の道

お佐代さんにおいては、遠いところのものは、実はほかならぬ眼前の自己滅却の無償の道そのものである。無償の道とはいうが、叡智の高貴なる美そのものに発想し、同時に、意識するとしないとにかかわらず、叡智そのものの飽くことのない追究だつたのだ。[5]

◇無償の愛の精神

功利的、物質的な欲望を自覚的に踏み切って、というよりも因襲の関係を超えた無償の愛の精神が日常の生活一切を領有したとみてよいのかもしれない。はてしない愛の距離を生きる献身的な生と死か、有限の個体を超えた永遠の相を示しているのではないか。(6)

◇自己犠牲・献身の精神

ここでは明らかに〈耐忍〉だけでない、それと異質な何か大きなものに向っての自己犠牲の精神がある。それも意識されざる自己犠牲である。これを仮りに〈献身〉と呼んでおこう。（略）このお佐代の生きざまの中に〈献身〉の精神を描くことにこそ鷗外の企画があったと言わねばなるまい。(7)

◇自己否定・無私の精神

『安井夫人』で鷗外が祈念している佐代は、己れの内なる自己を踏み越えているのであり、彼女自らはそれを意識していなくても、或る超越的なものに向かって自己を開示しているといえよう。そして、彼女の自己否定、即ち限りない無私の精神がそれを可能にしているのだ。佐代の献身と犠牲はその精神の顕現である。(8)

◇哲学者の目・崇高な目

鷗外の「お佐代さん」に寄せる共感はまだ別にあった。それは「遠くをみつめる美しい目の視線」である。これは誰しも言うように、『妄想』の翁の炯々たる目と等しく、永遠なるもの、絶対なるものを望む哲学者の目である。崇高な目である。(9)

「自己滅却の無償の道」「叡智そのものの飽くことのない追究」「因襲の関係を超えた無償の愛の精神」「意識されざる自己犠牲」「限りない無私の精神」など、佐代の生き方に対する研究者の賛辞はとどまるところを知らず、その評価は「女神像」(10)「哲学者」に類する位相にさえ達している。市井の片隅に生きた無名の一女性の生涯を描いた小説として見れば、日本文芸の全体を通観してもこのような夥しい賛辞を受けた女人像は他に例を見ないであろう。

しかし、その夥しい賛辞から、血肉を有し喜怒哀楽の感情を備えた一個の生きた人間像を想起することは極めて困難であり、それはあたかも宗教的権威と化した一個の〈精神像〉を語っているに等しい。小説世界に登場する人物像の評価は、該人物の思考・言動・行為の全体から帰納されるべきものであろう。そのように見るとき、それらの夥しい賛辞は、典拠資料に基づく歴史的存在として小説世界に登場した安井佐代の生涯を正確に評価しえているであろうか。その賛辞に相応する佐代の生き方は、作品世界に十分な形象を与えられているのであろうか。

いま問題にするべきことは、これらの賛辞が第九節に登場する「これを書くわたくし」なる人物の感懐に対して寄せられたものであるということである。この「わたくし」なる人物は作者鷗外そのものではありえないが、作者自身とも読み取りうるあり方で突然登場したことも事実である。第九節は佐代の死の詳細な説明部分であり、そこに鷗外の佐代に対する深い共感を読み取り得ることは言うまでもない。また、作品世界が幕末維新の激動の時期を生きた儒学者安井息軒の生涯を通観するという形式を取りつつ、息軒の死去時に同様の感懐が記されないことから見れば、実質的には佐代の生涯に重点が置かれていたことも言うまでもあるまい。

そうであるとすれば、佐代の生涯記述に論者の賛辞に相当する具体的な形象性が付与されなかった事実はどのように考えられるべきなのであろうか。あえて言えば、論者のこれらの賛辞は、はたして十分な小説論になりえているのかという疑問が提起されるのである。一方、「わたくし」なる者の感懐は「〈わたくし〉固有のロマンチックかつセンチメンタルな邪推」に過ぎないとする見解、[11]及び、論者の賛辞は「語り手『わたくし』の〈疑問〉〈推定〉の言語に支えられた、いわば佐代の〈幻像〉であ」り、語り手の言う「『労苦』の意識も物質欲望も『夫の栄達』も『尋常ではない望』の存在も、『不幸』も、遠くを見つめるまなざしも、すべて無効である。[12]」とする批判論も存在する。これらの所論も「わたくし」の感懐が小説世界から遊離したものであると見なす点では同じ認識に立つと見てよい。第九節における「わたくし」の感懐は佐代の死亡記事に添えられた頌辞であるが、その嘆声を露わにした佐代賛美が、作品論、なかんずく佐代評価に決定的な影響を与えてきたこと、換言すれば、論者が等しくこの鷗外自身と思しい「わたくし」なる者の唐突な佐代賛美の言葉にとまどい、あるいはその賛美の言葉の解釈をもって作品論となし、総じてその呪縛に「喘ぎ苦しん」できたのではなかったか。

つとに、分銅惇作氏は佐代像に「無償の愛の精神」を認めつつ、それが「わたくし」の感懐として提示された事情を次のように述べている。

感懐を吐露することなしに、この作品を畢えることのできなかったのは、史実の自然を尊重する態度では十分に表現し得ないもどかしさが疼いていたのではないか。「歴史其儘」の方法を基本として、それまで叙し来った筆致では、佐代に託して抱きつづけた自己内心の女性像を十分に形象化することができないという切実な焦燥感が、自然な勢いで歴史を離れたというよりも、歴史を超えた感懐として、主題を集約する結果になったのではなかろうか。

分銅氏は佐代像に十分な形象を与えず、感懐として吐露せねばならなかった鷗外のあり方に「『歴史其儘』の態度を基本とした創作方法の一限界」を認め、「作品の欠点」であることを指摘している。また、板垣公一氏は鷗外が「極めて主観的な」「推測」に頼って自らの抱懐する女性像を語っていることを[13]、津田洋行氏は「安井夫人」は「歴史の片隅に生きる見事な女性の発掘と造型であると同時に、鷗外のひそかなモチーフにおいては、彼の女性への見果てぬ夢の代償的実現でもあった」ことを説いている。

しかし、そうであるとすれば、十分な形象性を付与されなかった佐代像に関する前掲の評価には一定の限定が存在するはずであり、鷗外の「焦燥感」に基づく放恣な感懐に依拠して佐代像を論じることは正当な作品論たりえないであろう。問題とすべきは「焦燥感」を生み出した原因、事情を、鷗外の歴史小説制作上の方法の問題として捉え、鷗外が根拠の乏しい「推測」に頼って自らの抱懐する理想的女性像を語らなければならなかった事情、典拠資料からは決して抽出しえない、江戸時代後期という歴史的な時空間とは隔絶した女性像、具体的な形象性を超えた「見果てぬ夢」を思い描いた理由について分析を進める必要があるということである。

たしかに、鷗外が主要な典拠資料とした若山甲蔵著『安井息軒先生』[14]（以下、「典拠資料」）に佐代に関する記述が乏しいことは認められる。しかし、安井息軒夫人としての佐代の生涯を捉えようとするとき、息軒自身の妻子への思いや心情の記述は数多く見られる。二人の結婚のいきさつについて、長倉の御新造の動きを中心に「典拠資料」から離れて生き生きとした物語世界を構築しえた鷗外に、夫婦の心の交流を「典拠資料」から掬い取り、作品に生彩を加えるとともに、主題の形象化をはかることは可能であったはずである。「典拠資料」の『自然』を尊重する」という「歴史其儘」の創作方法が作品の構図を歪め、佐代像の形象化に阻害要因として働いたとすれば、その原因は「安井夫人」一篇の問題にはとどまらないはずである。

三　佐代の生涯

佐代像に寄せる第九節の「わたくし」の感懐は次のように記されている。

お佐代さんは夫に仕へて労苦を辞せなかつた。そして其報酬には何物をも要求しなかつた。啻に服飾の粗に甘んじたばかりではない。立派な第宅に居りたいとも云はず、結構な調度を使ひたいとも云はず、旨い物を食べたがりも、面白い物を見たがりもしなかつた。

お佐代さんが奢侈を解せぬ程おろかであつたとは、誰も信ずることが出来ない。又物質的にも、精神的にも、何物をも希求せぬ程恬澹であつたとは、誰も信ずることが出来ない。お佐代さんには慥かに尋常でない望があつて、其前には一切の物が塵芥の如く卑しくなつてゐたのであらう。（略）

お佐代さんは必ずや未来に何物をか望んでゐたゞらう。そして瞑目するまで、美しい目の視線は遠い、遠い所に注がれてゐて、或は自分の死を不幸だと感ずる余裕をも有せなかつたのではあるまいか。其望の対象をば、或は何物ともしかと弁識してゐなかつたのではあるまいか。(15)

佐代が心の中に抱いていた「尋常でない望」みとはいかなるものであったのか。「遠い所に注がれてゐ」たという佐代の視線の中に、激動の世をともに生き、二男四女を儲けた夫息軒との日常、子らへの思いはどのように映っていたのであろうか。「尋常でない望」みを有し「遠い所に注がれてゐ」た佐代の視線と、具体的な形象性を付与しえなかった結婚から死去までの生涯の物語との落差を見定めることから、鷗外の「歴史其儘と歴史離れ」の苦悩は明らかになるはずである。

「安井夫人」における佐代像の形象性の不足について、山崎一頴氏は次のように指摘している。

佐代の生き方の中に歴史小説で追求して来たテーマを発見しようとする時、当然佐代が子供達にどう関わり、夫にどう関わって来たかが問題となる。つまり、子供なり夫なりの置かれている状況へどのような認識を持ち、自己を関わらせたのか、また、どのような心情と行動をしたのかが問われなければならない。(16)

山崎氏は右のような問題意識から、二女美保子、三女登梅子の早世時に佐代の「内面描写を一切排除している」こと、長女須磨子の離婚、のちに自殺して果てる二男謙助の癇癪癖のこと、夫仲平（息軒）への対応が見られないことを挙げて、鷗外の「創造力が佐代の心情に十分附与されず、存分に成熟拡大することが出来なかった」ことを指摘し、研究者の賛辞に対して「これでは佐代の頌を謳い上げたとは言いかねる。」と述べている。

佐代像における形象性不足の問題については、右の山崎氏の指摘に明らかであるが、基本的な問題を整理してみれば、鷗外がこの作品を安井息軒と妻佐代の一組の夫婦の物語として描こうとしていないことが指摘されよう。結婚後の息軒と佐代に互いの心の交流を示す記述が見られないことについて、板垣氏は次のように指摘している。

佐代を描き説明する時には、その対位者である息軒に全く関連させていない。息軒を描く折にも、佐代との関連を少くも表面では全く切り離しているのである。佐代と息軒を一つの作品の中でこれ丈切り離していることは極めて特異な事としなければならない。（略）佐代像と息軒像の相互背離性は、希求的行動者と傍観的認識者の対立に還元されるであろう。

板垣氏は佐代と息軒の「相互背離性」を両者の人物像の形象方法の相違に求められたのであるが、そのことを踏まえても、両者の交流を欠いた作品の欠陥は覆い難いであろう。

まず、息軒の嫁取り問題について、一方の当事者である佐代が明確な意志を示しているのに対して、息軒は自らの婚姻問題への意志を全く示していない。「岡の小町」と評判の美人である佐代が醜男である息軒との婚姻を望んだことに、長倉の御新造や父親の滄洲翁とともに「一番意外だと思つた」と記されるのが、佐代に対する息軒の唯一の意思表示であった。

その後の三十五年間にわたる夫婦の時間において、二男四女の出生と養育について、二人の娘の夭折について、急変を告げる時勢の変化と対応について、作品世界は息軒と佐代の肉声を記していない。のみならず、両者の心情世界の一切を作者は記すことを拒んでいると言っても過言ではない。第九節の「わたくし」なる者の佐代賛美の言辞にあっても、息軒と佐代の心の交流を窺わせる記述は見られない。あえて強調するならば、「安井夫人」という小説は、息軒と佐代の一組の夫婦の物語としては成立していないのである。

激動する世の動きに対応する息軒の心理、意志は次のように記されている。

・（四十歳の時）　藩の役を罷めて、塾を開いて人に教へる決心をしてゐたのである。
・（四十三歳の時）押合方と云ふ役を命ぜられたが、目が悪いと云つてことわつた。
・（五十五歳の時）藩政が気に入らぬので辞職した。併し相談中を罷められて、用人格と云ふものになつただけで、勤向は前の通であつた。

・（六十六歳の時）陸奥塙六万三千九百石の代官にせられたが、病気を申し立て、赴任せずに、小普請入をした。

最後の塙代官辞退の件は佐代の死後の事であるが、押合方辞退の前年には三女登梅の夭折と四女歌子の出生という出来事があった。「典拠資料」の天保九年（一八三八）の項には「五月、四女歌子が疱瘡に罹り、遂に敢へなく成る、惨又惨。」（四九頁）とある。[17] その折の貧困による窮状については、「典拠資料」五十八頁に、小川町の生活では弟子も集まらず、知行は十両内外で、そのうち五両が宿賃その外にかかり、残りの五両で「小口売米の直にて過候事、何分難凌御座候、其上類焼以来、五月亡女不幸之費迄、在所、当地に掛候て、衣食之外に弐拾余枚之損失相成、嚢中為に一空致し、彼是不都合之事のみ御座候」とあり、「惨又惨」の窮状が具体的に記されている。

一方、貧困の問題について、鷗外は次のように記す。

一体仲平は博渉家でありながら、蔵書癖はない。質素で濫費をせぬから、生計に困るやうな事はないが、十分に書物を買ふだけの金はない。書物は借りて覧て、書き抜いては返してしまふ。

木谷喜美枝氏は「仲平が本を持たないのは、普段の暮しぶりから推せば、単に経済的余裕の問題ではなく、仲平の『癖』であ[18]」ると説く。一方、これを「典拠資料」の該当部分に照らしてみれば、次の通りである。

斯る難渋な生活だから、書籍なども購へない、浪華苦学時代（文政間、二十二歳より二十四歳まで）から、欲い〳〵と思つた十三経さへ、是歳やつとのことで手に入れた位である、所が都合の好いことには、都下の豪商で蔵書に富む者があり、其の仁から借覧することが出来る……（五九頁）

このほか「貧病両得と存候」（五八頁）、「当時段々困窮相成候得ば、当分之処にては謝礼も出来不申候得共」（六〇頁）、「下地薄俸之上、種々之事にて費多、兎角暮兼申候」（六四頁）、「只困窮相救候心得計り之趣に御申上被下度候」（六五頁）など、「典拠資料」には貧困の記述が多出するが、作品は貧困の問題と結合していない。貧しさに耐えた佐代像について、「典拠資料」にはそれに関する記述が何カ所かある。しかし、第一節から第九節の死亡記事に至る佐代に関する記述の中にそれを認めることは出来ないのである。困窮記事の捨象は、鷗外の意図的な典拠離れであると言ってよい。

先に挙げたように、作中の息軒像には、生涯を通じて意に染まぬ事には理由を付けて断ってしまう、自己中心的・専恣な性格が現れている。「美しい肌に粗服を纏つて、質素な仲平に仕へつゝ一生を終つた」佐代の「夫に仕へて労苦を辞せなかつた」生涯と、息軒の我意を通す専恣な生き方はどのように関わるのであろうか。第九節の「わたくし」の感懐を除いてみれば、文字通りの〈忍従の生涯〉であると読み取りうる書き方であると言えよう。婚姻問題で示した生き生きとした利発・聡明さを感じさせる佐代像、結婚後繭から出た蛾のように変貌を遂げた佐代像は、その後の激動する世の先端を夫息軒とともに生き抜いたという生動した姿を全く見せていない。論者によって資料の乏しさが挙げられるところであるが、佐代の動向を窺わせる「典拠資料」の記述は多く見られる。その資料から佐代の心中を想像し形象化をはかるのが、作者の主体的な関わり方であろう。

婚姻以前の息軒（仲平）もまた、劣等感に苛まれつつ、学問による大成と侮辱者を凌駕する誇りを抱いた人間像として、作品世界に生動していた。「典拠資料」では佐代と「相思相愛」の仲であり、息軒の妻子に寄せる思いが多く記されている。娘の夭折への悲嘆、佐代の死による落胆と憔悴した様など尋常な夫像が記されており、それは佐代の献身の生涯に対応するものであったと言ってよい。しかし、鷗外はそのような「典拠資料」の夫像もすべて削除している。

外面的な記述に終始した息軒像の形象について、山崎氏は「安井夫人」の「小説造型に絡まる瑕瑾は鷗外が歴史に対して沈黙をした結果から生じたものである」と指摘し、その事情を「天下多事の情況にある息軒の心中を覗かせないのは、それを形象すれば当然維新史に抵触せざるをえないからである。」と説いている。息軒関係の史実を踏まえるならば、山崎氏の見解は納得されよう。

しかし、鷗外の創作衝動を促したのは、幕末維新の激動の世に処した大儒息軒の伝記ではない。歴史の狭間に生きた無名の一女性の生涯に、理想の女性像を見出したのであった。婚姻後の息軒と佐代の家庭経営と心の交流、激動する世の先端を夫と共に生きる佐代像の確かな形象を鷗外がなしえなかったのは、その創造力の不足などではなく、形象化を阻害する要因が働いた結果であると見なければなるまい。

四　「安井夫人」の位置

「安井夫人」が安井息軒と妻佐代の一組の夫婦の物語として成立しえなかった理由として、典拠資料『安井息軒先生』に記された息軒の封建的な妻女観、女子教育への無理解な言辞が鷗外の佐代像造型の障害になったことが推測される。

先生は、学問ある婦人を妻としては求めぬ。先生に次のやうな主張がある。

女子のさし出たるほど見悪き物はなし。詩経に是もなく非もなく、唯酒食を是謀ると云れしは、女子を教る名言なり。（略）今の世の女、物を知りたりとて何ほどの事かあるべき。結局、夫を侮り、舅姑を軽んじて、不縁の媒と成べし。中には洋学を学ばしむる者あり。以の外なる事なり。洋学は五倫の道立ず、行を修めず、唯物を識るを以て学問とす。其風俗、女を貴んで男子を軽んず。女子の風上にも置くべからず。女の努むべきは、貞順の道、酒食の事、織績、針の業、其の外は自用の弁ずる程に読書を教ゆべし。其外に芸あれば、皆其身の害となる。汝が輩、女子あらば、此心得にて育つべし。（資料一七一頁）

ここには、女性の生涯とその生き方に対する息軒の見解が明確に記されている。しかも、その内容は三従三貞の道徳律を遵守すべしとする封建婦道の徹底を要求するものであった。その息軒の妻女観は、松平定信が『修身録』（天明二年〔一七八二〕）「夫婦の事」に、

女はすべて文盲なるをよしとす、女の才あるは大に害をなす、決して学問などはいらぬものにて、かな本よむほどならば、それにて事たるべし、（略）馬鹿なるが女の智なるなり、（略）女はいかにも柔弱にして和順なるをよしとす[19]……（下略）

と説いたのと同じである。女子の学識、才・智の発現を抑止し、従順の徳を最重要とする一種の愚民政策である。

江戸時代の女子教育は、その根本方針を儒教に則り、三従・四教（婦徳・婦言・婦容・婦功）を綱領とし、婦徳の涵養手段として読書・習字・作文・詠歌を学ばせ、調理・裁縫・機織を習わせて、琴・茶・花・浄瑠璃などの嗜みがあれば十分であるとして、男子の専有物である学に志すようなことは、むしろ婦徳を損なうものと考えられた。しかし、近世末期の封建体制の動揺期にあっては女学校の特設など一定の教育水準を形成しつつあったのであり[20]、『詩経』の女性観を範として『列女伝』『女四書』などの女子教訓の徹底を求める息軒の妻女観は、当時の女子教育観よりも後退している観がある。息軒の言葉は門弟への教戒として発せられたものであるが、「典拠資料」では文久三年（一八六三）、息軒六十五歳の条に記される。その直前には佐代の死亡記事が記されており、息軒と佐代の婚姻に関わるエピソードの直後に出る。息軒の生涯変わらぬ女性観・妻女観であったのであろう。

また、「典拠資料」には学僕だった鈴木老人の長女須磨子に寄せる思い出として、「お寿満ごごさんは、中中手に合ふものぢやござりません、弁舌が達者でござりまして、第一学問が、男の書生よりエラいのですもの。（略）先生は、牝鶏之晨、惟家之索だ、慎まねばならぬと言ふてゐられました」とあり、「夫人は此の主張を自身に於て体現し、子女に対して実行した。」（一七二頁）と語っている。史上の佐代は、息軒の妻女観に従順な生涯を貫いたというのである。

「牝鶏之晨、惟家之索」とは、『書経』牧誓篇に「古人有レ言、曰、『牝鶏無レ晨。牝鶏之晨、惟家之索。』」[21]とあるのに拠る。『太平記』巻第十二に晋の献公が寵愛する驪姫の讒言を入れて嗣子を殺したために国が滅んだ例を挙げて、後醍醐帝が愛妃藤原廉子の讒言を入れて大塔宮を足利直義に預け鎌倉の土牢に幽閉したことを「牝鶏晨スルハ家ノ盡ル相ナリト、古賢ノ云シ言ノ末、ゲニモト被二思知一タリ。」と批判している。息軒の言葉は国家の安危に関わる問題を一家庭経営のあり方に及ぼしたものである。しかし、苦難に処した須磨子の生涯を見れば、息軒の時代錯誤は明白である。

安井息軒の子女は男子二人、女子四人で、二女三保子、三女登梅はともに六歳で夭折、四女歌子は二十三歳、長男棟蔵は二十二歳でともに早世した。さらに、二男謙助は二十八歳で自殺し、その妻淑子も十九歳で死去するなど、長女須磨子を除いて、いずれも父息軒に先立って世を去っている。飫肥の安井家は謙助の子息千菊をもって継がしめたが、千菊も十八歳で病没し、安井家は絶家となった。

須磨子は、嘉永五年（一八五二）十一月に田中鉄之助に嫁したが、不縁となり、安政三年中村貞太郎（北有馬太郎）と再婚、翌年長女糸子出生、同五年五月、貞太郎と離婚、翌六月、小太郎が生まれた。貞太郎は文久元年に捕縛され、同年中に牢死している。慶応元年、須磨子は糸子、小太郎とともに清武に移り、その地に居を構えた。息軒の晩年には須磨子、糸子が上京して息軒の看病に当たり、その死を看取った[22]。

須磨子の長男小太郎は明治二十五年（一八九二）学習院教授となり、明治四十年には旧制一高教授に任ぜられた。『本邦儒学史』（明治二七年）、『大学・中庸・論語講義』（明治二八、二九年）など、多くの著作を残した[23]。息軒の血筋は長女須磨子を通じて外孫小太郎に継承されて、今日に至っている。滄洲、息軒の学問もまた小太郎に継承されて、明治・大正から昭和初期の漢学界に多くの足跡を残した。幕末維新の動乱の世に二度の結婚と離婚、弟妹の相次ぐ死、二人の幼子を抱えて生き抜き、安井家の血筋と滄洲以来の漢学の学統を継承させたのは、ほかならぬ須磨子の学問と気丈な人間性の働きであったと言ってよい。

大正三年（一九一四）三月三日の鷗外日記に「安井小太郎に書を遣る。佐代子の事を問ふなり。」、同月十三日には「安井夫人を校し畢り、原稿を安井小太郎に贈る。」という記述が見られる。鷗外が「安井夫人」執筆のために書簡を送った時、安井小太郎（朴堂）は五十五歳、一高教授として当時の漢学界に重きをなしていた。鷗外も須磨子、小太郎に関わる右の経緯は承知していたと思われる。

作品における滄洲の嫁取りの条件は、「典拠資料」における息軒の妻女観と決定的な乖離を示している。

顔貌には疵があつても、才人だと、交際してゐるうちに、その醜さが忘れられる。又年を取るに従つて、才気が眉目をさへ美しくする。（略）どうぞあれが人物を識つた女をよめに貰つて遣りたい。（略）形が地味で、心の気高い、本も少しは読むと云ふ娘はないかと……

「本も少しは読む」とは絵草紙の類を指した言葉ではあるまい。儒学者の妻女として漢籍への造詣を期待したものと解するべきであろう。十六歳で息軒に嫁した佐代は「多勢の若い書生達の出入する家で、天晴地歩を占めた夫人になりおほせた。」「美しくて、しかもきっぱりした若夫人の前に、客の頭が自然に下がつた。」と記されている。佐代は美貌のみならず、その内面的な教養の豊かさにおいて書生や客の尊敬を勝ち得たのである。滄洲翁が期待した息軒の「人物を識つた女」の具体化であり、醜貌の奥に秘められた息軒の人間的価値を認めうる眼識、力量を有する女人像である。

婚姻問題における佐代像の形象は、「典拠資料」における息軒の容認し難い女人像であった。この女人像を発展させ、激動の世を主体的に生きた佐代像を描くことは、「典拠資料」との決定的な乖離を招くことになる。この時期、鷗外は「歴史其儘と歴史離れ」を記して、典拠資料に縛られて呻吟する自らを告白しているが、「歴史に縛られた」という鷗外の苦悶は佐代像の形象の問題を直接の契機とするものであったと考えられるのである。学問は士人以上の男子の専有物であり、政治と一体不可分の関係において捉える儒学者の女性観として見れば、女子の教育を社会体制上無用で有害であるとする息軒の認識は、洋学への批判意識も含めて必然であると言ってよい。それは「現在がありの儘に書いて好いなら、過去も書いて好い筈だ」という「歴史其儘」の主張からは捨象しえない「歴史の『自然』」であった。それは鷗外の抱懐する女性観とは決定的に矛盾する。

「安井夫人」を執筆時の鷗外が、当時「新しき女」と呼ばれた女性解放運動家たちの動向に強い関心を持ち、関わりを有していたことは周知のとおりである。明治四十四年（一九一一）九月、平塚雷鳥らの発刊した文芸雑誌「青鞜」には、妻しげ、妹の小金井喜美子が賛助会員になっており、鷗外自身も「らいてうの名で青鞜に書いてゐる批評を見るに、男の批評家にはあの位明快な筆で哲学上の事を書く人が一人も無い。立脚地の奈何は別として、書いてゐる事は八面玲瓏である。[24]」と評して、雷鳥の言論活動に賛辞を呈している。また、大正三年（一九一四）三月の「安井夫人」執筆に先立つ同年二月五日には、女性解放運動家の一人である尾竹一枝（紅吉）の訪問を受けており、十三日には尾竹の刊行した「番紅花《さふらん》」創刊号に随筆「サフラン」を寄稿するとともに、以後Ｏ・Ｐ・Ｑの筆名で「海外通信」を寄稿して海外の婦人問題や女性問題を紹介している。

鷗外の一連の対応は「尾竹らの女性解放運動に、ある種の理解を示そうとしたメッセージであった。[25]」と解されるが、金子幸代氏はさらに進めて「自分のほうから結婚を申し出る佐代には、同時代の〈新しい女〉と共通する、あらゆる障害に打ち勝って生じ伸びる『サフラン』のような『意志』の強さ、強靭さが見受けられる。[26]」と説かれる。氏はまた、メーテルリンクの戯曲「モンナ・ワンナ」の日本初の紹介者であった鷗外は、「避けられない暗い残酷な『運命』をも『智慧』の力によって『光明』へと導いていく、『明視』『明智』の人ワンナ」を高く評価しており、結婚における意志的な佐代像は「言わば、日本のモンナ・ワンナである。[27]」と説いている。後年、鷗外は史伝「渋江抽斎」の妻五百、「伊沢蘭軒」の妻たかを評して「彷彿として所謂新しき女の面影を認むるであらう。」

「此二人は皆自ら夫を択んだ女である。」と記しており、[28]鷗外の胸裏において、幕末の儒学者の妻で「夫を択んだ女」の系譜の始発に、息軒の妻佐代が位置づけられていたことは否定しえない。一方、佐代の献身にはリルケの「家常茶飯」の女主人公の生き方との関係が認められること、[29]鷗外の意志的な人間像の形成には同じくリルケの「白衣の夫人」に見られる「待つ」「耐える」という契機の影響が見られることも説かれてきた。[30]

しかし、佐代像に「新しき女」の形象を重ねるならば、その生涯記述は牢固とした女性観を持してその徹底を求める夫息軒との心理的な格闘を内包する佐代像にならざるをえない。封建社会にあって隷属的な地位にあった女性の主体的な生き方の可能性をリルケの説く高次の献身に求めるとしても、隷従を強いるものが他ならぬ夫の妻女観であってみれば、「典拠資料」に従い、「歴史其儘」の方針を堅持しつつ主体的に生きる佐代像を形象することは不可能であろう。

そのように見てくるならば、第九節における「わたくし」の感懐が佐代の「幻像」であるのみならず、嫁取りにおける妻女観の設定そのものが鷗外の創作であり、「幻像」であったと言ってよい。その「幻像」は、以後の夫婦の行実に及ぼされるとき、作者の抱懐する「歴史離れ」の枠組をも越えてしまうであろう。その恐れのために、二人の交錯する場の設定は意識的に避けられたと思われる。両者は作品世界で心の交流も、対立も、苦悩も、葛藤も一切生じさせられていない。小説として生動させられていないのである。

佐代の献身・犠牲への論者の賛辞は、第九節の「わたくし」の感懐がなかったならば、封建婦道を忠実に生きた佐代の忍従の生涯を賞賛するのとどれだけの差異が存在するであろうか。まさに報われない献身、惨めな封建婦道の犠牲者像と解されるべきものである。あの生気潑剌とした十六歳の物怖じしない娘の不幸な生涯を語るものと理解されよう。鷗外の意図した佐代像は、決してそうではなかったはずである。むしろ、決定的にそれと対蹠的な人物像を思い描いていたはずであった。それを、小説的結構の枠組や形象性を伴った表現という制約を飛び越えて表出させたのが、「わたくし」に託された鷗外自身の感懐であった。その感懐は、「歴史の自然に縛られてあえぎ苦しんだ」鷗外の形を変えた苦悩告白に他ならないのである。

封建婦道を忠実に生きる妻に寄せる夫の愛情表出、「典拠資料」の佐代はその枠組の中で生きた。その枠の中で仲平に「ほれこみ」、生活の貧困と愛娘の夭折の悲しみに耐えた。鷗外の夢想する「幻像」としての佐代像はそれと決定的に乖離する。そのために、形象性の不足、小説性の破砕という結果を招いたのであり、佐代像をめぐる「歴史其儘」と「歴史離れ」の苦悶の果てに、「夢のやうな物語を夢のやうに思ひ浮かべて見た」ところに「山椒大夫」(「中央公論」第三〇年第一号、大正四年一月)の安寿の形象は成立したのである。

〔注〕

(1)『鷗外選集第五巻』(昭和五四年〔一九七九〕、岩波書店)「解説」。

(2)津田洋行「『安井夫人』論―その「歴史離れ」の意味するもの―」(「明治大学文芸研究」四五号、昭和五六年〔一九八一〕三月)。以下、津田氏の論は同じ。

(3)分銅惇作「安井夫人(近代小説鑑賞・三)」(「国文学言語と文芸」二三号、昭和三七年〔一九六二〕七月)。以下、分銅氏の論は同じ。

(4)(2)に同じ。

(5)稲垣達郎「『安井夫人』ノート」(「関西大学国文学」四号、昭和二六年〔一九五一〕六月)。

(6)(3)に同じ。

(7)山崎國紀「『安井夫人』―超克への意志―」(「国文学解釈と鑑賞」四五巻七号、昭和五五年〔一九八〇〕七月)。『森鷗外―基層的論究』(平成元年〔一九八九〕、八木書店)所収。

(8)(2)に同じ。

（9）浦部重雄「『お佐代さん』考」（『愛知淑徳大学国語国文』六号、昭和五八年（一九八三）一月）。
（10）（2）に同じ。
（11）栗坪良樹「安井夫人―主観的な意見二、三―」（『国文学解釈と鑑賞』四九巻二号、昭和五九年（一九八四）一月）。
（12）小林幸夫「〈お佐代さん〉の正体―『安井夫人』論―」（『日本近代文学』三七集、昭和六二年（一九八七）一〇月）。
（13）板垣公一「鷗外『安井夫人』論」（『名城大学人文紀要』一四号、昭和四八年（一九七三）一〇月）。『森鷗外・その歴史小説の世界』（昭和五〇年（一九七五）、中部日本教育文化会）所収。
（14）『安井息軒先生』（大正二年（一九一三）、蔵六書房）の本文の引用は、東京大学鷗外文庫所蔵本に拠る。
（15）「安井夫人」の本文の引用は岩波書店版『鷗外全集第一五巻』により、旧漢字は新字体に直した。ルビは省いた。
（16）山崎一頴「大正三年の鷗外」（『評言と構想』三輯、昭和五〇年（一九七五）一〇月）。『森鷗外・歴史小説研究』（昭和五六年（一九八一）、桜楓社）所収。
（17）黒江一郎著『安井息軒』（昭和二八年（一九五三））所載の「安井息軒年譜」に拠れば、天保一一年（一八四〇）「五月三女登梅没六歳、四女歌子生」とある。
（18）木谷喜美枝「『安井夫人』」（『国文学解釈と鑑賞』五七巻一一号、平成四年（一九九二）一一月）。
（19）『楽翁遺書上巻』（明治二六年（一八九三）、八尾書店）所収。
（20）千住克己「明治期女子教育の諸問題」（『明治の女子教育』所収、昭和四二年（一九六七）、国土社）。
（21）『新釈漢文大系書経上』（昭和五八年（一九八三）、明治書院）に拠る。
（22）（17）の黒江一郎著『安井息軒』に拠る。
（23）安井小太郎著『日本儒学史』（昭和一四年（一九三九）、冨山房）「朴堂先生年譜畧」「朴堂先生著述論文目録」による。
（24）「与謝野晶子さんに就いて」（『中央公論』第二七年第六号、明治四五年（一九一二）六月）。
（25）山崎國紀「『安井夫人』再考―「サフラン」「毫光」との検討」（『森鷗外研究』六号、平成七年（一九九五）八月）。
（26）金子幸代「『新しき女』たちの台頭―日独における女性解放と森鷗外―」（『社会文学』二号、昭和六三年（一九八

八〕七月)。『鷗外と〈女性〉―森鷗外論究―』(平成四年〔一九九二〕、大東出版社)所収。

(27) 金子幸代「森鷗外『安井夫人』論―〈新しき女〉とモンナ・ワンナ」(「文教大学国文」一五号、昭和六一年〔一九八六〕三月)。『鷗外と〈女性〉―森鷗外論究―』所収。

(28) 「伊沢蘭軒」(大正六年〔一九一七〕)「その二百十七」。

(29) (3)に同じ。

(30) 清田文武「鷗外の歴史小説における人間像の形成―「待つ」「耐える」という契機を中心に―」(「文芸研究」六四集、昭和四五年〔一九七〇〕六月)。

第四節　「栗山大膳」論
――「見切り」をめぐって――

一　はじめに

森鷗外の歴史小説「栗山大膳」は、鷗外日記の大正三年（一九一四）八月十三日の条に「夜栗山大膳を書き畢る」とあり、九月の「太陽」に発表された。講談、演劇、また多くの実録体小説を生んだ黒田騒動に取材したものである。鷗外は執筆にあたり『列侯深秘録』所収の「盤井物語」「黒田甲斐守書付」「栗山大膳記」「西木子紀事」「内山家蔵古文書」「西木紹山居士碑銘」「栗山大膳記事」、及び『黒田家譜』『黒田家臣伝』『加藤肥後守忠広配流始末』『徳川実紀』を典拠としたことが考証されている。(1)

また、この作品については、鷗外自身、健康上の問題と多忙のため「殆ど単に筋書をしたのみの物」であり、「太陽」の記者に原稿を渡す時に「小説欄に入れずに、雑録風のものに交ぜて出して貰ひたい」と望んだという。(2)この鷗外の自評もあって、以後の作品論はその具体的・補足的な分析と、作品の否定的評価に導く傾向が見られる。すなわち、稲垣達郎氏は「造型の不完全性」を指摘し、「小説・非小説にからまる根本的態度において不確かなものがあ」り、「一種ゆがんだ作品とならざるを得なかった」と説く。(3)また、山崎一穎氏は鷗外が「史伝小説へと脱皮していく過程で、歴史小説という表皮を完全に脱ぎ去りえていない」ものと解し、その不完全性を次のように指摘している。

小説は君主間の対立の劇に多く費やされ、肝心の大膳の思考、ないし行動原理と融合していない。歴史小説と見ると、大膳の思想が独立して語られることになり、そこに欠陥が生じる。大膳の伝記のある一面を史伝小説にしたと見ると、大部分を占める君主間の確執のドラマは馴染まない。(4)

山崎氏の説かれる「大膳の思考、ないし行動原理」とは、作中に記される「見切り」と「権道」を指すのであろう。その思考・行動原理と黒田騒動と呼ばれた君臣間の確執のドラマとの「融合」の成否を判断するにあたっては、まず「見切り」「権道」の意味内容を明らかにしておく必要がある。

猶一つ心得て置くべきは権道である。これを見切と云ふ。取るは逆、守るは順であるから、これは不義だと心附いた事も、これぱかりの踏違へは苦しうないと、強く見切つて決行するのである。(5)

右の一節は、黒田騒動の決着後、南部山城守預けの身となった栗山大膳利章が天領代官井上某に語ったものであるが、黒田騒動における自身の行動原理を解説したものと解される。その意味内容と作中における意義について、清田文武氏は次のように説いている。

「栗山大膳」における「見切り」の語も、見とおす、見極めるという意味である。けれどもそれが、「権道」という観点からとりあげられていることが注意されねばならない。権道とは目的を達するために執る臨機応変の処置・手段をいうが、鷗外は黒田騒動における大膳の行動原理としてその中心に「見切り」の精神を捉えているように思われる。それは事にあたって先を見とおし、情勢を見極めたうえで、一点に自己を集中し、目的に向かって強く進む態度を表わす。(6)

言うまでもなく、黒田騒動は九州福岡黒田家の御家騒動であり、主君忠之の失政による改易を逃れるため、家老栗山大膳利章が、寛永九年（一六三二）六月、幕府に忠之謀反を訴え、失政のもとである寵臣倉八十太夫の罪を公認させる形で黒田家の存続をはかるとともに、自らは南部家預かりの身に甘んじた事件である。この騒動における利章の行動原理が「見切り」と「権道」であり、藩の重臣が実態のない主君の謀反を幕府に訴え出るという前代未聞の行為となって現れたのである。

「見切り」の決定的な事実は謀反の訴えであり、それだけを取れば讒訴である。言わば不忠の極みであり、利章自身これを「不義」であると語っている。これが黒田藩安泰のための臨機応変の処置・手段である「権道」となるためには、究極目標の設定と、その目的の正当性、目的実現のための努力、及び努力の限界性を「見切る」ためのやむを得ない事情の存在が必至である。しかし、以後の作品論において、利章の「見切り」の内実がさらに究明された形跡は見られない。

ところで、鷗外は「作中、一度として大膳に『忠』の字を冠せることがない(7)」ことの反面、主君忠之を「生得聡明な人」、寵臣倉八十太夫を「小賢げに立ち振舞つてゐる」「怜悧な若者」と評しており、利章を忠義の臣として描くことを意識的に避けている。すなわち、本作は世俗に喧伝された単純な勧善懲悪劇、暗君と忠臣の確執の物語とは明確に質を異にする。言わば、危急存亡の事態に対応する組織的人間の知恵と決断に焦点を当てた歴史小説として、幕府の雄藩改易政策、肥後熊本加藤忠広改易の影響、危殆に瀕した黒田藩の現状など、その史的背景を踏まえて捉え直す必要がある。

二　作品の構図

まず、作品に従って年譜を作成しておくと、次のようになる。

天正十九年（一五九一）　正月二十二日、栗山大膳利章出生。

慶長七年（一六〇二）　十一月、黒田忠之出生。

十九年（一六一四）　大坂冬の陣。十三歳の忠之が福岡から出兵し、利章の父利安留守居。江戸の守りは忠之の父長政と利章。

元和元年（一六一五）　大坂夏の陣。利章、忠之の手に加わる。

八年（一六二二）　忠之、二代将軍徳川秀忠の養女十七歳と婚姻。

九年（一六二三）　三代家光、将軍職を継ぐ。長政死去、五十三歳。忠之二十二歳、筑前五十二万石を継ぐ。倉八十太夫を重用。利章三十三歳。

寛永元年（一六二四）　四月、三家老（利章、黒田一成、小河内蔵允）起請文を出す。

三年（一六二六）　九月十五日、前将軍秀忠の生母達子死去。十一月十二日、利章諫書を起草し、井上周防之房（道柏）、利安（卜庵）奥書。忠之に提出。

四年（一六二七）　故黒田孝高夫人死去。

五年（一六二八）　忠之、宝生丸造営。十太夫に足軽三百人を増員。利章家老を辞職。

六年（一六二九）　早々、将軍家から利章を出仕させるよう勧告。利章家老に復帰し、忠之との関係悪化。

八年（一六三一）　八月十四日、利安死去、八十一歳。この頃、十太夫家老に列する。忠之、長政が家康から拝領の具足を十太夫に与えたのを、利章が自ら赴いて十太夫から取り返す。

九年（一六三二）　正月二十四日、前将軍秀忠死去。二十六日、増上寺への野辺送り。二月二十二日勅使が立つ。二十六日遺物分け。

四月十日、肥後熊本五十二万石加藤忠広逆心の訴え。十四日、訴人捕らわる。稲葉正勝が熊本に上使に立つ。筑前を通る時に迎接の使者を出す。正使十太夫、副使黒田市兵衛、十太夫謁見出来ず。福岡・博多の町人ら噂話。忠之、噂を流す者を討ち取らせ、三人斬られる。忠之と利章の関係悪化。出仕を強要、拒否。

六月一日、肥後熊本五十二万石改易。

六月十三日、忠之、黒田市兵衛、岡田善右衛門を利章邸に派遣し、出仕を求める。拒否、催促、拒否。忠之、武具を帯して利章邸に押し掛けようとして老臣ら諫止。

六月十四日、井上、小河が城中の様子を利章に告げる。利章剃髪し、妻と二男を人質に出す。家康から拝領の書付を梶原に預ける。

六月十五日、忠之の出した見回り役が、利章の竹中采女正宛の密書を帯した男を捕らえる。

八月二十五日、幕府から忠之に参府の命令。

十一月十七日、忠之、西の丸で老中から申し渡し。十九日、忠之、帰邸を許される。

十年（一六三三）　二月上旬、忠之、西の丸で老中から取調べ。

二月二十四日、利章と十太夫ら対決。二、三日後、忠之、老中に西の丸に呼ばれ、本領召し上げ、並びに拝領の宣告を受ける。

三月初、利章、井伊直孝邸に呼ばれて采女正より申し渡し。二、三日後、松平忠広をもって忠之の本領安堵、並びに利章の南部山城守預けの申し渡し。同じ頃、家老らの言質を取る。

二、三日後、十太夫に高野山行きを勧告。

五月八日、忠之、家光に謁見。

十一年（一六三四）　三月末、利章、南部へ。

十四年（一六三七）　島原の乱。十太夫乱側に入り討死。
十五年（一六三八）　同。忠之功を立てる。
十八年（一六四一）　忠之、長崎番。冬、天領の代官井上某、利章を訪問。
承応元年（一六五二）　三月一日、利章死去、六十二歳。

世に黒田騒動と称せられた騒動の発端、展開について、秦行正氏は忠之と利章の「感情（憎悪と憤懣）の衝突」を軸に構成されたものと解して、次のように説いている。

鷗外の意図は、藩政をめぐる主従の対立が生死の争いに及んだ結果、意を決した利章は、主君忠之が叛乱を企てたとして無実の訴を起こし、客気にはやる忠之の逸脱を戒める一方、忠之に異心のなかったことの証を公儀に取り付けて、領国を安泰に導いたという、見切り（権道）による運命超克の劇を描くことにあったと思われる(8)。

両者の感情的な対立を因として、そこに「運命超克の劇」を読み取ることは、「予て懐いてゐた悪感情」「双方のために不快な、緊張した間柄」などの記述もあり、認められてよい。しかし、両者の感情の衝突と重臣が実態のない謀反の罪で主君を公儀に告発するという異常な行為とは直結するものではなく、原因は感情的対立で説明しうるものではない。そこには別に本質的、決定的な事由が存在したはずである。

両者の対立を招来した原因として鷗外が設定したのは、封建的主従関係の認識における両者の本質的な相違性である。すなわち、作品には次のようにある。

忠之の方で、彼奴どれだけの功臣にもせよ、其功を恃んで人もなげな振舞をするとは怪しからんと思ひ、又利章の方で、殿がいくら聡明でも、二代続いて忠勤を励んでゐる此老爺を蔑にすると云ふことがあるものかと思つての衝突である。

忠之は自らと利章との個の対応における主従関係を基に怒りを発しており、利章は利安・利章父子二代の忠勤、すなわち孝高・長政・忠之三代にわたる主家と栗山一族との君臣関係において対立の因を捉える。言わば、藩主個人を絶対的権力者と捉える立場と、歴代にわたる主従関係の機構の一員と見る立場の相違である。

鷗外は、騒動の背景として第二章に天正六年（一五七八）の主君孝高幽閉の折の利安らの救出の苦心、慶長五年（一六〇〇）の関ケ原の戦、続く大坂冬・夏の陣における利安・利章二代にわたる主家への忠勤の事歴を詳述している。作品全体の約二十一％にのぼる主家と栗山一族との来歴の確認記事を踏まえて、鷗外は「かうした間柄の忠之と利章とが、なぜ生死の争をするやうになつたか。これは利章が変つたのではなくて、忠之が変つたのである。」と記し、騒動発生の因を忠之自身に求めているのである。この主従関係の来歴は、第六章における天領代官井上某に対する利章の認識として、徳川将軍と黒田家の主従関係に拡大・敷衍されることになる。

また、従来、この対立の構図は、政権交代期における新旧勢力圏の抗争として理解されてきた。すなわち、先代長政恩顧の老臣らが引き続き新体制を補佐することは、忠之を取り巻く新世代の台頭を抑え、その軋轢が藩政混乱の因をなしたと解するのである。このことは「生得聡明な人だけに、老臣等に掣肘せられずに、独力で国政を取り捌いて見た」いという二十二歳の新青年君主忠之の自負と、その具体化である寵臣倉八十太夫の登用、及び「暫時も君側を離れぬ新参十太夫の勤振」に注がれる老臣らの疑惑の眼という、三項関係の構図からも頷かれよう。

この君臣対立の構図を前掲の年譜に徴して見れば、忠之は慶長七年の出生であり、豊臣氏の滅亡による戦国乱世の終息と、徳川政権の基盤を確立した大坂夏の陣の時は十四歳の少年であった。生得の藩主たることを予定されていた忠之に、下克上の戦国乱世は実質的な経験を伴わない過去にすぎない。このことを踏まえて、黒田騒動の因をなした寵臣倉八十太夫の登用問題の分析が必要になる。

典拠「盤井物語」は、十太夫が「宦者」として君寵を受け、「伝阿諛を以て能く君を欺むき、君誑惑して登庸」された「奸賊伝阿の臣」であると、その佞臣・悪臣像を強調している。これに対して、鷗外は十太夫を「嬖臣」（寵臣）と記しているが、佞臣・悪臣とは解さず、足軽頭という軽輩の子が近習に取り立てられ、短時日の間に異数の出世を遂げたことを記している。

しかし、歴代の身分秩序を無視した忠之の寵臣偏愛がもたらす藩政への悪影響は、直ちに具体相を現すことになる。

心あるものは主家のため、領国のために憂へ、怯懦のものは其人を畏れ憚り、陋しいもの、邪なものは其人にたよつて私を済さうとするやうになつた。

忠之の寵臣偏愛政治への識者の不信・批判と、寵臣への追従・遠慮、その威を借りて私利私欲を満たそうとする佞臣の横行により、藩政は乱れ、機構の内部崩壊が進行する。その政治腐敗を座視しえない老臣らは、忠之の治政を注視し、老臣らの集団合議制を定めた先君長政の遺言を楯に、藩政のあるべき姿を諫言する。しかし、「此悪弊が暫時も君側を離れぬ新参十太夫の勤振と連係してゐる」とする老臣らの諫書は、「十太夫に対する妬だと」捉える忠之の怒りと、両者の確執を深める効果しか生じない。こうして、先君長政が遺言を残した必然性を証する客観的事実が明示され、利章らの危惧に正当な根拠が与えられる。

一方、長政の遺言が無視されていく構図は、藩政腐敗の深刻さを印象づける。利章ら老臣の注視を受けながら、表面上「十太夫の勤振にはこれと云ふ廉立つた瑕瑾が無」く、「政事向にも廉立つた過失」は見当たらない。利章らが介入すべき失政・悪政の具体的事実は見当たらず、老臣らの経験・判断・助言を求めない独立した治政が進行し、長政の遺言は無化されていくのである。

忠之らの遺言の手続き無視は瑣末な事から既成事実化し、次第に重要事項へと拡大・適用されていく。老臣らが遺言の忠実な履行を迫っても、忠之らは「別に仔細はない、只心附かなかつたと云ふ」弁明に終始し、「下に向いて糺しても、上に向いて訴へても、何の効果も見えな」い。上下心を併せての老臣無視であり、正面から老臣らと衝突することを避けて実質的効果を生む狡猾な方法であった。しかも、これが典拠に記された寵臣による藩政壟断ではなく、老臣らの掣肘を排除するために主君忠之が主導した策謀であるところに、治政腐敗の根深さがあった。忠之と利章の憎悪と憤懣の進行、利章の隠居申し出と忠之による即座の許可、幕府の介入による利章の復職と忠之の無視、両者の意地の張り合いという悪循環の構図は、この諸要素を踏まえて解釈されなければならない。

利章らが洞察した藩政腐敗の具体的事例は、治政全般の弛緩、主従の慢性的な朝政懈怠、決定事項の朝令暮改、遊興・奢侈の活気と、葬祭儀礼の怠慢などである。しかし、これらは藩政の根幹に関わるほどの「重大と云ふ事ではない」が、寵臣十太夫に関わる不正裁判を機に諫書を呈したのであった。この諫書が無視され、大船造営、足軽増員、町民の殺戮など、忠之の専横政治が進行することにより、ついに利章の重大な決意を生み出すことになるのである。

前掲の年譜によれば、忠之は襲封から六年目の寛永五年（一六二八）、参勤交代の利便のために大船を造営するとともに、十太夫の組下に付けるべく幕府に無届けで足軽三百人を増員している。また、同八年には十太夫に実収三万石の給地を与えて家老の列に加えるとともに、先君長政が家康から拝領の具足を下賜したのを利章が十太夫から奪い返すという事件が起こる。十太夫の家老就任は、近習に取り立てられてわずか九年目の事であり、その間異数の出世に相当する治政の功績は見当たらない。足軽増員、什物の下賜ともに、出自の家格と傑出した功績を持たない寵臣の形式的な権威化をはかるものであり、戦国乱世の世を主家とともに生き抜いて得た重臣らの家格・権威に対応しうるものではない。足軽増員は本来戦陣における武将格への登用を意味するものであったし、長政拝領の具足は関ケ原における黒田家主従の命がけの戦いの恩賞であった。

藩内の身分秩序や給地が孝高・長政二代にわたる家臣らの粉骨の忠勤の賜物であってみれば、忠之の寵臣偏愛による破格の栄進は、その秩序を根底から崩壊せしめる危険性を内包していた。それを幕府の名において指摘したのが、寛永九年（一六三二）の幕府上使の領内通過に対する迎接使十太夫の屈辱事件である。

寛永九年四月、幕府に対して熊本藩主加藤忠広逆心の訴えがあった。忠広の嫡子光広（光正）が父を幕府に讒誣したのであり、六月朔日改易となった。罪状は忠広が二歳の庶子を幕府に届けずに領国に連れ帰った廉による。作品においては、加藤忠広召還のための上使稲葉丹後守正勝がその途次黒田領内を通過するにあたり、忠之が派遣した迎接使十太夫が面目を失い、その噂に激怒した忠之が町民を殺戮させたこと、及びその興奮から利章の成敗に及ぼうとしたことが記されている。

この事件について先学の関心は必ずしも高いとは言えないが、板垣公一氏は「典拠と相違する部分は、倉八十太夫の屈辱事件の解釈」にあり、「忠之の怒りを解釈した」ところに認められると説く。(9)また、稲垣達郎氏は、「緊張」を「危機」へまで追いこんだ、忠之側からのヒステリックな激情の契機を、肥後事件に際して上使迎接正使に任じた寵臣の倉八十太夫が、はからずも屈辱をうけたこと、つまり、忠之のせめてもの自由精神が、利章が代表する固陋な封建精神よりも、「公儀」という不抜の秩序であるところの、さらに広大で非情な封建精神の不意打ちをくらったことのなかに見出そうとしていることに、端的にあらわれている。

と説いている。すなわち、忠之の怒りの激発の契機とその内実に焦点を定めて、十太夫屈辱事件から利章成敗への波及を読むのが通説である。

しかしながら、忠之が派遣した迎接正使で家老職にある十太夫を「聞きも及ばぬ姓名である」として謁見を拒絶し、副使黒田市兵衛を「筋目のもの」として遇した稲葉の処置は、忠之の「自由の精神」に対する公儀の「非情な封建精神の不意打ち」に相当するであろうか。稲葉の処置は、四年前の寛永四年、幕府が利章の家老への復職を忠之に勧告したに同じく、歴代の忠勤を基盤とする身分秩序の維持と、その秩序を根幹とする藩政運営を要求するものであり、「聞きも及ばぬ姓名」の新参者による迎接は、幕府上使に対する非礼、軽視として拒絶されたのである。したがって、大船造営、幕府に無届けの足軽増員、将軍家・祖霊への葬祭弔問の懈怠、町民の違法な殺戮に、重臣である利章の成敗が加われば、幕藩体制の秩序を揺るがすものとして、黒田藩が幕府の改易政策の俎上に登ることは必然であったのである。

三　「見切り」の内実

大膳利章の「見切り」の史的背景、及びその内実を解明するにあたっては、加藤忠広改易の顚末を作品中に取り入れた鷗外の意図を見逃してはなるまい。なぜ、鷗外は加藤忠広改易事件の顚末を作品中に記したのか。典拠『徳川実紀』の記載をなぞるような詳細な記述態度は、鷗外のいわゆる考証癖などによるものではあるまい。加藤改易事件の進行と、黒田藩内の険悪化が重ねられる作品の構図に注目しなければならない。

『徳川実紀』によれば、寛永九年四月、幕府小姓組番士室賀邸に差出人、宛名無記名の書状を持参した者があり、室賀の家人が受け取りを拒んだところ、その使いはこの書状を幕府代官井上邸の門内に投げ棄てた。井上がこれを披見したところ、幕閣の土井大炊頭利勝を首謀者として家光政権の転覆をはかる密書であった。井上の訴えにより密書持参の者を捕らえて糾問したところ、加藤忠広の嫡子光広の家士前田某という者であった。この密書は光広が井上を嘲弄した戯玩の書と判明したが、幕府は「忠広近年行跡不正にして。その上府にて生れし幼息を。大喪の折からひそかに母子共に居城にをくり。公を蔑如するの挙動いちじるし。よりて大罪にも処せらるべき所。」その罪を減じて改易となった。[10] なお、『徳川実紀』は続けて、この密書は家光政権の発足にあたり、「智謀ゆゝしき人」である土井利勝が諸大名の忠誠心をはかるために仕組んだ回し文であり、駿河大納言忠長と加藤父子のみが対応せず、加藤忠広が幕府の不審を被るに至ったとする別伝を二度にわたって記している。[11]

元和九年（一六二三）、家光が三代将軍に就いた時、幕府の内部は戦国の世を徳川氏とともに戦い抜いた武功派と、幕府創設の体制造りに奔走した吏僚派の抗争から、幕府草創期の老臣と新将軍家光を取り巻く新世代との世代交代に伴う対立へと移行するとともに、外的には徳川譜代と豊臣恩顧の外様大名との対立を抱えていた。多くの難問を抱えた家光政権が、それらの矛盾の一掃と将軍の絶対権力を確立するために用いたのが、豊臣恩顧の大名をはじめ、親藩・譜代に及ぶ改易政策の強行であった。その最初の標的とされたのが、作品中に記される豊臣恩顧の外様大名加藤忠広（肥後熊本、五十一万五千石）と、徳川一門の駿河大納言忠長（駿河府中、五十万石）である。筑前福岡黒田忠之五十二万石が、その改易政策の枠内にあったことは言うまでもない。

歴史学者藤野保氏は、この加藤忠広改易事件は、徳川一門に対する徳川宗家＝将軍家の絶対権を確立しようとする意図により改易された一門の松平忠長とともに、諸大名に対する強力かつ絶対的な将軍権力の確立のために最初に血祭りにあげられたのであると解し、[12] 次のように説く。

加藤熊本藩は清正の死後、加藤一門が両派に分かれて抗争し、すでに二回にわたって幕府の裁断をうけていたものであり、家光はこの間隙をぬって僅かな幕法違反を取上げ加藤氏を改易したのである。[13]

この事件は、福島正則改易事件と並んで、幕府による政略的、権力主義的な政策の代表例と見なされるものであり、幕府の計画的な謀略に出るものと解されている。また、笠谷和比古氏は、加藤改易事件の一級史料の分析から、この密書が実在し、加藤光広の手から発給されたこと、及び密書の内容が土井利勝に将軍家光の暗殺による弑逆を勧める内容であったことを明らかにし、次のように説いている。

密書の発せられたこの寛永九年四月というのは、大御所秀忠が同年一月に死去して、家光将軍の代が始まったばかりの政治情勢も不安定な時であった。加えてこの家光政権は、駿河大納言忠長という危険な問題を抱えたままでの船出を余儀なくされていたのである。（略）密書の目的が世上に動揺を与え、将軍・年寄衆の間の離反を策し、幕府の分裂を誘おうとするところにあったとすれば、それなりの効果を現し始めていたのである。(14)

幕府は世上の動揺を抑え、将軍権力を不動のものとするために断固とした処置を取ることを決定していたが、改易理由として謀反の罪で正面から究明・断罪することは避け、加藤忠広の日頃の不行跡と、江戸に生まれた男子を母子共に密かに国元に送った行為を公儀軽視として処分したのであるという。

鷗外は、加藤忠広改易の顚末を記すにあたり、土井利勝首謀説を取らず、事件究明の指揮者に位置づけて、加藤忠広逆心の訴えによる幕府の糾問の結果、嫡子光広による讒誣と知れたが、公儀に無届けで庶子を領国に連れ帰った廉により改易されたと記している。しかし、鷗外はこの密書が諸大名の本心・帰趨を計るために土井利勝が仕組んだ謀略であるとする別記も承知していたはずであり、加藤忠広改易の背後にある家光政権初期の不穏な政治情勢も把握していたと思われる。

加藤改易事件との比較において、黒田藩改易の必然性の有無を史書の記載に見れば、次の通りである。

◇『徳川実紀』「大猷院殿御実紀」巻廿二・寛永十年三月十六日

忠之不敬の罪なきにあらずといへども。叛逆の事更に無根の飛語たるをもて。その罪をなだめ。本領をかへし下さる旨をつたふ。（傍線引用者、以下同じ）

◇『寛政重修諸家譜』

（寛永）十年三月十六日去年家臣栗山大膳某忠之が隠謀の企あるのよしを訴ふ。忠之寺院に蟄居し、その過りなきむねをなげき申により糾問せらるゝのところ、遠慮なき所行ありといへども、大膳某が訴へし条はみなその実なきにより、恩免を蒙りて本領を安堵す。

また、典拠「盤井物語」には、

此度大膳よりの言上之旨、其偽り紛れなく、右衛門佐逆叛の罪なき事明白也、然れども君臣違却、家中騒動に及ぶ事、公儀に対し過なきにあらず、依レ之筑前国を被二召上一候、しかれども先祖如水長政の忠節戦伐の功に対せられ、且は右衛門佐、上に対し奉りて実儀の趣聞召届けられ候に付、前々の如く筑前国新に拝領被二仰付一候、…

「栗山大膳記」には「御老中様被二仰渡一候は、御家中之出入、肥後表之事指合御越度と被二思召上一候。」「今度之儀、右衛門佐殿無調法ニ被二思召上一候。」とある。

すなわち、利章の訴えがなくとも、黒田藩は「不敬の罪」「遠慮なき所行」のために改易されることが予想される客観的状況にあった。また、「盤井物語」「栗山大膳記」は君臣間の確執・騒動を「公儀に対し過なきにあらず」「越度」と断じ、忠之の「不調法」の廉で一旦は黒田藩改易の処置を取ったと記している。一刻を争う事態であったと言ってよい。鷗外も両資料に従っている。

このうち、「栗山大膳記」の「肥後表之事指合御越度と被二思召上一候。」の部分を、鷗外は「肥後表へ差し向けた使者の件等は、公儀に於いて越度と認める。」と記しているが、福本日南がその著『栗山大膳』に、

近く肥後守が叛逆事件で御法に処せられた、折柄であれば、一層戒心いたす可きに、又々類似の問題を惹起すを越度に思召さるといふのである。(15)

と指摘したのが正しい。「盤井物語」には「此度右衛門佐不調法、殊に近年肥後国一件之儀も有レ之候処、旁以不届に被二思召上一候へども」という記載もある。

すなわち、幕府にあっては、肥後加藤五十二万石に続く九州大藩の謀反の訴えに厳しい視線を向けていたという

のである。そのことは、黒田騒動が加藤改易事件に続いた不祥事であったが、公儀の審問の結果は「叛逆の事更に無実の飛語たるをもて」改易を免れたこと、すなわち、利章の忠之謀反の訴えがあったために、幕府は忠之の「不敬の罪」「遠慮なき所行」を理由とする黒田藩改易の機を逸したとも言いうるのである。

利章の訴えも主君忠之の逆意であり、九州の雄藩の相次ぐ幕府に対する謀反騒ぎは、発足したばかりの家光政権の屋台骨を揺るがす事件であった。藩内の君臣間の抗争、治政の乱れ、大船造営、足軽増員などの幕法違反を挙げるならば、黒田藩は客観的には加藤改易と同条件にあったと言ってよい。その窮地に陥った黒田藩が加藤熊本藩の轍を踏まないための利章の見通し・確信・方策、いわゆる「見切り」はいかなるものであったのか。

利章の「見切り」の内実について、山崎氏は次のように説いている。

鷗外に至って、史的事実に基づき藩主交替期に於ける君臣間の確執という黒田藩の政治劇として歴史小説の体裁を整えた。しかし、大膳の権策としての〈見切り〉が何故発揮されなければならなかったのか、その史的状況認識が甘い。惻々として迫る幕府の外様大名取潰し策と大膳の権策は等価でなければならない。その均衡を欠いている。

しかし、鷗外の記す利章の「見切り」、その臨機応変の手段である「権道」は、幕府の改易政策に正面から対応したものではなかったか。

鷗外はまず「異心を懐かぬのに、何事をか捉へて口実にして、異心あるやうに、認められはすまいかと云ふのが、当時の大名の断えず心配してゐる所である。」と記して、異心を疑われることを恐れ、幕府の改易政策に恐々として腐心する各藩の現実を提示し、その時に藩の重臣である利章が主君忠之の無実の反逆を幕府に訴え出ることの異常性を強調する。すなわち、その行為の異常性にこそ、利章の「見切り」と「権道」の根本の意味は明らかになるはずである。

黒田藩の危機的状況については、典拠とされた『徳川実紀』に、諸大名列座の席における将軍家光の黒田騒動直裁の記事が見られる。

さて直裁ありしは。筑前の訴訟毎度に及びて決せざるは。忠之暗弱にして。家臣等専恣なるが致す所なり。かつ公より預けられし城地を。己が城地とおもふ故かかる事も起れば。黒田が家を浸収せられんとなり。諸大名みな俯伏して。何と聞え上るものもなし。やゝ有て御辞色和らげ給ひ。忠之元より隠謀の企あるにもあらず。たゞその不肖によれり。不肖の者の領邑をめし放されんは。いと不便におぼし召せば。そのまゝさし置むはいかんと仰ければ。仙台黄門正宗かしらをもたげて。小松黄門利常が方にむかひ。いと忝き台命のよし申上しかば入御あり。(16)

家光は、黒田藩君臣の藩政紊乱への怒りから黒田改易を決断したが、訴えによる謀反の事実が見当たらず、忠之不肖は改易理由となし難いので取りやめた。その処置に外様の雄藩伊達政宗、前田利常が恭敬の意を表したというのである。言わば家光政権の諸大名に対する権力の示威と恫喝であり、ここでも利章の忠之謀反の訴えが功を奏したことが分かる。

のちに、利章は、黒田改易の幕藩体制に及ぼす影響について、

黒田家程の家の去就は天下の安危に関する。現に関が原の役にも、孝高、長政を身方に附けて、徳川家は一統の業を成された。

とする認識を語っている。徳川一門の駿河大納言忠長、九州の雄藩加藤熊本藩の改易による世俗人心の緊張に加えて、筑前黒田五十二万石の謀反の訴えは直ちに諸大名の驚愕と注視を生むであろう。公儀の審問の場における忠之、及び重臣らの必死の雪免の訴えに加えて、謀反の確たる証拠が見当たらないとすれば、大騒動となったがために幕府も迂闊に断罪に踏み切ることは出来ない。孝高・長政以来の黒田家の勲功を無視すれば、他の外様大名の幕府へ

の疑心を掻き立てて世情を不穏ならしめ、政権運営を危うくすることになる。謀反の決定的な証拠が存在しないとすれば、瑕瑾や僅かな幕法違反を咎めて改易を強行することは難しくなる。

一方、幕府の改易政策の狙いとその注視に全く無防備・無警戒な若い君主とその嬖臣は、藩内の権力交代にのみ腐心し、ついにはその確執から利章成敗に及ぼうとしていた。

原来利章程の家の功臣を殺したら、徳川氏に不調法として咎められはすまいかと云ふことは、客気に駆られた忠之にも、微かに意識せられてゐた……

と鷗外は記している。幕府の咎めへの恐れも、忠之の利章憎悪の感情は抑え得なかったというのである。しかし、大船造営、足軽増員、町民殺戮、前将軍秀忠の生母達子の服喪無視と殺生遊楽（『徳川実紀』の「不敬の罪」に当るか）に、重臣利章の成敗が加われば、幕府は絶好の機会として、黒田藩の改易に踏み切ったであろう。それは、審問の場において利章自身が、「若しあの儘に領国で成敗せられたら、自分の犬死は惜むに足らぬが、右衛門佐は御取調を受けずに領国を召し上げられたであらう。」と申し立て、閣老に「感動の色が見えた」ことに証せられる。

すなわち、幕府の取り潰し政策の前に、熊本加藤藩に同じく忠之の治政が危殆に瀕したとの正確・冷静な判断が「見切り」（決断）の根拠であった。また、幕府の改易政策という非情な権力行使を逆手に取り、あえて実態のない君主の謀反を訴えて諸大名の注視を喚起し、公儀の手により主家に叛意のないことを証明して藩の安泰を図るというのが、利章の「権道」（不忠の忠の行動原理）であったと言ってよい。

四　後日談の意義

騒動後、倉八十太夫が島原の乱で忠之に敵対し、乱軍の中で討死したとする鷗外の設定について、福本日南は

『栗山大膳』で、

　十太夫の最後に就き、鷗外氏が、寛永十四年に於ける島原の乱に、十太夫は乱徒の群に入つて討死したと云ふに至つて、虚も亦甚だし過ぎる。

と批判している。これに対して、稲垣氏は「根拠はないかもしれないけれども、こういうことがあっても不自然ではないと考えた」のであり、「歴史小説における『思量のメカニズム』からきたもの」であると解する。一方、山崎氏は日南の批判を認めて、「この十太夫の島原での討死は、〈切盛と捏造〉と言われても致し方ない」が、鷗外は十太夫を「佞臣と見ていないので、戦死として記述したのではないか」と説いている。

　鷗外が典拠とした「盤井物語」には「其後島原一揆起りし比、密に筑前国へ来り島原へも趣きしとかや。」とある。それによれば、日南が挙げているように、十太夫は島原の乱の折には忠之軍に投じたが、戦功もなく、戦死もせず、承応三年（一六五四）二月十二日、忠之が五十三歳で卒去した時も福岡に下ったが、当然と思われた殉死もせず、のちには非人同様になり上方で斃死したという。したがって、鷗外が典拠の記載内容を知りつつ十太夫を切支丹側に走らせ、乱戦の中で戦死せしめたのは、意図的な史料離れを意味するのであろう。

　いま、鷗外の意図を直ちに明らかにはし難いが、少なくともかつての旧主と敵対する位置に十太夫が立つ設定であることは否定しえない。利章が一身を犠牲にして主家の安泰を図ったとすれば、軽輩の出ながらその才を認められて異数の出世を遂げ、時移れば主家を傾けんとした張本人として幕府から高野山に逐われた十太夫が、切支丹に身を投じて幕府に歯向かい、討伐軍の旧主と対峙して乱戦の中で死ぬのも、一つの意志的な生の帰結であったであろう。切り盛り、捏造などという批判とは次元を異にする生の帰結、死を、鷗外は十太夫に与えたと解される。

　次に、利章は幕府の審問の折に自らの見通しを越えて主家取り潰しの危機に陥った時に備えて、長政の弟で、忠之の叔父にあたる梶原景尚に家康が先君長政に与えた所領安堵の書付を預けて、三閣老への提出を依頼する。主家安泰のための二重の備え（武略）であるとともに、栗山家の断絶を覚悟して書付による主家守護の任を一門の梶原氏に委ねたことになる。これも、利章の「見切り」に含まれるであろう。この書付はそれから百三十五年後の明和五年（一七六八）、梶原家から時の当主継高に返還されたという。典拠「盤井物語」には利章が老臣に書付を託さなかった事情も記されているが、鷗外はこれを削除し、重臣栗山家から一門の梶原家へ主家の隠れ守護役を委任する設定に変えている。

最後に、代官井上某との遣り取りは「西木子紀事」を典拠とする。

直参に対する利章の対応への井上某の不審は、徳川幕藩体制下における幕府直属の直参と、外様大名の家来（陪臣）との身分差を絶対視する立場であり、幕藩体制確立後の新参官僚を代表する権力意識を示している。これに対して、利章は、徳川氏の天下統一、幕府開創の由来に遡って黒田藩の果たしてきた功績と、その黒田藩における自らの位置を明示し、多くの戦国大名の援け、支えのもとに成立した幕政の末端に位置する地方代官の独善的な身分意識を批判している。それは、旧主忠之に対して主従の身分秩序に隷従せず、「権道」という不忠の忠の行動原理を帯して、起死回生の「見切り」に至った利章像を彷彿とさせる逸話となっている。

しかし、軍法諸流の得失、城の縄張りの善し悪し、武士の志など、戦国武士の軍法・軍略・気風を語る論説は、先の筋立てとどのように関わるのか。典拠では利章の教示により、井上が城主になったとするが、鷗外は削除している。また、「権道」「見切り」については、「西木子紀事」に「見切り」の語があり、「権道」の意味内容についての記載がある。これを、利章が自らの行為の解説として後日談中に置かなければならなかったところに、歴史小説としての不満足観、未完成観が残ったかと思われる。

〔注〕

（1）筑摩書房版『森鷗外全集第四巻』（昭和四六年（一九七一））「語注」（尾形仂）に拠る。『列侯深秘録』『黒田家譜』『徳川実紀』は東京大学鷗外文庫所蔵。『加藤肥後守忠広配流始末』は未見。
（2）「歴史其儘と歴史離れ」（「心の花」一九巻一号、大正四年（一九一五）一月）。
（3）稲垣達郎「『栗山大膳』ノート」（「国文学研究」九・一〇合輯、昭和二九年（一九五四）三月）。以下、稲垣氏の所説は同じ。
（4）山崎一穎「『栗山大膳』論―黒田騒動の系譜―」（「国語と国文学」六八巻三号、平成三年（一九九一）三月）。「〈黒田騒動〉の系譜的考察―歴史と文学との交叉」と改題のうえ『森鷗外・歴史文学研究』（平成一四年（二〇〇二）、おうふう）所収。以下、山崎氏の所説は同じ。
（5）「栗山大膳」の本文の引用は岩波書店版『鷗外全集第一五巻』に拠り、旧漢字は新字体に直した。
（6）清田文武「鷗外『栗山大膳』をめぐって」（『阿達義雄博士退官記念国語国文学・国語教育論叢』所収、昭和四六年（一九七一））。
（7）片山宏行「『栗山大膳』論考―その性格と位置―」（「青山語文」一〇号、昭和五五年（一九八〇）三月）。
（8）秦行正「『栗山大膳』試論―『歴史其儘と歴史離れ』の苦悩―」（「福岡大学日本語日本文学」創刊号、平成三年（一九九一）九月）。
（9）板垣公一「鷗外『栗山大膳』の典拠」（「名城大学商学会会報」昭和四八年（一九七三）七月）。『森鷗外・その歴史小説の世界』（昭和五〇年（一九七五）、中部日本教育文化会）所収。
（10）「大猷院殿御実紀」巻廿・寛永九年六月朔日。
（11）「大猷院殿御実紀」巻廿・寛永九年四月一五日、及び「同」巻五八・正保元年七月十三日。
（12）藤野保著『徳川政権論』（平成三年、吉川弘文館）第五章3「大名廃絶と幕権の強化」。
（13）藤野保著『新訂幕藩体制史の研究』（昭和五〇年、吉川弘文館）第二編第二章第三節「徳川幕藩両国制の体制的確立」。

（14）笠谷和比古著『近世武家社会の政治構造』（平成五年〔一九九三〕、吉川弘文館）第十章第二節「寛永九年の加藤忠広改易事件」。
（15）福本日南著『栗山大膳』（大正四年〔一九一五〕、実業之日本社）「研究の一班」。
（16）「大猷院殿御実紀附録」巻二。

第五節　「ぢいさんばあさん」論

一　はじめに

森鷗外の歴史小説「ぢいさんばあさん」は、大正四年（一九一五）九月発行の「新小説」第二十年第九巻に発表され、のちに「山椒大夫」「高瀬舟」などとともに『高瀬舟』（大正七年、春陽堂）に収載された。起稿の時期は不明であるが、日記によれば同年八月十日に脱稿されたという。大田南畝著『一話一言』巻二十三所収の「黒田奥女中書翰写（美濃部伊織妻貞節なる事）」、同「美濃部伊織伝並妻留武始末書付」その他の史料を主な典拠としつつ、典拠史料の錯雑した内容を整理して取捨選択を加えた、「歴史離れ」系列の作品として知られる。

作品世界は、江戸麻布龍土町にちかごろ居を構えた翁媼の生活が近隣の好奇の眼を通して描かれる第一部、当事者である美濃部伊織・るんの出自の紹介と婚姻、及び伊織の刃傷事件の経緯を詳述する第二部、さらに伊織の流謫後のるんの境涯と両人の再会を語る第三部の、棒線で区切られた三部の構成を取っており、全体が伊織・るん夫婦の回顧談の形をなしている。

また、作中には、二人の住まいが「今歩兵第三連隊の兵営になつてゐる地所の南隣」に当たり、美濃部家の菩提寺である松泉寺が「今の青山御所の向裏に当る、赤坂黒鍬谷の寺である」こと、伊織が配属された大番頭石川阿波守総恒の邸宅についても「石川の邸は水道橋外で、今白山から来る電車が、お茶の水を降りて来る電車と行き逢ふ辺の角屋敷になつてゐた」ことなどの記述が挿入されている。鷗外がこの作品を執筆している大正四年の現在から百五十年前の明和四年（一七六七）の昔まで時間を遡及させ、往還する、昔話または逸話紹介の形式が用いられている。

作者が作中世界に無造作に侵入するこの形式は、鷗外が歴史の史料を渉猟して江戸時代後期の市井に起こった一事件に取材しつつ、強い感銘と共感をもって作品を成したことを推測させる。本作と同時期の作品は、在任八年半に及ぶ陸軍省医務局長職の引退問題との関連で論じられることが多い。長年の別離生活を経て再会した老夫婦の静穏な日常が、政官界への不信と栄達願望のなかで揺れながら「二生を生き」(1)た鷗外の胸裏に、あるべき理想として去来したことも推察しうるであろう。

この作品は、三十七年間の別離を経て再会した老夫婦の、婚姻と別離の事情、その後の辛苦の生涯を描いたものであるが、従来、多くの論者によって、運命の暴圧に耐え、待つところに運命打開の契機を見出した両人の「『抑制』ということと深く関係しあう、るんの献身と二老人の知足のよろこびの生活」(2)に作品の主題があったと説かれている。

また、るんの人物形象をめぐっては、「鷗外好みの美しい女性の典型」であり、「まったく申分のない、非のうちどころのない、妻であり、嫁」(3)であること、「自主的な所謂利他的個人主義の生き方」(4)を貫いた人物として、最大級の評価が与えられている。一方、伊織像についても、刃傷事件における伊織の行為の正当性を認め、(5)「運命に従い、諦念に住しうる人」(6)として、やはり肯定的に捉えられている。

しかし、伊織・るんの婚姻の事情と、二人の運命を変えた伊織の刃傷事件、別離の間における両人の人生態度については、なお細部にわたる分析が必要である。本作が、「老境にはいったぢいさんばあさんの、静寂、清潔な中から、ほのぼのとわきあがって来る人肌のような温かみ、人間の有つわびしいよろこび」(7)を描いたものであるとする通説的見解は踏まえるべきであるが、そのような結論に至る過程において、典拠史料に対する鷗外の取捨・改変・創造的付加の事実については、正確な分析を加えておかなければならない。とくに美濃部伊織の人物像と刃傷事件の詳細については、より批判的な視座から鷗外の「歴史離れ」の意図を捉えることが必要である。

二　伊織・るんの形象

伊織とるんの人物形象は、言われているような、運命に従順に生き、待ち、耐えることによって運命を打開した人物として捉えられるであろうか。従来、論者の視線はるんの生涯に注がれ、伊織に注目されることは少なかったようである。まず、関係史料に基づいて美濃部伊織茂郷と内木るんの出自、及び婚姻の事情を確認するとともに、鷗外の「歴史離れ」の事実について明らかにしておきたい。

徳川幕府の編になる『寛政重修諸家譜』(8)巻第千百二十九「美濃部（菅原氏）」の項から関係史料を摘記すると、次のようになる。

美濃部　伊織某がとき罪ありて家たゆ。
茂伯　宝暦六年七月十三日老を告て番を辞す。明和五年十一月二十八日死す。年八十五。
茂卿　宝暦二年二月朔日父にさきだちて死す。
某　平内　伊織　母某氏
　宝暦七年十二月十二日祖父が家を継、八年七月二十七日大番に列し、安永元年八月二日さきに二条城の守衛にありしとき失心し、同僚下島甚右衛門政寛をよび其家僕等にも疵を負はせ、しかのみならずかの地へめし具せし人数もすくなく、其分限に応ぜず、かれこれその罪軽からずとて有馬左衛門佐允純にながくめし預けらる。妻は駒井伝十郎邦佳が女。

某　平内

安永元年八月二日父がつみによりて改易せらるといへども、なを幼稚たるにより成長にいたるまで親族にめし預けらる。

信志　初信吉　七五郎　久右衛門

宮重伝左衛門正備が養子。

なお、駒井氏、山中氏、斎藤氏の項には、それぞれ次のような記載が見られる。

（駒井）女子　美濃部伊織茂郷が妻となり、のち離婚す。

（山中）時福　藤右衛門　妻は美濃部伊織茂伯が女。

（斎藤）正方　妻は美濃部伊織義伯が女。

『寛政重修諸家譜』は寛政十一年から十四年間をかけた大名・旗本・御目見え以上の系譜であり、美濃部家の先祖書きはるんの褒賞以前に提出されていたと思われる。提出者は伊織の実弟である宮重久右衛門（七五郎）が想定される。伊織に相当する項は「某」と記され、茂郷の名を挙げることを遠慮したために、平内の実母であるるんの名も記さなかったと推定される。

るんとの婚姻時の伊織側の事情について見ると、美濃部家は七代前から直参旗本となり、五代前の茂正の代から五百石取り、大番役を勤める家柄であったが、父茂卿はすでに宝暦二年、伊織十五歳の時に三十八歳で死去しており、母親の生死は不明である。祖父茂伯はるんとの縁組の翌年、明和五年に八十五歳で死去した。したがって、るんが嫁した当時は伊織と祖父母の茂伯・貞松院がいたことになる。

伊織はるんとの婚姻に先立って、同じ直参旗本駒井邦佳の娘を娶ったが、何らかの事情により離婚した。その後、老いた祖父母を抱えて不自由であったため、その事情を知悉していた伯母婿の山中藤右衛門が縁戚筋に当たる有竹氏を通じてるんとの婚姻をまとめたものと推定される。このことから、松浦武氏は典拠史料「元大御番美濃部伊織並妻留武始末書」に「妾腹男子平内」「妾るん」とあることを踏まえて、るんを「妾」または「後妻」であると推定された(9)。

しかし、この「始末書」は刃傷事件の相手方下島甚右衛門の嫡子友之助の手になるものである。一方、るんの甥に当たる有竹與惣兵衛（戸田淡路守氏之家臣）、伊織の実弟宮重久右衛門、斎藤正方の娘婿である斎藤忠右衛門の連署になる上申書には、

美濃部伊織妻儀は私実叔母に御座候。伊織方へ縁組仕候訳は、叔母儀幼年より尾州御守殿に相勤罷在候。然る処伊織叔母聟大御番相勤候山中藤右衛門殿私共内縁有之、養女に仕嫁候(10)。

とある。るんは妹が嫁している有竹氏の養女格で伊織に嫁いでおり、仲介者が伊織の伯母婿の直参旗本であることから、「妾」は想定し難いと思われる。

一方、るんの出自については、前掲の「始末書」に「房州浅井郡真門村内木四郎右衛門娘」「るん妹戸田淡路守家中に嫁す」とあるのみであり、詳細は不明である。また、典拠史料「黒田奥女中書翰写」には、

右の女中生れ房州の出生にて、御当地御出候てひさ〳〵の内かろき御奉公に出相勤、しばらくも御奉公いたし候間、金子も少々たくわへ出来候間、番町辺のみのべ伊織と申候はた本へ縁付候。

とある。このことから、佐々木充氏は作品におけるるんの設定について、「るんは『侍階級の娘』ではなく『百姓の娘』である。」「名主か大地主クラスということにはなろうが。ともかく安房は真門村の『百姓の娘』に違いはない。」と断定される(11)。

史実上のるんの出自については、美濃部家が二条城在番の折に規定の供揃えをなし難いような経済的に苦しい台

所事情にあったことから、安房の富農の娘がふさわしいとも考えられる。しかし、るんが美濃部家に嫁して四年後の伊織の刃傷沙汰によりるんが困窮を極めていた時に援助の手を差し延べた様子はなく、必ずしも里方が富裕であったとは考え難い。また、るんの妹が美濃大垣新田一万石の領主戸田淡路守の家臣有竹某に嫁しており、その腹になる與惣兵衛が有竹氏を継いでいる事実から見ても、るん姉妹が純農の娘であったとは考えられない。安房国真門村に土着して営農に従事しながらも武士の気風を残す、地方郷士の出かと思われる。姉妹ともに武家に嫁した所以でもある。

次に、右の史実を踏まえて、美濃部伊織・るんの人物形象と設定について分析しておく。

美濃部伊織は、幕府直参の旗本で大番役を勤める美濃部家の当主として作品世界に登場する。美濃部家には、伊織と祖母の貞松院の存在が紹介されるのみであり、伊織の祖父、父母、兄弟姉妹などの係累の有無は記されていない。これは典拠史料を踏まえた設定である。その伊織に、明和三年（一七六六）春、内木るんとの縁談が起こった。

るんの出自は「安房国朝夷郡真門村で由緒のある内木四郎右衛門と云ふものの娘」と紹介されている。「由緒ある」という字句は鷗外の加筆になるものであるが、前記の史実、直参旗本との婚姻を望むるんの明確な意志、及び美濃部家断絶後の自立的で強靭な精神は武家の出がふさわしい。地方郷士の家柄を指すものと見てよいであろう。るんは宝暦二年（一七五二）、十四歳で尾張中納言宗勝の奥の軽い召使になり、明和三年まで十四年間勤め、その春現在、二十九歳になるという。

この縁談は、尾張家から下がったるんの、「なるべくお旗本の中で相応な家へよめに往きたい」という自発的な意志に対応する形で進行する。旗本は、言うまでもなく幕府直参の武士で禄高一万石未満百俵以上の者を指す。将軍に御目見えする資格があり、一般的に見ればるんの願いは地方郷士の娘の身分では高望みに属するであろう。るんが妹有竹氏と同じく大名の家臣に嫁すことを望まず、幕府直参で「相応な家」との婚姻を期したとする鷗外の設定は注目に値する。鷗外はるんが伊織の後妻であった事実を知らなかったのか捨象しており、武家社会に生きようとするるんの矜持の高さを際立たせている。るんの明確な意志と矜持が、以後の運命の暗転と不遇な境涯を生き抜く支えになったことを示しているのである。また、幕府大番役を勤める旗本で、「剣術は儕輩を抜いてゐて、手跡も好く学問の嗜もあ」り、「色の白い美男」である伊織との婚姻は、まさにるんの理想が実現したものと言ってよい。るんの婚姻の意志、及び伊織の人物形象は鷗外の創作である。

るんは、史実においても妹が嫁している有竹氏の養女扱いとなり、美濃部家に入った。そこに、地方郷士の出であるるんと五百石取りの旗本である伊織との家格の問題が存在したことが推測される。作品において「旗本の相応な家」に設定された所以である。

ところで、鷗外はるんの外貌について、「美人と云ふ性の女ではな」く「顔も顴骨が稍出張つてゐるのが疵」であると記している。これも「歴史離れ」の部分である。勿論、るんには「若し床の間の置物のやうな物を美人としたら、るんは調法に出来た器具のやうな」存在であり、「体格が好く、押出しが立派で、それで目から鼻へ抜けるやうに賢く、いつでもぼんやりして手を明けて居ると云ふことがな」く、「眉や目の間に才気が溢れて見える」という、知恵、才気、積極性、行動力などの美質を加えてはいる。

しかし、このことは、伊織がるんの美貌の評判や、学問、教養的な嗜み、家柄、里方の経済力などの一般的な婚姻条件に従ってるんを娶ったのではないことを示している。るんに伊織の心を引きつける美貌は備わっておらず、旗本の妻に相応する教育は受けていない。同役の養女扱いとはいっても、元は安房の田舎郷士の娘にすぎず、年齢は婚期を逸したと言ってもよい二十九歳である。武家奉公により礼儀作法一般はわきまえているにしても、伊織が望んで結んだ婚姻とまでは言えない。その間の事情を鷗外は次のように記している。

るんはひどく夫を好いて、手に据ゑるやうに大切にし、七十八歳になる夫の祖母にも、血を分けたものも及ばぬ程やさしくするので、伊織は好い女房を持つたと思つて満足した。それで不断の肝癪は全く迹を斂めて、何事をも勘弁するやうになつてゐた。

論者によってるんの聡明性と献身的な愛情を称賛される部分であるが、伊織を視点として見れば、その「満足」がるんの自分に寄せる強い愛情と祖母への孝養によるものであることに注意しておく必要がある。由緒ある家柄の旗本との婚姻を望んだるんが、理想の相手を得て心を尽くして仕えたことは容易に想像される。婚姻後の伊織もまた、るんの才気と愛情と濃やかな心配りに満足し、生来の癇癪癖も自ずから抑制されていた。

伊織の刃傷事件について、つとに斎藤茂吉が「るんが若し一所にゐたら、伊織は下島を斬らなかつたかも知れないといふ可能性の暗指[12]」を読み取ったのは、説得的である。るんの才気と心配りは、決して下島の怒りを誘発するような夫の落度を見逃すはずはなかったからである。二人の運命を暗転させた刃傷事件は、伊織がるんの手を離れた京都二条城在番中に発生した。伊織の人間像の核をなす「肝癪持」ちという性癖が、るんの心配りによって抑制され、その制御を離れた場で爆発するという、受動的な発現を示していることは確認しておかなければならない。

伊織が三十歳の今日まで妻帯しなかった事情は不明であるが、るんとの婚姻は同役の山中藤右衛門の世話によるのであり、伊織の主体的な意志が働いたとは見られない。伊織が「好い女房を持つたと思つて満足した」のは、婚姻後の日常におけるるんの愛情と孝養と心配りによるものであった。生来の癇癪癖もるんの心配りによって制御されていた。婚姻時の伊織の「満足」、運命を暗転させた生来の癇癪癖の設定が、作者の意図的な「歴史離れ」に属することは注目しなければならない。このように見てくるならば、伊織像が、受動的な契機に従って動く主体性の乏しい人間性を露呈し、自ら運命を暗転させる人物像として形象されていることに気付くはずである。

伊織夫婦の運命を変えた刃傷事件の始末は、徳川幕府の編になる『徳川実紀[13]』「浚明院殿御実紀」巻二十六の安永元年《（ママ）》（一七七二）八月二日の条に、次のように記されている。

大番美濃部織部茂郷を有馬左衛門佐允純にあづけらる。これは二条城の戍役としてかしこにありて失心し。刀ぬきて。同僚下島甚右衛門政寛をきづゝけたるによれり。又政寛も。痛手なりしかば何事も始末覚えずと申せども。その所をにげはしりし事あらはれ。甲斐なき挙動なりとて士籍を削らる。また茂郷が子平内某も。父の罪によりて士籍を削らる。

幕府大番役の直参旗本の間で起こった刃傷沙汰は、美濃部、下島両家の断絶と、伊織の有馬左衛門佐への「永の御預」けとして決着した。その原因を幕府の公記録は伊織の「失心」による刃傷であると記している。「失心」とは武士の精神の根幹をなす平常心の喪失を指す。鷗外は、自制心と理性的な判断力を欠いた伊織の「失心」の行為を、その生来の「肝癪持と云ふ病」を付与して描いたのである。

三　刃傷の顚末

次に、刃傷事件の顚末を分析するに先立って、史実関係について確認しておきたい。『寛政重修諸家譜』巻第千二百「下島」の項の先祖書きは甚右衛門の嫡子友之助の手になると思われるが、次のように記されている。

下島　甚右衛門政寛がとき罪ありて家たゆ。

政寛　寛延三年十二月二日遺跡を継、宝暦元年五月三日大番に列し、安永元年八月二日さきに二条城の守衛にあるのとき、同隊の士美濃部伊織茂郷失心して手疵負せしとき、その疵深きがゆへにそのゝちの事をしらざるがむね申といへども、すでに疵蒙りながら相番長田平十郎正勝が小屋にはせゆきしよし、しかるにをいてはそのいふところとりもちひがたし。たとひ深手は負とも、その場を立去べきいはれなし。殊に城中守衛の身にしてかゝる始末不埒の至りなりとて改易せらる。

同史料によれば、下島家は四代前の政忠の代に本家下島氏から分家して、廩米百五十俵取りの旗本となり、二代前の政道の代から大番に列した。本家下島氏は美濃部氏と同格の五百石取りの家柄であるが、甚右衛門は軽輩である。

また、鷗外は、石川阿波守総恒が明和三年に大番頭になったこと、その組に伊織が配属されていたこと、明和五年に松平石見守乗穏が大番頭になり、弟の宮重七五郎も大番組に入ったこと、明和八年に松平石見守が二条城在番に当たり、伊織が宮重七五郎の代人として松平石見守の大番組に入り、上京中に刃傷事件を起こしたことを記している。これは安永二年の『武鑑』及び『柳営補任』を踏まえた記述である。

同史料に拠れば、伊織は宝暦八年に大番に列し、明和三年から石川阿波守の三番組に入って、明和三年に大坂城、明和六年に二条城の在番を経験した。次いで安永元年の大坂城在番が予定されていたが、明和八年に弟の宮重七五郎の代理で松平石見守の五番組に入り、下島との間に刃傷事件を起こしたことになる。

一方、下島は宝暦元年に大番に列し、明和五年から松平石見守の五番組に入った。刃傷事件の時、伊織は三十四歳、下島は四十二歳で、下島が八歳年長であり、大番役としても先輩格に当たる。しかし、家格は下島が劣り、伊織は五番組では代番の身であった。

当時、伊織は大番役を勤めるための規定の供揃えも出来ないほどに困窮しており、軽輩で経済力の劣る下島からも借財の身であった。その伊織が新たに大小を買い求め、得意になって酒宴を開くという更なる浪費に対して、下島は伊織の不真面目で誠意のない考え方に激怒して伊織を足蹴にしたため、伊織も武士の体面を汚された怒りから刃傷に及んだというのが真相である。そこには、両者の年齢差、家格の違い、大番役の経験、代番との金銭貸借、及び浪費型と節倹型の人間性の相違などの複雑な事情が介在したであろう。

右の史実を踏まえて作品を見ると、鷗外は刃傷事件に先立って、いくつかの「歴史離れ」の設定を行っている。

明和八年（一七七二）四月、京都二条城在番のため松平石見守に従って上洛した伊織は、夏が過ぎ、秋風の立つころ、質流れの古刀に心を奪われる。幕府直参の刃傷沙汰という不祥事出来の予兆を、鷗外は次のように記している。

伊織は、丁度妊娠して臨月になつてゐるるんを江戸に残して、明和八年四月に京都へ立つた。

伊織は京都で其年の夏を無事に勤めたが、秋風の立ち初める頃、或る日寺町通の刀剣商の店で、質流れだと云ふ好い古刀を見出した。兼て好い刀が一腰欲しいと心懸けてゐたので、それを買ひたく思つたが、代金百五十両と云ふのが、伊織の身に取つては容易ならぬ大金であつた。

まず、伊織の上洛と嫡子平内出生の時期について、典拠史料は次のように記している。

A　みのべ伊織と申候御はた本へ縁付候所、男子壹人出来兼々繁昌いたし居候所、其伊織と申候人何か御用向にても御座候てや上京いたし居候。（「黒田奥女中書翰写」）

B　明和八卯年四月、嫡男平内出生仕候。同月伊織儀二条為在番罷登候。（「美濃部伊織並妻留武始末書付」）

史料Aはるんと同輩の「黒田家奥女中幾せ」から飯田町の薬店亀屋久右衛門に宛てた書簡の写しであり、事実関係については撞着も認められる。しかし、伊織の上洛を平内出生後と明記した資料である。史料Bはるんの甥に当たる有竹與惣兵衛が事件の顚末を記して公儀に上申した「始末書」であり、伊織の上洛と平内出生の前後関係は明記されていないが、平内出生後に伊織が上洛したと解することを否定するものではない。したがって、伊織の上洛をるんの臨月中とした鷗外の史料離れは意図的なものであったと思われる。すなわち、伊織の思慮を欠いた行為が、父親との対面も叶わずに夭折する嫡子平内の悲劇を招来したことを印象づけるものであろう。

また、鷗外は刃傷事件の記述に先立って「伊織は京都で其年の夏を無事に勤めた」と記している。この「無事」が伊織の健康問題などではなく、るんとの婚姻によって制御されていた伊織の生来の「肝癪持と云ふ病」が、少なくとも夏までは抑制されていたことを示す。るんの制御を離れた半年の時間が、古刀の魅惑という偶然の契機により生来の病を発現せしめたのである。

伊織は「万一の時の用心に、いつも百両の金」を身に付けていたが、代金百五十両は「容易ならぬ大金」である。伊織は「三十両は借財をする積」で代金を百三十両に負けてもらい、相役の下島甚右衛門に借財した。購入した刀の装丁を直させた伊織は「ひどく嬉しく思つて」、八月十五夜に親しい友人二三人を招いて刀の披露かたがた酒宴を開いた。「友達は皆刀を褒めた。酒酣になつた頃、ふと下島が其席に来合せた」のである。

これに続く刃傷のいきさつについて、「黒田奥女中書翰写」は次のように記している。

近辺の心易き人に少し金子借用いたし居候由の所、右の伊織大小こしらへ候て、所々の心易き人にもみせ、御酒などたべ居候所へ其金子かし候人参り合候間、右の大小其人にみせ候所、其者殊の外いきどふり、借用の金子もなし不申にさやうな物こしらへ候とか申候て、右の伊織を足にてけ候よし、伊織も御酒のうへと申かんにん出来かね、ぬき候て其人へきりかけ候由（以下略）

典拠史料においては、伊織の借財と刀の購入に直接の関係はなく、刀披露の宴席に現れた下島が突然激昂して罵り、かつ伊織を足蹴にしたので、伊織も我慢がならず抜刀して刃傷に及んだというのである。その折、同座した柳原小兵衛が「刀奪取」ったというのも、友人との酒宴の場に闖入して侮辱を与え、かつ足蹴にした下島の行為に激怒した伊織が我を忘れた様として自然であるとも言える。

これに対して、鷗外は古刀購入の代金を下島からの借財として設定し、下島の怒りと侮辱に直接の関わりを持たせている。親しい友人達との酒宴に下島が現れたのは、「自分の用立てた金で買つた刀の披露をするのに自分を招かぬのを不平に思つて」のことであった。すなわち、下島は同役として、借財に応じた伊織に対して相応の礼儀と配慮を期待したのであり、最も謝意を示されるべき自分を無視した行為に侮辱を感じ、あえて伊織の得意満面な酒宴の場に現れたのであった。

鷗外は、刃傷に至る伊織の心の動きについて、下島が現れた時、「めつたに来ぬ人なので、伊織は金の催促に来たのではないかと、先づ不快に思つた。」と記している。両者の不幸な感情のもつれが既に頭を覗かせている。伊織にとって、下島は「平生親しくはせぬが、工面の好いと云ふことを聞いてゐた」から、当座の支払いの便宜に利用したに過ぎなかったし、借財の事実は友人達に知らされていなかった。親しい友人達との酒宴の場への下島の突然の出現に、「金の催促に来たのではないか」という疑いから「不快」を感じた伊織に、下島の心中を忖度する心の余裕はなかった。

暫く話をしてゐるうちに、下島の詞に何となく角があるのに、一同気が附いた。下島は金の催促に来たのではないが、自分の用立てた金で買つた刀の披露をするのに自分を招かぬのを不平に思つて、わざと酒宴の最中に尋ねて来たのである。

下島は二言三言伊織と言ひ合つてゐるうちに、とう〳〵かう云ふ事を言つた。「刀は御奉公のために大切な品だから、随分借財をして買つても好からう。しかしそれに結構な拵をするのは贅沢だ。其上借財のある身分で刀の披露をしたり、月見をしたりするのは不心得だ」と云つた。

此詞の意味よりも、下島の冷笑を帯びた語気が、いかにも聞き苦しかつたので、俯向いて聞いてゐた伊織は勿論、一座の友達が皆不快に思つた。

伊織は顔を挙げて云つた。「只今のお詞は確に承つた。その御返事はいづれ恩借の金子を持参した上で、改て申上げる。親しい間柄と云ひながら、今晩わざ〳〵請待した客の手前がある。どうぞ此席はこれでお立下されい」と云つた。

下島は面色が変つた。「さうか。返れと云ふなら返る。」かう言ひ放つて立ちしなに、下島は自分の前に据ゑてあつた膳を蹴返した。
「これは」と云つて、伊織は傍にあつた刀を取つて立つた。伊織の面色は此時変つてゐた。
伊織と下島とが向き合つて立つて、二人が目と目を見合せた時、下島が一言「たはけ」と叫んだ。其声と共に、伊織の手に白刃が閃いて、下島は額を一刀切られた。

下島の来訪を「先づ不快に思つた」ところから、下島との口論、冷淡な応対、そして感情の抑制が出来ずに激昂して先に抜刀し、いきなり刃傷に及ぶまで、鷗外の筆が伊織の感情の激発していく過程を丁寧に記していることは、注目する必要がある。伊織を面詰する下島の指摘は、それ自体否定しえない武士の道理であった。一方、伊織の怒りは事の理非ではなく、悪意を込めた面罵によって傷つけられた武士の体面にかかっていた。自らの落度を省みる自制心の欠如が、生涯の決定的な破綻を招くのである。

伊織が二条城在番のため上京するにあたり、万一の用心のために百両の金子を携帯したことについて、従来これを伊織の「思慮深く世間知もある人間性」[14]の証左と解し、酒席における下島の言動に「実利的で功利主義的な現実主義の発想」[15]を、伊織の刃傷に「下島の優越的高圧的態度に対して敏感に自我の自立を守る」「伊織の怒りに共感する鷗外の姿」[16]を認める解釈がなされている。

しかし、伊織が携帯した百両の金子は「万一の用心に」と明示されたごとく、病気その他、一年間の在京中に予想される不慮の出費に備えるべきものであり、下島が貸した金子も下島自身が他国に滞在する「用心のために」持参したものに外ならない。下島の主張は、不時の出費に備えるべき金子であるが、武士の魂である刀の購入までは容認しうるものの、贅沢な装丁や酒宴に費消されるのは不本意であるというのである。「近辺の心易き人に少し金子を借用いたし居候由」という史料の記載内容を「平生親しくはせぬが、工面の好いと云ふことを聞いてゐた。」と改変した鷗外の史料離れも、武士の魂である刀を借金によって入手しようとする他者依存的な考え方と、疎遠な下島を借金のためだけに利用した伊織の行為が下島の怒りを誘発したことを記しているのである。また、百五十両という代金が「伊織の身に取つては容易ならぬ大金」であるごとく、下島が工面した三十両も小額ではありえない。鷗外が、下島の形象に武士道精神を喪失した、高利貸し的な実利主義の人間像を描いたと解することは当を得ていない。

また、鷗外は伊織の人物像を明瞭にするために、新たに二つの設定を加えている。

下島は切られながら刀を抜いたが、伊織に刃向ふかと思ふと、さうでなく、白刃を提げた儘、身を翻して玄関へ逃げた。

伊織が続いて出ると、脇差を抜いた下島の仲間が立ち塞がつた。「退け」と叫んだ伊織の横に払つた刀に仲間は腕を切られて後へ引いた。

其隙に下島との間に距離が生じたので、伊織が一飛に追ひ縋らうとした時、跡から附いて来た柳原小兵衛が、「逃げるなら逃がせい」と云ひつつ、背後からしつかり抱き締めた。相手が死なずに済んだなら、伊織の罪が軽減せられるだらうと思つたからである。

伊織は刀を柳原にわたして、しを〳〵と座に返つた。そして黙つて俯向いた。

柳原は伊織の向ひにすわつて云つた。「今晩の事は己を始、一同が見てゐた。いかにも勘弁出来ぬと云へばそれまでだ。しかし先へ刀を抜いた所存を、一応聞いて置きたい」と云つた。

伊織は目に涙を浮べて暫く答へずにゐたが、口を開いて一首の歌を誦した。

「いまさらに何とか云はむ黒髪の

　　みだれ心はもとすゑもなし」

典拠史料によれば、伊織が下島の他にその召使に傷を負わせたこと、その場に居合わせた柳原小兵衛が伊織の

「刀奪取」ったこと、その折、伊織が「黒髪のみだれ心のあとさきをひとに問はれていふよしもなし」と詠んだことは事実であったらしい。しかし、鷗外はそこに、「相手が死なずに済んだなら、伊織の罪が軽減せられるだらうと思つた」柳原のとっさの判断と、伊織の弁明を聴取したことを加えている。

事は、大番頭松平石見守の指揮下に京都二条城在番中に起こった、直参旗本同士の酒席における刃傷沙汰である。下島が死に至れば、伊織の切腹、美濃部家の断絶などの重大な処分を免れない。とっさの間にそれを読み取って伊織の行動を抑止した柳原と、理性を失って下島に斬りつけ、額を斬られて逃げる下島を追い、阻止しようとした召使に傷を負わせ、柳原に抑止されて我に返った伊織との人間性の差異は見逃しえない。

柳原は、今後に予想される公儀の取調べに証人として立つことを前提に、伊織が先に抜刀した事情について弁明を求める。室町末期に生まれて戦国時代に天下の大法とされた喧嘩両成敗法は、江戸幕府法においては『御定書百箇条』に痕跡を残すのみで成文化はされていないが、なお武士社会の慣習、及び倫理規範として、その行動を律し続けたことは言うまでもない。喧嘩の理非を問わず両方を同様に処罰するこの掟に従えば、先に抜刀して刃傷に及び、逃走する相手を追ってその召使に傷を負わせた伊織の行為は、下島が死去すれば、当然切腹に相当する。

柳原はその場の二人の応酬と刃傷に至る経緯を踏まえて、伊織の立場を「いかにも勘弁出来ぬと云へばそれまでだ。」と総括し、「しかし先へ刀を抜いた所存を、一応聞いて置きたい。」と問う。感情の激発による抜刀という「見てゐた」事実の把握のみならず、感情の激発を招いた事情についての理性的な陳述と、刃傷の正当性についての申し開きを求めたのである。

座にあった同役一同は刃傷の背後にある事情を知らず、その場で「見てゐた」事実のみの証言が、伊織に不利に働くことは自明であった。また、二条城在番中の幕府直参同士のいさかいであり、事は幕府の汚点として幕府評定所の厳しい尋問を免れないからである。突然の刃傷沙汰の背後に存在する両人のいさかいの原因を質すことは、同席者の責務であるとともに、伊織の行為を弁護するための思いやりであったであろう。

しかし、伊織は「目に涙を浮べて暫く答へずにゐた」が、やがて一首の歌に心中の思いを託する。既に説かれているように、和歌の完成度は鷗外作品の方が高い。「いまさらに何とか云はむ」という、すべてを諦めて受け入れる心境は「諦念」に近いとも言えようか。(17)しかし、そこには理性的な陳述の不得手な、感性的な人間像が認められるのであり、自らの運命を打開する意志の弱さが露呈している。伊織は、後悔の人、受動的な人生を運命の変転のままに生きる所与的な人間像として形象されたことは否定しえないであろう。

以上の分析から、刃傷に伊織の積極的な意志と正当性を認め、その流謫の境涯を運命の暴圧と解することは認め難い。刃傷事件は、本来、伊織の癇癪癖と古刀に魅せられた軽薄な虚栄心、自らの落度を省みる自制心を欠いた一方的な感情の激発が招いたものであり、直参旗本の家名断絶のみならず、そこに父親である伊織と対面の機会なくして五年の薄幸の生涯を閉じた子息平内の死を描いた鷗外の厳しい批判意識に留意しなければなるまい。

四　別離後の生活

伊織の刃傷沙汰と越前丸岡に「永の御預」という運命の暗転に伴い、美濃部家は断絶となり、「美濃部家の家族は、それ〳〵親類がひき取」ることになる。伊織の祖母貞松院は伊織の弟宮重七五郎方に引き取られ、るんと平内は親代りになっている有竹家の分家にあたる笠原新八郎方に身を寄せることになる。事実上の一家離散であった。美濃部家が存続可能な場合は宮重方に身を寄せ、平内をもって家督相続を願い出ることになるが、家名断絶のため、るんとともに有竹家側が引き取ったのであろう。

その後、貞松院はるんの許に身を寄せたのち、まもなく死去し、平内も疱瘡のために生命を奪われるという悲運が続くことになる。

二年程立つて、貞松院が寂しがつてよめの所へ一しよになつたが、間もなく八十三歳で、病気と云ふ程の容体もなく死んだ。安永三年八月二十九日の事である。

翌年又五歳になる平内が流行の疱瘡で死んだ。これは安永四年三月二十八日の事である。

るんは祖母をも息子をも、力の限介抱して臨終を見届け、松泉寺に葬つた。そこでるんは一生武家奉公をしようと思ひ立つて、世話になつてゐる笠原を始、親類に奉公先を捜すことを頼んだ。

右の記述に相当する部分を典拠史料から摘記すると、次のようになる。

C　番町へ残り候妻子、いたし方なくうちもしまひ、かれ是いたし、何分にも其子を大切にそだて候半と、伊織に母壹人御ざ候其母は家の親類方へ引渡し、妻は子をつれ候て自分の田舎へ引込居候所、其子五歳の時死去いたし、朝夕なげきかなしみ居候内に、伊織母江戸より尋参り、せわいたしくれ候やうに申候に付、また〳〵母引取見届候て事もおはり候て、自分も其節はさほど老年と申候にも無御ざ候に付、また〳〵御奉公いたし候半と、江戸へ出候所………（書簡写）

D　祖母貞松院並妾腹男子平内拾五歳迄親類へ御預、安永三年八月廿九日貞松院八十三歳にて病死、赤坂黒鍬谷松泉寺へ葬り、其後平内は従弟大御番斎藤忠右衛門へ引取、平内事忠右衛門在番留守中疱瘡にて病死

妾るん伊織先祖年忌等迄念頃に弔ひ、次第に困窮衣服等売しろなしはては自身に不及、無是非松平筑前守へ奉公………（始末書1）

E　伊織家族之者祖母壹人有之候。是は伊織実弟宮重七五郎へ御引渡、妻子は伯母聟斎藤忠右衛門へ御引渡相成申候処、祖母義も無間妻子方へ罷越同居仕居候。安永三午年九月廿九日八十五歳にて病死仕候。翌未年三月廿八日嫡男平内疱瘡相煩五歳にて病死仕候、是迄美濃部家断絶仕候てより五ケ年に相成申候、右之間聊一類共よ

り合力無之故難渋至極仕、自今着類等売払祖母並平内養育仕居候処、祖母平内共病死仕無頼奉存、且又美濃部家先祖無縁に相成、菩提所赤坂松泉寺へ仏供料等も可遣手当無之儀共相嘆、無拠安永六酉年松平筑前守様奥へ奉公仕………（始末書2）

例によって、鷗外の筆は運命の変転に遭遇したるんの絶望感や途方に暮れる姿、愛児を失った悲嘆など、想定されるるんの心中を記すことはない。ただ「力の限介抱」し、可能な限りの人事を尽くしたのちは、すべてを運命に委ねるるんの姿を簡明に浮彫する。史料によれば、るん母子を引き取ったのは斎藤忠右衛門方であり、笠原方に身を寄せたのは隠居後のことである。るん母子を引き取るについては、一族の不名誉、経済的な事情などから冷遇を受けたことが推察されるが、鷗外は触れていない。

伊織の祖母貞松院がるんの許に身を寄せたのち、その世話を受けて死んだのは事実であるが、るんも有竹一族に寄遇の身であり、通常は考え難いことである。貞松院がるんに「せわいたしくれ候やう」に望んだについては、貞松院と宮重方の間に何らかの事情が介在したことが推測されるが、鷗外はその事情を忖度することなく、「貞松院が寂しがつて」同居を望んだとする解釈、及び、史料の「病死」を「病気と云ふ程の容体もなく死んだ」とする史実改変を行っている。

一家離散により実の孫である宮重方に身を寄せた貞松院が、二年程のちるんとの同居を望み、その世話を受けて「病気と云ふ程の容体もなく」生涯を閉じたというのは、嫁の世話を受けて満足裡に老衰死を遂げたことを暗示する。一家離散後も、るんが実質的に美濃部家の精神的支柱であることの証左をなすのであろう。

るんが「一生武家奉公をしようと思ひ立つ」たのも、るんの主体的・自立的な意志決定を示す。これは、るんが再嫁を考えなかったことを指している。夫が「永の御預」となり、婚家が断絶した以上、通常は引取り手の両家の合議により離縁を確認のうえ、生計のために再嫁することが多い。るんも三歳の平内を抱えており、有竹家側の経済的負担も大きいからである。史料Ｄ・Ｅがるんの経済的困窮を記している事情もそれによる。

鷗外が史料にあるるんの経済的な困窮を削除したことについて、そこに鷗外の歴史小説の限界を見る厳しい批判論も存在する。[18]しかし、鷗外は経済的な窮迫という他律的・受動的な処世ではなく、常に能動的・意志的に運命に立ち向かうるん像を描くことに主眼を置いたのであろう。

るんは孤独になった自らの経済的な自立のために、十四歳の時から経験していた武家奉公に戻ることを選んだ。賢い選択と言うべきであろう。一生武家奉公をして生きることを決意したるんの境涯について、中野重治氏が「町人か百姓かの娘であつた場合に、夫の帰るのを何十年と待つているまえに、奉公に出されるか遊女に売られるかする[19]」という運命にあることを説いたのはそれとして鋭い指摘ではあるが、鷗外の執筆意図に重なるものではあるまい。

るんは「物馴れた女中を欲しがつてゐ」た黒田家の奥女中となり、安永六年春から文化五年七月まで三十一年間黒田家に勤め、表使格に昇る。そして、七十歳の時、老齢のために隠居して終身二人扶持を受けることになり、老後の保障も得たのであった。るんの自立的な意志が運を開いたのである。

その間、「るんは給料の中から松泉寺へ金を納めて、美濃部家の墓に香華を絶やさなかつた」という。これも、るんの自発的な意志による行為であった。愛児平内の墓もあるから当然の行為であったとも言えるが、るんにとってこの行為は終生再会することが叶わないであろう伊織と自らを結ぶ精神的な紐帯であり、断絶した美濃部家の一員として天涯孤独の身を位置づける唯一の手段でもあった。史料Ｄ・Ｅが強調する封建倫理の遵奉者像からの解放と、自立的・意志的な人間像の形象を意図したものである。

将軍家斉による褒賞は、継嗣である大納言家慶と有栖川宮息女との婚儀による人心収攬策であったが、るんに対する褒賞は「異数として世間に評判せられ」ることになる。他に類のない褒賞であり、公儀の忌諱に触れて処罰を受けた者の親族が褒賞されることは、本来なら有り得ないことであった。したがって、るんの貞節に対する褒賞は偶然の産物であるが、るんの意志的・積極的な人生が自ずから招き寄せたものでもあった。

一方、流謫後の伊織の境涯については「越前国丸岡の配所で、安永元年から三十七年間、人に手跡や剣術を教へて暮してゐた」と記すにとどまり、後悔、絶望、望郷の念、妻子への思いなど、推測されるその胸中を語ることはない。所与的な人生を所与の条件に規制されて生きるのが、伊織の処世であったからである。

五　おわりに

すでに触れたように、従来この作品は人間の矜持のために一瞬に自分の生涯と一家の命運を賭けてしまう男と、あとに残された家族のために献身する妻との、過酷な運命の暴圧を超克しえた夫婦の物語として理解されてきた。伊織の刃傷に武士の意地、誇り、面目を認め、自尊・自恃の精神に鷗外の感動の根源を求める行き方も同様である。

しかし、人間的な矜持、武士の意地をこの作品に求めるとき、主恩に報いるべく献身の機を窺い、殉死において貫徹した興津弥五右衛門の生涯、主家の恣意的な扱いに抗して殲滅の運命を選んだ阿部一族の反抗心、主従の信義をめぐって大御所家康と火花を散らした佐橋甚五郎の意趣に比肩しうる自恃の精神を、伊織の行為に認めうるであろうか。下島の面罵の言葉が伊織の恥辱感と癇癪を沸騰させたにしても、その刃傷が、留守を待つ臨月の妻と八十代の祖母を路頭に迷わせ、切腹、家名断絶と等位であるほどの武士の面目であったとは解し難い。事の非は伊織の側にあり、その癇癪の激発は「学問の嗜」みある三十四歳の壮年武士の死をかけた人間的な誇りとはほど遠い行為であった。

また、近年、権力の無慈悲への批判や忍従の生涯を生き抜いた両人への同情を読み取る研究史を否定し、「史実に欠けている夫婦の肉体の和合への讃歌を嘔った作品」であるとする見解も見られる(20)。鷗外は「封建の世において〈奇蹟〉とも見える行為を現出しえた女性のエロスの強力な力を描いた」のであるという。

しかし、この作品に先立って発表された「歴史其儘と歴史離れ」に、「史料を調べて見て、其中に窺はれる『自然』を尊重する念を発した」ために「知らず識らず歴史に縛られ」「此縛の下に喘ぎ苦んだ。」と告白する鷗外の「歴史離れ」は、江戸時代の武家社会の現実とは無縁な創造の自由性をも主張していたであろうか。少なくとも、『一話一言』所収の史料をはじめ、『徳川実紀』『武鑑』『柳営補任』などの史書の中に分け入り、刃傷事件の詳細を描いた鷗外が、七十代の老夫婦の「エロスの神話」を書くために歴史的な時空間を用いたとはにわかには信じ難いのである。

「ぢいさんばあさん」の世界は、近隣の好奇の眼や恣意的な褒賞の史実を配して、世間の取り沙汰を遠く超越した老夫婦の、残余の生をいとおしむような静穏な日常を描いている。自らの行為の必然として運命の変転を他律的に生きることを強いられた伊織の所与的な生に比して、るんの境涯はより苛酷である。突然の夫の刃傷による流謫と家の断絶、貞松院の介護と愛児の死と続く運命の変転は、生計のみならず精神的な自立をるんに要求したからである。夫との再会を期し難い三十七年間の文字通りの天涯孤独の人生を、運命に流されずに生き抜いたるんの意志力に、鷗外は近代的な自我に通じる人間の理想を感得したのであった。晩年期の寂光に包まれた二老人の互いをいたわるように寄り添う姿は、ともに人生の辛酸を通り抜けた者のみが持つ安らかさに満たされていた。

そこに、官僚世界における栄達願望と、それを忌避する心との葛藤に悩み、ついに官僚世界からの引退を決意した鷗外自身の人生回顧につながるものを認めることが出来る。

〔注〕
（1）山崎一穎著『二生を行く人・森鷗外』（平成三年〔一九九一〕、新典社）。
（2）稲垣達郎「『ぢいさんばあさん』―その『歴史離れ』について―」（「日本文学」九巻八号、昭和三五年〔一九六〇〕八月）。
（3）稲垣達郎「『ぢいさんばあさん』鑑賞」（『近代文学鑑賞講座森鷗外』昭和三五年、角川書店）二二一頁。
（4）板垣公一著『森鷗外・その歴史小説の世界』（昭和五〇年〔一九七五〕、中部日本教育文化会）第一四章「『ぢいさんばあさん』論」。
（5）（4）に同じ。
（6）清田文武「森鷗外『ぢいさんばあさん』の世界」（『北住敏夫教授退官記念・日本文芸論叢』所収、昭和五一年〔一九七六〕、笠間書院）。
（7）（3）に同じ。二一六、二一七頁。
（8）『寛政重修諸家譜』は、美濃部家の系譜、伊織の係累について記した一級史料であり、これを典拠として扱う論説もあるが、鷗外は「松平左七郎乗羨」の名「のりよし」を「のりのぶ」と訓み、代々旗本であった宮重氏を松平乗羨の家臣と記すなど、『寛政重修諸家譜』を直接参照したと見るには疑念が残る。よって本稿においては美濃部家の系譜と刃傷事件の史実の確認史料として扱うことにする。
（9）松浦武「森鷗外『ぢいさんばあさん』論と私註」（「名古屋市立保育短期大学研究紀要」一九号、昭和五五年〔一九八〇〕六月）。
（10）『一話一言』所収の典拠史料の引用は『日本随筆大成別巻上』に拠る。適宜句読点を付した。
（11）佐々木充「『ぢいさんばあさん』論」（「千葉大学教育学部研究紀要」三五巻、昭和六二年〔一九八七〕二月）。
（12）『岩波文庫・山椒大夫・高瀬舟・他四篇』（昭和一三年〔一九三八〕）「解説」。
（13）鷗外自身「興津弥五右衛門の遺書」初稿本のあとがきに続国史大系本の『徳川実紀』を典拠にしたことを記している。「阿部一族」「佐橋甚五郎」などの典拠史料でもある。

（14）（11）に同じ。
（15）山崎一穎「『ぢいさんばあさん』考」（「国文学」一四巻八号、昭和四四年〔一九六九〕六月）。『森鷗外・歴史小説研究』（昭和五六年〔一九八一〕、桜楓社）所収。
（16）（4）に同じ。
（17）（6）に同じ。
（18）（2）に同じ。
（19）中野重治著『鷗外・その側面』（昭和四七年〔一九七二〕、筑摩書房）一八三頁。
（20）小泉浩一郎「『ぢいさんばあさん』論―〈エロス〉という契機をめぐって―」（『フェリス女学院大学国文学論叢』、平成七年〔一九九五〕）。

第六節　「最後の一句」私見

一　問題の所在

森鷗外の歴史小説「最後の一句」は、大正四年（一九一五）十月の「中央公論」に発表され、のちに「山椒大夫」（大正四年一月）、「ぢいさんばあさん」（同年九月）など十二篇の作品とともに、『高瀬舟』（大正七年（一九一八）、春陽堂）に収載された。「興津弥五右衛門の遺書」（大正元年（一九一二）一〇月）に始まる鷗外の歴史小説の系譜では末期の作に属し、「歴史其儘と歴史離れ」（大正四年一月）を書いて史料からの構想・想像の自由を確保してのちの、「歴史離れを企図した[1]」作品の一つに数えられる。執筆時期と動機をめぐっては、九月十七日の鷗外日記に「最後の一句を草し畢る。」、二十日に「最後の一句を滝田哲太郎にわたす。」と記されており、脱稿前日には「婦女通信予が引退の報を伝ふ。東京諸新聞の記者悉く来訪す。」とあることから、従来、在職八年半に及ぶ陸軍省医務局長職の引退問題との関連が注目されてきた[2]。本篇は、自身の引退問題に関わる政治不信の念の小説化として、十七日夜から十八日にかけて、わずか一日の間に纏められたという[3]。

この引退問題に絡む権力批判と歴史小説創作との関連については、引退の自然性を説いて直接的権威批判とする作品把握に否定的な見解もあるが[4]、一般には両者の密接な関係が強調されている。本篇の場合も、父親の宥免を願い出て斬罪を覚悟するいちの論理的な言動に、「献身の中に潜む反抗の鋒」を含ませた主題の設定には、確かに官

理の外枠は史料に拠りながらも、内実は全く異質な作品と化している。
堀江橋近辺かつらや太郎兵衛事」（大田南畝『一話一言』巻十）に対して、極めて自由な史料解釈が施され、事件処
僚機構批判の意図が存在したことが窺われる。権威の孝心賛美と恩情宣伝の色彩が濃い典拠史料「元文三午年大阪

それは、海難詐欺事件に関する次のような史料解釈と、改変・捨象・創造的付加に具体的に現れている。
①典拠史料では、新七の報告を受けた太郎兵衛は「必々人にもらす事なかれと深くかくし、扨人を遣し彼水船を
も売払ひ、其浦の法にまかせて事済」ますなど、事件の隠蔽工作に積極的な共謀関係が成立する。作品では、
新七の巧みな弁舌と多額の損害のために、「ふと良心の鏡が曇つて、其金を受け取つてしまつた」のであり、
新七の教唆による共犯関係にとどまり、かつ隠蔽工作の部分は捨象されている。
②作品では、秋田の米主が「新七の手から太郎兵衛に渡つた金高までを探り出してしまつた」として、太郎兵衛
の犯罪の具体的な証拠が明示されている。
③史料には「新七尋の内牢舎に被仰付、妻子をば町内に預られ、斯て新七を尋れども去午の年迄三年見へず、今
は新七代りとして太郎兵衛罪科極」まると記されて、応報主義の刑法理念に従い、逃走後三年を経過した新七
の身代わりとして太郎兵衛の死罪が確定したことが明示されている。[5] 鷗外は「新七は逃走した。そこで太郎兵
衛が入牢してとう〳〵死罪に行はれることになつた」と簡略化して記す。典拠の刑法理念に即していると読み
取れるが、罪状・死罪の根拠などは著しく曖昧化されている。
右の改変・捨象は、典拠史料が共謀の積極的な意志を有する太郎兵衛を新七の身代わりの位置に据えて減刑の可
能性を与え、いちの身代わりを権威が容認し得る余地と、孝心を顕賞して「道ある御代の御恵み」を示す人心収攬
策への配慮を加えたのに対し、鷗外は、正直者の過ちに証拠だけが死命を制する太郎兵衛の悲劇的運命と、共謀関
係と誤認したに等しい権威の苛酷な処置を強調して、海難事故の頻発する世情の関心と処分への動揺を示し、また、

いちの決意に対する権威の対応に厳しい枠を嵌めたことを示す。奉行所は、刑法理念の徹底による治安維持と、孝心賛美による道徳の奨励と権威の恩情宣伝、及び海難事件処理への人心の納得・収攬を同時に計るという矛盾を含んだ難問を抱えて、いちの「献身」と鋭い対決を余儀なくされることになる。

しかし、孝女賛美を権力批判に変えた作者の構想は、平野町の祖母の土産を待つ幼児性と、白洲に奉行と対峙する「聡明・果敢」(6)な態度との齟齬に看取されるように、いちの形象に多くの矛盾・偏性をもたらしている。また、いち像の情理の完璧性との対応において権威の驚畏と矛盾の露呈を読み取る通説は、引退問題を抱えた鷗外の実生活の心情といちの造型とを無制限に密着させ、作者の視座を権力批判の一点に単純化して把握するという陥穽に落ちてはいなかったか。実生活上の不満・怨念が「最後の一句」制作の強力な動機をなし、いちの人間像に「献身」と「反抗」のモチーフを備えた特異な形象を付与することになったとしても、モラルと法を栖とする苛烈な対立を構想した時、鷗外は自己を含む社会と人生の把握に、諦観を込めた客観的な視座を確保し得ていたはずである。

二　いち像の形象

いちの人間像は、鷗外の理想的女性観の端的な表現として、作品解釈と結合した固定的なイメージで読み取られている。「たぐいまれな存在」(7)「能うかぎり論理的理性的人物」(8)「理性的に計算して得た結論を合理的実践的に果してゆく」「知性と諦念」(9)の持主などの理解がそれであり、人物像の完璧性・理想化との対応において権威批判の主題を把握しようとする。それは、「幼い弟妹をひきいた少女の絶望的な献身と抵抗」に「家長」的な主人公像を読み取る見解(10)とも重なる。いちの論理的理性的人間像の、父親への孝心の是非を問う「懐疑や分析の眼」の欠落に疑問を提起(11)し、あるいは「親への愛情という極めて普遍的情念」と行為決定の「権威的態度」との間の「不協和音」

に、「否定的理解の可能性」を指摘する見解など[12]が、いち像や女性理解の無制限な理想化に限定を加えているにしても、いちの内面の「親への愛情という極めて普遍的情念」の存在そのものは無条件に肯定されて、「人類普遍の〈情〉にうらうちされている親への〈義〉は、人為的・他律的に成立している封建体制＝権力＝お上というような〈義〉を圧倒しゆさぶる」[13]とする作品把握の構図が承認される根拠をなしている。しかし、いちの親への「普遍的情念」「人類普遍の〈情〉」は作品のどの部分に確認され得るのか。

父娘の情愛の発現は、むしろ典拠史料に見られる。それは、

①町内預けによって世間から隔離されたいちの「父の噂を聞まほしくおもふ」心情。

②噂話から父の処刑を知り、二十五日斬罪を確認した夜の「殊さら食をもくはず終夜ね入りもせずため息して」父親救出の方法を思慮する悲嘆と心労。

③「父の罪を犯し給ふも我々を養はんため也、然らば今度父の命に代らん事を御奉行所へ願ひ奉らん」という報恩の情理。

④奉行所から追い立てられた時の「親の命をこそは乞奉り候、銭など何にかはせん」という必死な懇願。

⑤恩赦の減刑を得た父娘の「父は子をいだき、子は父をさゝぐる様にして嬉し泣きになく」姿。

などとして記されている。そこには、封建道徳を体現した孝女物語の枠を越えて、自然な感情の流露を確認することが出来よう。

これを「最後の一句」の該当部分と比較すると、

①′父親は遠出中という大人の説明に不審感を示さず、母親の日常的な悔恨・悲痛・繰り言や、家計の窮乏による環境の悪化に気づかないこと。

②′祖母の通報から父の犯罪と処刑を知った夜の、救出方法を案出した「ああ、さうしよう。きつと出来るわ」と

いう独り言に感情の動揺が見られないこと。
③′救出の方策のみで、その情的根拠は示されないこと。
④′いちの剛情な態度の強調。
⑤′父娘の再会の事実のみの記述。
などに明瞭な相違性が認められる。典拠に対して情的側面の記述が欠落しており、むしろ、いち像の否定的評価の可能性を増幅させたかに見える。①′への改変は、環境悪化に順応する柔軟性、即物的な幼児性、境遇認識力や社会性の欠如と、献身の論理性、理性的な行動と判断、願い出の硬骨性との間にギャップを生じており、②′③′からは、いちの独善的な論理の構築と押し付けによる、まつの素朴な人情の圧伏を指摘出来る。

とくに、身代わりの論理と効果の形成について、典拠においては、父親への報恩の情、養子である長太郎の助命の配慮と両親扶養の期待、負担軽減のための初五郎の道連れなどがまつの同意の下に決定され、長太郎の「親子のたね違ひ候へ共其恩をうけたるは同じ事」「母の身代わりならば女子なるべし、父の身代わりにて候へばこの長太郎が命を召とらるべき事」という報恩・孝の論理と、「我々命失はんと思ひ立つ子供にいかにも死ねと申す母や候べき、それ故知らせ不申」という姉妹の母への配慮と相俟って、権威の同情・憐憫を誘う動力を生じている。一方、作品のいちは、長太郎の助命を願う根拠に、養子であることに加えて、「お父つさんが此家の跡を取らせようと云つて入らつしやつたのだから、殺されない方が好い」と述べて、父の考えの絶対化と、家名の継承者としての継嗣の位置づけを明瞭に示す。それは、「でもこはいわねえ」というまつの素朴な死の恐怖、「みんな死にますのに、わたしが一人生きてゐたくはありません」と尋問に答える長太郎の単純な心理、幼いとくの涙、無邪気な初五郎の死の拒否と、極めて対照的である。

右の相違性は、いちの情的側面の意識的な削除によって開かれる地平に、作者の構想が存在することを証するものではなかろうか。母親への配慮や幼い弟妹の生命への顧慮を欠落させたいち像の形成と、いちの家名存続の計算に対応する、まつ・長太郎側の「孝」の情と論理、素朴・自然な人情の表出とは、いちの「献身」を「人類普遍の情」の発現であるヒューマニズムの主張から切り離し、「孝」の観念と「家」の意識のみ鮮明な、封建倫理の極度に徹底化された行為として描こうとする作者の意図の存在を窺わせる。

情的側面を喪失したいち像の形成については、これを「権力との対決の場において、殺ぎとられた」ものと見て、作者は「圧力状況下に生きる人間の不幸をそのような造型において描き出し」たとする見解がある。(14)確かに、いちの「献身の中に潜む反抗の鋒」が、史料の美談性・道話性の奥に伏在する権威の欺瞞と虚構性を剔抉し、献身の結果に確たる保証を要求する権威との「氷のやうに冷かに、刃のやうに鋭い」対決を象徴するものである時、権威の恩情宣伝と民心掌握のために変型・吸収され易い情的側面の削除は必然であったと見ることが出来るかもしれない。しかし、その理解は、上述したいち像の矛盾・偏性を説明し得るものではなく、「普遍的情念」を唯一の武器として権威と対峙するいち像の把握との矛盾を増幅させることになる。

また、いちの父親への情と官権批判に客観的妥当性を付与するはずの「献身」と「反抗」のモチーフは、元来別の範疇に属し、一般には対立的概念として把握される。すなわち、封建支配の倫理的基盤をなす「孝」の実践である「献身」は、支配に対する内在的な服従意志の表明として、権威に対する「反抗」とは結合し難い。これをいち像の内部で統一的に結合させるために、作者は「献身」に「マルチリウム」の語義を重ねた特殊な意味を付与するが、いち像には「反抗」のモチーフを中心とする冷然たる気分の揺曳が確認される。

それは、いちの献身の決意と、安寿の自己犠牲との相違に明瞭に現れている。

◇「最後の一句」

暫く立つて、いちが何やら布団の中で独言を言つた。「ああ、さうしよう。きつと出来るわ」と、云つたやうである。まつがそれを聞き付けた。そして「姉えさん、まだ寝ないの」と云つた。「大きい声をおしでない。わたし好い事を考へたから。」いちは先づかう云つて妹を制して置いて、それから小声でかう云ふ事をささやいた。（略）「でもこはいわねえ」と、まつが云つた。「そんなら、お父つさんが助けてもらひたくないの。」「それは助けてもらひたいわ。」「それ御覧。まつさんは只わたしに附いて来て同じやうにさへしてゐれば好いのだよ。」

◇「山椒大夫」

姉えさん。あなたはわたしに隠して、何か考へてゐますね。なぜそれをわたしに言つて聞かせてくれないのです。」安寿はけさも毫光のさすやうな喜を額に湛へて、大きい目を赫かしてゐる。併し弟の詞には答へない。只引き合つてゐる手に力を入れただけである。（略）姉は今年十五になり、弟は十三になつてゐるが、女は早くおとなびて、その上物に憑かれたやうに、聡く賢しくなつてゐるので、厨子王は姉の詞に背くことが出来ぬのである。（略）「さうですね。姉さんのけふ仰やる事は、まるで神様か仏様が仰やるやうです。わたしは考を極めました。なんでも姉えさんの仰やる通にします。」

ともに姉の弟妹説得の部分であるが、前者が姉の論理的追窮による妹への同意の強要を、後者が姉の人格に寄せる弟の信頼と得心を描いて、極めて対照的である。後者では、安寿の自閉的・秘密主義的な思案と意志決定に対する、意志疎通の欠落への厨子王の不満は、自己犠牲を秘めた安寿の人格への尊信の念の前に消滅する。姉の逃亡の指示に入水という自裁の決意が秘められていることに、もとより厨子王は気づいてはいない。厨子王を否応なく得心せしめたのは、安寿の形象を包む宗教的な雰囲気と自律的な精神像が自ずから発散する「毫光」の力である。「山椒大夫」全体が地蔵尊信仰の霊験譚的色彩を帯びながら、その核心が、運命の打開に懸ける安寿の信仰心と、神格化さえされる不動の安心と意志力にあったことを示していよう。

一方、前者は、父親の救命のための強力な論理である孝道の理によって、妹の感傷的な死の恐怖、自然な感情が圧殺される過程として読み取られる。史料が示すのは純粋な孝心に発する姉妹の自己犠牲の納得であったが、作品のいちは、その完璧に正当な論理を楯として、まつの素朴・自然な心情の矛盾と脆弱さを突いていく。いちに妹と共有し得る普遍的情念が内在し、その自ずからな発現として献身が説かれるならば、史料に見られるような妹の納得、もしくは厨子王を得心せしめたような、情念の究極相としての献身への宗教的感銘を、まつの心に呼び起こし得たはずである。だが、鷗外は安寿の場合のように人間の情念の深奥に立ち入ることなく、いちの形象に確たる論理を備えて実践に移して行く強固な意志像をのみ求めているのである。

いちは、権威に対する「反抗」の意志を「孝」のモラルの完璧な実践としての「献身」の殻に包んで、奉行と対峙しようとする。それが法とモラルへの絶対的服従を要求する権威とその権化的遵奉者との対決、言い換えれば、権威の支配の手段がその必然として生み出す、法とモラルの崩壊の危機と矛盾を描くものであるとき、封建倫理の極度に徹底化された存在であるいち像の、情的側面の削除による肉体の「痩」せは当然でもあった。

三　対決の構図

いちと奉行の峻烈な対決を構想するに当たって、鷗外は多くの〈史料離れ〉を行っている。

それはまず、母親の愚昧性の強調と、平野町の祖母の設定に見られる。史料では夫の生命の危機に女房が全く関与せず、高札が立った夜の「母と三人の子供はよくねいりたり」という記述が、悲嘆に暮れながら捨身による父親救出の方策を案出し、奉行の尋問に答えて母親への配慮を語るいち・まつの心情との間に大きなギャップを生むなど、不合理・不自然性を露呈している。鷗外は、事件発生以来正常な思考・判断・行動力を失って、恒常的な悲嘆・悔恨・愚痴の中に暮らす暗愚な町人の女房の姿を活写する。事態打開の能力も意志も封建婦道の精神も持たず、運命に翻弄されるのみの愚物性は、尋問の場の恐懼と不得要領な返答にも現れている。桂屋の経済問題と女房の生計能力を不問に付した点に作品の「盲点」を指摘する見解[15]もあるが、「平野町の里方は有福なので」「暮し向の用に立つ物」を搬入する祖母の設定によって、富裕な町家育ちで世間知らずの女房の無能無策ぶりを明瞭化し、権威に盲目的に屈従する、最も御しやすい型の庶民性を具象化したものと思われる。

平野町の祖母は、桂屋の経済的後援者と、丸二年間も世間との交際を絶っている桂屋と「世間との通風孔[16]」の位置を担う外に、いちの人間像と身代わりの決意の内実をも明瞭化する。先に指摘したいち像の幼児性、環境順応性と、願い出の論理性、決意の硬質性とのギャップは、祖母の報知によるいちの事態把握から、決意・実行への直線的・短絡的な思考、行動を捉えることによって埋められる。

すなわち、いちの決意は、社会性、思考力の育成期に世間との交流を絶たれた十六歳の無教育な町娘の心中で、自然発生的・無反省的に発想され、唯一の客観的批判であるまつの躊躇を教条的・独善的に論破して実行に移される。以後は、門番・与力・奉行らの拒否・叱責・脅迫に終始冷淡・剛情な態度で対応していく。祖母の報知から内発的・無批判的に生まれた「孝」の論理の直線的実践化であり、いち像の幼児性の顕示と、社会性の欠如や短絡的・直線的思考を生む世間との断絶の設定のために、「通風孔」の役を負うのが平野町の祖母であった。従来、母親の「忍従・無為の姿」、「凡庸」さ、「暗愚」性との対照において、いち像の「聡明・果敢」「知性」「諦念」などが把握され、称えられて来た[17]が、この理解は無教育な町娘を論理・知性・精神の傀儡と化し、〈歴史の自然〉を失う危険性を孕んでいる。

次に、いちの願い出に対する権威の対応・意思表示は、奉行の佐佐に集中されている。史料における佐佐は、与力の報告に対する「詮かたなく、不便のもの、願ひ哉、物をとらせすかせて帰せよ」という反応と指示、「今日かゝる哀れなる願ひこそ候」という城代への報告に同情的態度が鮮明で、法による自己の決裁と「孝」のモラルとの矛盾関係に気づかないが、城代は「不便の事や、併実か偽りかの処を糾し見ばや」と述べて、一応は同情心を示しながらも、警戒心を持して奉行の職務に立ち入っている。これに対して、鷗外は権威側の中心から城代を外し、佐佐の形象と心理展開を中心に権威のイメージの形成を図る。

佐佐の心理の展開は、

①桂屋の事件を処理した安堵感。

②願い出に対する不快感。

③大人の教唆への疑念。

として描かれる。①の背後には海難事件の頻発する世情の注視が存在し、そこに「阿部一族」「大塩平八郎」「堺事件」などに個人の運命を社会の動静の中に捉えた鷗外の問題意識と、社会的視座が確認される。①②からは権威の形式主義的事件処理が、③からは権威の冷淡さ、庶民への懐疑的態度が見られ、「菓子でも遣つて、賺して帰せ、それでも聴かぬなら引き立てて帰せ」という高圧的な指示に、権威主義的対応が露出している。門番の横柄な応対の細叙も、権威のイメージ形成に参加していよう。

また、形式主義的・懐疑的・権威主義的な権威のイメージに対応する者として、作者は「親切な、物分りのよい人で、子供の話を真面目に聞いて」奉行所の所在を教える夜回りの老人を点叙する。「孝」のモラルを素朴に信じていちの決意を理解し、権威の恩情を信じて疑わない庶民層の象徴的存在であり、権威の虚像と現実との懸隔を際立たせるとともに、権威への「反抗」を秘めたいちの庶民世界からの逸脱を鮮明にする。

次に、いちの願書に対する、佐佐の「条理が善く整つてゐて、大人でもこれだけの短文に、これだけの事柄を書くのは容易であるまいと思はれる程である」とする感想に相当する部分は典拠史料にはなく、鷗外文庫蔵の「窓の須佐美追加」には「また幼少なる故、願の書もしとけなく」と記されている。子供の身代わりによる父親の助命と、継嗣長太郎の除外を嘆願する書の内容に差異があるとは推測されないから、無教育な町娘の願書としては後者の方が自然で、適切である。にもかかわらず、論理的とする佐佐の感想を付したのは、「上を偽る横着者の所為」と想定する佐佐の疑念を生み出す意図によると思われる。いちの自閉的・短絡的・教条的で、社会性や客観的視座を欠いた論理と決意は、その直線的な単純性のために、むしろ「献身」の純粋性への権威の疑惑と猜疑心を増幅せしめることになるのである。

四　「孝」の論理

いちの嘆願を支える「孝」の論理は、徳川幕府の支配の思想的基盤と庶民教化の論理を構築した、林羅山の『三徳抄』に具体的に説かれている。それは、武士の絶対的優越を骨格とする支配体制の確立、身分秩序の維持のための実践倫理であり、庶民の自己主張・自立発展を抑制する論理として働いた。

羅山は、社会構成を君臣・父子・夫婦・兄弟・朋友の人倫関係（五倫）で捉えて、それが永久普遍の関係（達道）であると規定する。この五倫の関係が正常な状態を維持するためには「智・仁・勇」の三徳目が必要であり、この実践徳目の根拠に「実」を据えて、この「実」は自分の「心」でもあるから、五倫と「仁・義・礼・智・信」の五常を実践する素質を持つこの「心」を自発的に修養（明徳）し、人を教化（親民）するところに、権威の絶対性・正当性の根拠が定められる。権力者は民衆を教え導き支配する者であり、私利私欲に溺れている無知な民衆を善導することが要求されるから、権力者は道徳的優越者、教化指導者、民衆は五倫五常の実践倫理を教授されるべき道徳的劣者と規定されることになる。

その教化の第一に挙げられるのが「忠」「孝」の倫理であり、「孝」を封建道徳の基本とする儒教の家族道徳が、家父長の絶対的権威と家族の服従から主君への恭順・服従に拡大・強化されて、国家・社会の安定と公序良俗の秩序が形成される。この孝道の理は、君臣間の御恩と奉公関係の家族的秩序としての報恩の論理を説く中江藤樹の「翁問答」に明瞭である。藤樹が「父母の恩徳は天よりも高く、海よりも深し」「孝徳をあきらかにせんと思ふには、まづ父母の恩徳を観念すべし」「明徳の日のひかりあきらかにして、父母の厚恩をむくひんと思ふ本心の孝念、かぎりなく開発すべし」と説くとき、自然・普遍な親子間の愛情は、報恩の義務と行動の規範として外的規制の対象とされ、人情を欠落させた支配と服従の倫理が確立されていく。

これを桂屋事件に即して見れば、史料のいち・まつ・長太郎の合意による報恩の確認と、その実践としての身代わりの嘆願は、権威の教化の具体的発現として容易に褒賞の対象となり、道徳的優越者による恩情の宣伝と人心収攬策を効果的ならしめる。姉妹の身代わりの嘆願、幼児の赤裸々な生の欲求に対する、「不便」「哀れ」という孝心賛美とヒューマニズムの吐露は、同情・共感的姿勢の意図的鮮明化によって、民衆を「万民ヲ愛」する支配者と一体のものとする盲信的服従の中に置き、その自立・主張を体制の維持に吸収してしまう支配者の知恵を示すものであった。

一方、鷗外は、権威主義・形式主義的な官僚である佐佐と、道徳観念にのみ忠実ないちとの、互いを決定的に対象化した峻烈な対決を構想し、政治機構の本質に肉薄しようとする。道徳的絶対優越者であることを基盤とする権威にとって、その世界観・経験的認識を逸脱したいちの出現は驚畏であり、徹底した威嚇・脅迫・警告をもって疑惑の根源を明らめようとする。そこに露呈されるのは、権威がその支配の倫理的基盤の風化・形骸化により、褒賞すべき内在的服従者に猜疑と威嚇・脅迫をもって接するという自己矛盾、及び桂屋事件の法的制裁と封建道徳との齟齬であり、奉行側は権威内部の救い難い自壊作用の進行に直面させられることになるのである。

五　「マルチリウム」と「献身」

ところで、いちの身代わりの論理と行動に「マルチリウム」の語を用いた鷗外の意図を、ラテン語 martyrium の本来の語義であるキリスト教徒の「殉教」「献身」の意に即して考えれば、切支丹殉教問題は鷗外と故郷津和野との複雑な関係に関わってくる。

明治新政府の切支丹弾圧政策は、慶応四年（一八六八）六月に長崎大浦の切支丹の指導者百余名を一斉検挙して、長州・福山・津和野の三藩に分けて投獄したのを始め、明治二年には教徒と家族約四千人を逮捕して十九藩に分けて投獄するなど、六年まで苛酷を極める。とくに小藩ながら国学教育で知られた津和野藩には巨魁二十八名が含まれて、六年の解放までに四十一名の殉教者を出している。

この切支丹迫害の悲劇は、維新の動乱期に迅速に対応して英君の評判を得た最後の藩主亀井茲監の失政によるものであり、代々藩の典医として近侍していた森家にとっても、茲監の恩顧を受けて俊才の誉れ高かった幼少期の鷗外にとっても、無関心ではいられない問題であったと思われる。膨大な著述の中に故郷津和野について書くこと少なく、生涯帰郷しなかった鷗外が、その遺言書に「余ハ石見人森林太郎トシテ死ナント欲ス」と言い残した複雑な郷土意識の底辺に、この事件が何ほどかの影を投げかけていることは推測されよう。マルチリウム（殉教）は、宗教的権威と現世の政治権力との、異なる価値体系を持つ権威間の相克の悲劇として、鷗外の脳裏に刻印されていたはずである。

鷗外は、いちの「献身」を「人間の精神に、老若男女の別なく」現れる「作用」であると説明する。その孝道の理に「マルチリウム」の訳語として「献身」の語を冠し、「献身の中に潜む反抗の鋒」を奉行側に感知させるという構想は、いちの心意に殉教者の精神との類同性を見る独自の解釈に発するものと思われる。宗教的権威への絶対的忠誠の証である殉教と、道徳的権威への忠誠を示す「孝」の「献身」は同様の機構を持つ。封建道徳を絶対的価値とし、威嚇・脅迫・警告をはね除けて観念の実践に突き進む直線的ないちの行為に、作者は切支丹殉教者の狂信的な強靭な精神を重ね、他の一切の権威を受け入れない「反抗」精神の内在を認めたのであろう。

奉行の威嚇的・脅迫的な尋問に終始「冷かな調子で」応答したいちが、最悪の処置を通告された時に発した冷静な「最後の一句」は、死を超越した者の信念と主張の表出として、踏み絵を拒否して従容として死に赴いた殉教者の覚悟に通じるものであった。佐佐の「不意打に逢つたやうな、驚愕の色」「憎悪を帯びた驚異の目」は、経験的理解を越えた存在の出現への驚畏・戸惑いに、「物でも憑いてゐるのではないかといふ迷信さへ加はつ」た権威の困惑と、疑心暗鬼の深さを示す。

だが、権威の保持のために権謀術数を巡らして、民衆の自立・反抗の芽を摘み取ることに腐心して来た支配層の一員として、佐佐らが驚畏の中から鋭敏につかみ取ったのは、「最後の一句」に込められた「反抗の鋒」への畏怖であり、自己防衛のための体制の矛盾の糊塗策であった。いちの「献身」に対して、権威側には「哀な孝行娘」とする理解も、「孝女に対する同情」も薄かったが、結局「当時の行政司法の、元始的な機関が自然に活動して、いちの願意は期せずして貫徹」されることになる。驚異・憎悪を隠して、「献身」に潜む「反抗」を典拠史料の如く倫理的褒賞によって体制内に吸収・隠蔽することが、権威維持の至上命令と理解されたからである。

いちの「最後の一句」は、五倫五常の儒教倫理によって組み立てられた封建道徳がその実質を喪失して、功利・打算と形式主義に覆われた権威に対する道徳遵奉者からの痛棒を意味する。作者がいちの身代わりの論理に「マルチリウム」の訳語である「献身」の語義を重ねたのは、無教育な町娘の教条的な信念と行動を形象化することによって、権威の施政の矛盾を剔抉し、倫理的・法的に完璧な処置を要求するものであった。しかし、権威の対応は、結局実質の伴わない恩赦と、曖昧な孝心顕彰による体面の維持と矛盾の糊塗に終始する。公的機関に蔓延する形式主義・体制順応主義と倫理の形骸化の鋭い摘出は、また現実の陸軍省官僚機構にも瀰漫する悪弊として、鷗外の批判意識を掻き立てたのであろう。それはまた、「老来殊覚官情薄」と詠じた、三十余年の官人生活の感慨と失意を形象化したものでもあった。

〔注〕

（1）長谷川泉著『増補森鷗外論考』（昭和三七年〔一九六二〕、明治書院）三五八頁。
（2）三好行雄『近代文学注釈大系・森鷗外』（昭和四一年〔一九六六〕、有精堂出版）三八四頁。
（3）紅野敏郎「最後の一句」（「日本文学」七巻五号、昭和三三年〔一九五八〕五月）。
（4）平岡敏夫「森鷗外」（「国文学解釈と鑑賞」二五巻一一号、昭和三五年〔一九六〇〕一〇月）、『日本近代文学研究』（昭和四四年〔一九六九〕、有精堂出版）所収。
（5）板垣公一著『森鷗外・その歴史小説の世界』（昭和五〇年〔一九七五〕、中部日本教育文化会）四〇四頁。
（6）（7）（3）に同じ。
（8）畑有三「森鷗外『最後の一句』」（「国文学解釈と教材の研究」一一巻五号、昭和四一年〔一九六六〕五月）。
（9）（1）に同じ。
（10）山崎正和著『鷗外―闘う家長』（昭和四七年〔一九七二〕、河出書房新社）一二二頁。
（11）（8）に同じ。
（12）（5）に同じ、三九〇頁。
（13）竹盛天雄「最後の一句」（『人と作品現代文学講座大正編Ⅰ』昭和三五年〔一九六〇〕、明治書院）所収。
（14）竹盛天雄「『最後の一句』おぼえがき」（「国語科通信」昭和四三年〔一九六八〕一二月）。
（15）（3）に同じ。

(16)　(1)に同じ。
(17)　(1)(3)に同じ。

第三章　歴史小説の展開

第一節　芥川龍之介「糸女覚え書」の構図

一　歴史小説の構想

芥川龍之介の歴史小説「糸女覚え書」（「中央公論」大正一三年（一九二四）一月）は、慶長五年（一六〇〇）七月、徳川家康、石田三成を総大将とする東西両軍が激突した関ケ原の戦の折に、三成側による大名の内室人質策の犠牲となった細川越中守忠興夫人秀林院（洗礼名ガラシャ）の死への顚末を記したものである。芥川は語り手として糸女なる侍女を設定し、二十三ケ条にわたる報告書の形式を用いて、三成側の軍勢を迎えた忠興留守邸の混乱した様相を活写している。

この作品の成立事情と構想を窺い知る資料としては、つとに吉田精一氏が典拠として「霜女覚え書」という史料の存在を紹介されたが、(1) 武藤光麿氏は細川家所蔵の同史料の全文を翻刻・紹介し、芥川が典拠としたことを検証された。(2)「霜女覚え書」は、秀林院の遭難時に、その遺命を受けた侍女入江霜が、事件から四十八年後の正保五年《ママ》（一六四八）二月十九日付で、時の当主細川光尚に提出した九ケ条の殉難始末書である。「糸女覚え書」はこの史料の始末書形式を模倣しており、殉難の顚末の史実はこれに拠ったと考えられる。

ところで、細川家に所蔵されたこの史料を、芥川はどのようにして披見したのであろうか。つとに、山本健吉氏は徳富猪一郎（蘇峰）著『近世日本国民史』の『家康時代上巻・関原役』に所載の「霜女の覚え書のパロディを作らうと試みた」[3]ものであると説かれた。「霜女覚え書」の全文は武藤氏に次いで吉田氏も紹介されたが[4]、吉田氏の紹介文は『近世日本国民史』に所載の蘇峰翻刻文と同文である。

この蘇峰翻刻文と武藤氏翻刻文を比較してみると、

第一条の日付（傍線部引用者、以下同じ）

・石田治部少乱の年七月十三日に、………（蘇峰）

・石田しぶのセうらんのとし七月十二日に、………（武藤氏）

第一条の脱落部分

・如何候はんと被」申候故。則秀林院様へ、其通申上候へば、秀林院様御意被」成候は、………（蘇峰）

・いかゝ候ハんやと申され候ゆへすなわちしゆうりんゐん様御意なされ候ハ、………（武藤氏）

など、細部に多くの相違が認められる。

とくに、三成方が諸大名の内室を人質に取るという風聞について、留守居役小笠原少斎、河北石見が対応を秀林院に問い合わせた日付について、武藤氏紹介の史料には「七月十二日」とあるが、芥川の「糸女覚え書」、その草稿と見られる未定稿「烈女」（大正一二年）はともに「七月十三日」となっており、芥川は『近世日本国民史』の蘇峰翻刻文に拠ったものと推定される。同書は「糸女覚え書」の執筆に先立つ大正十二年一月に刊行されており、芥川の書簡によれば、以前から蘇峰に関心を有していた芥川は、『近世日本国民史』を愛読していたことが窺われる[5]。

なお、語り手糸女の出自について、芥川はこれを「魚屋（なや）清左衛門」なる南蛮貿易商の娘に設定しているが、これは『近世日本国民史』に所載の「菜屋（納屋）助左衛門」のもじり、また、細川家の奥向き男子禁制の家風を笑う黒田家臣「森太兵衛」の設定は『黒田家臣伝』に出る黒田家の重臣「母里太兵衛」のもじりであると推定される。菜屋助左衛門は別名「呂宋助左衛門」と呼ばれ、琉球・ルソンなどの海外貿易で知られた(6)。黒田家臣母里太兵衛は、三成方による大名の内室人質策に対して、主君黒田如水・長政の内室を無事に大坂から脱出させたことでも知られる。芥川が尊敬し、その歴史小説を範とした森鷗外の「栗山大膳」（「太陽」大正三年（一九一四）九月）に黒田夫人救出の顚末が記されており、芥川はこれを披見したはずである。芥川はこれらの史料・先行文献を踏まえて「魚屋清左衛門」「森太兵衛」を設定したのであろう。

ところで、この「糸女覚え書」は芥川のいわゆるキリシタン物の最後の作品とされるものであり、吉田氏の紹介によれば、芥川は「吉利支丹七部集」の構想を有していたという(7)。しかし、この作品は一般に完節の貞婦、敬虔なキリシタンの伝説の美女ガラシャの偶像破壊を意図したものと解されており、総じて作品の評価は低い。

一方、芥川の「手帳」には、「糸女覚え書」「烈女」などの構想メモが残されている。

①細川忠興夫人の自殺。自殺と聞いて悲観してゐたクリスチアン、他殺と聞いてよろこぶ。（手帳三）

②大事件の owen として a crowd of butterflies を見る事。（同・四）

③武士の妻。Christ is a coward。細川忠興夫人の死。suicide 問題。（同・八）

①はキリシタンのエゴイズムを指すか、ガラシャの救いに安堵した意か不明であるが、「糸女覚え書」では、宣教師による自殺した夫人の救霊の否定と、救霊のミサに事寄せて銀貨を乞う宗教家の卑俗な功利心を記した第十九項がこれに相当する。また、③の前半部「武士の妻。Chist is a coward」というメモはキリシタン物「おしの」（「中央公論」大正一二年（一九二三）四月）として成立した。「おしの」は、十字架上のイエスの苦悩や懐疑を臆病・意気地なさの証拠として唾棄する武士の妻を通して、キリシタン信仰と封建武士道倫理との絶望的な懸隔を描いた

ものである。

一方、②は未定稿「烈女」の中に大凶時に乱舞する蝶の群に語り手が凶兆を感じる場面として用いられている。「烈女」は、史料「霜女覚え書」に準拠して、典拠の記載を追いながら霜女と思しい秀林院付けの侍女が事件の顚末を語るという、主観や回想を交えた体験報告形式の文章で未完である。同史料には存在しない忠興夫妻の伝説や幾分の創作部分を加えているが、総じて才色兼備した完堅の貞女とするガラシャ伝説に準拠しており、戦乱の世に信仰と節義に殉じた夫人の覚悟の高さを描いて、偶像破壊の意図や信仰への懐疑などは全く窺われない。大正十一年九月の「おぎん」(「中央公論」)から十二年末の筆になる「糸女覚え書」に至るまで、信仰者への崇敬と批判、信仰への賛仰と懐疑・否定などの両極端を示す作品や、構想メモ、未定稿などが書き残されている事実は注目に値する。

さらに、この事実をキリシタン物の枠組より広く、近世初期の人物群像に焦点を当てた歴史小説の構想として見れば、同時期の「手帳」には「清正と家康(佐渡守)」「家康と直弼」「淀殿の天下取りの祈禱」「且元と佐渡守。New 桐一葉」「家康女を利用するに妙を得たり」などの構想メモの存在が認められる。これらはいずれも『近世日本国民史』から想を得たと考えられる。

大正十二年執筆の草稿類で注目されるのは、「商売聖母」と「天主の死」の断簡の存在である。「商売聖母」は、天草の乱を舞台に、信徒らの死骸を「石垣の上から、黙黙とその姿を見下してゐる」「白衣の聖母」の「おごそかに、悠然と」した姿が、その実は「明らかに唯の女人」であり、「一朶の薔薇の花を愛する唯の紅毛人の女人である」とする、キリシタン信仰への懐疑を綴っている。また、「天主の死」と題された草稿は、大坂落城から島原の乱に至る歴史の展開とキリシタン信仰を結ぶ要点を記した構想メモに続いて、「デウスの死・序」「天主の死・序」「天草記・序の一・徳川家康」など六つの草稿断片から成る。これらの断簡は、いずれも大坂落城時のキリシタン信徒と宣教師の、また家康側の、それぞれの対応を描いたもので、構想メモの初発部に相当する。

その壮大な歴史小説の構想は、芥川の心身の疲労のために断念されざるをえなかったが、それに代わるものとして完成を見たのが、関ケ原の戦に関わる貞女悲話の主細川ガラシャの死を描いた「糸女覚え書」であった。「糸女覚え書」と同年に執筆された草稿「烈女」には、偶像破壊の意図は認められない。したがって、糸女という虚構の語り手の設定には、偶像破壊の意図のみならず、キリシタン信仰をめぐる新たな構想が存在したと考えられる。

この作品は、近世初期の動乱の世の動きとキリシタン信仰を描くという芥川の歴史小説の構想の具体化として捉えるべきものであると考えられる。しかし、その完成形態がガラシャの死の顚末に焦点を当てた短編小説にとどまったこと、及び典拠史料の表現様式に従い二十三箇条の覚え書様式を採用していることも、心身の疲労・衰弱と激変する社会の中で、自己の確かな拠り所を求めた芥川の心意の揺れを象徴的に物語るものではなかろうか。

二　語り手の位相

この作品の構図について、つとに岩上順一氏は糸女像に「大戦後に澎湃たるデモクラシイの嘲笑的否定精神」の形象を捉え、糸女の批判は「芥川がその時代のインテリ女性に向けて放つた批評」であるとともに、「知識層そのものの本質的運命にも懐疑と否定とを表白」した「芥川の自己批判」作であると説いた。(8) これに対して、吉田氏は作者自身を秀林院の立場に置く岩上説を批判し、「作者は糸女の立場から徹頭徹尾眺めて」いるのであり、「貞女、烈女の鑑といはれる彼女を、裏側から見て容赦ない皮肉をあびせ」(10)、登場人物すべてを「冷酷に、或は批評的にあしら」った作品であると論じている。(9) このような偶像破壊の意図、「歴史に於て伝へられる彼女の貞烈と教養と美貌とに対する抗議」(11)、さらには「キリスト教否定」(12)を読む通説に対しては、糸女の批判する秀林院の「性格、人物が信仰とどう関連するのか明らかでない。従つて、殆ど批判にはなつてゐない。[13]」とする指摘も存在する。

「糸女覚え書」の世界を、通説どおり語り手糸女の視座のみに即して見れば、完節の貞婦、敬虔なキリシタンとされる伝説の美女ガラシャの偶像破壊を意図した作品であるとする解釈は、それとして頷かれるであろう。糸女の露悪的な程の毒を帯びた批判の眼は、「おん鼻はちと高すぎ、雀斑も少少お有りなされ」て、「さのみ御美麗と申すほどにても無」いとする伝説の美貌の貶下に始まり、容赦なく夫人の人間的欠陥を暴き出していく。「少しもお優しきところ無之、賢女ぶ」り、「お世辞を好」んで、嫁（与一郎室）の美貌に嫉妬する醜く高慢な虚栄心を、父親献上のカナリヤと「偽物も数かず有」る夫人所有の舶来什器類との対比によって嘲罵し、死の恐怖と心細さを「愈『はらいそ』と申す極楽へ参り候はん時節も近づき、一段悦ばしく候」と言い繕うキリシタン信者の独善・虚飾を、「おん偽と存じ上げ候」と看破する。

その貞烈の内実についても、留守居役の無能と自身の虚勢のために無意味な死を招来した焦燥から、理由なく侍女達を叱り罵倒する取り乱した様子、三成方との交渉決裂後の信仰にすがりきれない心の乱れ、嫁の違約と無断脱出の報に誇りを傷つけられた怒りの「はしたなさ」などを暴いて、夫人の生な人間性の動揺を冷酷に剔抉していく。

糸女の仮借ない批判の眼は、周囲の人間にも向けられる。世辞をもって夫人に取り入った三成方の使者澄見の素性を「夫を六人も取り換へたるいたづら女」と罵り、与一郎内室の「御利発とは少少申し兼ね」る知能を笑い、共に留守居役の無能をあざわらった霜女の動揺を、近眼で「日頃みなみなになぶらるる臆病者」と突き放し、宣教師の功利的打算を暴露するなど、登場人物すべてを冷酷に批評する。

また、その舌鋒は、「唯律義なる老人」にすぎない小笠原少斎と、「武道一偏のわやく人」で融通の利かない河北石見の無能・無分別な留守居役ぶり、及び稲富伊賀の人望への嫉妬の指摘などに辛辣で、夫人に生害を勧める石見の取り乱した様子、歯痛を病んで頬を腫らした少斎の「武者ぶりも聊はかなげ」な様子に皮肉な眼を注いで、貞婦の悲劇的な最期をさえも戯画化し去る。

しかし、芥川が典拠史料に存在しない架空の人物を登場させ、悪意を帯びた批判者の視座からガラシャ殉教の顚末を赤裸々に語らせた意図については、作品の構図の上から再度分析しておく必要があるのではなかろうか。芥川が語り手糸女の設定にあたり、いくつかの条件を付していることを見逃してはなるまい。

武藤氏の調査によれば、典拠史料「霜女覚え書」の報告者霜女は江州田中の城主比良内蔵助の娘で、河内和泉の城主入江氏に嫁したが、豊臣秀吉と明智光秀が雌雄を決した天正十年（一五八二）の山崎合戦で夫と死別後、秀林院に仕えたという。戦乱の巷を生き抜いた中年の武家の寡婦であり、ともに秀吉の覇権確立の犠牲者の位相を共有していたと言ってよい。霜女は秀林院の最期にあたり殉死を望んだが、その命に従い、主君忠興に報告のために脱出している。未定稿「烈女」の霜女と思しい語り手も、その出自・年齢は不明であるが、「正身の『まりや様』かと思ふ位、お美しい」秀林院の「気高さ」と「お思ひやりの深い」人間性に心酔する侍女に設定されている。

これに対して、「糸女覚え書」の語り手糸女は、魚屋清左衛門なる南蛮貿易商の娘で、秋口には三年間の秀林院付けの奥女中勤めを退き、町家へ嫁入りすることが予定されている。そのため、女主人と主家の人間たちに一定の身分的、また処世観上の距離感を有しており、町人娘の合理主義的・功利的な視座から秀林院とその周囲の人物像を批判し、その最期の様相を見届けた報告者の位相に立つことになる。

糸女の成長期は秀吉の全国統一による桃山文化が現出した時期であり、糸女が秀林院に仕えた慶長三年（一五九八）は、京都醍醐寺の花見に代表される秀吉政権の絶頂期にあたる。以後、同年八月の秀吉の死を経て関ケ原に至る二年余は、次の覇権争奪の期を窺う表面上の平穏期に当たっていた。その華麗な京阪文化と南蛮貿易商の娘として異国文化に親近して成長した糸女に、戦国末期の血腥い時代相を見通す眼や、秀林院を緊縛する武家社会の儒教的婦道倫理は存在しない。したがって、糸女は、国の覇権をめぐる相次ぐ戦いの狭間を生き抜き、封建婦道倫理に従って死の運命に殉じた女主人を、冷然と突き放す設定となっている。

芥川はまず、糸女の秀林院批判の根底に、その南蛮かぶれに対する嫌悪感を設定する。

秀林院様はよろづ南蛮渡りをお好み遊ばされ候間、おん悦び斜ならず、わたくしも面目を施し候。尤も御所持の御什器のうちには贋物も数かず有之、この「かなりや」ほど確かなる品は一つも御所持御座なく候。

それは、異文化の流入に嫌悪感を抱く庶民感情を直截に表現したものであり、キリシタン信仰とその文化への嫌悪に通底する。しかも、糸女は貿易商の娘として女主人より南蛮文化に通暁しているとの自負を有しており、「贋物も数かず有」る什器類をそれと知らず愛蔵する女主人の西欧文化心酔への批判は、蔑視にまで進んでいた。したがって、西欧の文物を絶対視し、「日本国の女の智慧浅きは横文字を読まぬゆゑ」であるとする秀林院の「賢女ぶらるる」態度には、強い反感を抱いている。

一方、糸女は秀林院仕えの生活が「浮きたる話などは相成らず」、「兎角気のつまるばかり」であると言う。そこに、男女間の恋愛沙汰に強い関心を持つ、嫁入り前の町娘の浮薄な生活感情も認められる。キリシタン信仰に根ざした秀林院の厳格な生活態度と、それに生理的な嫌悪を露わにする糸女との決定的な心理的乖離も見て取ることが出来よう。次の一節は、糸女の秀林院批判の根底にある、両者の心理的対立を如実に語っている。

御機嫌もこの時より引きつづき甚だよろしからず、ことごとにわたくしどもをお叱りなされ、又お叱りなさるる度に「えそぽ物語」とやらをお読み聞かせ下され、誰はこの蛙、彼はこの狼などと仰せられ候間、みなみな人質に参るよりも難渋なる思ひを致し候。殊にわたくしは蝸牛にも、鴉にも、豚にも、亀の子にも、棕櫚にも、犬にも、蝮にも、野牛にも、病人にも似かよひ候よし、くやしきお小言を蒙り候こと、末代迄も忘れ難く候。

作中に出る「えそぽ物語」は言うまでもなく、文禄二年（一五九三）刊のキリシタン版『エソポのファブラス』（伊曾保物語）を指すのであろう。ガラシャ関係の文献に『エソポのファブラス』は見当たらないが、芥川の作品には既に大正六年（一九一七）の「蛙」にイソップの名があり、大正八年三月の「きりしとほろ上人伝」は「伊曾保物語に倣つたものである」[14]という。その他、十一年の「報恩記」、未定稿「孔雀」（大正十二年頃）も『伊曾保物語』の寓話を材源にしている。

長谷川郁美氏は作中に出る「えそぽ物語」が「『糸女覚え書』の深層に仕掛けられた」「かくし絵」であると捉え、そのパロディ性を次のように説く。

『えそぽ』の耽読に勤しむ秀林院は、自分のすぐ間近にイソップのような裏側からの観察者の眼が鋭く光っていることに全く気付かない。そればかりか、自身があたかもこの作者になった如く、「誰はこの蛙、彼はこの狼」と大勢のイソップ達に訓えて聞かすという滑稽劇を演じているのである。[15]

キリシタン版の寓話を手に「智慧浅き」侍女らの教導を試みる秀林院と、その姿を冷笑を帯びて注視する侍女らの構図は、確かにその諷刺性を生み出していると言いうるであろう。この諷刺は、「天明のはしめの年阿蘭陀舶来にて初めて江戸駿河台辺の人これをもとめて庭籠にて子を生しめ高金を得たり」[16]とある「かなりあ」を百七十年前の慶長年間に登場させ、糸女の父魚屋清左衛門の献上物のいかがわしさを暗示する構図としても捉えられようか。ともあれ、傍線部は、糸女の秀林院に寄せる憎悪の感情のみならず、秀林院の一侍女に対する異常なまでのこだわりをも示している。すなわち、主従関係を越えた両者の感情的な対立を描いたこの一節は、秀林院の「はしたなさ」の摘出のみならず、憎悪の感情を露わにした糸女の秀林院批判の、客観的事実性に寄せる読者の信頼を相対的に弱める働きをもなすことになる。

秀林院の信仰についても、「のすのす」という異国語の奇妙な語感、意味不明な祈りの言葉に冷笑を催すのみであり、それを信仰そのものの嘲笑へと拡大させているのであるが、その内実は理解し難いものへの蔑視にとどまっている。糸女は秀林院の信仰の内実や、キリシタン信仰に心の拠り所を求めた女主人の不遇な境涯に関心を持つことはない。したがって、それはキリスト教批判ではなく、女主人との感情的対立を基底に据えた、その南蛮好みへの嫌悪と蔑視、厳格な信仰生活の強制への反発、その独善的な思考・態度への辟易などの外形的批判にとどまると言ってよい。糸女の言辞が秀林院の信仰そのものへの批判に達し得ているかという疑問が提起される所以である。

このような語り手の位相を踏まえて、完節の貞女ガラシャの偶像破壊を意図したとする通説を検証すれば、糸女による秀林院の容姿の貶下、人柄への非難・蔑視には客観性が乏しく、信仰の内実には無理解であり、ガラシャの信仰の胚胎から殉教に至る典拠史料の史実解釈を転換しうるものではない。悪意を帯びた語り手にガラシャ殉教の顚末を赤裸々に語らせた意図は、偶像破壊とは位相を異にするものであったのではなかろうか。

三　秀林院のおののき

キリシタン史に名高いガラシャの信仰の胚胎から殉教への顚末は、完節の貞女伝説として『日本西教史』『近世日本国民史』などに詳述されている。

織田信長の命により忠興に嫁したガラシャは、本能寺の変により謀反人の娘として離別のうえ丹後の味土野山中に幽閉され、秀吉・家康の計らいで忠興の妻として復帰した。以後、忠興を通じて高山右近の説くキリシタンの教義に関心を深め、受洗するに至った。折から秀吉のキリシタン退去令が発布され、忠興の厳しい棄教の要求に耐えて信仰を貫き、関ケ原の折に夫の命に従って自害した。殉教の経緯は「霜女覚え書」に詳しいが、その殉節は、「若し我不在中他諸侯より夫人を眷恋請求せらる、か、或は掠奪せらる、等の危険に迫らば、直に夫人を刎首して自ら屠腹すべし。」[17]との命に従ったものであった。

ガラシャの信仰に至る悲嘆、苦悩の日々、夫との確執、受洗と夫の迫害など、その信仰の内実とそれを取り巻く歴史的環境については、『日本西教史』『近世日本国民史』などを通じて芥川も知悉していたと思われる。また、その天成の美貌と忠興の嫉妬深さは、『近世日本国民史』に屋根葺きの者への凶刃の逸話として語られており、未定稿「烈女」では食膳の髪の毛をめぐる料理人への凶刃の話として取り入れられた。しかし、「糸女覚え書」はこれらの史実・逸話をすべて排除し、秀林院の生涯最後の数日間における忠興留守邸の動静に焦点を絞っている。

作品は、決定的な孤立無援の状態の中で死の運命と抗い、死を逃れ難い天の試練として受け入れるまでの数日間の秀林院の内面を明らかにしようとする。突然突き付けられた死の現実、苛酷な運命に身もだえる秀林院の内面に肉薄するために、作者は糸女という虚構の語り手を設定し、冷淡・酷薄な観察者の眼を与えることで、偶像化された聖女の生な人間性を注視するのである。

典拠史料「霜女覚え書」によれば、ガラシャ殉教の顚末は以下の通りである。

慶長五年（一六〇〇）七月十三日、留守居役の少斎・石見から、三成方による大名の人質策の風聞について秀林院に対応の伺いがあった。これに対して、秀林院は三成と主人忠興は不仲であり、まず当家に対する人質要求が予想されるが、最初でない時は他家の対応に倣い、最初の場合は両人が対応を分別するように伝える。少斎・石見は、与一郎忠隆、与五郎興秋は主君忠興と家康の上杉討伐に従軍しており、内記忠利は江戸に人質に出ているため、人質に出すべき人物がない旨返答するが、押して強要された場合は丹後にいる先君幽斎（藤孝）の出府、または指図を仰ぐ旨返答すると上申し、秀林院も了承した。すなわち、この時点では秀林院自身への人質要求であることは、留守居役も秀林院も理解していない。

次いで、三成方では秀林院の許に澄見という出入りの比丘尼を派遣し、秀林院が人質として大坂城に移ることを要求したが、秀林院は夫忠興の立場を顧慮して拒否した。そこで、澄見は与一郎室の姉が嫁した浮田秀家邸に移ることを求めたが、秀林院は秀家が三成方に付いていることから、これも拒否した。

十六日、ついに三成方から正使が立ち、秀林院を人質として要求したため、少斎・石見は切腹覚悟で拒絶した。秀林院は敵が侵入した時は少斎の介錯により自害する意志を固め、与一郎室も敵方に出すことは出来ないので、共に自害することを約する。同日深夜、表門警護の任についた稲富伊賀が敵方に寝返ったため、少斎は秀林院に最期を告げたが、与一郎室は密かに脱出したので、秀林院は少斎の介錯により果てたという。

これに対して、芥川は典拠史料の十三日から十六日深夜に至る四日間の出来事を十日から十六日深夜の七日間に拡大し、十三日の留守居役の伺いに先立って、十一日に三成方から澄見を介して秀林院に内々の人質対応要求がなされたとする設定に変えている。一触即発の緊迫した状勢と夫忠興の厳命に徴して見れば、三成方による人質対応の要求は、秀林院に自ら死に瀕する事態に直面したことを自覚させるに充分であったはずである。

澄見の誘いに「中中しかとせる御決心もつきかね候やうに見上げ」られる秀林院の様子、「『まりや』様の画像の前に、凡そ一刻に一度づつは『おらつしよ』と申すおん祈りを一心にお捧げ遊ばし」している姿、翌十二日は「朝より秀林院様の御機嫌、よろしからざるやうに見上」られ、「えそぽ物語」を例に与一郎室に訓話を施す姿には、突然の運命の変転に動揺する秀林院の取り乱した姿が認められる。秀林院の祈りは「時課」の勤めを指すのであろうが、作品では信仰に救いを求める秀林院の必死な姿が浮き彫りにされている。

したがって、十三日の留守居役による人質要求への対応の伺いは、澄見を通して既知の事として侍女らの嘲笑を買うことになる。また、秀林院の返答に対して、糸女は「少斎石見の両人も分別致しかね候へばこそ、御意をも伺ひし次第に候へば、秀林院様のおん言葉は見当違ひ」であり、留守居役の対応策についても、秀林院と侍女らを脱出させて留守居役が責任を取るべきであるのを、「一も二もなき喧嘩腰にて、側杖を打たるるわたくしどもこそ迷惑千万」であると難じている。

一方、秀林院は「又また『まりや』様の画像の前に『のす、のす』をお唱へ遊ばされ、梅と申す新参の女房、思はず笑ひ出し候へば、以ての外のことなりとさんざん御折檻を蒙」ったという。霜女の復命に対しても、秀林院は「御返事も遊ばされず、唯お口のうちに『のす、のす』とのみお唱へなされ居り候へども、漸くさりげなきおん気色に直られ」、「且は御機嫌もこの時より引きつづき甚だよろしから」ざるようになる。

三成方の人質強要への対応として、糸女は留守居役の伺いに明確な対応策を指示しない秀林院への批判を洩らしているが、秀林院と侍女らを密かに逃がし、留守居役が敵と戦うという構図は、夫の厳命への違反、功利的手段として、秀林院の封建婦道の倫理には背馳する。したがって、主人らの覇権争いの巻き添えを嫌い、「夫を六人も取り換へたるいたづら女」「虫唖の走るほど厭」な「大嫌ひの狸婆」と嫌悪した澄見の提案を、「第一に世間の妙聞もよろしく、第二にわたくしどもの命も無事にて、この上の妙案は有之まじく」と捉える糸女の打算的な処世観とは相容れないものであった。

史上のガラシャの殉節は「儒教思想の上に融合された日本的キリシタン婦道」[18]と呼ばれるものであるが、人質強要への対応を「第一にはお留守居役の無分別よりことを破り、第二には又秀林院様御自身のお気性より御最期を早められ候も同然の儀」と捉え、「迷惑千万」「愈迷惑」と唾棄する糸女の功利的思考とは決定的に対立する。『日本西教史』によれば、侍女らはこの時既に受洗しており、ガラシャの入信の勧めに対して家臣らは武士道の倫理に従って自害することを主張したため諦めたことが記されている。これに対して、芥川は秀林院の入信勧告に対する侍女らの当惑と、偽りの入信を誓う糸女らのエゴイズムを点叙する。キリシタン信仰の「強制」と「排他的独善」が認められるが[19]、秀林院と侍女らの決定的な心理的乖離をも描いている。

かくして、秀林院の周囲には緊急事態に冷静・適切な対応能力を持たない無能な侍臣と、女主人の運命や心情への理解・同情の念を持たない、冷笑を帯びた侍女らしか存在しない。その孤立無援な状態の中で、秀林院は死の現実と恐怖のために崩れ落ちようとする乱れ心を、信仰と自恃によって必死に支えようとする。そのとき、矜持と傲慢さ、動揺と独善のはしたなさ、そのすべてを露呈してしまうのが、人間の真実の姿であろう。秀林院の心理の動きに無関心な糸女の冷淡な視線と嘲罵の言葉により、むしろ信仰にすがりきれない秀林院の心の乱れを鮮明に形象することに成功したのである。

与一郎室が密かに脱出したことへの秀林院の怒りについて、糸女はその「はしたなさ」を冷笑する。与一郎室と共に自害する約束は典拠「霜女覚え書」第六条に「与一郎様御上様へも、人質に御出し有間敷候儘、是も諸共に御自害なさるべき由、内々御約束御座候事。」とあり、『細川忠興軍功記』によれば「御嫁子様は。乗物三挺にて大和殿屋敷之前御通りにて。肥前殿屋敷へ御入被成候」[20]とある。与一郎室は関ケ原ののち忠興の激怒により離別され、事は与一郎の廃嫡に及んでいる。

したがって、史的背景を見れば、与一郎室の脱出は東西両軍の人質問題に関わり、かつ封建婦道倫理に背馳する行為であり、糸女の非難するような秀林院の強要であるとのみは解しえない。しかし、芥川は与一郎室への同情と命が助かることをすべてに優先させる糸女の眼を通して、自らの内にも存在した死の運命からの脱出の願い、期待と、それを叶えてくれない重臣への憤りの為に醜態を晒す秀林院像を形象したのであった。

芥川は作品の末尾に、突然現れた若衆への羞恥心を示す秀林院像を点叙する。

秀林院様は右のおん手にお髪をきりきりと巻き上げられ、御覚悟の体に見上げ候へども、若き衆の姿を御覧遊ばされ、羞しと思召され候や、忽ちおん顔を耳の根迄赤あかとお染め遊ばされ候。わたくし一生にこの時ほど、秀林院様の御器量をお美しく存じ上げ候こと、一度も覚え申さず候。

これは史料離れの一節であるが、先学の見解は「貞女、烈女の裏面に対する苛辣な視線」[21]を捉え、偶像破壊の徹底を見る立場から糸女に託した芥川のキリスト教批判の曖昧さの例として「芥川の、人間としての、芸術家としての痛々しさ脆弱な性格の一面を」[22]認め、「自刃を前に、若衆に心をうばわれる愚か」[23]さを見る通説に対して、「若衆に顔を赤らめる瞬間の彼女を美しいとする表現に、女性たる性にあくまで自然に生きることを尊ぶ素直な芥川の女性観が現われている」(24)と解するなど、大きな振幅を示している。しかし、傍線部は秀林院の変貌のみならず、糸女自身の秀林院観の決定的な転換を印象づける。

突然の死という逃れ難い運命の到来、夫の厳命、無能な留守居役、侍女らとの心理的対立、信仰によっては抑え難い心のおののき、共に自害を約した与一郎室の裏切り、侍女らの離散、さらに追い討ちをかける護衛役稲富伊賀の寝返り、すべてを失い尽くした秀林院の前に「萌葱糸の具足に大太刀を提げ」た若侍が登場する。「太閤殿下と天下を争はれし惟任将軍光秀を父とたの」む血筋への矜持も、「死しては『まりや』様を母とたの」むキリシタン信仰も恃みえず、動揺と醜態を晒した果ての最期の場において、秀林院は無垢な女心と生気を回復するのである。

細川家に嫁して以来、夫忠興以外の「男の顔を御覧遊ばされ候は今日この少斎をはじめと致され候よし」という誇張表現を前提にすれば、死に際の愚かな羞恥心とも解されようが、芥川が主家の危機に奮戦する若侍を登場させることにより、すべてを失い尽くした秀林院の魂に救いを与えたことは認められなければなるまい。秀林院の自恃も信仰も、すべてを虚飾として嫌悪と蔑視を露わにした糸女にあっても、すべてを失い、家臣の刃の前に身を委ねようとする女主人の姿に、美しい女人像を見たのであった。

典拠「霜女覚え書」によれば、三成方の軍勢はガラシャの自害以前に兵を引き上げたという。しかし、忠興室の自害は三成方の内室人質策に齟齬を生ぜしめ、関ケ原の戦の帰趨に影響を与え、またガラシャ殉教の悲劇を形成することになった。これに対して、「糸女覚え書」では動揺と醜態を晒した果ての殉節を描くことにより、その死の無意味さはより鮮明になったと言ってよい。

四　「糸女覚え書」の位置

本篇制作時を含む数年間は、芥川の実生活で、身体的・対社会的に大きな転変の生じた時期でもあった。大正十年（一九二一）三月から四ケ月にわたる中国旅行以来著しく健康を害した芥川は、胃腸の病、神経衰弱、不眠に苦しんで「痩軀一層痩せて蟷螂の如く」（大正一〇年九月八日、薄田淳介宛）になり、翌十一年正月には知人に「死相がある」(25)と指摘される程の憔悴ぶりを示す。「目下病むところ第一胃、第二腸、第三頭、第四心臓」（大正一一年二月一八日、同）という健康の衰えは、その創作力の著しい減退をもたらし、「この頃雑誌にも小説を書かず旧稿に手を入れたる位にてお茶を濁し居」（同）るという状態になる。この正月頃から書斎名を「我鬼窟」から「澄江堂」と改めて、以後は「澄江堂主人」の署名を用いるなど、心機一転を期して創作に向かったが、十一月には次男多加志の誕生もあり、「心臓をいため又胃腸をそこなひずつと病臥、新年号の小説の約束も三つ四つありましたが皆断りました」（同年一二月二日、真野友二郎宛）という宿痾の昂進の中で、家計を支える重荷に喘ぎ、「この頃しみじみ売文糊口の難きを思ひ居る次第」（同、与謝野寛宛）と悲鳴を洩らしている。

十二年の春には、「漸元気恢復いたし、健啖をきはめ居り候」（四月一四日、岡栄一郎宛）と記す程の回復を見せたが、この年は、義兄西川豊の入獄（一月）、有島武郎の情死（七月）、関東大震災（九月）、大杉栄の虐殺（同）、折からのプロレタリア文学運動の興隆など、その身辺を揺るがす事件が相次ぐ。これらの事件は文芸界に多大な影響と深刻な打撃を与えたが、芥川は自己の世界に閉じこもって明瞭な反応を示していない。その波紋は、心身の疲労と衰弱が進行する中で心意の内部に深く沈潜し、やがて晩年の苦悩として浮上してくることになるのである。

歴史小説「糸女覚え書」は、芥川が死と信仰（宗教的救済）の問題を最もリアルな場で追究しようとした意欲作であった。そのことはまた、大正十二年末の芥川の心の内部に密かに死が忍び寄ってきたことをも示すのではなかろうか。

〔注〕

（1）吉田精一著『芥川龍之介』（昭和一七年（一九四二）、三省堂）「二十五　黄雀風」。
（2）武藤光麿「芥川龍之介の創作態度について—『糸女覚え書』をめぐって—」（「熊本大学教育学部紀要」一二号、昭和三九年（一九六四）三月）。
（3）山本健吉「芥川龍之介論」（『近代日本文学研究・大正文学作家論下巻』所収、昭和一八年（一九四三）、小学館）。
（4）吉田精一「糸女覚え書」（岩波書店刊『芥川龍之介全集』月報6、昭和五三年（一九七八））。
（5）大正一五年（一九二六）一月一六日付葛巻義敏宛、同二一日付芥川道章宛、二月八日付片山弘子宛書簡。
（6）呂宋助左衛門の名は「報恩記」（大正一一年（一九二二）四月）に出ている。
（7）（4）に同じ。
（8）岩上順一著『歴史文学論』（昭和一七年、中央公論社）「十六　古代の衣裳・『尾形了斎覚え書』『糸女覚え書』等について」。
（9）（1）に同じ。
（10）佐藤泰正「切支丹物—その主題と文体」（「国文学解釈と教材の研究」二二巻六号、昭和五二年（一九七七）五月）、河泰厚「『糸女覚え書』小考」（「新樹」一一号、平成八年（一九九六）九月）など。
（11）（3）に同じ。
（12）坂本浩「きりしたん物」（「国文学解釈と鑑賞」二三巻一一号、昭和三三年（一九五八）八月）。
（13）笹淵友一「芥川龍之介のキリスト教思想」（同前）。
（14）「風変りな作品二種に就て」（「文章往来」大正一五年一月）。

(15) 長谷川郁美「『瞞し絵』の文学―芥川龍之介『糸女覚え書』におけるパロディの方法について―」(「日本文学研究」二八号、平成四年〔一九九二〕一一月)。
(16) 『増補俚言集覧上』(明治三二年〔一八九九〕、皇典講究所印刷部)に拠る。
(17) 『日本西教史下』(大正一五年、太陽堂書店)。
(18) 海老沢有道著『切支丹の社会活動及南蛮医学』(昭和一九年〔一九四四〕、冨山房)三二七頁。
(19) (10)の河氏の論。
(20) 『群書類従第貳拾輯下』所収。
(21) (4)に同じ。
(22) 佐々木啓一「芥川龍之介のキリスト教観―続切支丹物について―」(「論究日本文学」一〇号、昭和三四年〔一九五九〕四月)。
(23) 三好行雄「作品解説」(『角川文庫・少年・大導寺信輔の半生』昭和四四年〔一九六九〕)。
(24) 石割透「第七短編集『黄雀風』」(「国文学解釈と教材の研究」二二巻六号、昭和五二年〔一九七七〕五月)。
(25) 「病中雑記」(「文藝春秋」、大正一五年〔一九二六〕二月)。

第二節　井伏鱒二「青ケ島大概記」の諷刺性

一　はじめに

井伏鱒二の歴史小説「青ケ島大概記」は、昭和九年（一九三四）三月の「中央公論」に発表された。伊豆諸島の南端、絶海の孤島青ケ島を舞台に、天明三年（一七八三）の大災害をはじめ、打ち続く大自然の猛威に幾世代にもわたって生活の根幹を脅かされ、幕政の酷薄な要求に耐えて生き延びる火山島島民の生活を描いたものである。「青ケ島大概記」の成立事情については、井伏自身『丹下氏邸』（昭和一五年、新潮社）の序、及び「社交性」（「小説公園」昭和三一年一〇月）に次のように述べている。

昭和八年の十二月頃、「伊馬春部君が伊馬君の恩師の折口信夫氏のところから借りて来てくれた」「三十冊前後に及ぶ浩瀚な手書本」に拠り、翌年二月に脱稿した。「記録文学風にするつもり」から「書いてある事件はたいてい事実であ」り、「幕末に近いころの候文」を用いて、「事件、地形、風物、風俗、その他についても記録に近いやうに心がけた」「実談に近い物語」であるという(1)。

折口信夫所蔵の「浩瀚な手書本」とは近藤富蔵著『八丈実記』を指し、そのうち「青ケ島山焼御注進書・他・上」「伊豆国附八丈島持青ケ島大概記」「海島・青ケ島」が典拠とされた(2)。井伏が披見した『八丈実記』については、成城大学民俗学研究所の柳田文庫蔵『近藤富蔵八丈実記』の見開きに、明治二十年十月二十七日付の「東京府文書課記録掛」による収書の経緯が記されている。

それによれば、著者近藤富蔵は、父重蔵が文政九年五月罪科に処せられたため、八丈島に謫せられた。富蔵は維新のため東京に戻ったが、世事一変して頼るべき親族もなく、再び八丈島に渡り、六十一年間在島して八十三歳で没した。その著『八丈実記』のうち、本島の事実に係るもの三十巻を選んで東京府が買い上げて架蔵するとともに、残りの四十冊はその家に保存するよう口諭した。次いで、十月二十日の判決により、『八丈実記』六十九冊のうち八丈島の実記に係る分二十九冊を五拾円で購入し、孫近藤近蔵に代価と残り四十冊を送ったとある。

また、八丈実記刊行会編『八丈実記』第一巻（昭和三九年、緑地社）の「はじめに」に、折口信夫所蔵の経緯が次のように記されている。

本書の原本は、現在東京都の「都重宝」（全三十六巻）に指定され、都政史料館に保管されている。その三分の二ほどの内容は、昭和のはじめ、渋沢家において四部の写本（藤木氏蔵）を作成し柳田文庫、折口文庫、渋沢家に保管されている。

このうち、國學院大学図書館折口文庫には折口信夫旧蔵の『八丈実記』は所蔵されておらず、井伏が披見したと思われる典拠資料は不明である。柳田文庫蔵本については、成城大学『柳田文庫蔵書目録』に「二十五冊、二十七㎝の写本」という記載があるが、同大学の民俗学研究所に『近藤富蔵八丈実記』十冊の手書本が所蔵されており、手写年月は昭和三年十月とある。

活字本は二種あり、緑地社版は都政史料館本に拠り、『日本庶民生活史料集成』第一巻所収のものは八丈島の長戸路家に伝存のものに拠るという。この三種を比較すると、部分的な記載の違い、欠落部分の存在、仮名表記の違い、数字表記の違い（壱と一など）が認められるが、典拠資料となった折口信夫旧蔵手書本とほとんど同内容であると推定される。(3)

井伏自ら「記録物」「記録文学風にするつもり」と記しているから、史料を忠実に踏まえた記録文学を構想していたと思われる。また、別に「青ケ島大概記」を「史実小説」とも称している。(4) 事実、小説全文の五割強は史料の引き写しに近い。

しかし、研究者の見解はこれを記録文学と見ることに否定的である。松本鶴雄氏は「小説構造にこの原資料を組替え」たこと、すなわち、実在しない原典解読者を主人公に設定し、その視界が原史料を包み込む認識の枠をなす構造を挙げている。(5) 典拠史料に準拠しながら、時間軸による史料の取捨と再構成が行われており、そこにも作者の意図が潜入していることが認められる。全編を底流する庶民生活の哀歓とユーモア、作者の慈しみも、一篇のオリジナリティと主題の形成に関わっているであろう。

「青ケ島大概記」の主題については、つとに中村光夫氏が次のように説いている。

この火山島の貧しい住民たちの苦悶の歴史を描いたものでなく、この小島を人間の生存の惨めさを示す舞台として、自然の脅威と、政治の暴虐を思ふさまに展開した作品です。(6)

小説の全編にわたって克明に記される自然の猛威が主題に関わることは当然として、中村氏が「この火山島の貧しい住民たちの苦悶の歴史を描いたものでな」いと断じ、「政治の暴虐を思ふさまに展開した」作品であると解する根拠、及びその具体的な事例は示されていない。

これに対して、大越嘉七氏は自然の脅威と政治の暴虐を描いたとする中村説を否定して、次のように説く。

そこに描かれているものは、自然の脅威でもなく、もちろん当時の政治の暴虐や社会制度の不合理そのものでもないということである。それらを動かすことのできない環境として、その中で漂いながら生き続けなければならない人間（民衆）の姿―知識に乏しく、権力や金銭とも縁が無く、戦争も「御神火」と観念して、追い詰められる獣のように必死の知恵を働かせて、結局生きのびなければならない民衆の姿（運命）なのである。(7)

「青ケ島大概記」の執筆意図について、井伏は「創作手帳」に「小さな島にしがみつき苦労しぬいてゐた」幕末時代の「庶民の立場からこの小説を書かうと思つてゐた。」と記している。(8) 大自然の脅威と政治の暴虐を主題の根幹に据える中村説と、それらを小説を取り巻く環境に位置づけて、民衆の運命を描いたと捉える大越説の対立は、そのまま作者井伏の民衆史観の解釈の相違を物語るものであろう。

本作品における井伏の史料準拠の具体相については、すでに湧田佑、宇野憲治両氏の詳論が備わる。(9) 本稿では、とくに井伏の創作部分に注目し、その歴史小説を特徴づける民衆史観と諷刺精神について私見を明らかにしたい。

二　作品の構造

「青ケ島大概記」は「御注進申上候事」という副題があり、全体の体裁は漂流民（漂民）による公儀（伊豆代官）への書き上げという形式を採っている。上申書を書いた漂民の名は不明であるが、文化十四年（一八一七）に青ケ島に漂着し、上申書作成の天保十五年（一八四四）まで、「島方の医師」として二十八年の流寓生活を送っていたという。

伊豆国附、八丈島持、青ケ島名主次郎太夫儀、同島のものどもに申しさとし荒廃の旧地開発に年来丹誠いたしながら聊かも公儀の入用米金などわづらはすことなく御収納物もしゆつらいいたすまでに相成り一島のものども安堵しておのおの帰住つかまつり候段、まことに奇特の筋に御座候。ついてはこのたび代官江川太郎左衛門様お下地にて褒美として次郎太夫一代の苗字御免おほせつけられ白銀拾枚たまはることのおもむきにて、次郎太夫どもが焦土開発の順序ならびに青ケ島荒廃の模様をくはしく申し上ぐべき旨お尋ね相成り候については、当青ケ島にて申し伝へに覚え候こと、ならびに文書に残るままの次第を取りまぜ左に申し上候（傍線引用者、以下同じ）。

公儀への上申書作成の趣旨を記す小説の冒頭部分であるが、これに関わる典拠史料は次に掲げる公儀の下知状である。

下知状　　　　　　　　　　　　伊豆国附八丈島持青ケ島
　　　　　　　　　　　　　　　　名主　　次郎太夫

右之モノ儀、青ケ島亡所起返方之儀、御入用米金等不申立、同島之モノ共エ申諭、年来丹情（精）イタシ乍聊御収納物出来致シ候程ニ相成、一島之者共帰住相成候段、寄（奇）特之筋ニ付為御褒美其身一代苗氏、御免、白銀十枚被下之、（略）

辰六月　　江川太郎左衛門（以下、略）

島の再生の歴史を報告する公儀への公的な上申書の書き手は、本来名主であるはずである。典拠史料「青ケ島山焼御注進書・他・上」にも「青ケ島山焼御注進書」「御尋に付申上候事」という上申書があり、前者は天明三年（一七八三）卯四月、名主、神主、地役人連名で伊豆代官江川太郎左衛門宛、後者は同年同月、青ケ島組頭太郎右衛門、ほか百姓代七名の名で、八丈島役人に提出され、青ケ島神主、名主、ならびに地役人四名連署のうえで、江川太郎左衛門に進達された。また、典拠の「海島・青ケ島」は四通の「御注進申上候事」という上申書を中心に編成されており、その内容は小説全体の骨子をなしている。

したがって、小説の全体は無名の漂民による上申書の形態を採り、傍線を付したように公儀による褒賞の下知が先行して、次に「次郎太夫どもが焦土開発の順序ならびに青ケ島荒廃の模様」について上申書を提出するという構成となっている。この順序の意図的な逆転には、作者のある計算が働いたことが想定しうるであろう。

上申書の書き手の位相は、漂民の眼で見た島民の苦難の歴史と生活の現実の証言者である。漂民とは、言うまでもなく故郷を青ケ島以外に有する者の謂いであり、すべての価値観の源泉は本土にあり、本土こそは人間の住む世界、懐かしい故郷、安心して瞑目しうる世界である。したがって、漂着した南海の孤島は、本来海の彼方に存在する異境・異界であった。

しかし、二十八年の歳月の経過と、絶え間ない大自然の猛威に晒された生活の中で、漂民は島民の生活・心情に共感、同化していく。漂民が孤島民の眼を確保し、孤島＝異境意識が日常へと変貌していくとき、その眼に、価値観の源泉であった本土、公儀は、年貢の貢納のみを至上命題として要求する酷薄な権力、収奪者として映ることになる。

作品の構図を名主次郎太夫による上申書に設定した場合、土着の島民による愁訴を内容とする感傷的筆致と、艱難辛苦の歴史の誇張、及び当事者による島役人の悪政の告発が主となるであろう。それは、直截な公儀批判、幕政批判につながることになる。そこで、井伏は漂民という中間者を設定することにより、島の苦難の歴史、公儀の処置への客観的な視座を確保するとともに、無名の一漂流者による上申の形を取ることにより、公儀批判の責任の所在を曖昧化する韜晦の構図を作り出す。史料に忠実な史実の再構成という記録文学の形式を踏まえつつ、作者は書き手に託した庶民の視座と、公儀批判の意図を巧みに潜入させるのである(10)。

そのような準備設定を備えて、酒樽を積んだ漂流船の話、多数の鯨出現の話などの逸話が語られる。地核変動、噴火に続く多数の鯨の出現は、異変の兆候を示す不可解な前触れ現象であろう。方向感覚を失った大量の鯨が浅瀬に迷い込み、浜辺に打ち上げられたことは、天変地異の確かな予兆を示す。しかし、この異変が大惨事の予兆であることに気づかず、鯨という天与の恵みに驚喜して高波に飲まれる島民たちの悲劇は、未来を予測しえない人間の営みの是非なさを表していると言えよう。

宇野氏はこの逸話を「作品全体に一種の〝軽み〟的雰囲気をつくり出」す喜劇と捉える。

鯨が打ち上げられた時の様子といい、二人の者が鯨を討ちとろうとするところといい、ハマガネの悲嘆の様といい、実に生き生きと描写されているが、同時に思わず吹き出してしまいそうになるところである。この挿話の直前に置かれているのが、安永九年の山焼であるだけに、下手なユーモアを交えてのエピソードでは却って場面を深刻に重苦しくする。しかし、この鯨の挿話は、その深刻さを幾分なりとも和らげてくれる。

宇野氏の所説のとおり、「山なす鯨の重みに島は一方に傾かんかと思はれ候」「したがつて翌年にかけて一体に島中の地形組立ゆるみ加減に相成り魍魎へんげのことのみ打ちつづき」などの諧謔文が綴られ、鯨を捕らえようとして「鯨の背中を竹竿にて打擲」するという行為の愚かしさが語られてはいる。

しかし、逸話の骨子は、血気にはやって命を落とす働き盛りの島民と、一家の担い手を失った妻のハマガネが、悲嘆のあまりに食も喉を通らなくなり、夫の命を奪った海を罵り、運命を呪って狂気を発し、崖から海に転落死してしまう悲劇である。一瞬にしてささやかな平和、幸福が無惨に崩壊してしまう庶民生活の悲哀は、突然の山津波で一家全員が砂礫の底に埋没した百姓興右衛門の災難と地続きであろう。井伏は、島民の命の糧である琉球芋が理由なくすべて腐敗した怪事を加え、「この前ぶれののち、山焼けは雄渾なる仕儀にて襲来つかまつり候」と結ぶ。大自然の猛威とその巨大なエネルギーが庶民生活の哀歓を一瞬に飲み込む、天明三年（一七八三）の大災害の襲来である。

三　彦太郎とその係累の話

井伏の創作部分として注目されるのは、寛政六年七月から翌年にかけての青ケ島の船頭彦太郎とその妻イシネの悲劇である。典拠史料と作品の該当部分を併記すれば、次のようになる。

・彦太郎の史実

同年七月二日小船打立開発夫食積入出帆之処、逢難風房州漂着国地越年致シ翌卯年八丈島エ帰帆仕候。

青ケ島船頭　彦太郎舟中五人乗

・作品

さつそく七月二日の風凪ぎを見て小舟に扶食つみこみ船頭彦太郎出帆つかまつり候ところ、風向きかはりて房州に吹きながされ、彦太郎は八丈島へ帰る便船なく漸く翌卯年にいたり、房州の村人より恵まれたる新しき衣服着用して八丈島へ帰帆つかまつり候。

傍線部分は井伏の付加部分であるが、漂着者に対する房州の村人の人情の温かみが点叙され、地役人の理不尽と、島民の悲哀を描く以下の創作部分とコントラストをなしている。

彦太郎の女房イシネと申す女、とくべつ亭主おもひにて容色あり、彦太郎が留守のあひだ神仏に願がけなどいたせし手前もこれあり、髪を切りたばねて地獄堂に奉納つかまつり候ところ、地役人滝山総四郎、これ奇特のことなりとて玄米五升をおくりイシネを褒賞す。青ケ島開闢このかた役人より褒賞されしもの嘗て一人もこれなく、冥加ものとはイシネがことなりとてみなみな感銘ふかかりしとのことにこれあり候へども、間もなくイシネは入水して相果てつかまつり候。このために彦太郎、まなこくらみ血潮さかさまにながれしおもむきにて矢庭に鉈をとり地役人恩賜仰ほせつけの玄米袋を打ちくだき、このもの不在のみぎり役人滝山総四郎がイシネに不義して書き送りたる書きつけ二枚を彦太郎は念入りに奉書に包み水引かけて、滝山総四郎のもとに届け還し候ため、右地役人は痛く驚き怒りて彦太郎を捕へお上を憚らざる段まことに不届至極なりとて割竹にて彦太郎を打ちすゑたるおもむきにて、彦太郎儀、吐血して相果てたりとの由に御座候。されど島のものども地役人滝山総四郎の非を訴人いたす料簡毛頭これなく、反つてお役人に面目ほどこされしイシネの菩提をとむらはんとて、ここに八丈島小磯の岡辺に一基の石塔をたて供養つかまつり候由に御座候。

典拠史料にイシネ、地役人滝山総四郎の名は見られないから、イシネと滝山の密通、イシネの入水、滝山による彦太郎撲殺など、一連の事件の全体は井伏の創作である。代官所から支給された扶食米を運ぶ途中行方不明となった夫の安否を気づかう妻イシネの心情、その容色に惹かれて密通を強要し、口封じのために玄米五升を与えてその貞節を褒賞する地役人滝山の卑劣さと、罪を恥じて入水したイシネ宛の艶書を奉書紙に包み、弔意の水引を掛けて送り返した彦太郎の怒りと反骨、腹いせに「お上を憚らざる段まことに不届至極」との罪を着せて彦太郎を撲殺した滝山の理不尽が簡潔な筆致で記される。その非道を知りつつ絶対支配者である地役人の威光を恐れて口をつぐみ、役人に面目を施したイシネの菩提を弔う島民の権力盲従の姿が刻印される。

井伏は、彦太郎撲殺という地役人の非道を描くために、続く寛政十一年（一七九九）九月四日「男女三十三人開発扶食積入渡海之処、紀州洲浦エ漂着、翌申年三月江戸表エ下り同年五月男女不残八丈島エ帰帆仕候。」という史実の引用から、船頭彦太郎の名を捨象した。代わりに、「もつともこのたびは御代官の御威光にて、拝借おほせつけられし金子は従来と異なり島役人も私腹つかまつらず間違ひなく青ケ島名主へお受渡しになり」と記して、島民の命の綱である公儀の扶食米金を日常的に横領する地役人の悪辣さを付加する。書き出しの公儀の褒賞のいかがわしさを想起させるものであり、井伏の権力批判の意図を読み取ることが出来よう。

次いで、井伏は彦太郎の孫娘シンと農民権十郎の恋物語を創作する。某年四月十三日快晴の日にシンが行方不明になり、名主の隣の権十郎方の屋根に雪崩の落ちるような地響きとともに落下、気絶しているところを発見されたという。この逸話は、庶民のしたたかな生命力を見事に具象している。

島方の医師としてシンを見舞った報告者の見解によると、シンの身体には「かくべつ打ち身の傷らしきものこれなく専ら合点の行かぬ儀にこれあり」、天空に舞い上がった時の様子を聞いたときも「右の女の胸は動悸も普通」

であったという。しかも、アタラシ神社の老巫女の託宣によると、シンの神隠しは「土の上よりたばしりて天にとどき天よりたばしりて土にとどくは二つのもの三つに成りまさるしるし」、すなわち瑞兆であるという。はたして、その夜子牛が生まれた。そこで、翌日名主の指示でシンを権十郎に嫁がせたという。名主と老巫女の粋な計らいである。

井伏はさらに語り手の言わずもがなの報告を重ねる。

右名主次郎太夫の取りはからひは、せんだつての卯月十三ぱつちりの日に権十郎ならびにシン両名のもの法度を破り男女のいきさついたせしおもむきにも浮名いたされ候やう考へられ候へども、右の男女両名は決して左様の儀にてはこれなく候。またアタラシ神社の巫女ネヂガネ儀も畏みて申さく、島つ根に牛ひく子に異心なしとて権十郎の身の明しを立て、さきに八丈島より二ひきの牛を積送り候とき、右両名のものはこの成りゆきに取りきめられ候由にて次郎太夫の取りはからひも時宜に適したるものの由に御座候。

この逸話について、湧田氏は語り手が「否定すればする程、若い男女の蕪畑での切ない密会が匂ってくるのであって、この小説中でも特に感銘深い箇所」であると解し、宇野氏は「最後の場面にこの挿話を置くことにより、この作品は一気に明るい雰囲気のものとなっている。」「村落共同体の閉鎖された中における男女の密会等、現実はどろ〱したものであろうが」「知恵ある村人たちの働きで、〝神隠し〟にあったこととして、めでたく結ばれるのである。」と説く。両氏は、この逸話に「ふと笑いをさそわれる井伏のオリジナルの点綴」や「庶民の日常に生起する悲喜劇」を捉え、「このような暖かい庶民感覚を、井伏はこともなげに提出して見せ」たものと解することで共通する。

しかし、この逸話は「ふと笑いをさそわれる」「暖かい庶民感覚」を形象したものであろうか。語り手は、地役人の卑劣、理不尽への批判を込めた彦太郎・イシネの悲劇を語り終えると、「閑話」（無駄話）「休題」と記してさりげなく話題を転じ、権威の追及から巧みに身を逸らしている。今また、農民権十郎とシンの恋愛沙汰を語って、その楽屋裏を開けて見せるがごとき態度を取りつつ、不義の沙汰ではないと強弁するのである。

二人の密会は、当時の法と道徳規範からは決定的な不義である。それを「決して左様の儀にてはこれなく」と言い切り、巫女による人物保証、両人の婚姻の取り決めがあったとして「時宜に適したるものの由に御座候」と言い抜ける。若い男女の密かな恋に応じる名主らの温かい計らいと、神隠しのでっち上げであり、悪徳役人のために撲殺された彦太郎、自殺したイシネの孫娘であるシンの逸話という設定と、怪しげな託宣、殊更な報告に、公儀の非道に対する島民の意趣返しの意を込めたと解することが出来よう。幕法を巧妙に破った次郎太夫を褒賞しなければならない、公儀の忌々しさを彷彿とさせる。この逸話は権威への密かな反抗を描いたものであり、その揶揄的な筆致には、権威に盲従するだけではない庶民のしぶとさ、絶海の孤島に生き抜く島民のしたたかさが認められる。

四　名主次郎太夫と漁夫徳右衛門の対立

孤島の再生のために奔走した名主次郎太夫は、島民生活安定の方策を「山川草木の本来の義」「鰯の大群の説」によって確立しようとする。

次郎太夫はかつての天明の山焼けで大勢の島民と同船して八丈島に逃げ延びたとき、海面近くに山焼けの明るみに映し出された鰯の大群を望見した体験から、孤島再生の方策を次のように説く。

当島山の山川草木は人間めいめい縄張りいたして摑みとるべきものにあらずして、去る天明の山焼けの節めいめい同船して救命せしごとく、ともども均等に分担仰せつけられ一身の救命をはかるべきこそ本来の義なり（略）鰯など幾万びきともしれず群をなして大海を游ぎぬけ、めいめい落魄するもの一ぴきとてこれなく、めいめい潑剌たるは山川草木の本来の義にしたがふ故なり……

これに対して青ケ島漁棟梁徳右衛門は「この老漁夫を鰯など百虫の末葉にたとへられし儀、近来の不祥事なり」と言って涙を流し、「めいめいが一所懸命になり御年貢の黄紬を半反なりとも多く納めることこそ一身の面目」であると主張する。

次郎太夫の説く「山川草木の本来の義」「鰯の大群の説」は、土地の共有とわずかな収益の公平分配により島民全体の生き残りをはかる孤島再生の方策として、いわゆる原始共産制社会を想起させる。しかし、次郎太夫の孤島再生の方策は、人間を鰯に例えることへの長老徳右衛門の屈辱による怒りにすり替えられ、私有財産制と競争原理の主張によって拒絶される。

両者の対立の構図について、曾根博義氏は「人間の生死を虫魚や草木の生死と同列に於いて眺めようとすることが、素朴に見えて、いかに『難中の難事』であるかを考えさせる。(11)」と説く。また、宇野氏は「山川草木の説といい、鰯の大群の説といい、考えてみれば、持ち出すこと自体が滑稽であり、それに対して腹を立てる老人徳右衛門自身も滑稽なのである。」と説いて、「その議論によって、いつの間にかその本質が忘れ去られて」しまうことを指摘している。二人の議論がすれ違い、その本質が忘れ去られてしまうのは事実であるが、二人の応酬を「滑稽」のレベルで捉えるべきかは疑問である。また、両者の対立の本質は、人間の生死と虫魚や草木のそれを同列に置いて捉えることにあるのでもあるまい。

言うまでもなく、次郎太夫の認識は、「地雷火の火皿がごと」く「昼夜間断なく土地ゆれ動き島山焼けただれて青ケ島の形相ものものしく」「島中くまなく焦土と化し」「諸作物はいふまでもなくおよそ生あるものは草木にいたるまですべて枯れ落ち」た天明年間の大災害と、青ケ島を脱出して八丈島に避難した折の、青ケ島島民の「痩せおとろへ」「素裸にて」「群れをなし海辺をさまよ」った「末世における落魄の民族のごと」き悲惨な経験により形成されたものである。

生命力の弱い鰯が大群をなして結束しているために、一匹の脱落もなく大海を泳ぎ渡りうるごとく、自然界の恵みを「ともども均等に分担」することにより、島民全体の「救命をはかるべきこそ本来の義」であるという。それが、生活手段のすべてを根こそぎ奪われる火山島に生きることを運命づけられた者たちの生存の知恵である。具体的には餓死を避けて、島民全員が生き延びるぎりぎりの選択が、生産物の公平分配であるというのである。

原始共産制は、古代奴隷制の成立以前の社会制度であり、労働生産性が低いので、部落単位で生産手段の共有、生産物の共同分配、共同消費を行ったといわれる。この制度は搾取の余地のない生産性の低さを基礎とし、大地を共有することにより、経済的搾取と政治的抑圧のない平等社会が形成される。井伏が原始共産制にいかなる関心を有したかは不明であるが、次郎太夫の認識に原始共産制の理論が重ねられたことは認められよう。

「山川草木の本来の義にしたがふ」とは、生存の根幹を脅かす火山島の歴史と現実をあるがままに受け入れ、大自然の営みに適応して生きる事を指す。しかし、共同生産・平等分配を事とするこの島民救済策は富を産まないから、公儀の要求する貢納には結びつかない。したがって、私有財産と競争原理による貢納を「一身の面目」であるとする徳右衛門的な名誉主義が、救民には無関心で収奪のみを事とする公儀の本来の褒賞対象であったはずである。にもかかわらず、公儀の褒賞対象とされた名主次郎太夫に原始共産制的な孤島再生策を語らせた、作者の権威へのアイロニーを認めなければなるまい。

五　民衆史観の位相

「青ケ島大概記」における作者の批判意識について、中村氏は「八丈島に避難した島民たちの有様を描くのが、筆者の精一杯の皮肉です。」と述べている。「皮肉」は意地悪な言動や骨身にこたえるような痛烈な非難の意であり、独特で鋭利な人間観察眼を有し、時代・社会の欠陥や不合理に鋭い眼を光らせ、揶揄・嘲笑・毒舌などの方法を用いて表現する諷刺精神の現れであると言ってよい。また、前掲のように井伏自身「庶民の立場からこの小説を書」いたと述べており、作品の全体は、当代庶民の生活感覚や意識の世界を創作の基盤に据えて、支配者である公儀に対する批判意識を皮肉・揶揄・滑稽化などの諷刺の手法により形象化したことになる。

御公儀におかせられては頭ごなしにものどもを叱り置く島役人をお差しむけに相成り、また割竹の刑罰など用ひる役人衆を、たまたまお差しむけに相成りしとの由に御座候。万一にも左様の儀これなく候はば、ものども地雷火の火皿がごとき青ケ島の地に帰る要これなきものと拝察つかまつり候へども、左のごとくつねづね役人衆に詫びごといたせし慣はしとの由に御座候。青ケ島の瘦せおとろへし百姓ども島を焼け出されて八丈島に参り、多くは群れをなし海辺をさまよひ磯の貝などとりあつめ候儀、八丈島お役人には目障りにて、素裸にて人里ちかくあらはれる仕儀お法度と相成り候との由、重々存じ奉り候につき御勘弁願ひ上げ奉りたく、身ふつつかにして故郷を追ひはらはれし段、かへすがへすも恐縮至極に存じ奉り候。右のごとくまことに何の奇もなき詫びごとにて、ただ虫のごとく素直に辛抱づよき気概の詫びごとに候。

傍線部は公儀派遣の島役人の権威を笠に着た威嚇と、流民を厄介者として火山島への帰島を迫る公儀の酷薄な処置への批判である。「たまたま」「万一にも」「つねづね」「ふつつかにして」「虫のごとく」などの語が、権力に対する痛烈な皮肉の意を含むことは明らかであろう。

この諷刺精神は、既に作品冒頭の公儀の褒賞の言葉に潜入させられていた。

青ケ島名主次郎太夫儀、同島のものどもに申しさとし荒廃の旧地開発に年来丹誠いたしながら聊かも公儀の入用米金などわづらはすことなく御収納物もしゆつらいいたすまでに相成り……

既述のように、典拠史料の引き写しとも見るべき部分であるが、井伏はそこに「聊かも」なる語を加えて、公金による島民生活安定の措置には無関心で、貢納のみを求める公儀の強欲さ、理不尽さを印象づける。

それは、島民の命綱である救援米を恒常的に横領する地役人、救援金を本来の目的外に費消する名主らの「不届」きや、島民の妻の容色に惹かれて密通を迫りつつ貞節を報奨してその理不尽を糊塗し、抗議する夫を「お上」の名において撲殺した地役人らの非道と地続きであろう。島嶼見廻りに派遣された伊豆代官の手代役人も、当事者の開発失敗の責任を厳しく追及・指弾するのみで、自らは「開発の沙汰にも下知にも及ばず」に去る。官僚機構の責任回避の態度と、年貢の貢納能力の有無のみが関心事である公儀の冷淡そのものの対応を端的に語っている。

井伏は、史実小説執筆の意図について、

私は史実に自分を託すといふよりも、むしろ時代を託して書いてみるつもりであつた。現世への鬱憤も反抗の心持も自分で秘かに癒しながら、しかも外面さりげなく史実に託して書けさうなところに史実小説を書く面白さがある。（略）「その時代」といふ意味が現代を意味するならば私はその所説に賛成である。「その時代」が史実の行なはれた時代を意味するなら、私はさういふ史実小説は書かないで読むだけにしたい。(12)

と述べている。史実記載の間に現実批判を潜入させる、諷刺的歴史小説の謂いであろう。

井伏によれば、近藤富蔵著『八丈実記』に克明に記された絶海の孤島青ケ島をめぐる近世期の悲惨な史実は、それのみならず、井伏自身の生きる昭和の「時代」の現実に通底する。天変地異や戦乱のために、日常の平和は破壊され、日常は瞬時に修羅場と化してしまう。しかも、その異常の因をなすものは天災や戦争などの現象のみならず、いつの時代にあってもそれに対処、あるいは関与する為政者の専制、横暴、失政などである。作者の眼は、支配者の飽くことのない苛斂誅求に困窮疲弊の生活を強いられながら、それでもなお安住を求め続ける底辺の人間に注がれ、そのような民衆への共感と徹底した同化意識を吐露するのである。

〔注〕

(1)「青ケ島大概記」本文をはじめ、井伏の文章の引用は『井伏鱒二全集』(平成八〜九年〔一九九六〜七〕、筑摩書房)に拠る。「『丹下氏邸』序」は全集第八巻、「社交性」は第一九巻所収。

(2)「青ケ島大概記」の初出稿には「附記　この小説は八丈島の流刑人『近藤富蔵の八丈実記』を種々引用した」とあり、以後「附記　八丈島の流刑人近藤富蔵の『八丈実記』を引用した」と改められた。

(3)本稿の引用は『日本庶民生活史料集成第一巻』(昭和四三年〔一九六八〕、三一書房)に拠る。

(4)「史実ものについて」(「帝国大学新聞」昭和一〇年〔一九三五〕一二月一六日)に「私も昨年『青ケ島大概記』といふ史実小説を書いて以来、四篇史実小説を書いてみた。」と記している。『井伏鱒二全集第五巻』所収。

(5)松本鶴雄「井伏鱒二と古典、史・資料の位相」(「芸術至上主義文芸」一七号、平成三年〔一九九一〕一一月)、『増補井伏鱒二・日常のモティーフ』(平成四年、沖積社)所収。

(6)中村光夫「井伏鱒二論」(「文学界」昭和三二年〔一九五七〕一〇・一一月)。以下、中村氏の説は同じ。

(7)大越嘉七著『井伏鱒二の文学』(昭和五五年〔一九八〇〕、法政大学出版局)「『さざなみ軍記』論」。

(8)「創作手帳」(「月刊文章」第三巻第八号、昭和一二年〔一九三七〕七月)、『井伏鱒二全集第六巻』所収。

(9)湧田佑「井伏鱒二と柳田国男―『青ケ島大概記』と『青ケ島還住記』―」(「すばる」昭和五七年〔一九八二〕九月)、『井伏鱒二の世界・小説の構造と成立』(昭和五八年〔一九八三〕、集英社)所収。宇野憲治「『青ケ島大概記』論―史料と虚構をめぐって―」(『井伏鱒二研究』昭和五九年〔一九八四〕、渓水舎)。以下、両氏の説は同じ。

(10)相馬正一著『続井伏鱒二の軌跡』(平成八年〔一九九六〕、津軽書房)は、名主次郎太夫が一人の漂流民に島の荒廃の模様、焦土開発について申し伝えや文書を参考にして記録させ、一代の苗字御免と開発資金を賜った代官に上申する形式の作品であると解されているが、そのような解釈が可能であるか疑問が残る。

(11)曾根博義「井伏鱒二と自然―『生きもの』としての自然と人間―」(『昭和作家のクロノトポス・井伏鱒二』所収、平成八年〔一九九六〕、双文舎出版)。

(12)(4)に同じ。

第三節　田宮虎彦「霧の中」論

一　はじめに

田宮虎彦は忘れられた作家である。歴史小説「霧の中」は発表時の評判が高く(1)、その後も多くの文学全集・文庫類に収録されてきたが、研究者の関心は乏しく、その作品分析や評価はそれらの解説や作家論に触れられるにとどまる。中で、田宮文学の第一の理解者である猪野謙二氏の所論(2)が本格的なものであるが、それも解説や作家論の制約があり、「霧の中」の備える歴史小説としての諸特徴の分析はなお充分であるとは言えない。著者田宮虎彦の伝記研究については近年の山崎行雄氏の労作(3)が備わり、「霧の中」にも言及されているが、作品と伝記との関わりについてもなお詳細な考察が必要であると思われる。

「霧の中」は、昭和二十二年（一九四七）十一月の「世界文化」に発表された。田宮の最初の歴史小説であり、文壇への出世作として知られる。幕末維新の動乱の折に父兄を戦乱に失い、母姉を薩摩兵に惨殺された孤児中山荘十郎は、維新政府への怨念を秘めて旧藩士・旧幕臣らの庇護のもとに社会の底辺を生き、近代日本の道筋の総決算とも言うべき第二次大戦敗戦の三日後、駄菓子屋の二階で孤独な死を迎える。その八十三年にわたる反骨の生涯は、幼年期から中年に至る明治期が中心をなし、近代日本の基盤形成に関わる生き証人の位相を担っている。

「霧の中」の執筆契機について、田宮は、

「霧の中」は維新戦争に父母を失った幕臣の幼い孤児の生涯を描いたものだが、孤児である主人公中山荘十郎の八十余年の生涯をたどって、私は歴史小説ではなく、むしろ現代小説を書いたつもりであった。(4)

と述べている。明治四十四年（一九一一）生まれの田宮が三十六歳の時に執筆された「霧の中」は、言わば自ら生き抜いた敗戦までの近代史を、幕末維新に遡って検証する意図を込めた歴史小説であると言ってよい。(5)

田宮によれば、主人公の中山荘十郎をはじめ、土井良作、鎌田斧太郎、岸本義介、篠遠逸作、谷口東作、及びみよ、芳江、小紋弥、すみ、絹、しの、けい、清丸、しげのらの女たちの形象はいずれも虚構である。(6)それらの零落した旧幕臣や旧藩士、社会の底辺、また淪落の生を生きる女たちの造型を通して、近代日本の底辺史が綴られたのである。

田宮には戦時中から「権威に対する反抗の一つとして、天皇制反対をやった人間を書いてみたい」という創作衝動があり、その準備のために維新史に関する書を読んでいた。(7)山崎氏の年譜によれば、昭和十九年、東京医学歯学専門学校の生徒主事補の任にあった田宮は、米軍による本土空襲下で密かに維新関係の歴史書を繙き、二十年八月十五日の敗戦とともに執筆の自由を得て成稿を見たのであった。

この作品の主題について、猪野氏は「旧幕臣の遺児中山荘十郎が、明治大正昭和を貫く実に八十余年、ますます強大化する宿命の『仇』—天皇制の権力に対して甲斐なき意地を張り通し」て死んでいく「いたましい妄執の姿」「妥協を肯んじなかったがゆえにこそ最後まで敗残の生涯を送らねばならなかったもっとも純粋な人間の生き方」を描いた作品であると説かれる。(8)先に掲げた田宮自身の証言を踏まえるならば、作者の執筆目的が「天皇制の権力」に対する「意地」「妄執のやうにつきまとふ強大な『仇』への復讐心」(9)を描くことにあったとする解釈は頷けるであろう。

しかし、荘十郎の対決すべき相手が「宿命の『仇』—天皇制の権力」と明確に捉えられていたのであれば、「霧の中」という対象の不明瞭性、混迷の様相を示す題名が冠されることはなかったはずである。荘十郎の人生も全く異なる道筋、すなわちもっと理念的・思想的でラジカルな行路を描くことになったと想定される。

また、作中において、荘十郎は西南の役、自由民権運動、農民暴動、日清・日露戦争など、近代史のメモリアルな事件に直接深く関わってはいない。行為者として決定的な対立状況に直面し、敗北者となる前に傍観者的である。したがって、その位相は近代史の体現者であるよりは、傍観者の位置に自らを据えて、〈心理内面における格闘を演じた証言者〉であったことになる。

この小説において「霧」はいかなるものを象徴し、その題名はなぜ「霧の中」と題されたのか。この問いは、田宮の近代史観、庶民史観、及びその歴史小説の方法を解明するうえで見落とすことは出来ないのである。

二　史実との関係

作品の分析にあたり、まず主人公中山荘十郎の年立てを整理しておく。

明治元年（六歳）戊辰戦争。父武次郎、兄敬作彰義隊に加わり死去。会津で母かね、姉菊、薩摩兵に凌辱のうえ惨殺される。姉八重と生き別れ。

明治二年（七歳）春、越後高田から許されて会津若松に戻り、母方の親戚の老女咲に十歳まで育てられる。
明治五年（十歳）咲の義理の子の旧会津藩士土井良作に連れられて、北海道後志阿女鱒の開拓団に加わる。足かけ四年在住。
明治八年（十三歳）土井、原始林伐採中に行方不明。若松に戻るも、咲はすでに死去。天涯の孤児となる。

明治九年（十四歳）　会津降伏人の絵蠟燭商渡辺某と会津を出、旧長岡藩士の小間物商阿部某と東京に出る。渡辺の妹婿で旧幕臣の鎌田斧太郎に引き取られる。

明治十年（十五歳）　西南の役。鎌田、仲間の剣客篠遠逸作と政府軍に加わる。

明治?年　琴平神社で騒ぎ。鎌田の従兄で版木彫りの旧幕臣岸本義介・みよ夫婦のもとに身を寄せる。

明治十五年（二十歳）　十一〜十二月、福島事件。

明治十七年（二十二歳）　八月十日、秩父困民党蜂起、秩父騒動。九月二十三日、加波山事件。篠遠、鎌田、騒動に加わり死去。十二月四日、飯田事件。

明治?年　荘十郎、招魂社境内で剣舞を見せて岸本夫婦を養う。

明治二十二年（二十七歳）　秋、新撰組くずれの谷口東作を頼り大阪に出る。新町座の角藤定憲一座で殺陣の指導。川上音次郎座で殺陣の振り付けをする。薩摩の士族に喧嘩を売り、河上相太郎に右頬を斬られる。芳江、竹本小紋弥、すみ、絹、しの、けいなど、場末の女たちとのすさんだ生活。

明治二十七年（三十二歳）　日清戦争の戦争景気の中、川上座などで撃剣の型を売る。

明治三十二年（三十七歳）　十月、救世軍の中に岸本みよと二人の間の娘しげのを発見。みよはしげのに荘十郎を会わせることを拒否。門付けや人夫をして会津若松、福島、酒田、秋田へと流れていく。

明治三十七年（四十二歳）　日露戦争。小樽の町役場で満州行きの軍夫になることを勧められ、中国の営口に渡る。奉天に行き、守備隊の雑用人夫になる。軍夫を解かれ、米沢屋という旅館に雇われ、清丸と同棲。

大正元年（五十歳）　明治天皇崩御。清丸と帰国し、印刷局の工場の守衛になる。

大正三年（五十二歳）　欧州大戦景気。守衛の非番の日に野崎という医者の家で四、五人相手に撃剣の稽古をつける日々。

大正?年　清丸、十年近く病んで死去。荘十郎、停年で守衛をやめる。隔日の野崎の家での撃剣の稽古が生き甲斐となる。
昭和十二年（七十五歳）日華事変（支那事変）。以後、老衰を自覚し、無気力になり、駄菓子屋の二階で暮らす。
昭和二十年　八月十五日、敗戦。三日後に八十三歳で死去。

六歳の時に倒幕の戦いがあり、幕臣である荘十郎の一家は離散した。父武次郎、兄敬作は彰義隊に加わり、上野の寛永寺に立て籠もり、行方不明になった。母かね、姉菊、八重と会津に逃げたが、八重は会津藩の青龍隊に加わり、母と菊は荘十郎とともに薩摩隊士に捕まり、凌辱されて殺される。会津は降伏し、荘十郎は降伏人たちと越後高田に移されることになる。姉の八重は「お前は六つにもなつているのだから、よく覚えておくのだよ、中山の家のものはみな徳川様と一緒にほろびてしまつたということをね」という怨念の言葉を残して生き別れになってしまう。荘十郎のその後の人生は、この六歳の時の一家離散の悲劇を背負い、その運命を狂わせた近代日本の権力者たちへの怨念とともに展開されることになる。

しかし、この六歳の時の体験に根ざした怨念の根源は、いまだ明確であったとも言える。徳川幕藩体制の組織の一員として、精神的支柱でもある絶対君主将軍の直参という保障された世界と秩序が瓦解し、暴力革命に等しい倒幕の嵐に翻弄され、一家離散の運命に晒された者たちにとって、幕藩体制の弱体化と矛盾の露呈、政治・経済的な大変革を促す西欧諸国の近代化の波、国の将来を問う攘夷・開国のイデオロギー対立に淵源を求めるよりも、平穏な生活を破壊し、肉親を凌辱・虐殺した者たちへの憤怒と憎悪こそが怨念の核をなしていたからである。

まず、その史実準拠の様相を、北海道開拓の設定から見ていくことにする。

会津降伏人は神指《こうざし》村の慈恩寺という廃寺にあつめられた。早い冬が迫つて、一同はそこから越後高田に移されることになつた。（略）翌年春、荘十郎は高田でゆるされて若松に帰つて来た。そこで十歳になるまで荘十郎は咲に育てられた。

それから、荘十郎は咲の義理の子である土井良作につれられて北海道にわたつた。後志阿女鱒《しりべしあめます》という土地で土井は会津降伏人にわけ与えられた土地を開墾することになつたのである。だが、土井が原始林伐採の時、行方不明になつてから、また若松に帰つて来た。(10)

郷土史家で青森県教育センター指導主事葛西富夫氏作成の年譜(11)によれば、明治二年（一八六九）一月、塩川に謹慎中の会津藩士らは越後高田の榊原家に永預けとなり、極寒の一月九日に高田に向けて出発した。年譜二月二日の条には「東京謹慎中の会津人に対して、政府より蝦夷地に移住して開拓に従事し、藩主の罪の幾分なりともつぐなうよう告諭あり。」とある。

新政府は幕府の蝦夷地経営の施策を踏襲して、凍餓の大地の開拓のために職を失った内地の士族、とくに朝敵の汚名を着た旧会津藩士を送り込んだ。明治二年十一月三日には旧会津藩主松平容保の嗣子容大の家督相続が許され、青森・岩手二県に跨る斗南藩三万石として立藩が成った。明治政府はこれに先立つ八月十五日、蝦夷地を北海道と改称し、十一ケ国八十六郡に分割した。翌三年二月、このうち後志国の瀬棚、太櫓、歌棄の三郡、胆振国山城郡の四郡の支配が斗南藩に命ぜられたのである。(12)

蝦夷地の開拓は「会津人が罪を許され、明治の社会に船出することを意味」していた。一方、「開拓使の方針は北海道・樺太を新政府が全部統括するのではなく、開拓を願い出た諸藩に分割支配させること」にあり、会津藩首脳は「これを突破口として、御家再興を目論んだのである。」という。(13)葛西氏の年譜には、

・四年四月　余市に転住が決定した会津人、入植先の地均しを終える。

・五年二月　余市移住の会津人四～五〇〇人が出没して二里の山奥から救荒設備としての「積穀倉」を建設する

ための木材の伐り出し作業をはじめる。

とある。

作品では荘十郎は十歳の明治五年（一八七二）、旧会津藩士土井良作に連れられて会津降伏人に分け与えられた「後志阿女鱒」の開拓地に渡ったことになっている。「後志」は「後志国」を指し、「阿女鱒」の地名は現在、後志地方余市川の支流に「阿女鱒沢」、余市岳の西隣に「阿女鱒岳」の名が見られる。作品の設定が、旧会津藩士の後志開拓の苦難の史実と、実在地名を踏まえていることは認められよう。

また、葛西氏によれば、斗南移住後の会津人の中には、廃藩置県という政治体制の変革に伴い、北辺の地に藩の再興の望みを託した斗南藩の消滅により行方不明者、脱走者が相次いだという。作品では土井もまた原始林伐採中に幼い荘十郎を残して行方を絶つのであるが、これも右の史実を踏まえた設定と見てよいであろう。

朔北の地、極寒の凍野に移された会津人の怨念の史実は、のちの陸軍大将・台湾郡司令官柴五郎の遺書に鮮明である。柴は十歳の時に会津落城に遭遇し、十二歳で斗南に移り開拓の苦難を経験した。

「やれやれ会津の乞食藩士ども下北に餓死して絶えたるよと、薩長の下郎武士どもに笑わるるぞ、生き抜け、生きて残れ、会津の国辱雪ぐまでは生きてあれよ、ここはまだ戦場なるぞ」と、父に厳しく叱責され、嘔吐を催しつつ犬肉の塩煮を飲みこみたること忘れず。

「死ぬな、死んではならぬぞ（略）耐えぬけ、生きてあれよ、薩長の下郎どもに、一矢報いるまでは」と、自ら叱咤すれど、少年にとりては空腹まことに堪えがたきことなり。(14)

しかし、新時代と体制から疎外された余計者たちは、それぞれの過去を引きずりながら、落魄の人生を肩を寄せ合って生きるしかない。会津降伏人の蠟燭商渡辺は、十三歳の荘十郎に「お前のお母さんや姉さんがどんなはずかしい死に方をしたか知つとるな」と語り、「結局、その方が生きのこつて土井さんや私の様な生き方をするよりよかつたと思うが」と呟くように笑う。敗残の身に落とされた者の怨念と、零落の余命をつなぐことへの慚愧の思いを秘めた屈折した笑いである。

その渡辺の妹婿で「肩幅の広い、一見して剣客とわかる容貌」をした旧幕臣鎌田斧太郎、同じく神道無念流の使い手で版木彫り師の岸本義介、「右頬に小さな瘤《こぶ》がぶらさがる様についている」鎖鎌の名人篠遠逸作らは、毎朝のように集まって激しい剣戟を行う。時の移りに抵抗するような空しい気迫をこめた闘いを彼らは「徳川譜代のさもしいところ」と自嘲しつつ、居合い抜きの大道芸で露命をつなぐほかはない。

お前のみたのは旗本御目付衆筆頭鎌田斧太郎源重光のなれの果てというわけだよ（略）だが荘十郎の親父や兄貴が生きていても大差ないぞ、静岡の駿河つ原に逃げていつた奴は土百姓にもなれず餓えているし、奥州に走つた奴は降伏人というわけだ、どつちにしろ、我々が生きていては文明開化には障《さわ》りになる、荘十郎、貴様の親父を殺したのは誰だつたか知つているか、西郷吉之助の配下だつたよ……

鎌田たちは「生身《なまみ》の奴を斬りたくなつた」という衝動にかられて政府軍の抜刀隊に加わり、西南の役に身を投じる。「荘十郎、お前の父親の仇を討つてやつたぞ」「幾人斬つたかな、十七人はおぼえている」「逃げ遅れた奴は追いかけざま突き通す、田楽《でんがく》だよ」「俺は逃げおくれた奴を崖つぷちに坐らしておいて首をおとしてやつた」。

その嗜虐的な報復の快感は、前掲の柴五郎の遺書にも記されている。

はからずも兄弟四名、薩摩打ち懲らしてくれんと東京にあつまる。まことにこれ欣快これにすぐるものなし、（略）かくて同郷、同藩、苦境をともにせるもの相あつまりて雪辱の戦いに赴く、まことに快挙なり。千万言を費すとも、この喜びを語りつくすこと能わず。(15)

田宮が西南の役に寄せる旧幕臣らの怨念を正確に捉えていることも、注目しなければなるまい。

次に、底辺の風俗関係の史実について見る。荘十郎は「招魂社の境内で剣舞をみせ」て、その働きで岸本夫婦を養うが、「鞭声粛々といった古い詩の間に、必ず小栗上野介や榊原健吉や河井継之助などの詩を交え」て、憂憤の思いを詩吟に込める。

招魂社は江戸末期から明治維新前後にかけて、国事に殉難した人士の霊魂を祀った各地の招魂場を改称したものである。石光真人氏は、招魂社には「賊の名をつけられた東北人士の戦死者は祭られなかったが、これは東京九段の靖国神社だけでなく、地方の招魂社（護国神社）も祭ることを禁止された。」「官製のものであり、薩長藩閥政府のアクセサリーにすぎなかったのである。」と説いている。(16)

また、小栗忠順は江戸末期の幕臣で、日米修好通商条約の批准書交換のために渡米し、帰国後、外国奉行などの要職を歴任した。長州討伐を強行し、のち官軍に捕らえられて殺された。河井継之助は幕末の越後長岡藩の執政で、世界の事情に通じて開国論を唱えた。戊辰戦争に際しては藩の局外中立をはかったが、官軍に拒まれ、ついに抗戦して戦死した。

一方、榊原健吉は幕臣の家に生まれ、直心影流の剣客として幕府講武所の剣術教授方に任ぜられたが、将軍家茂の死後は東京下谷車坂に剣術道場を営んだ。時勢の激変のために衰微に直面した榊原は、貧苦に陥った剣客を救済するために官許を得て撃剣興行を始めた。剣客の上位にランクされた剣術家は警視庁、各府県警の武術師範に採用されたが、榊原は他人を推挙しても自らは決して任官せず、不遇ななかで頑固一徹の生涯を閉じた。主人公中山荘十郎には直接のモデルが存在したが、(17)その形象に榊原像が重ねられていることは推測されよう。(18)薩長藩閥政府の殉難者慰霊場の境内で、旧幕臣、佐幕派旧藩士の詩を吟じて憂憤を晴らすという構図も見逃し得ない。

三　岸本義介造型の意味

倒幕の主力となった薩長藩閥政府に対する怨念の雪辱を直接行動で示す鎌田、篠遠らに対して、冷静な認識者として荘十郎に決定的な影響を与えたのが岸本義介である。岸本は、久しぶりの報復と殺戮の快感に酔い痴れる鎌田や篠遠らの自己矛盾に鋭い批判の言葉を浴びせる。

それで気が晴れたか（略）晴れはすまい（略）こんどのことは俺は薩摩同志のなれあい喧嘩だと思う、巡査隊とか抜刀隊とかいうが、抜刀隊が勝つて帰つても、俺達をたおした奴等に何のかわりもありはせんのだ、ただわかつたのは俺たちの力がたつたそれだけのものだということだけじやないか……

西南の役は藩閥政府内部の喧嘩沙汰、勢力争いにすぎない。西郷らの不満分子を政府の中枢から排除し、首尾よくこれを屠った明治政府は、着実にその組織を堅牢、不動のものに整えていく。幕藩体制の残存者たちは薩摩兵への憎悪のためにこれに利用され、西郷らを倒すことによりわずかに鬱憤を散じたにすぎないのだ。

西南の役は征韓論をめぐる西郷、大久保の路線対立から旧士族の反政府暴動へと発展したものであるが、政府側は西郷軍との激戦による兵員補給のために、奥羽地方の士族を警視庁巡査として徴募し、戦地に送った。東北の士族らは同じ士族仲間を討つことへの抵抗感から出征を拒否する者が多かったが、鎌田らは倒幕の中心人物である西郷への憎悪にかられて政府軍に身を投じる。

鎌田らは、私怨にこだわるために、反政府暴動を力で鎮圧して体制の強化をはかる政府の方針に加担し、武力弾圧に助力したことになる。岸本は、鎌田らの行動の矛盾・自己撞着を鋭く突く。この時、岸本は霧の彼方にある相手を確かに直視し得ていた。鎌田が篠遠と加波山事件で暴徒の群れに身を投じ、行方を絶った時、岸本が呟いた冷めた言葉もその認識を語っている。

巡査隊に鉄砲をうったとて今の政治がびくとでもゆるぐものか（略）だが、所詮、負けたものの強がりほど見るにたえんものはない。（略）徳川家の世の中にかえることなどあってたまるものか、たとい十六代様になったところで、旗日旗日に出せ出せと触れてまわる日の丸がもうちつとましなやつに変るぐらいが関の山さ——証書買いでためこんだ安田の高利貸をぶつた斬る方が巡査や鎮台を斬るより余程身の助けになることぐらいわからんで、斧太郎の奴も可哀そうな死にざまだろうな……

幕府を倒した薩長藩閥政府への怨念、その怨念を晴らそうとする行為の矛盾と無力感、その無力な足元の現実から眼を背けた暴発的な怨念の噴出と、実質の伴わない倨傲の空しさ、旧幕臣の誇りの支柱であるはずの徳川将軍の治世への冷めた視線の行き着くところは、民衆を苦しめて暴利をむさぼる政商への鬱憤の刃ぐらいしか見当たらないのである。

怨念の対象を見失った暴徒の集団が辿る道筋を、岸本は正確に見据えていた。

暴徒は顔に鍋墨をぬりたくつては、民家という民家の表戸をたたき破つていつたというのだが、そのむなしい反逆が何に向つてなげつけられていたのであろうか。勿論、それは義介にもわかる。だが、そうした暴徒の向つて行つたのは、たちむかわねばならぬもののかげにすぎぬ。福島暴動、加波山、秩父、それから信濃の飯田、すべて我と我が身を縊《くび》るあがきであつた。

怨念の相手に肉迫することも、現体制に衝撃・痛棒を加えることも叶わず、その「むなしい反逆」は同じ無力な民衆に加えられる暴力だけである。民衆からも孤立して自滅の道を歩むしかない鎌田らの死の空しさが、岸本の心を揺さぶる。岸本は農民暴動に「私が行くと、私も仲間になるでしよう」と自嘲的に呟く。妻みよの左頬の火傷痕に残る薩長軍への抑えきれない憤りと怨念は、冷静な認識者の風貌のうちに岸本も確かに抱え込んでいたのである。

岸本は加波山事件の頃は六十歳に近い。したがって、幕府の崩壊時は四十二、三歳の壮年期にあった。彼は青年期から幕藩体制の内部矛盾の拡大・露呈と、欧米列強の開国要求を背景とした国論の混乱、混迷の様相をつぶさに見てきた幕臣として設定されている。その版木彫りで口を糊する生活もまた、維新により零落した下級武士の典型像をなしていた。

　うらぶれはてた自分がいじらしいと思える。それは夢の様であつた。またたくひまもない程に徳川の世が倒れた。あとに残つた自分たちは毀《こわ》れた古い屋敷の瓦礫《がれき》にもひとしいではないか。

　岸本は、「諦めとも動揺ともつかぬ、六十という年令をむかえようとする焦り」の中で、瓦礫に等しい人生を回顧しつつ、やがて、生きる望みも目的も失った敗残の身を、時代を呪いながらうらぶれはてて、喀血して死ぬ。それは後年の荘十郎の末路と重なるものであった。

　渋川驍氏は、「霧の中」の主人公の位相について、徳川幕藩体制が存続した場合の強圧的絶対制への作者の歴史的分析が乏しいことを批判する。

　明治以後の絶対制に反抗しようとするものが流れていることは、わからないことではない。しかし、徳川幕府を支持し、それの存続を願う人々の歴史的位置が、明瞭になつていない。もし仮りに、この幕府がなお存続するとすれば、封建制政治は、それだけ引き延ばされたことになつてくる。それは明治以後の絶対制よりも、さらに強圧的に、激しい絶対制が押しかぶさつてくることではなかろうか。それらにたいする歴史的分析は、あまりこれらの作品に行われていない。(19)

　しかし、田宮は岸本に「徳川家の世の中にかえることなどあつてたまるものか、たとい十六代様になつたところで、旗日旗日に出せ出せと触れてまわる日の丸がもうちつとましなやつに変るぐらいが関の山さ」と言わしめている。零落した下級幕臣の設定に即した抑えた筆致であるが、少なくとも、岸本に自らの存在基盤・精神的支柱であった徳川幕府の継続、回帰を明確に拒否させている。自己否定にも相当する言葉である。

薩長藩閥政府の新体制は零落した旧幕臣から生きる意欲を奪い、瓦礫に等しい無意味な生を強いているように、徳川幕藩体制が継続したとしても、体制の内部矛盾と国論の混乱を抱え込んだ旧体制には何らの展望も期待しえないのである。倒幕を呼号する薩長側と組んで巨富を得た政商を倒すことがせめてもの世直しであるという、絶望的な現実認識である。明治政府は産業育成のために政商資本と結びついたが、その方針が地租、不換紙幣、公債による資金作りとして一般農民大衆の犠牲を強要することになったのも史的事実である。庶民層を基盤に据えた田宮の近代史観は正しく評価されなければなるまい。

四　題名「霧の中」の意味

この作品は「霧の中」と題された。視界を遮り、対象物を曖昧化する「霧」に譬えられたもの、その「霧」の彼方にしかと見据えるべき相手はいかなるものであったのか。「霧の中」の題名は、秩父騒動の新聞記事に戊辰戦争の折の幼時体験を重ねる荘十郎の、「一寸さきの見えぬ霧の中をさまよつている。そこからぬけ出なければならぬ。」という想念に基づくものであろう。「暴徒の向つて行つたのは、たちむかわねばならぬもののかげにすぎぬ。」という岸本の呟き、「殺気にみちた妖気」を込めて「何か眼にみえぬものに挑む様に長刀をふる」う荘十郎の剣舞は、怨念の対象を見失い、西南の役に藩閥政府の争いの片棒を担ぎ、秩父騒動で民衆を苦しめ、やがては日清・日露の戦争にその帝国主義的侵略に加担していくことになる零落者たちの苦渋の思いである。

日露戦争の募に応じて営口から大陸に渡った荘十郎は、戦争景気の中をハルピン、吉林と流れ歩き、長春で天皇崩御の報に接する。

明治という時代が終つた。清丸はその新聞をよみながら、「あんたの仇《かたき》の親方が死んじやつたじやないか」といつた。（略）半生をかけて闘いいどんで来た相手が姿を消して了つた。振りあげた長刀のうちおろしようがない。憤りが泥沼のあぶくの様に余燼をくすぶらすのだが、放浪の間に精も魂もつきはてて了つているのに気づくのであつた。自分が挑んで来たものは何であつたのか。（略）自分の一生が無駄な道にふみ迷つて行くと感じるのである。しかし、相手はまだいる。その相手の顔が荘十郎には見えぬのである。

幕府を倒し、荘十郎一家を離散させた薩長藩閥政府は、中心人物である西郷・大久保が非業の死を遂げ、いままた明治時代の精神的支柱であった神聖不可侵の天皇の崩御を迎えた。しかし、荘十郎は精魂の尽き果てた老残の身を引きずりながら、なお「憤りが泥沼のあぶくのように余燼をくすぶら」せる。その怨念の「相手の顔」が「見えぬ」のが「霧」の「中」の意であろう。

荘十郎になぜ「相手の顔」が見えないのか。自らの運命を暗転させたものの正体を理性的・分析的に見つめる眼、時代の変転を通観する洞察力、時代の変転に対応していく適応力、時代の不正義を糾弾する正義感、帝国主義への道を歩む近代日本のあり方・行く末に対する批判、抵抗、それらのどれかが存在すれば、その正体は霧の彼方に確かに透視しえたはずである。そのとき、荘十郎の生き方そのものも根本から問い直され、「自分の一生が無駄な道にふみ迷つて行くと感じる」心の根源に辿り着きえたはずである。怨念が理性の眼を曇らせてしまったと言ってもよい。

しかし、六歳の時に母姉の惨殺、父兄の行方不明による天涯の孤児という悲惨な運命の暗転を経験し、敗残者たちの憐憫の中に成長した荘十郎に、幕府崩壊の必然性や、列強の帝国主義的侵略の波に伍して富国強兵を国是とする国家体制の確立・整備に狂奔する政府の姿、その立憲君主国家の余計者である自らの位相を正確に見通す思念的な能力は賦与されていない。

第二次世界大戦の終末期、本土空襲の弾の下を逃げ回った荘十郎は、敗戦の三日後、文字通り瓦礫のような生涯を閉じる。

這つて帰つた荘十郎をみると、駄菓子屋のお内儀《かみ》はさすがに涙がつまつて来て

「爺さん、つらかつたろうねえ」

というと、荘十郎は

「なに、非道を重ねて来たやつがいい気味さ」

とこたえた。お内儀にはその意味はわからなかつたが、何か心をさかなでされる様に冷たいものが走つた。

荘十郎は敗戦の日の三日後に死んだ。

荘十郎の言う「非道を重ねて来たやつ」の主体は誰であるか。山本健吉氏は次のように説く。

明治以来の新政府は、彼にとつては敵意の対象であり、文明開化の恩恵を一つも蒙ることのなかつた彼は、神州不滅の日本が負けても、心を動かされることはない。つねに非道を重ねてきたやうでありながら、作者は彼の心の一点のヒューメンな灯を点ずることを忘れない。(20)

「非道」を荘十郎の行為と解する立場である。しかし、荘十郎の生涯において「つねに非道を重ねてきた」とはいかなる事実を指すのであろうか。具体的には恩義を受けた岸本義介の死後、その妻みよと肉体関係を持ち、懐妊したみよを捨てて姿をくらました事であり、十年後の再会と懺悔の物語が小説後半の主要なストーリーをなしている。また、荘十郎が死の間際までみよ・しげのへの思い、おけいとの事を回顧していたこともある。しかし、これを「非道」の内実と見るならば、荘十郎が落魄・窮死の運命を自らの「非道」の報いとして自嘲する構図となり、怨念を抱き続けてきた全生涯を自己否定したことになる。

これに対して、山崎氏は次のように説いている。

「非道を重ねて来たやつ」とは具体的に誰か？八十何年かを、薩長政府を憎むことに空しく費した自分であろうか。あるいは薩長政府から綿々と続いた敗北間近い日本政府なのであろうか。たぶん、後者なのであろう。「たぶん」という曖昧な表現であるが、別に次のように説いているから、後者と解してよいであろう。

現在、荘十郎のいった、「非道を重ねて来たやつがいい気味さ」というように、戦前の軍国主義、立憲君主制、経済援助を装った他国への侵略の亡霊は本当に消えたのであろうか。天皇制は未だ存在し、再び、軍事大国の道を歩もうとはしていないか。そこに、「霧の中」の現代性がある。

作品全体の構図から見れば、「非道を重ね」たものの正体が、神聖不可侵の天皇を頂点に据えた近代日本の権力機構を指すことは言うまでもない。内儀が感じた「冷たいもの」は、八十余歳の頽齢を迎えてもなお国家権力に牙をむく、その妖気を帯びた反骨心であった。明治の終焉を迎えた時、荘十郎は「仇《かたき》の親方が死」に、「半生をかけて闘いいどんで来た相手が姿を消し」た現実に直面する。しかし、「相手はまだいる」「その相手の顔が」「見えぬ」ことへの執着が、なお三十四年の余命を生き、「非道を重ねて来たやつ」への反抗の情念をかき立てさせる。「非道を重ねて来たやつ」とは、藩閥政府、軍部、政商など、民衆を圧迫し、搾取し、煽動し、ついには日本の運命を崩壊に導いた国家権力機構の総称であろう。その「仇《かたき》」の欺瞞の構図と壊滅を見届けるため、荘十郎はなお敗戦の日まで惨憺たる敗残の命を閉じることは出来なかったのである。

五　幸徳秋水のかげ

後年、田宮は荘十郎に明治期の社会主義者で、明治四十三年（一九一〇）、大逆事件に座して処刑された幸徳秋水像を重ねて、次のように述べている。

中山荘十郎の反逆精神が、もし理性につらぬかれていたと仮定すれば、それは幸徳伝次郎になり得た可能性がある。幸徳伝次郎になれば、日本近代史の行方は霧につつまれることなく見とおせたわけだ。従って、錯覚をいだきつづけていた指導者たちは、幸徳伝次郎を生かしておくわけにはいかなかった。[21]

戦時中、密かに「権威に対する反抗の一つとして、天皇制反対をやった人間を書いてみたい」という創作衝動を抱えてきた田宮の「妄想」と称するものの中核に、幸徳秋水の思想・行動が据えられていたことは注目に値する。しかし、作品中の荘十郎に、帝国主義や天皇制への透徹した認識と批判の論理を有した秋水像を重ねたことを窺わせる思想性や行動は描かれず、その急進的社会主義の痕跡も認めることは出来ない。

田宮は、明治維新後の近代史の底辺史を綴るなかで、武力闘争にも、自由民権の運動からも、農民の騒動にも、反政府・革命思想とも距離を置いた一遊芸人の境涯を描くことに集中している。田宮が作品に形象しえたのは、時代の変遷に翻弄されて生きるしかない民衆像であり、国家権力への怨念を抱きつつも、その対象を見失い、隷属と自己矛盾を重ねる姿であった。

神聖不可侵の天皇を国家組織の頂点に据えて、着々と整備・強化されていく近代帝国主義路線の下で、具体者として対決すべき怨念の対象はいつか整備された機構の彼方に姿を隠し、民衆自らがその機構に隷属し、一兵卒として生命を投げ出し、奉仕するに至る。怨念を秘めた傍観者の位相を生きたはずの荘十郎自ら、帝国主義路線の国家的な命運を懸けた日露戦争においては、いつか「満州ゆきの軍夫」として大陸に渡り、帰国後は「周粟をく」うと揶揄されつつ政府機関の守衛として口を糊するしかない。

田宮は、薩摩兵への憎悪から政府側に加担して血刀を振るうことへの批判を語り、藩閥政府との熾烈な暗闘を繰り返した民権派の主張・行動はオッペケペー節の中で揶揄的に扱い、秩父騒動、加波山事件が、他ならぬ無辜の民衆をさらに苦しめる「あがき」にすぎないことを鋭く衝いている。一方、主人公荘十郎の神道無念流の剣舞の太刀先は、幕府を倒し、父兄を殺し、母姉を凌辱・惨殺した薩摩兵への憎悪の怨念と、藩閥政府への反抗の意志を閃かせつつ、いつか怨念の対象を見失い、虚しく招魂社の空気を裂くしかない暗澹たる矛盾像として形象されている。

田宮は、「明治維新にはじまつて、大正、昭和とつゞく歴史は、官許歴史の裏側に、今のいゝ方をすれば人民の歴史ということになる別の歴史をひそめている。[22]」と説く。「人民の歴史」とは、時の権力機構への隷属を運命づけられた草莽の民、無名の民衆の歴史の謂であろう。田宮は、時代の犠牲者として波瀾と混迷に満ちた荘十郎の八十年の生涯を描くことにより、虐げられ続けた末端の民衆の視座から近代史を照射したのである。そのことはまた、天皇制反対を創作の基底に据えながら、作品が「霧の中」と題されたのは、国家権力に反発・反抗しつつ、いつか加担させられてきた明治以来の民衆像に視点を据えて、世界大戦の無条件降伏という国家存亡の瀬戸際に導くに至った国家権力の「非道」を剔抉したのであると言い換えてもよい。

「霧の中」に次いで書かれた連作『落城』について、田宮は「この物語は私の祈りをこめて書いた。[23]」と記している。「霧の中」もまた、八十年に及ぶ暗黒の時代を経て到来した新時代に、民衆の覚醒への希望と祈りを込めた作品であると言ってよいであろう。

〔注〕

（1）中野好夫「田宮虎彦著小説『霧の中』」（「朝日評論」三巻一号、昭和二二年〈一九四七〉）。

（2）『昭和文学全集35』（昭和二九年〈一九五四〉、角川書店）「解説」、『角川文庫・足摺岬・絵本』（昭和二九年）「解説」、『田宮虎彦作品集第一巻』（昭和三一年〈一九五六〉、光文社）「解説」、『新潮文庫・霧の中』（昭和三一年）「解説」、『現代日本文学全集83大岡昇平・田宮虎彦・武田泰淳・三島由紀夫集』（昭和三三年〈一九五八〉、筑摩書房）「田宮虎彦論」、『現代日本文学大系73』（昭和四七年〈一九七二〉、筑摩書房）「田宮虎彦論」、「近代文学爽話5・戦後

文学見直しのための一視点・田宮虎彦の歴史小説」（「国語通信」二八四、昭和六一年（一九八六）四月）など。
（3）山崎行雄著『田宮虎彦論』（平成三年（一九九一）、オリジン出版センター）。以下、山崎氏の所説の引用は同書による。
（4）田宮虎彦「歴史小説について」（「東京新聞」昭和二五年（一九五〇）九月一八～二〇日）。
（5）田宮は「『霧の中』について」（『岩波文庫・落城・霧の中』昭和三二年（一九五七））に、「私は歴史小説を書いているという意識なく、ゆくりなく、日本近代史をあつかった歴史小説を書いていたことになったのだ。」と記している。
（6）『岩波新書・現代の作家』（昭和三〇年（一九五五））「田宮虎彦」。
（7）（6）に同じ。「戦争中あまり書くこともない時、別に学術書というほどではないが、維新史に関する本を読んでいた。文部省で出した『維新史』だとか、田中惣五郎の『大久保利通』、『岩崎弥太郎』など。それが『霧の中』で、うまく背景に入った。」とある。
（8）猪野謙二（『岩波文庫・落城・霧の中』昭和三二年（一九五七））「解説」。
（9）猪野謙二（『昭和文学全集35』昭和二九年（一九五四）、角川書店）「解説」。
（10）「霧の中」本文の引用は『現代日本文学全集83大岡昇平・田宮虎彦・武田泰淳・三島由紀夫集』（昭和三三年（一九五八）、筑摩書房）に拠る。
（11）葛西富夫著『北の慟哭―会津・斗南藩の歴史―』（昭和五五年（一九八〇）、青森大学出版局）。
（12）（11）に同じ。
（13）星亮一著『中公新書・歯医者の維新史―会津藩士荒川勝茂の日記』（平成二年（一九九〇））。
（14）石光真人編著『中公新書・ある明治人の記録―会津人柴五郎の遺書』（昭和四六年（一九七一））。
（15）（14）第二部「柴五郎翁とその時代」一五八頁。
（16）（14）に同じ。
（17）（6）、及び「作品が生まれるまで」（「新潮」昭和三一年（一九五六）六月）に、十一、二歳の時に剣道を習った鎌田老人の「人物のかたちをかりた」ことを記している。
(18) 中村民雄著『剣道事典』(平成六年〔一九九四〕、島津書房)による。なお「健吉」は「鍵吉」が正しい。
(19) 渋川驍「田宮虎彦論」(『新選現代日本文学全集24』昭和三五年〔一九六〇〕、筑摩書房)。
(20) 山本健吉(『現代日本文学全集83』昭和三三年〔一九五八〕、筑摩書房)「解説」。
(21) 田宮虎彦「『霧の中』について」(『岩波文庫・落城・霧の中』昭和三二年〔一九五七〕)。
(22) 田宮虎彦「作品が生まれるまで〈詩人の発想と小説家の着想〉」(「新潮」昭和三一年〔一九五六〕六月)。
(23) 田宮虎彦「あとがき」(『落城』昭和二六年〔一九五一〕、東京文庫)。

第四節　大原富枝「婉という女」論
――歴史小説と自伝小説――

一　歴史小説の拒否

大原富枝の歴史小説「婉という女」は、昭和三十五年（一九六〇）二月の「群像」に発表され、毎日出版文化賞、野間文芸賞を受賞した。作者四十八歳の時の作品である。

ところで、大原は、この作品が「歴史小説」として規定・評価されることへの違和感を数度にわたって記している。

婉を書くとき私には歴史小説を書くという意識は全くなかった。作家はいつの時代、いかなる人物に素材を借りても、結局は自分を描くことしかできないものなのである。それが小説というものの宿命であり、生命であると思う。(1)

この言葉は、歴史小説が過去のいかなる時代・人物・事件などに取材しようとも、文字通りに「歴史」（過去の事実）の再現ではありえず、素材への作家の主体的な関わり、作家自身の思索と主張を語る場として要請されたのだという見解の表明と解されよう。しかし、大原は次のようにも言う。

最初に「婉という女」を書いたときも、歴史小説という自覚は持たなかった。むしろ、フランスの心理小説の系譜だと思って書いていた。……たまたまそれが徳川初期の人物であったために「歴史小説」という枠にはめられてしまった。そのことは私にとって少々迷惑でないこともなかった。[2]

また、別に「物語を書くつもりは全くなく、歴史小説という気持もなくて、むしろ、そのとき理想として私の頭のなかにあったのは、フランスの心理小説であった」[3]とも述べている。「婉という女」を歴史小説の範疇に加えられることへの、作者のこの明確な拒否の姿勢はどのように理解されるべきなのであろうか。

上田三四二氏は、「婉という女」は「大原氏の『女であること』への問いかけの書」「『生きること』への問いかけの書」であるという。[4]また、野中婉という歴史上の人物の生涯を「書く」ことを通して、大原富枝がそこにいかなる「自分を描」いたか、そのことは大原文芸の基本的性格をなす「生きること」「愛すること」といかに結びつくものであったのかという問いについては、既に長谷川和子氏の論が備わる。[5]そして、その問いの直接の契機として、戦死した恋人への作者のこだわりが挙げられる。

両氏の見解に従えば、「婉という女」は、故郷の歴史上の人物の史実を素材として、作者の実体験に根ざした「生きること」「女であること」「愛すること」の問いを、フランス心理小説の方法を用いて描いた自伝小説的作品と規定されようか。事実、大原は六十三歳の時に発表した自伝小説『告げる言葉―風のなかのあなたに』の「あとがき」に、次のように記している。

若い日の辛かった恋愛も『婉という女』のなかにすべてを書き尽くしたというふうに思っていたのです。小説というものを私はそういうふうに考えていて、それがこの作品を自分では決して歴史小説と考えていないゆえんでもあります。[6]

作者の青春の日に深い傷痕を残した「若い日の辛かった恋愛」を、野中婉という歴史上の人物の心理に託して描いたのがこの作品であるというのである。同時期の歴史小説『建礼門院右京大夫』の「あとがき」に「私自身、ある人の戦死をいまも胸に刻んで生きており、それがこの作品を書くモチーフともなっています。[7]」と記しており、そこに共通する創作意識と方法を認めることが出来る。

しかし、「婉という女」を歴史小説と規定・評価されることへの作者のこだわりが、表現主体である作者の実体験に根ざした自己表出の場の確保を意味するものであったとしても、そのことはこの小説が歴史小説の諸特徴を備えた作品であることを否定することにはつながらない。その特徴として、まず以下のことが確認される。

◇歴史的事実として、寛文から享保に至る六十五年間を生き、土佐藩政を独裁した父野中兼山の施政への追罰として、幼時から中年までの四十年間にわたる幽囚の境涯を強いられた野中婉という女性が実在し、その生涯を描いたものであること。

◇幽囚から解放後に婉が暮らした住居跡、婉の手になる肉親の墓碑とその碑銘が存在し、作者自身、数度の現地調査に基づき、史実と関係資料を踏まえて作品を制作していること。

◇婉が土佐の儒学者谷秦山に宛てた書簡を手写する機会を有したこと。その原史料が空襲により焼失したため、作者の手写したものが唯一の史料となった。それを用いた「婉という女」は、婉と秦山の真の交流を解明した著作という性格を有すること。

その長年にわたる史的事実の調査・考察、及び関係資料を基盤として、作者の「女であること」「生きること」への問いかけはなされたのである。その問いが真摯なものであればそれだけ、婉の四十年にわたる幽囚生活を強いた酷薄な史実への追尋は厳しく、そのことはまた、歴史の事実に対決を試み、真実を捉えようとする歴史小説作家の主体的な関わりを証明するものであったからである(8)。

「私の取材ノートー婉という女」(9)によれば、作者は、吉野高等尋常小学校の校長で国文学と歴史好きの父亀次郎から野中兼山の話を聞き、父に従って兼山一族に関わる史跡を訪ね歩いた少女時代の体験と、父の蔵書中の関係資料に拠って兼山・婉に関わる正確な史実、伝承を把握した(10)。「お婉さんを書きたいという」「念願」を持った作者は、父の蔵書中から婉の資料を見つけたが、「すっかり烈女あつかいで」「とても納得がゆかな」かったという。

一方、昭和十九年（一九四四）三月、作者は高知県立図書館長の好意で婉の秦山宛自筆書簡の写し二十六通を披見し[11]、筆写する機会を得た。真蹟は翌二十年五月の空襲により焼失した。

婉の手紙の二十通が焼失してしまって、私の手もとにその写しが辛うじて残ったという運命のめぐり合せは、私にのがれることのできない一つの負荷としていつも意識にあった。（略）婉のいいたかったことを、私はこんどこそ作品のなかで人々に話しかけたかった。[12]

歴史上の人物の書簡を自分だけが筆写し保持しているという事実から、その書簡を通して作者は烈女に祭り上げられた女性の真情に共鳴し、虚妄な偶像ではない生きた真実を明らかにする責任を自らに課することになる。その「負荷」の意識は、次の言葉に通底するものであろう。

資料によってどうしても解明することのできない部分、そこにこそ歴史小説の生命があるといってもいいかとも思う。

「婉という女」の野中婉と、土佐一条家の「於雪」とは、私が心惹かれて、いつかは作品化することによって人々の心に生かしてやりたい、と願った故里の「歴史のなかの女」である。[13]

ここで、作者は「婉という女」を「歴史小説」に位置づけるのみならず、その「生命」として、「資料によってどうしても解明することのできない部分」に肉薄し、「婉のいいたかったこと」の「作品化」を制作の目的として明示しているのである。

すなわち、「婉という女」は、故郷の史実として四十年の幽閉生活を生き抜いた野中婉の生涯を作品化することにより、偶像化された虚像ではなくその心情の真実を語り伝える願いと、不遇な境涯を生きた婉の心情に闘病生活を生きた自らとの共通項を見出し[14]、「生きること」「女であること」の意味を問う、作者自身の真摯な問題意識を基に制作された歴史小説であった。のみならず、その執筆が作者の心に深い傷痕を残した恋人浜田可昌との死別問題の検証を目的とした、自伝小説的性格との複雑な複合体として成立したことを見逃してはなるまい。

二　「秋砧」の位置

昭和二十一年（一九四六）九・十月、三十四歳の大原富枝は自ら「婉という女」の「習作」と位置づける「秋砧―婉女物語―」（「新文学」）を発表している。作者自身、この八十枚ほどの習作は「決して意に足るものではない」[15]と断じており、事実、十三年後の昭和三十四年、四十七歳の時に大作「婉という女」として完成されることになるのだが、作品の基本的な構図は既にこの習作に明瞭に現れている。

「秋砧」は、作者自身の「不幸な恋」と「婉女物語」の結合を記す序章と、四十年の幽囚生活から解放された婉による父兼山の気質・事業への批評、藩の当局者による子女への報復の必然を思う第一章、婉と谷秦山との出会いと交流を記す第二章、秦山の蟄居と死を記す第三章、及び後記風の文章から構成されており、全体が婉の心理の動きを細叙する形で展開する。

序章は、作者の「不幸な恋」の相手浜田可昌の印象、喀血を続ける「自分の生命の脆弱さ」と、「戦争の重圧につぶされない逞ましい現実的な足場を踏まへてゐ」る「彼のかくしてゐた女」の存在への「恐怖」を語り、婉の書簡との出会いを経て、「四十年を幽囚の家に過した婉女」と「日本といふ小さい島の狂気のるつぼの中に閉じこめられてゐた私たちの世代」とに「どつちも負けぬ程の不幸」を捉え、秦山に寄せる婉女の「ひとすぢのゆたかな思慕」に比べて、自分の恋の「未熟な貧寒な姿」を侘びしく顧みる。次いで、兼山・婉の史跡を訪ね、婉の悲劇的な生涯の根源をなした父兼山の気質を想像し、晩秋の静寂の中に「婉女のいのちの慟哭が幾百年相伝へて、私といふ女身のなかでいまもあり〳〵息づいてゐるやうに」感じる。彼女の悲劇は「あの封建制度の中なればこそ」と思う反面、「その中にだけあるものではなく」、「いつの世にも女のいのちの内に蔵してゐる宿業に通ひ合つてゐ」ると感じるが、一方、「秦山への生涯の思慕のひたむきさ」に、婉の悲劇的な生涯の「いのちを華やがせる素因」をも認めている。

末尾の後記風の文章によれば、作者は昭和十九年の年末から二十年三月の硫黄島陥落の日にかけて、東京空襲下で高射機関砲の音を聞く「日々絶望と恐怖と窮乏の中で」、「昔の悪い時代（封建の）にしかも宿命的に虐げられた女人は、一体どんなふうに自分のいのちを生かせて行つたのかと考へてみたかつた」と記している。

右に略述したように、「秋砧」は歴史上の人物の境涯に自らを重ね、「生きること」「女であること」を問う作品の構図から、野中兼山・婉・谷秦山の史実の記述、幽囚生活、解放後のエピソードの配置に至るまで、後年の「婉という女」の祖型と呼ぶべき形態を備えていた。にもかかわらず、この作品が作者自身によって独立した作品の位置を奪われ、「婉という女」の執筆になお十三年の歳月を要し、婉の解放時の年齢を越えた四十七歳の時に完成を見たのはいかなる事情によるのであろうか。

その理由について、作者は「四十三歳で幽獄を出た婉の生涯を描くためには、私もまた四十年の女の生涯を生きてみなければならなかった(16)」「婉が四十三歳で赦免を受け、初めて人間の世界に仲間入りを許された、その思いのかずかずを、なんとか自身で満足出来るところまで書ききることが可能になるためには、非才の私自身も、四十数年の女の生涯を生きてみることが必要であったのだ(17)」と述べている。

しかし、戦時下の暗黒の青春時代、作者の心に重い傷痕を残して戦死した恋人との「未熟な貧寒な」恋の破局に耐えつつ、封建制度下に四十年の幽囚生活の境涯を秦山への一途な恋に生きた史上の女性との精神的な紐帯を希求した「秋砧」に比して、四十代に至る作者の戦後十五年の歳月はそれに勝るいかなる意味を有していたのであろうか。その秘密を開示するのは、作者八十四歳の時に書かれた次の文章であろう。
四十数歳で外の世界にいきなり投げ出された婉を描くには、書き手としてのわたしにも四十歳代の孤りで生きる女の味わう心身の苦悩が必要であった。若くて結婚し、夫という堅固な庇護のもとに身を置いて生涯を生きる女たちの、決して知るはずのない種類のかずかずの屈辱や、俗世間的な困難と苦渋。外部からのそれらにも増して耐えがたく苦しい自分自身の内部から湧いてくる肉体の呻き。
それらの内外からのせめぎと屈辱を真正面から受けとめ、自分を制御してゆく、孤独な女の四十代を、わたし自身も、耐え凌いで生ききってみることなしに、婉の生涯が描けるはずはなかったのである。(18)

作者は、婉の秦山宛書簡を披見した日から「婉という女」の作品化に十五年の歳月を要した事情を、「この時期、わたしに不足していたのは、はっきり言えばわたしの女としての年齢であり、その間に味わうべきはずの発酵と熟成のような、微妙な内的要素であった」と言う。自らの体験に裏打ちされた、独身の女であるがゆえの屈辱、困難、苦渋、閉ざされた性の呻きを、歴史上の女である婉の心理の動きに投影する手法である。そのことはまた、婉に同じく〈産むことを禁じられた女〉として生きた自らの半生を検証する営みでもあった。

「婉という女」を「秋砧」と比較するとき、新たに〈男〉と〈女〉という種別化の意識が顕在化し、「お仕置」〈政治・事業〉という印象的な用語のもとに政治的人間である男の客観化がはかられるとともに、幽囚生活における閉ざされた性の芽生えと衝動、肉欲の呻き、近親相姦の夢想の記述、独身女性の対世間意識などの屈辱・困難・苦渋が書き込まれたことが注目される。

大原富枝は、自らの「不幸な恋」を含む不遇な半生を検証する文学上の生涯的な課題「生きること」「女であること」の問いを、歴史上の実在女性の生涯を辿ることを通して追求した。そのために、婉をその生きた歴史の時空間の中に正確に据えて捉え直すとともに、孤独な女の四十代を生きた作者の実体験は婉の生涯とその思念の中に溶解される。作品世界は主人公婉の回想形式に整えられ、作者自身に関わる自伝的要素はすべて削除されることになった。その位相を作者は、

「婉」のなかにすっぽりとはまってゆくことのできるものが私にあって、「婉」のいいたいことがそのまま私のいいたいことであり、「婉」の生命がそのまま私の生命であると思うことに、抵抗感がなかった。

十七歳のころから病床にとらわれ過ごした私の青春が、幽獄の中で無為に四十年を生きた彼女の生涯と、ほとんど無理なく重なって感じられ、彼女の愛した男たちへの想いが、そのまま私の愛した男たちへの想いであった。（略）この小説のなかでこそ自分は生きた（傍点作者）と思えるときが幸福だと思う。[19]

と述べている。作者が「フランス心理小説の系譜」を強調し、歴史小説に枠づけされることへの忌避の思いを綴った所以である。

しかし、歴史上の女性の生涯と思念に託した自己検証は、

◇婉の出自である「野中家の血筋」「野中家の気質」がもたらす必然の糸の遡及。
◇父野中兼山の事績を生み出した気質・学問、兼山の登場と執政を要請した藩政上の条件の分析。
◇兼山とその一族の悲劇を生み出した藩政上、幕藩体制上の問題の位置づけ。

などの史実の追尋と、作者の歴史認識の投影という正当な歴史小説の方法において保障されたのであった。なかんずく、作者の歴史認識の独自性は、〈女性の位相〉の明確化にあった。作者は「私の取材ノート—婉という女」に、次のように記している。

男というものが生涯を賭ける政治というもの、事業というもの。人間が幾世代を経ても繰返す、政治という名においての残虐さ。政治にも事業にも参加することのできない場所に置かれている女というもののそれをじっと見つめている眼。女は何も言えなかったし、何もすることはできなかったけれども、じっと真実を見ていた。

女に眼があるのは、歴史の真実を見てとるためなのだ、そう思った。

四十年間にわたる幽囚生活を強いられた婉による運命と自らの生の検証の眼は、必然的にその総括として男の生きる世界、「お仕置」（政治・事業）の対象化を可能にするとともに、被支配者・服従者・傍観者であることにより、〈歴史の洞察者〉の位相を獲得する女人像の定着に成功したのでもあった。大原富枝の歴史小説の独自性と正統性を証するものであろう。

三　「生きること」

大原富枝の文学の特徴として「生きること」への強烈な渇望が挙げられるが、「婉という女」も一一三例に及ぶ動詞「生きる」を用いて構成されている。全五章のうち第四章が「生きること」と題されたことにも、作者の意図は明瞭であろう。そのことはまた、「死」の記述、死への言及の多出という特徴をも示している。

・思えばこの四十年間、わたくしの身辺には朽葉のようにおびただしく死が累積した。姉上、長兄、次兄、三兄、そして弟、祖母上や異腹の兄姉たちの母たち、市女と、そして召使いの者たち数人………

いまは「死」こそ、わたくしにとってもっとも親しく近しいものになった。死者たちは、自分たちの生命がただ死ぬためにのみ在ったのだ、ということをよく知っている。[20]〔三〕

・父上以外のこのみ堂の住人たちは、まるで死ぬためにだけ生きてきたような人たちであった。死ぬことだけを唯一の目的として、人に待たれた哀れな人々であった。〔五〕

幽囚の定めとその現実は、ただ死ぬためのみに生き、死ぬことによってのみ幽囚の境涯から解き放たれる。幽閉の処置をとった政治の側からも、警護の者たちからも死ぬことのみを待たれていた人々、それが幽囚の運命であった。しかも、その存在は男女によって明確に区別される。政治の側の酷薄な処置は「男系絶えて野中家の血が絶え」ることを唯一・絶対の目的とするものであり、婦女が存生していても「腹は借りもの」にすぎない。

この獄舎に十五年間、兄上は耐えて死んでいった。生命ある限り、赦されることのないことを、兄上は知っていた。

しかしまた、生きるということがどういうことかをも兄上は片端ながら知っていた。そして獄舎《ここ》でもまた生きなければならない、と考えていた。

幼い罪囚の弟妹に生きることを教えてやらなければならないと決心していた。〔一〕

長兄清七は十六歳で入獄した。三歳の時、父の切支丹嫌疑により幕府の人質として江戸住みとなり、十五歳の時に父の失脚により江戸から呼び戻されて家督を継ぎ、翌年三月、追罰として宿毛に配流され、十五年間の配流生活に耐えて三十一歳で死んだ。しかし、清七は、政治の動きに翻弄され、死による野中家の断絶を待たれた無意味な配流生活の中に生きる意味を見出す。野中家の当主の自覚と責任のもとに幽囚の一族を統括し、幼い弟妹に学問を教授する。父野中兼山の業績を顕彰し、その「犠牲」として自らの境涯を位置づける。その生の意味づけは、三兄希四郎に継承される。

わしは父上ほどの人の子に生れて、生涯を獄舎に果てることを無念とは思わぬ。兄上も生前そういわれた。(略)偉大さというものは、残酷なものだ、偉大さはいつも犠牲を要求する。(略)わしもこれを運命と思って受ける。諦めではない。積極的にこれを享けるのだ。ここには身体の自由はない。しかし、精神《こころ》の自由はある。〔二〕

父の偉大さを精神的支柱として、酷薄な運命に殉じる生き方である。偉大な業績がその結末として犠牲を要求する残酷な運命に殉じることで、父との一体化を果たす。失脚後の父の胸中を忖度し、その無念の思いを共有することで、〈犠牲〉という運命に自らの生きる積極的な意義を見出そうとする。したがって、「父上についての品定はここでは禁じられ」る。「父上の行ったお仕置、父上の偉大さ、それらを疑うことは、わたくしたちがすでに二十年をここに幽囚の身として暮してきた意味を、根底から揺すぶること」になり、「無慚なばかりにみじめ」な境涯に陥ることになるからである。

しかし、婉の眼は長兄清七の「ふっと反らしたその眼に、思いがけなく、弟妹に対しては秘し匿している兄上の、生きることの空しさ、学問への心の空しさを、見てしまっ」ていた。当主の自覚と責任、父の偉大さの逆証明である「犠牲」の位相への定位という精神的矜持を生の意味と力の源泉としてきた長兄の、その心を蝕む〈虚無〉を覗き見た婉に、三兄希四郎の言葉をそのまま共有することは出来ない。

婉の疑問と反発の思いは、「生きる」と「置かれる」の語の殊更な対置において語られる。

門外一歩を禁じられ、結婚を禁じられて、四十年間をわたくしたちはここに置かれた。他人との面会を許されず、他人と話すことを許されないで、わたくしたち家族はここに置かれていた。

わたくしたち兄妹《きょうだい》は誰も生きることはしなかったのだ。ただ置かれてあったのだ。〔一〕

幽獄の中に「置かれた」〈物〉に等しい境涯の中で、婉はひたすらに「生きること」の実感、実体験を渇望する。小説一篇の全体は、〈物〉に等しい幽囚の境涯から解放への希求、さらには解放後の実体験を経て、俗世間との交際の一切を峻拒する〈物〉への回帰の物語として展開する。

長兄清七の死から四年後の次兄欽六の狂死は、長兄への「引け目、劣等感、卑小感であり、無力感」であった。しかし、婉は狂気を発して座敷牢に閉じ込められた欽六の野獣と化した姿におののきつつ、「性別のない不思議な人間の集い」という「いつわりの生活の空しさ」が、「やさしい心と傷つき易い、脆い魂をもったはにかみ深い」欽六を決定的に追い詰めたことを見据えていた。

現実社会との関わりを持たず、実体験を伴わない学問の空虚さと、閉ざされた性の疼きは、幽囚の兄妹の中に〈兄妹相姦の夢想〉という「根深」く「醸しだされる頽廃」を生み出していく。宿毛配流から二十三年後、高知の儒学者谷秦山（丹三郎）の突然の出現は、二十六歳の婉を虚無と狂気の深淵から救済することになる。

> この事実は、生きる意味を見失い、信じることのできなくなろうとしていたわたくしたち兄妹のあいだに、黴《かび》のように巣食いはじめていた頽廃を、危いところで堰《せ》きとめてくれた。（略）むしろ何も知らず、この檻の中に兄上と相愛して、禽獣のように無邪気に、あるがままの生命を愉しんで果てることができたら、とその仕合せを心秘かに思うことさえあったのだ。〔三〕

秦山の出現という「奇蹟」は、生きることへの実体験を渇望し続けた婉の心に「生命が滾り流れ」る「女のいちの燃焼」を実感させる。

> それは初めてわたくしが夢うつつに知った女のいのちの燃焼の一瞬であった。（略）力が、身内から噴き溢れている。手足のはしばしまで、生命が滾《たぎ》り流れている。
>
> 自分というものをわたくしは初めて知り、初めて確かめていた。（略）わたくしは知っている。このときから、わたくしはそのひとのなかで生きはじめたのだ、と。谷丹三郎という一人の男のなかに。貧しい、痩せた青年儒学者のなかに……
>
> そのひとは、もはやわたくしのものであった。どんなにわたくしがそのひとを欲しがっていたか、わたくしにはよくわかる。〔三〕

小説の世界は「生きること」という主題が「女であること」と融合し、「女として生きること」に統一される。その時、〈男〉は〈女〉と対置され、性愛の対象である異性と、「お仕置」に関わる不可解な人間として客観化される。「女」六十二例、「男」八十七例、「お仕置」四十四例、「政治」七例という用語の頻出とその傾向性に、作者の意図は明瞭である。

長兄清七、次兄欽六、三兄希四郎をはじめ、谷秦山、解放後の婉と秦山との文使い役の若い農夫岡本弾七は夢想の性愛の対象であり、父野中兼山とその政敵たち、父兼山の事業に心酔する兄たちや秦山は、女の婉には理解し難い不可解な政治的人間として捉えられる。「女として生きること」の意味を問う婉の眼が、「すぐれた男、非凡な器量をもったお奉行」という「偶像」であった父兼山の「お仕置」（政治・事業）に向けられるのは必然であった。

四　父親像の変遷

婉の思念はまず「父親という一人の激越な理想家、理想を追って短い生涯をお仕置（政治）に賭けた男の、血に対するあの人々の執拗、無残な憎しみ」と、苛酷な禁獄を強いられた根源としての「野中家の血」「野中家の気質」に向けられる。土佐藩政確立期の奉行として、藩の体制確立に才腕を振るった野中兼山の血筋を、この地上世界から抹殺することを究極の目的とした子女の幽閉、子息の死滅のみが赦免の絶対条件であるとする苛酷な禁獄は、言わば兼山の事業・功績・存在の全否定を意味していた。作者大原富枝は、婉の思念を媒介として、兼山の血筋を根絶やしにする程の「政敵たちの、徹底した憎しみ」の根源にあるものを追尋しようとする。

兼山の体内を流れる「寡黙、厳直、短慮、峻烈」という「野中家の気質」は、兼山の父勘解由の「厳正峻烈」な気質と、祖母山内合女の「傲岸短慮の血」に、土佐藩家老・奉行職（執政）の任にあった野中本家の養父玄蕃の「執政としての厳烈さ」を受け継いだものであった。「厳正剛直で覇気と理想の塊りのような、猛禽類の眼」を持ち、信奉する儒学の「結構の美と秩序の諧調、この地上に小さくとも一つの理想社会を作り出」そうとした兼山の熱情と施政の悲劇が、全子息の死滅とともに幽獄から解放された娘婉の眼により鋭く剔抉される。「婉という女」が歴史小説として有する独自の意義は、土佐藩政史に画期的な業績を残した野中兼山の生涯とその政治の功罪を、娘婉の〈女の眼〉を通して客観的に見定め、明確な〈批判の視座〉を確立したことである。

婉はしばしば、父兼山及び婉自身を含む一族の「運命」と「悲運」に言及している。その用例によれば、兼山とその一族を襲った苛酷な「運命」が人間の意志や行為に関わりなく巡ってくる現象、人間の力を超えた支配を指すのに対し、「悲運」はその当事者の「自らの意志」が招来した必然の結果であり、「野中家の血」という血脈の支配であると捉えられる。

（祖父勘解由が）このような悲運な死を迎えたのも一つに自らの意志であった。

勘解由のその悲運の性格は、野中家の血ともいうべきもので、父上にもまた色濃く流れ伝えられていた。

〔二〕

この分析を通して、婉の思索は兼山政治の本質を、「寡黙、厳直、短慮、峻烈」という「野中家の気質」「野中家の血」の支配のもとに展開された「野望」の現れであると捉えるに至る。

「私事《わたくしごと》ではない、みんなの為だったのだ―」と、兄上はいつも仰言った。けれども強行された理想と、野望とはどのように異るのであろうか。

彼等のためであったといっても、百姓たちの生命を縮めるような苦役と、国外へ逃亡するほどの困窮の上に、一気呵成に築かれた理想と、野望とはどのように相違するものであろうか、四十年幽囚のわたくしに、それが赦せないように、政敵の人々にとっても許せなかったのだ、という実感が、わたくしの心の隅にある。〔三〕

父兼山の理想とその実践のすべてを「野望」であると規定する婉の思念は、父の政治に対する決定的な批判であり、断罪と言うべきものである。兼山の遺族に加えられた政敵の「執拗な憎しみ」と、兼山の血筋の抹殺を目的とした禁獄の根源をなすものを洞見した言葉であった。四十年間にわたり、男系血筋の死滅を絶対条件とする苛酷な報復を与えた政敵方の怨念の根源を洞察することは、父兼山の「仕置き」の代償との対決であり、それをどのように抱え込むかが幽囚から解放後の婉の生を規定することになる。父の業績を理想化し、父との一体化をはかることが幽閉生活の支えであったとすれば、解放後の婉の生は父の事業の客観化と批判の視座の確保による〈自立〉によって見定められる。その位相を作者大原富枝は次のように記している。

政治は人間のためのものである。彼はときにそれを忘れてしまうほど、理想に憑かれていた。人間を忘れたとき、政治も理想も、彼に復讐しようとした。兼山が悲劇の人であるのは、死ぬまでそのことに気づかなかった、ということである。そのことを、私は女の眼で、娘である婉にしっかりと見せているつもりである。(21)

批判の視座を確立した婉の思索を通して、兼山の施政の内実とその必然としての失脚という、その悲劇の因は次のように客観的に分析される。

◇兼山の施政はその「学問で得た知識」（海南学）による「理想の具現」「芸術」であったこと。
◇兼山の「器量が大きすぎた」ために「嫉視中傷に足をすくわれ」たこと。
◇その施政の「独断専行」と急進への藩内の反発。
◇「土佐二十四万石は実収三十余万石」と言われた兼山の経綸、「郷士制度」が幕府の警戒を生み、幕藩体制下の外様藩の微妙な藩政運営から逸れるものであったこと。
◇母万の儒葬が「吉利支丹と謀叛の疑惑」により「幕府の不審の詮議を受けた」こと。
◇藩府の面目を失わしめたこと。
◇連続した灌漑事業に「生命を削る苦役」への百姓らの怨嗟。
◇政治の非情な力学。

婉の眼と思索を通して解明される野中兼山の人物像とその事績の分析は、兼山の事績を顕彰する多くの文献、

「婉という女」以後に刊行された研究書と比較しても綿密である。この作品に寄せる大原富枝の準備の周到さが窺われる。

こうして、禁獄生活の間に兄清七、母、乳母らの教えにより形成された〈公的な存在〉としての父親像、幽閉生活の生きる支えであった偉大な偶像は解体・変質する。そこに立ち現れてくるのは、自ら信奉する海南学に魅惑され、その理想の芸術的な完成のために情熱と生涯のすべてを傾注し、悲劇的な結末を迎えた「あわれ」な敗北者像であった。冷笑と憐憫の情を含んだ婉の冷めた視線は、その悲劇の本質を透視する。

◇学問的な理想実現のための独断専行への藩府の報復の完遂。

傲岸剛直、独断専行した父上によって、かつて加えられた侮辱への、彼の人々の復讐は、お互の死後久しいいま、ようやく完全に、まったく完全に成し遂げられた。

彼の人々の執拗な憎しみは、ここに見事に完成した。（略）わたくしは冷たくうっすらと笑わずにはいられない。〔三〕（傍線引用者、以下同じ）

◇兼山の器量への世俗の過大な評価と、その期待が招来する悲劇の予測。

父上がもしも幕府に参画されたとしたら、その運命は更にさらに大きな悲劇を招いていたのではあるまいか、とわたくしは愕然としたのであった。〔三〕

◇政治という複雑怪奇な生き物にからめ取られて失意の生涯を閉じた父親への同情。

火に身を灼く虫のように、理想を追うてそんな危険をさえ敢えてしようとした父上という男の夢を、秘かにあわれと思っただけである。〔三〕

◇父の事業を代表する「河戸の堰」への思い。

これはわたくしの初めてもつ、父上との対面であった。わたくしの受けた執拗な憎しみの由来とのであいで

あった。（略）それだけのことであったのだ。〔三〕
◇父の事業への村人の素朴な感謝の気持と婉の冷笑。犠牲の拒否。
先生は百年の先までお見通しのお仕置をなされたと、村では神さまのように申します―」わたくしはうっすらと笑った。
―子や孫は豊作をたのしんでいる。しかし、その父祖は生命を縮めたかも知れない。自分のいまのこの生命こそ大切だ、とわたくしは秘かに心に思い決めている。私の生涯が一つしかないように、彼等の生涯もただ一つしかなかったのだ…と。
どのような偉大さの犠牲《いけにえ》にも、わたくしはなりたくない、と思う。〔三〕
幽獄を出て高知に向かう道筋、婉の眼に映じた兼山の灌漑事業の跡は四十数年の風雪に耐えて、無心に静かに流れていた。それは、政敵たちの嫉視、中傷、そして遺族への迫害を誘発するに十分な兼山の「奉行としての仕合せ」を証するものであり、父の幸せを思う婉の心の内面に犠牲に生きた妻子の側からの批判が明確に浮上してくる構図をなしている。

五　「もの」への回帰

幽囚生活から解放後の婉の動静を描く第四章「生きること」は、作者が筆写して保持した婉の谷秦山宛書簡の写しと秦山関係の史料をもとに構成され(22)、婉と秦山の私的な交流のさまが細叙される。そこで、作者は獄舎の中で完璧なまでに高められた「婉の愛が、自由を失い、基盤をくだかれ、さらに追いつめられてゆく(23)」過程を丹念に書き込んでいく。

婉が初めて出会った秦山は、獄中で夢想された男性像に反して、貧弱な肉体の持ち主であった。婉の手を握り、婉の美貌に心を動かされ、男の体臭を発散させる秦山は、婉との肉体的結合は避けつつ、妻を孕ませる生臭い〈男〉そのものであった。学者として野望のために婉とは全く別の世界を生きる男であり、野中家の血脈の継承のために婉の婚姻と出産を画策する男であった。秦山は、裏切り行為として衝撃に沈む婉の胸中や思慕の情には無頓着に、父兼山と同じく藩政（お仕置）に関わって失脚し、十二年間の蟄居生活ののちに死を迎える。婉には残されたその書物のみが秦山との絆であり、書物を通しての対話が孤独な老残の身を生きる婉の心の支えとなる。

最終章は「挽歌」と題されている。そこでは婉は自らを「物」に例える。

どのようなお仕置が、わたくしの周りにひしめこうと、渦巻き荒れようと、わたくしはもう一切関わりがない。わたくしはもうあらゆる人にも、あらゆるものにも、全く他人であった。

誰もうわたくしをこれ以上壊すことはできないかわりに、どんな人の情《こころ》もわたくしを温めることはできない。わたくしはもう人であるよりも、むしろ物に近かった。（略）再び先生はわたくし一人のものとしてここに帰ってこられた。相逢わなかった昔、幽獄でそうであったように、柴の門を閉したこの幽獄に、いまわたくしは、先生と二人だけで坐っている。

一つの幽獄をでて、別の幽獄にわたくしは移ったのであったことを、それだけに過ぎぬことを、いまにして知るのであった。

ここに言う「物」とは何か。あらゆる政治や社会の動静に束縛されず壊されない「わたくし」とは何者なのか。ここに至って、小説世界は「物」として「置かれて」ある状況（幽獄・幽囚）から、世俗の檻（幽獄）の中で「物」として生きる「絶対孤独」(24)への転移を語ろうとする。肉体的制約と引き換えに精神的自由を保持しえた幽囚の境涯から解放された婉が直面したものは、秦山の妻の存在、婉に寄せる世間の好奇の眼、公人である秦山への接近の自制、秦山の心理への配慮などの〈精神的制約〉と、秦山・弾七との肉体的結合の夢想、野中家の血脈保持を目的とした藩主による婚姻・出産の要請と、それを奏上した秦山の愛のかたちなどの〈肉体的制約〉であった。「お仕置」に連座した秦山の死は、婉から永遠に秦山との肉体的結合の機会を奪うとともに、秦山の妻の存在、世間の眼、政治の干渉などの世俗の檻（掟）から婉を解放し、秦山との精神的な結合の自由を保障したのであった。

婉がたどり着いた境涯を、与那覇恵子氏は次のように説く。

婉はこの世の出来事（掟）とは無縁な「もの」として在る「わたくし」という認識を獲得する。何者にも束縛されない自由な「わたくし」になったのである。男の残した著述と共に生きること、「仄暗い居間に終日先生と合い対し、語り合うこと」が、婉の選択した自由な生き方であった。作者の語る「書くことは生きること」を、婉は読むことで実践したのである。(25)

しかし、「制度の掟に左右されない自分なりの〈魂の王国〉の中で生きる」その境涯は、愛する秦山の〈男の肉体〉を身辺から永遠に排除するとともに、婉自身にもまた〈女〉からの離脱を要請するものであった。男姿の町医者として宝永・正徳・享保の世を生き抜いた婉は、「お仕置」という男の支配・男の庇護から離脱するとともに、世間という檻の中であらゆる外界の影響・支配を拒絶する「物」と化することにより、〈精神の絶対自由と秦山への愛の永遠化〉を果たしえたのであった。

そのことはまた、戦時下に作者大原富枝に愛を語り、欲望の充足のために肉体的結合を迫るとともに、婚姻を許されない結核者との児を残すことを恐れて堕胎を要求した恋人との過去の清算をも意味した。その恋人は一方で富裕な家の跡取り娘と結婚する。血脈の継承により家の存続をはかる世間の論理の重さと、その女の健康で成熟した肉体への恐れ、種の存続のための出産のみを目的とした結婚と、その目的に奉仕する女の肉体の意味を問いつつ、性的結合さえおぼつかない自らの貧弱で未成熟な肉体の劣等感に苛まれ続けた大原を残し、恋人は交渉のあった八年間自ら誠実であったとの言訳のみを残して戦死してしまったのであった。

秦山の行為の裏切りへの悲しみから許容と愛の永遠化への道筋は、大原富枝の心に深い傷痕を残した恋人の裏切りへの怒り、悲しみから〈許しへの道筋〉に重なる。歴史上の女性野中婉の造型を通して自己の体験と心情を投影するという創作の試みは、昭和四十九年、六十二歳の時に刊行された自伝的長編『眠る女』において再び作者自身の過去として追懐されることになる。社会のあらゆる干渉を拒絶した主人公婉に仮託された作者の冷え切った孤独な魂は、その融解のためにさらに十四年の歳月を必要としたのであった。

〔注〕
（1）『角川文庫・婉という女』（昭和三九年〔一九六四〕）「あとがき」。
（2）「男の政治の理想・野中兼山」（「歴史と人物」昭和五六年〔一九八一〕）。『大原富枝全集第八巻』（平成八年〔一九九六〕、小沢書店）所収。
（3）「文学的個性の創造」（『昭和文学全集19中里恒子・大原富枝・大庭みな子・芝木好子・河野多恵子』昭和六二年〔一九八七〕、小学館）。
（4）上田三四二「解説・女のしぶとさと勁さ」（『現代文学秀作シリーズ・婉という女』昭和四六年〔一九七一〕、講談社）。
（5）長谷川和子「大原富枝『婉という女』の成立」（「日本文芸研究」三五巻二号、昭和五八年〔一九八三〕六月）、同「大原富枝『婉という女』の世界」（「梅花短大研究紀要」四四号、平成八〔一九九六〕年三月）。
（6）『告げる言葉―風のなかのあなたに』は昭和五〇年〔一九七五〕五月、大和書房刊。
（7）『建礼門院右京大夫』は昭和五〇年四月、講談社刊。
（8）野中婉に関わる史実と創作との異同については、曾根純子「大原富枝研究―『婉という女』における史実と創作―」（「高知大国文」九号、昭和五三年〔一九七八〕一二月）に比較研究がある。

（9）「私の取材ノート―婉という女」は「読売新聞」に昭和四六年（一九七一）一一月一四日より八回連載。

（10）大原富枝が披見・引用した兼山・婉関係資料に関する調査結果は以下のとおりである。
野中兼山関係では、兼山・合女と野中家の気質、母万、小倉少助、南学の事、兼山の事績、兼山弾劾書と藩の処置、幕府の関わり、古槙次郎八殉死の件など、その主要な史実と筋立を『偉人野中兼山』（西村青藍著、明治四四年〔一九一一〕、野中兼山祭典事務所）を主たる典拠として構成しており、同年刊の『野中兼山全』（辻重忠・小関豊吉著、明治四四年、冨山房）、『南海之偉業―野中兼山一代記』（松野尾儀行著、明治二六年〔一八九三〕、開成社出版）、『野中兼山』（川添陽著、昭和一〇年〔一九三五〕、高知県教育会）などを参看したと考えられる。

野中婉の谷秦山宛書簡の引用は筆者の写しを用い、詩歌の引用は『偉人野中兼山』付録「明夷軒及安履亭の遺稿」の五「安履亭（婉子）女子の詩歌」に拠っている。

（11）『角川文庫・婉という女』の「あとがき」に、作者は「婉の直筆の手紙」二六通を披見し、「この婉の自筆の手紙を見ることができたということが、私と婉との決定的な結びつきになった」と記している。一方、「作品の節目、節目に」（『大原富枝全集第六巻』付録、平成八年〔一九九六〕）には、「野中婉の手紙の写本を見せて頂いた」とあり、「谷秦山に宛てた二十四通ほどと他に二、三通あった」と記されている。

（12）（9）に同じ。

（13）「歴史の中に生きるふるさとの女」（「中日新聞」昭和四五年〔一九七〇〕二月二五日）。『大原富枝全集第八巻』所収。

（14）大原富枝は「阿佐ヶ谷・戸塚二丁目」（『大原富枝全集第二巻』付録）に「野中婉との出合も、療養生活の十年を抜きにしては、わたしの文学として結実することは、むつかしかったと思っている。」と記している。

（15）（9）に同じ。

（16）（9）に同じ。

（17）（3）に同じ。

（18）「作品の節目、節目に」（『大原富枝全集第六巻』付録）。

（19）大原富枝「婉という女・女は生きる」（『わが小説』所収、朝日新聞学芸部編、昭和三七年〔一九六二〕）。
（20）「婉という女」の本文の引用は『大原富枝全集第一巻』（平成七年〔一九九五〕）に拠った。
（21）（2）に同じ。
（22）谷秦山関係の引用は『秦山集』所収の巻三「和二野中夫人見一レ贈」、巻七「丁酉歳除」、同「戊戌歳旦」、巻一一「與二野中継善一」、巻四八「祭二野中継善一文」に拠る。また、秦山、渋川春海関係の史実は、西内雅著『渋川春海の研究』（昭和一五年〔一九四〇〕、至文堂）、同氏著『谷秦山の神道』（昭和一八年〔一九四三〕、高原社）、同『谷秦山の学・皇国学の規範』（昭和二〇年〔一九四五〕、冨山房）を踏まえていると思われる。
（23）（5）長谷川和子「大原富枝『婉という女』の世界」。
（24）鈴木昭一「大原富枝論」（「青須我波良」八号、昭和四九年〔一九七四〕五月）。
（25）与那覇恵子「作家ガイド・大原富枝」（『女性作家シリーズ3佐多稲子・大原富枝』所収、平成一一年〔一九九九〕、角川書店）。

第五節　井上靖「補陀落渡海記」論

一　はじめに

井上靖の歴史小説「補陀落渡海記」は昭和三十六年（一九六一）十月の「群像」に発表され、のちに九十八箇所の加筆・改筆を施して全集等に収められたのが定稿となっている。井上靖五十四歳の時の作品である。(1)

この作品の執筆に先立ち、井上靖は同年六月六日から八日まで取材のために紀州を訪れている。また、随筆「南紀の海に魅せられて」（昭和三五年七月）によれば、南紀を初めて訪れたのは昭和十七、八年頃のことであり、その後も数回訪ねて小説の舞台とされ、南紀は馴染みの土地であったという。

井上靖の年譜(2)によれば、南紀を舞台にした作品には「死と恋と波と」「黯い潮」「満ちて来る潮」「傾ける海」などがあり、昭和三十年（一九五五）十二月には「満ちて来る潮」の取材のために紀州熊野川流域を歩いている。また、昭和三十四年（一九五九）には四月二十二日から二十八日まで文藝春秋社主催の講演旅行で南紀方面に出かけており、「補陀落渡海記」執筆のための取材旅行は、少なくとも四度目の南紀行であったことになる。紀州熊野の補陀落寺に伝わる信仰に関心を寄せたのは自然であったと言えよう。

「補陀落渡海記」は、熊野の那智の浜から遙か南の海上にあるという観音の住む補陀落浄土の世界に渡ろうとする信仰的実践を描いたものである。井上靖はこの作品を書くにあたり、補陀落渡海という特殊な信仰習俗の歴史的・宗教的位相について具体的な資料に基づく調査を行ったと推測されるが、その詳細は不明である。典拠の所在については作中に「寺記」「寺の古い記録」「この寺の古い記録」「他の寺の記載」「補陀落寺の記録」などに拠ったと記されている。

管見によれば、作中の「寺記に残っている渡海上人たちの名は十人近くあろうか。(3)」「金光坊が緇いた寺の古い記録によれば、貞観十一年十一月三日に熊野の海岸から渡海した慶竜上人が最初ということになっている。」「この寺の古い記録にある上述の慶竜、祐真、高厳、祐尊の四上人以外に、この寺の住職以外でこの寺から渡海した者は云々」という記述に対応する現存史料としては、熊野那智大社蔵の『熊野年代記』（原本は新宮熊野権現本願梅本庵主に伝わる）が挙げられる。「寺記」に相当するものとして、「浜之宮補陀落寺住職左之通」という史料も存在するが、慶龍・祐真の記録は見られない。また、作品末尾の清源上人の渡海について、「補陀落寺の記録に依ると、両親のための渡海となっているが」という記述に相当する「為二両親一」という記載も『熊野年代記』に見られる。

一方、本作の主人公金光坊の逸話は『熊野年代記』には見られず、玉川玄竜の手に成った熊野地方の地誌『熊野巡覧記』（寛政六年〔一七九四〕序）巻之二「補陀落寺」の項に見られる。

中比金光坊と云僧住職の時、例の如く生きながら入水せしむるに、此僧甚だ死をいとい命を惜みけるを、役人是非なく海中へ押入ける。是より存命の内に入水する事止りぬ。今に金光島とて綱切島の辺に有。今は住僧入寂の後に其儀式有と申伝ふ。(4)

井上靖は補陀落渡海の史的背景を熊野那智大社蔵の『熊野年代記』の記録に拠り、補陀落寺蔵の『熊野巡覧記』の右の説話を踏まえ、現地取材の成果を重ねて一篇を構想したと想定される。『熊野巡覧記』には平維盛の入水についても詳述されているが、井上靖は採り入れていない。

また、「下河辺行秀という武人が貞永二年に、入道儀同三司房冬が文明七年に、それぞれ渡海したというのは、他の寺の記録もあるので事実と見ていいであろうが云々」という記載のうち、下河辺行秀の故事は『吾妻鏡』巻二十九、天福元年（一二三三）五月二十七日の条に記録があり、『熊野巡覧記』の金光坊説話のうちに行秀の故事が紹介され、『吾妻鏡』の原文が引用されている。しかし、入道儀同三司の故事は『続史愚抄』（柳原紀光編、安永六年～寛政一〇年）巻四十、文明七年（一四七五）十一月二十二日の条に載るが、(5)『熊野年代記』『熊野巡覧記』には見られない。井上靖は「冬房」を「房冬」と誤記しているが、いかなる資料に拠ったかは不明である。

二　典拠と構想

本作品の記載を、典拠にされたと推定される『熊野年代記』における渡海僧の記述と比較すると、次のようになる。(6)傍線部分は作品中に採り入れられた記載内容、〔　〕の記載内容は作者による記録の変更、もしくは加筆部分である。

①貞観十年（八六八）　十一月三日　慶龍上人補陀落ニ入〔貞観十一年〕
②延喜十九年（九一九）　二月　浜ノ宮補陀落祐真上人奥州ノ人十三人道行渡海是道行ノ始ナリ（イ二月奥州ノ人拾三人上人ヲ導補陀落ノ海ニ入是道行之始也）
③天承元年（一一三一）　十一月　補陀落　高巌渡海
④嘉吉元年（一四四一）　十一月　補陀落寺祐尊渡海存命年四十三〔嘉吉三年〕
⑤明応七年（一四九八）　十一月　補陀落寺盛祐上人渡海同行五人生年三十九歳

⑥享禄四年（一五三一）　十一月　浜ノ宮足駄上人渡海本名祐信上人平生足駄ニテ遠キ近キモ歩行仍テ時ノ人足駄上人ト云フ行年四十三
⑦天文八年（一五三九）　十一月　浜ノ宮光林上人渡海同行十六人生年廿一〔光林坊〕
⑧天文十年（一五四一）　十一月　補陀落寺正慶上人渡海同行十八人〔六十一歳、補陀落寺住職〕
⑨天文十一年（一五四二）　十二月　浜ノ宮善行（イ善光）上人渡海同行十二人　右同行勧ニ仍リ観音堂立華ノ折柄行年十八〔善光坊〕
⑩天文十四年（一五四五）　十一月　浜宮日誉上人海ㇾ渡同行五人勧申ス〔六十一歳、補陀落寺住職〕
⑪弘治二年（一五五六）　十一月　補陀落寺梵鶏上人渡海同行十八人〔四十二歳〕
⑫永禄三年（一五六〇）　十一月　補陀落寺清徒上人（イ清信上人）渡海〔六十一歳、補陀落寺住職〕
〔永禄八年（一五六五）　十一月　補陀落寺住職金光坊渡海、〔六十一歳〕
⑬天正六年（一五七八）　十一月　補陀落寺清源上人渡海為両親〔三十歳〕
⑭文禄三年（一五九四）　十二月　補陀落寺心賢上人同行六人渡海同行ス、メ
⑮寛永十三年（一六三六）　三月　補陀落寺清雲上人渡海ス
⑯承応元（ママ）年（一六五二）　八月　補陀落寺良祐上人八月渡海ス
⑰寛文三年（一六六三）　九月　補陀落寺清順上人渡海
⑱元禄二年（一六八九）　六月　補陀落寺順意上人渡海
⑲元禄六年（一六九三）　十一月　補陀落寺清真上人渡海
⑳享保七年（一七二二）　六月　補陀落寺宥照渡海

右は『熊野年代記』から補陀落渡海関係の記事を抜き出したものであり、（イ）は校訂の記載を指すのであろう。これによれば金光坊以前の渡海者は十二例を数えるが、うち十例が十一月に渡海している。井上靖は作品中に七例を紹介しているが、うち六例が十一月に渡海しており、六十一歳の十一月を目前にした金光坊の心理的圧迫感と金光坊の渡海に寄せる僧俗の当然視に歴史的根拠を与えている。

しかし、典拠の記録には六十一歳で渡海した事例の記載はなく、⑧正慶・⑩日誉・⑫清信の三代の住職がともに六十一歳で渡海したとする設定は作者の虚構であると思われる。渡海年齢・渡海月を特定することにより、外部の圧力と金光坊の運命の逃れ難さを絶対化する構想であろう。また、四十三歳で渡海した⑥祐信を変わり者として特別扱いし、⑪梵鶏の渡海を四十二歳とし、幻視にとらわれた異常心理状態として除外することにより、金光坊に先立つ補陀落寺三代の住職が六十一歳の十一月に渡海したとする条件づけを補強している。一方、作中には「八十歳の高齢の渡海者も居る」という記述があるが、典拠にこれに相当する渡海例は見られない。これも、金光坊が六十一歳まで世俗の圧迫と自らの運命を直視するのを避けた理由づけの設定であろう。

宗教史学においては金光坊は「天正の次、慶長から寛永にかけての人」(7)であると推定されており、⑬清源の後に位置することになる。また、十一月に特定された清源までは生者の渡海であり、渡海月が一定しない⑭心賢以後は死骸の水葬を指すと解釈されている。しかし、井上靖は金光坊の渡海を清源の前に設定することにより、金光坊以後は生者の渡海が中止されたにもかかわらず清源が自らの意志で渡海したことを記し、清源の渡海に主題に関わる意味を持たせている。

補陀落渡海の記録において謎とされるのは「同行」の記載であり、金光坊以前の渡海者十二例中六例に計七十九名の「同行」が記載されている。これは、渡海上人に同行入水した者と解されるが(8)、井上靖はこの「同行」を世話係、綱切島までの誘導役の僧として設定し、すべて孤独な単独行として描いている。

また、補陀落渡海は勅許を得て上人号を受けて行われる。『熊野巡覧記』によれば金光坊は勅許の完遂のために役人の手で再度海に流されたのであるが、井上靖は朝廷や宗教上の権威の問題は作品から捨象し、宗教上の秘儀とそれに関わる当事者の入水死の問題に焦点を絞っている。

三　作品の分析

熊野の浜ノ宮海岸にある補陀落寺の住職金光坊が、補陀落渡海した上人たちのことを真剣に考えるようになったのは、彼自身が渡海しなければならぬ年である永禄八年の春を迎えてからである。

渡海の年を迎えて、真剣に考えざるをえない外的事情が金光坊の心を圧迫する。前住職の清信上人は六十一歳の永禄三年十一月に、前々住職日誉上人も六十一歳の天文十四年十一月に、そして前々々住職正慶上人も六十一歳の天文十年十一月に渡海した。

補陀落寺は補陀落渡海を願う者の儀式を司る寺であり、渡海者が一時期身を寄せる寺ではあるが、「補陀落寺の住職がすべて六十一歳の十一月に渡海しなければならぬというような掟はどこにもない」。しかし、寺記によれば、これまで十人近い渡海上人がこの寺から海上に船出している。そのような寺の歴史に加えて、三代の住職が六十一歳の十一月に渡海した事実の重みが、金光坊の永禄八年十一月の渡海を当然視する僧俗の見方を根拠づける。

補陀落寺が補陀落信仰の根本道場であり、享禄四年の祐信の渡海以来七度にわたって渡海の場に関わってきた金光坊にとって、住職に就任することはそのまま補陀落渡海を期して修行に専心することを意味していた。その認識の欠落が金光坊を追い詰める。歴史的資料や説話類に記された補陀落渡海は、当事者の観音浄土への渇仰と浄土再生の確信、及び渡海者にふさわしい厳しい修行が必須の前提とされる。渡海は宗教人に内在する信仰的実践への熱意の究極の行為であったからである。

しかし、この作品においては補陀落渡海が死の恐怖という絶対的・不可避的な問題の超克を第一義とする、外在的な要件として条件づけられている。作者は渡海を「掟」の有無において捉え、補陀落寺の歴史的・宗教的位相を背景とした周囲の金光坊を見る眼の必然性と、その決定的な事実からの逃避をはかる金光坊の意識のズレを剔抉する。

金光坊とて補陀落寺の住職である以上、いつか自分もそうした心境に立ち到れば渡海上人としてここから船出しないものでもないぐらいのことは考えていたし、また僧侶としてそうしたいつか自分のところへやって来るかも知れない日を、必ずしも期待しないわけのものでもなかった。金光坊にしても僧侶として多少の自負もあったし、渡海ということへの仏へ仕える身としての一種の憧憬に似た陶酔もあった。

信仰の深まりこそが目的であり、渡海をその結果、あるいはその必然的な帰結としての信仰的実践であると捉える金光坊の考え方は、本来あるべきものである。正慶上人の渡海の日の立派さへの憧れ、その境地への崇敬の思いから、「鈍根の自分は更に何年かの修行の年月を必要とする」にしても、渡海の心境に達することが「悲願」であるという。

しかし、その心理の内実はあくまで渡海の「心境に立ち到れば」と条件づけられており、自らの渡海問題に直面することからの逃避の言訳が綴られる。一方、根本道場の住持の誇りという対社会的・宗教上の優越感情が、先達上人への「憧憬に似た陶酔」を生み出す。そこに、自己の宗教的な本願としての観音浄土再生の願いや確信とはほど遠い、内在的信仰心の乏しさが透けて見えてくる。その乖離を剔抉していくのが近代小説であろう。

補陀落渡海とは「勿論海上に於ての死を約束するもの」であり、「現世の生命の終焉を約束されていると同時に、宗教的な生をも亦約束されている」。死者の亡骸は船とともに南方の補陀落山に流れ着き、観音の浄土で「死者はそこで新しい生命を得てよみがえり、永遠に観音に奉仕することができる」のであるという。また、「現世の生を棄て、観音浄土に生れ変ろうという熱烈な信仰は、万巻の経典が信仰の窮極の境地として説いているもの」であり、「渡海するに相応しいだけの修行を積み、海上に於ての特殊な生命の棄て方を信仰の中に生かすことのできる僧侶」だけがそれをなしうる。

金光坊は未だ嘗て一度も、渡海者たちの顔に絶対に帰依する者だけの持つ、心の内側から輝き出して来るような一種独特の静けさと落着き以外の何ものも見たことはなかった。死への悲しみや怖れなど微塵もなく、寧ろそこには新しい生への悦びが窺われた。

渡海信仰の根本は、観音浄土再生を確信しうる者のみが行為を可能にし、救済に至る。金光坊の心は渡海そのものではなく、その心理状態に向けられ、悟りの姿に宗教人としての憧れを抱く。しかし、その境地に至るために生への執着を超克する精神的な格闘は未経験であり、関心の対象にすらなっていない。

しかし、永禄八年が明けるとともに、金光坊の周囲の動きは一変する。渡海期日の確認と世話の申し出、賽銭の雨、位牌の依頼など、渡海上人への尊敬と親愛に満ちた「いささかの悪意もない」顔と言葉が、絶望的な事実として金光坊の心を圧迫する。

補陀落寺の住職がやがて渡海することは、熊野の僧俗の暗黙の前提であり、その素朴な信仰心の自然な表現としての崇敬・親愛であった。崇敬・親愛の当然の帰結である渡海を拒むことは庶民信仰への裏切りであり、その怒りが騒ぎと危害を招くことは当然に予想される。金光坊としても、自らの訂正発言のために「観音に対する信仰に瑕でもつこうものなら」「僧として仏に対して詫びのしようはな」い。金光坊が渡海期日を公表したのは、熊野の僧俗の期待と「観音信仰というものに汚点のつくこと」を恐れたためであった。そこには、信仰心の乏しい者の偽善の渡海こそが観音信仰への裏切り、仏への冒瀆であるという認識は見られない。

渡海の期日を公表してから、金光坊の前には自らが関わった「何人かの渡海者たちの顔が、今までとは少しく異なった表情で」「執拗に彼の眼の前へ入れ代り立ち代り立ち現われて」、金光坊を自身の内実の乏しさに直面させる。金光坊はともかくも形を整え、覚悟を定める必要に迫られるが、読経によって煩悩を離れ、心の平安を得るという修行の初歩的な前提にさえ没頭出来ない。

たまに経を誦していない時もあったが、そうした時は金光坊は気抜けしたように呆然と室内の一点へ眼を当てていた。（略）侍僧はそうした金光坊の様子をいつも同じ言葉で周囲の者に伝えた。渡海上人たちは海へはいってヨロリになられるそうだが、この頃のお上人の顔ときたら、渡海せんさきからヨロリそっくりじゃ。

実際に渡海上人の霊はヨロリという魚になると言われていた。ヨロリはミキノ岬と潮ノ岬の間にしか棲んでいず、土地の人はこの魚は捉えても直ぐ海に返してやり、決してそれを食用にすることはなかった。（傍線引用者、以下同じ）

「ヨロリ」については、「クロシビカマス」の地方名を和歌山県太地・三輪崎では「ヨロリ」または「ヨラリ」と言い、田辺では「ヨウロリ」という(9)。学名は「スミヤキ」とも言い、全長六十センチほどで、南日本の太平洋側からインド、西太平洋域、大西洋の暖海域に生息する。通常陸棚縁辺から斜面の深みに生息し、夜間には海面近くに浮上する(10)。

尾畑喜一郎氏は「熊野那智浜では今も人の死骸を喰べる魚のヨロリは金光坊の生れ替りといひ、これを喰べればその供養になると伝へてゐ」る土地の言い伝えを紹介している(11)。これによれば、渡海者の死骸を喰うヨロリを食用にすることが供養になるのであり、作品傍線部とは相違する。井上靖がいかなる典拠に基づいて書いたかは不明であるが、作品では金光坊の渡海前のこととされており、渡海の先達との関係で食用に供することを忌避するという意図的な虚構を施したのであろう。

作品で印象的なのは金光坊の「ヨロリの眼」である。「金光坊の放心したように焦点を持たぬ、それでいて冷たい小さい眼」は「確かにヨロリという魚のそれに似て」おり、「ヨロリの眼をしている時は、金光坊はいつも自分の先輩である渡海上人たちの誰かのことを考えていた」。「ヨロリの眼」は、渡海者たろうとする覚悟と死の運命への抗いとの格闘の日々に、否応なく自らの信仰生活の内実を検証することを迫られた金光坊の自失の形象であろう。

自殺の運命に直面することを強いられた金光坊の眼に、先達の渡海上人たちは全く異なる相貌をもって立ち現れることになる。奇行が多く変わり者として特別扱いされた祐信の「青い光を放った憑かれたような眼」は、「実際補陀落を見」て「そこへ憑かれて歩いて行っただけ」であり、熊野の僧俗の崇敬篤かった正慶上人の「年齢より十歳以上も多く見える皺だらけの顔、その中の慈愛深い二つの眼」は、「屍が補陀落へと流れて行くことを考えず、海底へ沈むこと」のみを考えていた。祐信の渡海は補陀落の幻像への狂信にすぎず、正慶は天災地変が続き、争乱と夜盗の横行、殺人・傷害沙汰の多い世相を嘆き、「信仰というものへの世間の心を惹くために、補陀落渡海を思い立った」のであり、補陀落への渡海そのものは「少しも信じていな」い自殺行であった。

「病弱で気難かしい僧侶」であった日誉上人は「補陀落渡海に依って、現身のまま補陀落浄土へ行き着けぬものでもあるまいという考えが強く働いていた」が、渡海日の乗船時には「絶望的な顔」を残して無言で出立していった。頑健・粗暴な梵鶏上人は祐信と同じく補陀落山の幻像に憑かれ、「現身のまま自分が補陀落へ行き着くものと信じて」旅立った。一方、貧弱な体格と繊細な心の持主である清信上人は孤独な身の上と人の裏切りに傷つけられて厭人癖に取り憑かれ、厭世的な気持のままに死に急いだのであり、「晩年の彼はたいして仏というものを信じてはいなかった」。

金光坊の必死な追尋の眼に映る先達の渡海上人は「例外なく補陀落渡海とは何の関係もない人間の顔」をしていた。狂信、幻視、厭世、自殺行為、奇蹟願望、諦め、それらはいずれも「本当の意味では信仰とも観音とも補陀落浄土とも無縁であ」り、「みんな惨めであ」る。金光坊は「自分の知っている渡海上人たちの誰とも別の」「一人の信心深い僧侶としての、補陀落渡海者としての持つべき顔」を持ちたいと願う。だが、渡海の日が迫れば先達の「どの一つの顔でもいいから、それに自分がなれるものならなりたい」とも願うが、内実の伴わない金光坊にはそれさえ「簡単なことではそれらのどの一つの顔にもなれるものではな」かった。

金光坊は先達上人への羨望の思いにとらわれながら、浜の宮周辺の風物に心を寄せ、多くの訪問者や次第に騒然としてくる寺内の動きに合わせながら、本堂の千手観音ほかの諸仏に「静かな視線を当て、そしてやがて、それをねめ廻すようにいつまでも見守っていた」。そこに、信仰のための捨身の覚悟と生存本能との格闘の果てに、諦念と煩悩の間を彷徨する金光坊の姿が形象されていると言えよう。

四　渡海信仰の現実

渡海の日、観衆のどよめきの中を、渡海の儀式はその粗暴さと不手際に対する金光坊の腹立ちや怒りを余所に機械的に進められ、綱切島で同行者と一夜の別れを惜しむしきたりも無視されて舟は海上へ押し出される。波濤の中を必死の思いで舟から脱出した金光坊は、翌朝息も絶えだえで綱切島に打ち上げられたが、同行の僧たちは金光坊を漁師の舟に乗せて再び海上へ押し出す。

金光坊は多少元気を恢復していたが、舟に移される時、それでも聞き取れるか取れないかの声で、救けてくれ、と言った。何人かの僧はその金光坊の声を聞いた筈だったが、それは言葉として彼等の耳には届かなかった。（略）若い僧の清源は師の唇から経文ではない何か他の言葉が洩れているらしいのを見てとり、自分の耳を師の口許に近付けた。併し、何も聞き出すことは出来なかった。（略）

蓬莱身裡十二棲　唯身浄土己心弥陀
金光坊は震えている手でそんな文字を綴った。（略）
求観音者　不心補陀　求補陀者　不心海

（略）清源は師の筆跡からそれを書いた師の心境をはっきりと捉えることはできなかった。それは金光坊が漸くにして到達することのできた悟りの境地のようでもあり、また反対に烈しい怒りと抗議に貫かれたそれのようでもあった。

金光坊が記した字句は、典拠『熊野巡覧記』に「古人の詞に蓬莱身裡十二楼とも又は唯身浄土己心の弥陀と云へるをや。艮陵唐氏が求観音者不必補陀求補陀者不必海と云へるは至論ならずや。」とあるのに拠る。井上靖はこの字句のうち「十二楼」を「十二棲」に、「不必補陀」「不必海」の「必」を「心」に変えている。

この改変の意図について、小島英夫氏は、

小説の作者が、『巡覧記』の筆者の文脈にあわせられないことからの工夫だったのか。それとも「救けてくれ」とまで言った金光坊も、もう気力もなく意識も混濁していきつつあることを、こう書き誤ることによって表現しようとしたものか、断定しかねる。(12)

と説いている。この改変の意図はこれのみでは判断し難いが、傍線部のように改稿した作者の意図に注目することが必要である。

傍線部の初出稿には「ひどく静かな顔をしていた。」とのみ記されていた。初出稿からは、金光坊のすべてを諦めきった表情と諦念、運命に身を委ねるある種の悟りへの到達を想像させる。したがって、字句の解釈もその境地を表すものとして限定され、のちの清源の渡海を導く遺偈の働きをなしていると見ることが出来る。宗教的な先達の悟りの表情、渡海者の理想像とも言いうる表情である。しかし、その「ひどく静かな顔」が直前の「救けてくれ」という言葉と決定的な矛盾・乖離を露呈しており、金光坊の渡海の始終を聞いて生者の渡海が取りやめられたとするのちの記述とも齟齬を示すことになったことは否めない。

一方、傍線部のように改稿されることにより金光坊の「顔」への関心は消去され、字句に込められた「心境」が問題とされることになる。その字句が「悟りの境地」を示すか「烈しい怒りと抗議」の表現であるかは第三者の判断に任せられている。金光坊は「救けてくれ」と呟いたのであるから、字句にも理不尽な運命への憤りと抗議の意志が込められたことは明瞭である。しかし、その声は誰の耳にも届かなかったために「悟り」と「抗議」という二通りの解釈が成立する。そこに渡海信仰の相対化の視点が提示されていると言ってよい。

『熊野巡覧記』に記された前掲の金光坊伝承によれば、金光坊は勅賜の「上人」号の権威を守るために役人の手により再度海へ流されたのであるが、井上靖はこれを他ならぬ世話係、綱切島までの誘導役である「同行」僧たちの行為に変えている。また、生者渡海の取りやめについても、伝承においては金光坊が「甚だ死をいとい命を惜しんだためである」と理由づけられており、史実としても金光坊の渡海の事実は『熊野年代記』に記載されなかった。

井上靖は、金光坊に入水死を強制し、その生への執着を生者渡海から死骸渡海への変更の事由とした伝承の奥に、補陀落寺の宗教的権威の保持を第一義とする渡海信仰の欺瞞性を見ている。同行の僧たちが、難破して綱切島に打ち上げられ、瀕死の状態にあった金光坊を再び漁師の舟に乗せて流したのは、補陀落寺の住職という渡海信仰の宗教的権威の保持のためであったと見てよい。その無情な行為を遂行した僧たちの後ろめたさと、渡海信仰への「陶酔」からの幻滅が、生者渡海の取りやめと死骸渡海の習俗への変更をもたらす。

一方、生者渡海の取りやめは渡海信仰の根本義の否定であり、補陀落寺住職の物故後渡海の習俗は単なる水葬の擬装にすぎない。金光坊がその死をかけて購ったのは、渡海信仰が宗教的実践の名を借りた棄民にすぎない現実であり、その欺瞞性の上に成り立つ宗教的権威の空疎な内実であった。そこに金光坊の「憤りと抗議」が存在したのである。

五　清源の存在

井上靖は、熊野地方に伝わる補陀落浄土信仰の史実に金光坊伝承を持ち込むことにより、歴代住職の補陀落渡海が「本当の意味では信仰とも観音とも補陀落浄土とも無縁」な内実を検証し、宗教的な秘儀に名を借りた棄民にすぎない現実と、その後ろめたさを死骸水葬に擬装して権威の虚妄を糊塗してきた信仰習俗を剔抉している。その意味では、栗坪良樹氏が「制度と化した〈補陀落渡海〉をその実践者が内部告発しているように読めるのは、〈金光坊〉が一代の限りを尽して、〈渡海〉の全歴史をこの物語に体現してみせたから(13)」であると説いたのは首肯されてよい。

しかし、井上靖はさらに金光坊の十三年のちに渡海した清源の事例を加えている。

金光坊の渡海後、ただ一つの例外として生きながら渡海した例があった。（略）清源は三十歳になっており、補陀落寺の記録によると、両親のための渡海となっているが、勿論、金光坊の渡海に同行したこの若い僧のその時の心境がいかなるものであったか、それを知る手懸りは何一ついまに残されていない。

清源が両親のために渡海したことは、前掲の『熊野年代記』天正六年（一五七八）十一月の条に記されている。この清源の渡海について、豊島修氏は「清源上人は両親のために、代って自分が苦しみを受け、補陀落渡海をおこなった」のであり、「庶民的宗教者である山伏・聖にみられる代受苦の精神、すなわち民衆に代って自分が苦しみを受け、我が身を犠牲にする捨身である。」と説いている(14)。しかし、井上靖は「両親のための渡海」であるとする史料の記録を紹介しつつ、清源の渡海時の「心境」について「それを知る手懸りは何一ついまに残されていない。」

とする断り書きを加えている。言わば、宗教史学に言う「代受苦の精神」による犠牲の献身であるとする解釈に明確な疑義を呈したものと見ることが出来る。

作品の構図について見れば、金光坊の渡海後は生者の渡海が廃止されたと断りつつ、例外として清源の「生きながら渡海」を描くのは矛盾である。その矛盾をあえて求め、清源の生者渡海を描くことに、作者は特別な意味を込めようとしたのではなかったか。

金光坊の渡海時十七歳であった清源は、難破して綱切島に漂着した金光坊を再び海上に押し出した同行僧の一員として、間接的にせよその無情な行為に関わっている。渡海舟の難破とともに入水死を決せず、板子一枚に縋って綱切島に漂着した金光坊の姿は、同行僧の前にその不覚悟と生存への欲求を露呈する。その哀れむべき渡海信仰の脱落者を、同行僧たちは信仰の形式的な貫徹のために再び海上に流すのであるが、その後ろめたさが同行僧自らの信仰の内実の乏しさと、渡海信仰そのものの虚妄性を暴露せしめる。清源は言わば補陀落渡海信仰の宗教的な「陶酔」と、その内実の虚妄性のすべてを知り得た存在として位置づけられる。その清源は金光坊の渡海騒ぎから何を読み取り、自らの信仰生活の決着点を定めたのか。

清源の渡海には、金光坊に、また歴代の住職たちに渡海を強要した熊野の僧俗の渡海信仰への「陶酔」から来る生者渡海の習俗という圧力は存在しない。それは、金光坊の渡海後十三年にわたる清源の信仰生活の決着点であり、自らの信仰と信念の実践行為であった。十三年の歳月は言わば信仰から実践への自覚的な充足の時間であり、作者はその信念と行為を促したものとして金光坊の存在と渡海、及びその遺偈を位置づける。そこに宗教、信仰なるものへの作者の正面からの問いかけを見なければなるまい。この作品の主題を単純に棄民習俗への人道的批判と見ることが出来ない所以である。

〔注〕

(1) 長谷川泉編『近代歴史小説の世界』(昭和五〇年〔一九七五〕、桜楓社)の脚注に拠る。
(2) 福田宏年「年譜」(長谷川泉編『井上靖研究』所収、昭和四九年〔一九七四〕、南窓社)に拠る。
(3) 本文の引用は『井上靖歴史小説集第三巻』(昭和五六年〔一九八一〕、岩波書店)に拠る。
(4) 紀南文化財研究会編集発行『熊野巡覧記』(昭和五一年〔一九七六〕)に拠る。
(5) 尾畑喜一郎「補陀落渡海」(『國學院雑誌』六五巻一〇、一一号、昭和三九年〔一九六四〕一〇、一一月)。
(6) 『熊野年代記』の引用は熊野那智大社宮司篠原四郎氏発行の『熊野年代記(非売品)』(昭和四七年〔一九七二〕)に拠り、『山岳宗教史研究叢書4吉野・熊野信仰の研究』(昭和五〇年〔一九七五〕、名著出版)史料篇所収を参照した。
(7) (5)に同じ。
(8) 三橋健「イエズス会宣教師のみた補陀落渡海」(『民衆宗教史叢書第六巻観音信仰』所収、昭和五七年〔一九八二〕、雄山閣出版)にガスパール・ヴィレラの実見報告の書簡が紹介されている。
(9) 『日本産魚名大辞典』(昭和五六年〔一九八一〕、三省堂)。
(10) 『日本産魚類大図鑑』(昭和五九年〔一九八四〕、東海大学出版会)。
(11) (5)に同じ。栗田勇著『熊野・高野冥府の旅』(昭和五四年〔一九七九〕、新潮社)「捨身・補陀落渡海」にも同様の紹介がある。
(12) 小島英夫「『発心集』(普陀洛渡海伝承)と井上靖の『補陀落渡海記』」(『古典の変容と新生』所収、昭和五九年〔一九八四〕、明治書院)。
(13) 栗坪良樹「解説」(『日本の短編上』平成元年〔一九八九〕、文藝春秋)。
(14) 豊島修「海上他界と補陀落信仰」(『仏教民俗学大系3聖地と他界観』所収、昭和六二年〔一九八七〕、名著出版)。

第六節　中山義秀「咲庵」論
——光秀反逆への「道」——

一　歴史小説について

中山義秀の歴史小説「咲庵」は昭和三十八年（一九六三）一月から翌年二月まで「群像」に掲載され、同年度の野間文芸賞を受賞した。いわゆる本能寺の変を起こした明智光秀の数奇な生涯を綴ったものである。

光秀は、主君織田信長の隙に乗じてこれを討った逆将であり、その罪の報いで羽柴秀吉の弔い合戦に破れたとする『川角太閤記』などの通俗的な因果応報談が一般的理解となっている。一方、光秀は当時としてはインテリ武士に属し、癇癖な暴君信長の暴虐に耐えかねて決起したとする悲劇的人物像を描く歌舞伎「時桔梗出世請状」（文化五年、四世鶴屋南北作、別名題「時今也桔梗旗揚」など）のような解釈もある。ともあれ、光秀の生涯は本能寺の変を生んだ光秀の反逆の原因を問うことに収斂されるものとして捉えられるが、その原因・理由をめぐっては古来諸説紛々としており、現今の歴史学においても定説を見ていない。

ところで、義秀はある座談会で歴史小説を書く理由を問われて、歴史に関わることの意義を次のように説いている。

> 過去には親、兄弟、その他、私ともはや生活の交渉はないが、私に「生きる」といふことがどんなことであるかを、それぞれの性格と努力と宿命をもつてしめしてくれた、多数の人々が生きてゐる。それが私のいふ「人

間の歴史」となる。（略）歴史には、人間の生活が、要約されてゐる。その意味で、数学に似てゐる。解答は無数にあるやうで、正確には一つしかない。それを数学では公式といひ、人間の生活では道といふ。歴史を読むことは、この道を探ることでもある。(1)

義秀は、歴史小説は完結した人生を後世から振り返り、客観的に照射するものであり、過去に生きた「人間の歴史」を丹念に辿り、登場する人物の「性格と努力と宿命」を通して、その生涯の必然の「道」を明らかにするのであるという。また、歴史小説は「人生史の一種にほかならない」のであり、その「答はつねに自然で首尾が照応して」いる。その法則性は「歴史がそれを証明し、歴史がそれを審判する」のであり、その「歴史の進行」は「永い眼でみれば、自然法みたいに正確でさへある」とも言う。(2)

信長を機縁として美濃の名族「土岐の社稷をうけつぐ」「明智家の再興を志し」た光秀の年来の「宿志」は、いかなる理由で信長への反逆に結びついたのか。なぜ、光秀の天下人への「野心」は成功しなかったのか。世俗の毀誉褒貶を離れて光秀の「性格と努力と宿命」を見定めることから、その生涯を貫く一筋の法則性を見出し、反逆から破滅への必然の「道」を明らかにするのが〈歴史を読む〉ということであり、歴史小説「咲庵」の執筆意図であるというのである。

二　典拠と構想

中山義秀は明智光秀の生涯を綴るにあたって関係資料を博捜し、その分析と資料批判により光秀の反逆の必然性とその真実に迫るという正統の歴史小説の方法を用いている。「咲庵」中に出る関係資料を列挙すれば、『太平記』『信長公記』『安土山記』『陰徳太平記』『荒木略記』『総見記（織田軍記）』『増補信長記』『明智軍記』『川角太閤記』

『藤川の記』『立入左京亮入道隆佐記』などがあり、他に『絵本太閤記』『フロイス日本史』『言経卿記』『兼見卿記』『武家事紀』『細川文書』などからも材を得たと思われる。

そのうち、「咲庵」の大筋を形成する典拠として義秀が挙げるところは、次のとおりである。

◇『信長公記』

・富田の正徳寺における道三・信長の対面と、道三が猪子兵助に愚痴を洩らしたこと。

・足利義昭に対する信長の返書。

・松永弾正の二人の少年は信長の人質となり、父が裏切った時、世話をしてくれた佐久間夫婦だけに感謝の書置きを残したこと。

・松永弾正が平蜘蛛の茶釜もろとも爆死したこと。

・八上城の飢餓の惨状。

・荒木村重一族の女房百二十二人を殺戮したこと。

・村重の下女、下男五百余人を焼き殺したこと。

・佐久間信盛父子が素足、草鞋姿で追放されたこと。

・信長自身の三通の手紙。

・信長が光秀の謀反を知り、「是非におよばず」とただ一言洩らしたこと。

◇『太平記』

新田義貞自害の条における往生院称念寺のこと。

◇『陰徳太平記』

信長が刀に突き刺した饅頭を村重に食わせたこと。

◇『荒木略記』

荒木村重の先祖のこと。

◇『川角太閤記』

・光秀が湖水に投げ捨てさせた生魚類の悪臭が安土中に広まったこと。

・京に入る軍兵への光秀の触れのこと。

◇『立入左京亮入道隆佐記』

光秀の高評判の記述。

一方、義秀は明智光秀の生涯を綴るにあたり、その小説を「咲庵」と題し、冒頭に「ほととぎすいくたび森の木間かな　咲庵」の句を掲げている。高柳光寿著『明智光秀』（昭和三三年〔一九五八〕、吉川弘文館）によれば、「咲庵」の名は『西教寺文書』に出る光秀の雅号である。(3) また、三瓶達司氏は前掲の句及び題名の出典を、高柳著に所収の里村紹巴宛書簡に拠ると説いている。(4)

義秀が高柳著『明智光秀』を参看したことは推測される。義秀は「咲庵」を構想するにあたり光秀の全生涯と歴史的背景を同書に学ぶとともに、作品全体の構成を『信長公記』を基に組み立て、適宜他の資料を分析し、批判を加えて配置している。安国寺恵瓊の予言は、高柳著のほかに桑田忠親著『信長の手紙』（昭和三五年〔一九六〇〕、文藝春秋新社）に出る。

本能寺襲撃を前に愛宕山上で営まれた百韻連歌について、義秀は光秀の発句を「時は今天が下なる五月哉」であるとし、百韻の終わりの挙句「国々はなほ長閑なる時　光慶」の署名に注目する。この発句については『信長公記』をはじめ、『信長記甫庵本』『惟任謀反記』『絵本太閤記』『織田軍記』『川角太閤記』など、いずれも「天が下しる」であるとして謀反の意を読み取ろうとしているが、義秀はこれを明確に否定して、次のように説く。

このやうな光秀父子、首尾両句の対応からして、発句の「天が下なる」などはじつは「天の下知る」だつたであらうといふ臆測がうまれて、里村紹巴はその弁明にくるしんだといふやうなことが伝へられてゐる。（略）その一大事変の口火が、この発句によつてきられたとしたいのは、世人の希望だつたのかもしれない。しかし人々は終の句に、光慶と署名させた光秀の優しい親心を察しようとは、しなかつたもののやうである。彼は発句に自分の逆心を洩らすやうな、うつけ者ではなかつた。

発句に関わる右の解釈は、「咲庵」に先立つ桑田著『信長の手紙』の所説と重なるところが多い。光秀の発句は、初めっから、時は今あめが下なる五月哉、であったのではなかろうか。それを、のちの人が、光秀の反逆を強調するために改竄したのだと、私は臆測する。なんとなれば、いくら光秀が昂奮状態にあったにせよ、大事を前に控えて、このような軽率な発句を吟ずるはずもない、と思うからである。光秀も、連歌師風情に秘密を悟られるような間抜けではなかった。

義秀が「咲庵」の執筆にあたり桑田説を参看したかと推測される。一方、挙句の詠者として「光慶」の名を記した光秀の親心を見るのは、義秀の独創である。「光慶」については、『明智軍記』第九巻に、

挙句ヲ国々ハ猶長閑ナルトキト日向ノ守詠ジテ懐紙ニハ如何思ヒケン子息十兵衛ノ尉光慶トゾ留サセケル……

とある。「光慶」という子息の存在は確認されておらず、高柳氏は『明智軍記』の記載を「要するにでたらめである」と断じている。義秀の史料の扱いに問題が残るが、父子一体、情の人光秀を形象した義秀の構想には注目しておかなければならない。

また、作品末尾の光秀の首を弔う子息「玄琳」の名は『明智系図』に出る。この系図についても高柳氏は「悪意ある偽系図である」と述べて史料的価値を否定しておられる。ここでも義秀の歴史小説のあり方に問題が残るが、玄琳の件は、道三が義龍による殺害を免れた末子を僧籍に入れて遺言状を残したことと関連づけて、運命輪廻の相

を描くために必要とされたと考えられる。

ところで、高柳氏の分類によれば、光秀謀反の原因は次の九説に分けられ、それを記す資料は以下のとおりである。

1怨恨説

八上城一件　『総見記』『柏崎物語』

家康饗応一件　『川角太閤記』

斎藤利三一件　『川角太閤記』『続武者物語』

庚申待夜一件　『義残後覚』『続武者物語』『柏崎物語』

法華寺一件　『祖父物語』

女色一件　『落穂雑談一言集』

2陰謀露顕説　『甲陽軍鑑』『林鐘談』『細川家記』

3早期計画説　『秀吉事記』『豊鑑』『白石紳書』

4元来謀反人説　『老人雑話』

このうち、管見に入った限りで歴史学上の所説を見れば、まず桑田氏は武田内通説や野望説を否定して怨恨説を取り、光秀の死命を制する切羽詰まった事情を想定する。すなわち、西国総出陣にあたり、信長は光秀の領地丹波一国と近江国滋賀郡を没収し、未征服の出雲・石見両国を斬り取りしだいに与えると宣告した。しかし、本能寺の変の半月前には丹波国における光秀の軍事権は信長の三男信孝によって剝奪されていた。したがって、光秀が毛利に敗れた場合、国も城も皆無になる恐れがあり、絶体絶命の窮地に陥った光秀は、千載一遇のチャンスに急襲という危険きわまる賭けに出たと解する。(5)

豊田武氏も野望説を否定して信長の冷遇に因を求め、「光秀が信長のはえぬきの臣ではなく、客将であり、その地位が昇るにつれ、京洛の公卿や豪商と親しく、信長とちがった文化的な素質をもっていたため、信長とは性格的にもあわず、ここにきらわれた原因があるのであろう」とする。(6)

これに対して脇田修氏は八上城一件、家康饗応一件、法華寺一件などの所説を批判し、「直接の契機を求めようとするのが問題であ」り、「主君信長に対する信頼感の欠如と、信長のすきに乗じて、戦国武将なら、心のどこかにもっている天下人への夢を実現しようという悪魔のささやきに勝てなかったためであろう」と推測している。(7)

熱田公氏も「たしかなことは、信長が油断この上ない状態で本能寺に泊まることを、光秀は知っていたこと、有力武将はいずれも遠方に出陣中であったこと」であり、光秀が天下取りの誘惑に勝てなかったことが原因であるとする。(8)

さらに、朝尾直弘氏は光秀謀反の因に「確証をもってこれといいきれる理由は見つかっていない」と断じ、「おそらく背景に信長の『武者道』にたいする考え方のちがいが横たわっていた」と説く。すなわち、「信長の繊細な感覚は、下克上の社会における武士の危機をするどく見抜」き、その危機感から現状革新の手段をとったが、光秀は教養・発想ともに当時の平均的な武将であり、「信長のように配下の大名の所領支配にまで干渉する『武者道』とのあいだに、するどい矛盾を有していた」が、光秀の「反逆は衝動的で、かれ自身が計画性や展望をもった痕跡が認められない」という。(9)

これらの所説はいずれも義秀の「咲庵」発表後に主張されたものであるが、義秀の解釈はこれらの所説への批判を先取りした観がある。義秀は、巷間に流布した光秀謀反の因について、八上城一件を「総見記の作者がつくりあげた虚説」、斎藤利三一件を「『明智軍記』の小説であ」るとする。また、家康饗応一件などの史実性を明確に否定し、謀反の因とされる『川角太閤記』『明智軍記』などの諸説を、「光秀叛逆の動機を測りかねて、さまざまな臆説をもつともらしく拵へあげ」たものであると批判する。これらの見解は高柳氏の所説と同趣旨であり、義秀が光秀謀反の因を考えるにあたり高柳説の影響を受けたことは推測されよう。

光秀や細川藤孝は、信長の一喝をあびたことがない。信長は彼等が前将軍家の臣下だつたからといつて、遠慮するやうな人柄ではなかつた。また二人の態度が謹直だつたからといふのでもない。

強ひていへば二人とも故実典礼につうじ、学問芸能に秀でるところがあつたので、一種の敬意をはらつてゐたともみられる。

義秀は信長と光秀との間に感情的対立や、信長の打擲の事実と光秀の怨恨の事実は存在しなかったと見る。信長は既成の権威には拝跪しないが、光秀・藤孝の故実の知識や学問には敬意を払っていたという。

光秀もまた孤独である自分の立場を考へ、直参の宿将達との関係に気をくばつて、すゝんで功をきそひ寵をあらそふやうなことをしなかつた。

かうした配慮と慎重な態度で、信長の機嫌をそこねることなく、諸将との間に摩擦をおこすこともなかつた。世間の評判も、わるくない。

秀吉は彼を名将のやうにほめてゐるし、宮廷の官人立入左右亮《(ママ)》などもその記に、「丹波国惟任日向守、御朱印をもつて、一国を下し行はる。前代未聞の大将なり、名誉の大将なり、弓取りは煎じて飲むべし」とまで、激賞してゐる。立入は皇室の料所のことで、奉行人の秀吉や光秀と交渉のあつた人であり、光秀の人柄も承知してゐる。それがこれだけほめるのだから、他は推して知るべしだ。

光秀は信長幕下の五宿将（柴田勝家・滝川一益・光秀・秀吉・丹羽五郎左衛門）中の外様であるという自らの位置を自覚して細心の心配りをしており、秀吉との対立も存在しない。また、信長への反逆の真意を斎藤利三に問われた光秀に「恩誼こそあれ、私怨も私憤もない」と語らせており、その反逆は戦国乱世の論理に従ったものであり、私的な怨みや偶発的な行動ではないとする立場を明示している。
歴史小説「咲庵」における義秀の歴史観は、光秀を謀反人という狭義の倫理的批判から解き放ち、戦国武将に通有の生き方、処世の共通認識のもとに光秀の全生涯を貫く「道」を捉え、その歴史的位相を明らかにしたところに認められる。

三　戦国の虫

戦国武将に通有の処世認識を義秀は「戦国の虫」として語り、その視点から光秀の全生涯を定位しようとする。

命を投げ出して戦闘に明け暮れしてゐるほどの者ならば、誰にも合点のゆくことだ。応仁、文明以来百十余年間、荒廃した世相と人心を培養土にして、国内いたるところにこの虫が跳梁してゐる。将軍家から三管領、四職、諸国守護大名のうち、無事泰平に世をすごしてゐるものは、ほとんど一家もあるまい。肉親相喰み、一門抗争、親殺し子殺し主殺し、強奪、侵略、裏切り、だまし討ち、虐殺、およそ人間の悪業といふ悪業で、行はれないものは一つとしてない有様だ。

権謀術数を弄し、宿敵を屠り、肉親を犠牲にし、覇権を窺って血を流し、敗北し、逆臣の汚名を残すのも、いずれも「戦国の虫」のなせる業であり、各人がその必然の糸に操られて生涯を終えたのである。それを義秀は「道」と呼んだ。したがって、歴史に逆臣の汚名を残した光秀も、「戦国の虫」に操られた必然の生涯を生き、必然の最期を遂げたのであるという。

義秀は、彼の言う「戦国の虫」を「野心」「野望」「宿志」「大志」などの語、及びその具体的な行為語を用いて語っている。「野心」「野望」「宿志」「大志」の主体をその用例によって見ると、

など、作中主要人物に通有の行動原理として説明され、具体的な行為である「裏切り」「謀反」「反逆」「逆意」「弑逆」「逆心」「だます」「そむく」などの用例は、

光秀9　信長3　義昭2　斉藤道三2　荒木村重1

松永久秀12　荒木村重11　光秀6　赤松満祐3　義昭2　別所長治2　高山右近2　筒井順慶2　細川藤孝2　朝倉義景1　中川清秀1　浮田直家1　塩川吉太夫1　神戸信孝1　丹羽五郎左衛門1

などとなっている。いわば、「野心」「野望」「大志」などは有力な戦国武将がすべて心中に抱えていた「戦国の虫」であり、戦国時代を動かしていく動因・動力であった。義秀は右のような歴史認識のもとに、本能寺の変の原因・理由をめぐる虚妄な俗説と、それに関わる従来の学説を明確に全否定する。

しかしまた、「戦国の虫」があらゆる戦国武将が抱く野望であり、戦いの原理、戦いのエネルギーの根源をなすものであったとすれば、なぜ光秀のみは反逆者の汚名を負った生涯を終わらなければならなかったのか。作者はそのような問題意識から光秀の歴史的な位相に焦点を当て、反逆者の生涯を閉じた光秀の歴史的な必然性を探ろうとする。

義秀は、歴史上の各人の位置は結果から見れば決まっており、後世から見るとそうなる必然性があったという。その典型像として斎藤道三と信長の生涯が挙げられる。

美濃の守護土岐氏と守護代長井氏の内訌に乗じて美濃一国を乗っ取り、「まむしの道三」の悪名を得た道三は、継嗣義龍（范可）に討たれ、その首を足蹴にされるという無残な最期を遂げる。その生涯について、義秀は次のように記している。

五体不具のいたましい成仏をとげたにしろ、一生の志をつらぬいた点では、まづ遺憾のない生涯だつたといつ

てよい。彼が明日の死を覚悟した、いさぎよい最期からしても、なしうる事をなしとげた者の未練のない心境がうかゞはれる。

道三の生涯を、おのれの心に巣くう「戦国の虫」の命ずるままに生きた戦国武将の典型として評価する。一代の梟雄として乱世を思うままに生きた道三にとって、世の褒貶は問題ではなく、無残な最期はむしろ必然であったというのである。

一方、信長はその「野望」（戦国の虫）を「武辺道」「天下布武」の理念のもとに実行したのであり、その苛烈な行動はやがて「信長の代、五年三年は持つべし。明年あたり公家にもなるべく、しかる後、高転びに、仰のけに、転ぶであらう」という安国寺恵瓊の予言が的中することになる。その歴史的必然を演じたのが光秀であったという。義秀は、「自分一個の武力をもつて、乱世を統一するといふ」信長の「天下布武」の「意気込み」を彼の「唯一の鉄則」と捉え、円阿をして次のように語らせている。

人にはそれぞれ持つて生れた、天命といつたものがあるやうぢや。それを果せば、もつて事は終る。天下一統が織田殿の天命ならば、その天命を終り次第、こんどは次の天命をになつた者が、これに替るでありませう。

これが天地自然の理法といへば、……

自ら「布武の鬼」と化して、「この鉄則をつらぬくためには、いつさいを滅却して悔いない」生涯を貫いた信長が、光秀謀反の報に接して「是非におよばず」とただ一言洩らしたばかりで自害して果てたところに、義秀は「あわてもせず愚痴や憤激も言はないところ、信長の人柄を髣髴とさせる。」と述べている。「戦国の虫」の命ずるままに、武力による乱世の統一という「天命」に殉じた生き方に、信長の確かな歴史的位相を見定めているのである。その位相を、義秀は次のように述べている。

信長もまた、時代の選まれた使命の人だつたのかもしれない。あるひは使命をはたすべき宿命のもとに、生れあはせてきた者のやうにも見なされる。

このような歴史認識を踏まえて光秀の生涯を見るとき、作者はそこにいかなる「使命」と「宿命」を見ようとしたのであろうか。まず、作者が光秀の波瀾の生涯を語るにあたり、一代の梟雄道三の末路を自らの未来図として拒否することから出発する光秀像を描いていることが注目される。

范可の義龍が父の首を足げにするのを見て、光秀が蒼白になつたのは、はたしてどのやうな感情だつたからであらうか。また産衣の頃から育てあげて家督をゆづつた上、二人の子供を暗殺されわが身まで殺される道三の生涯、さらにその宿命を甘受して末子に僧になれと勧める武将の心情を、いかにくみとつたのであつたか。

もとより光秀は当時、道三の遺言状を知るはずはなかつたが、たとへ知つてゐたにしても、鼻をそがれた道三のみじめな白髪首をみれば、おそらく彼の殊勝な心情に同感はしなかつたであらう。

「咲庵」に関する解説記事の多くは、本能寺の変の原因を戦国武将に通有の「戦国の虫」として捉えたところに、作者の独創的な歴史解釈を認めようとする。[10] しかし、光秀の生涯を描く作者の視線は、むしろ「戦国の虫」の命ずるままに覇権を求める乱世の生き方を拒否しつつ、それに取り込められていくところに光秀の生涯の悲劇性を捉えようとしたと考えられるのである。

光秀が、自らの体内に巣くう「戦国の虫」の跳梁のままに乱世を駆け抜けた道三の生涯を否定するとすれば、朝廷と足利将軍家により形成された旧権威と伝統的な価値体系に基づく秩序の回復と、その秩序体系における明智氏の相応の定位を求めることが採るべき道となる。名門土岐氏の再興とその支流たる明智氏の定位は、「戦国の虫」の命ずるままに覇権を競う乱世の力学とは本来的に矛盾するものであったと言ってよい。

義秀は、義龍の襲撃による明智落城という打撃を受けて心機一転、漂泊と刻苦に耐えた光秀の当初の「野心」を旧来の権威の回復による「断絶した明智家の再興」への志として捉え、その乱世の論理への変質の必然を見定めようとする。「本来ならば土岐の社稷をうけつぐ者は、明智一門のはずなので」あり、その実現のために光秀は足利義昭の「天下を嗣ぐ野心」を利用し、「信長に天下をとらせてみ」るという軍略を試みる。「義昭公を頭にいたゞき、上総介が天下に号令する」という権力の構図の中に、名族「土岐の再興」と土岐の支流である「明智家の再興」の実現をはかるというのである。

しかし、室町幕府の権威の回復と、その秩序体系の中に明智氏の定位をはかるという光秀の目論見は、自ら「布武の鬼」と化してあらゆる既成の権威や旧価値体系を否定し、破壊しつくすとともに、武力による天下統一をめざす信長の「武辺道」の前に脆くも崩壊する。比叡山焼討ち、長島一揆討伐、浅井・朝倉攻略、長篠合戦、石山寺攻めと続く戦闘の連鎖の間に、「将軍の家臣格として、なかば賓客の待遇で迎へられた光秀」は、いつか信長の幕下に組み入れられて精励を求められ、子飼いの武将である秀吉らと功を競う立場に立つことになる。信長の幕下にあって、光秀が「長い間の苦労と、信長への奉公に献身した功がみのつて、つひに明智の家を再興し、ほろびた土岐を代表する一門の棟梁とな」りえたかわりに手にしたものは、「信長は絶対君主で、配下の諸将はすべて奴僕」であるという現実であった。

光秀が秀吉と「望むと望まないとにかゝはらず、競争者の位置にたたされ」、「たがひに功と働きとをせりあふやうな立場」に立ち、「信長に万一のことがあつた場合、その跡をつぐ者は家康か、または信長の子を貰ひうけた秀吉か」と目される状勢の中で、「大志をもち、野心のつよいことでは、他の諸将の誰にも劣らない」光秀の心が戦国武将の悲願である「京師に旗をたてて天下に号令する」という「野望」（戦国の虫）に転じていくのは必然であったと言ってよい。

光秀にとつて最も大きな憾みとするところは、信長の勢力がますます増大して、彼が健在であるかぎり、彼にとつてかはる機会はなく、死ぬまで彼の権力下に、雌伏をつゞけなければならないことである。

「すでに定命のなかばにも達した」というあせり、信長の油断が示した「天の啓示」に、軍略家である「光秀の胸は野望にふくれあが」る。

兵法家にとつては、まさに絶好の機会、これをみすみす逸するやうなことがあつては、少壮の頃から磨いてきた、軍略家としての彼の腕が哭く。

しかし、暴君信長の恐怖政治からの解放者として迎えられることを期待した光秀の思惑は、他者を信頼しない兵法家への武士団の信頼が成立せず、無残に崩壊する。

守護大名の上に君臨した室町幕府の権威を基盤として、かつての美濃の守護土岐氏の回復と、その支流である明智氏の再興をめざすことは、本来「戦国の虫」とは矛盾するものであった。したがって、斎藤利三に謀反の真意を問われた光秀が自ら「戦国の虫ぢやわい」と語ったごとく、その謀反が戦国乱世の論理に従ったものであるならば、美濃一国を乗っ取った道三に同じく、主君信長の信頼に背き、その油断を突いた光秀が歴史上に主殺しの汚名を残したのは必然であったと言ってよい。

道三の無残な最期が「戦国の虫」の跳梁のままに謀略の限りをつくした生涯の必然であったように、光秀の謀反の真意が「戦国の虫」によるものであれば、その最期が道三に酷似するのも必然であった。継嗣義龍（范可）に死首を足蹴にされる道三の末路から書き起こし、同じく死首を秀吉に鞭打たれる光秀の無残な最期を末尾に据えた義秀の史眼は確かであったと言えよう。

四　義秀の光秀観

中山義秀は、中世の崩壊過程に登場した二人の人物、美濃一国の簒奪者として中世の瓦解を先導した道三と、旧体系と権威・秩序の徹底した破壊と近世の新たな秩序の創造者として信長を据えるとともに、その正当な継承者である秀吉・家康と光秀の資質の相違に言及する。

峻烈な信長の意中を、真につかみえた者があるとすれば、それはおそらくは家康と秀吉であらう。家康はその誠実さと慎重な忍苦とによつて。秀吉はその純真な献身と自在な機才とをもつて。後に天下をにぎるほどの者は、その心構へや行動からして、おのづから凡雄と異なるところがあるやうだ。

その点光秀は、両人と肩をならべるほどの人材でも、器量がせまく計算高い。あるひは知能にすぐれてゐるため、眼前が見えすぎかへつて遠見のきかないおそれがある。要するに神経質で、それにとらはれすぎるのだ。戦国武将としては、まづ異質ともいふべき性格であらう。

作者は、目先のことが見えすぎて大局が見えないという、戦国武将として天下に覇を唱えるための致命的な弱点を、

①「父殺し范可」の異名を持つ主君義龍から「臆病者」の誹りを受けた神経の細やかさ。神経質で、感情の抑制、制御に欠ける性格。決断力が乏しく、事にあたって逡巡する精神的な脆さ。
②円阿に「和殿は織田殿のやうに、無慈悲にはなれぬ。」「和殿は当屋形の御遺族を、焼き殺すことができますか」と問われて返答に窮した、光秀の処世観の根底にある道徳観。
③「清和源氏の流をひく土岐」の支流という系譜意識。「もし光秀が信長にとつてかはることができれば、土岐氏は彼によつて最高の栄誉をかちうることになる」という名誉心。
④大事決行前の百韻連歌の「終の句に、光慶と署名させた光秀の優しい親心」。
⑤細川父子の予想外の対応をもたらした、兵法家の計算と徹底した秘密主義の限界。

として丹念に描く。

一方、秀吉は信長の絶大な信頼と戦いの卓越した能力の上に、自らの野心（戦国の虫）を押し隠し、主君の敵討ちという武士団を従わしめる大義名分を作り上げて天下人への道を駆け上る。秀吉にとって、本能寺の変は自らの野心を実現する千載一遇のチャンスであった。天下の覇を競う山崎の戦いを、亡き信長をだまし討ちにした光秀に対する弔い合戦と位置づけて人心の掌握をはかり、光秀の孤立化に成功する。秀吉によれば、光秀は秀吉の天下取りの水先案内であり、同じく天下を争う光秀を謀反人に位置づけることにより、秀吉は自らの野心を巧みにカモフラージュしたのである。

秀吉が光秀の首を鞭打つ行為は、作品書き出しの范可（斎藤義龍）が道三の首を足蹴にする行為に類似している。しかし、義龍は親子間の私的な対立・憎悪に発する行為であったのに対し、秀吉は天下取りの野心を主人の仇を討つという形でカモフラージュしてしまう。両者の人間的なスケールの差が、前者は家臣らの離反を招き、美濃斎藤氏の没落・滅亡に至ったのに対し、後者は信長の全国統一の遺志の正当な後継者の位置を確立することになる。

義秀は、作品の末尾に末子玄琳に「人君に臣事すれば、かくのごとし。そなたは御仏に仕へて、救世の僕たることを願へ」と語りかける光秀の首の言葉を記して作品を閉じている。戦国武将の宿命のままに、覇者への資質を欠いた性格と、一大変革期という時代相に適応しえず、信長の遺志を継承する新たな「天命をになつた者」の登場を促す歴史的な「使命」を担って、錯誤の人生を終えた光秀の悲劇を端的に語るものであったと言ってよい。

〔注〕

（1）中山義秀「歴史小説について」（『花園の思索』昭和二九年〈一九五四〉、朝日新聞社）。
（2）中山義秀「歴史の一里塚」（「新潮」昭和三四年〈一九五九〉六月）。
（3）以下、高柳氏の所説は同書に拠る。

(4)　三瓶達司著『中山義秀の歴史小説』(平成五年〔一九九三〕、新典社)。
(5)　桑田忠親著『織田信長』(昭和三九年〔一九六四〕、角川書店)。
(6)　豊田武著『英雄と伝説』(昭和五一年〔一九七六〕、塙書房)「信長と伝説」。
(7)　脇田修著『織田信長』(昭和六二年〔一九八七〕、中央公論社)「天下人信長とその挫折」。
(8)　熱田公著『集英社版日本の歴史⑪天下一統』(平成四年〔一九九二〕)第四章二「三日天下」。
(9)　朝尾直弘著『大系日本の歴史⑧天下一統』(平成五年〔一九九三〕、小学館)一八九・一九〇頁。
(10)　浅見淵「解説」(『中山義秀全集第七巻』昭和四七年〔一九七二〕、新潮社)に次のように述べられている。

〝戦国の虫〟が承知しなかった。暗黒時代だった戦国時代は、上は信長から、下は末端の武将に到るまで、天下取りの夢を、すなわち〝戦国の虫〟を持たぬ者は誰一人いなかった。光秀の信長弑逆の原因に就いては、いろいろなことが言われているが、要するに〝戦国の虫〟に尽きるのではないかというのだ。そして、この新史観に立脚して明快に頷くように描き出し、円熟した老境の冴えた裁断振りを見せて成功している。

他に、平野謙「解説」(『日本の文学61中山義秀』昭和四二年〔一九六七〕、中央公論社)、瀬沼茂樹「作品解説」(『日本現代文学全集81阿部知二・中山義秀集』昭和四二年〔一九六七〕、講談社)も同様の見方を示している。

後記

日本の近現代文学史には、鷗外、芥川をはじめ多くの純文学系の歴史小説家が存在するが、その小説群は歴史小説として通時的・体系的に記述されず、大衆小説の一部、または各作家論の中で説明されるという異様な様相を呈している。その原因は、歴史小説を歴史家のなすべき歴史叙述の補完機能において位置づけ、歴史家が望むあるべき歴史叙述の代行行為を求めて逸脱を断罪する範疇論と、歴史小説家の創作目的、方法、表現との決定的な乖離、相互不信にあると考えられる。

本書第一章では文学史の記述上の問題の指摘、範疇論の分析により、純文学系の歴史小説が史実・史料準拠のみを第一義とする歴史叙述とは異なり、歴史的な時空間に展開される創造的な芸術的営為であることを論述している。また、第二章では鷗外の歴史小説、第三章では鷗外の影響下に独自の世界を拓いた六人の歴史小説家の作品の実証的な考察により、その多面的な芸術的営為を明らかにした。

現在、歴史小説の範疇に関する論説は百家争鳴の観があり、その論点は多岐にわたる。しかしながら、その議論は明治から現在に至る近現代歴史小説の展開を俯瞰的に捉えるとともに、その成立、変容、消長の様相と、それに関わる時代・社会・思潮などの諸条件を総合的に分析するところからなされなければならないであろう。決めつけ、断罪、排除の論理からは、いかなる生産的な議論も、真実の解明も、新たな評価もなしえないからである。

本書の礎稿は一部をのぞいて主にこの十年余の間に勤務先の紀要等に発表してきたものであるが、この度一書にまとめるにあたり新稿を加えて論拠を明示するとともに、若干の加筆・修正を行った。論点の変更はない。以下に備忘のために既発表論文の原題と発表誌名を挙げておく。

第一章　歴史小説の空間

第一節　歴史小説と歴史小説論……………新稿

第二節　歴史離れへの道……………………新稿

第三節　田宮虎彦の歴史小説観

原題「田宮虎彦『霧の中』私論」の「付論　田宮虎彦の歴史小説観」。「福島大学教育学部論集」第六八号、平成一二年（二〇〇〇）六月。

第二章　森鷗外の歴史小説

第一節　初稿「興津弥五右衛門の遺書」の位置—「死遅れ」を視点として—

原題同じ。「福島大学教育学部論集」第六五号、平成一〇年（一九九八）一二月。

第二節　「佐橋甚五郎」論—謁見の場の構図と日韓併合問題について—

原題「森鷗外『佐橋甚五郎』私論—謁見の場の構図と日韓併合問題について—」。「福島大学教育学部論集」第六三号、平成九年（一九九七）一二月。

第三節　「安井夫人」の問題—「歴史其儘」の苦悩—

原題同じ。「福島大学人間発達文化学類論集」第五号、平成一九年（二〇〇七）六月。

第四節　「栗山大膳」論—「見切り」をめぐって—

原題同じ。「福島大学教育学部論集」第六九号、平成一二年（二〇〇〇）一二月。

第五節　「ぢいさんばあさん」論

原題「森鷗外『ぢいさんばあさん』私論」。「福島大学教育学部論集」第六一号、平成八年（一九九六）一二月。

第六節　「最後の一句」私見

原題「森鷗外『最後の一句』私見」。「文芸研究」第九九集、昭和五七年（一九八二）一月。

第三章　歴史小説の展開

第一節　芥川龍之介「糸女覚え書」の構図

原題「『糸女覚え書』の構図」。「福島大学教育学部論集」第七〇号、平成一三年（二〇〇一）六月。

第二節　井伏鱒二「青ケ島大概記」の諷刺性

原題同じ。「福島大学教育学部論集」第七一号、平成一三年（二〇〇一）一二月。

第三節　田宮虎彦「霧の中」論

原題「田宮虎彦『霧の中』私論」。「福島大学教育学部論集」第六八号、平成一二年（二〇〇〇）六月。

第四節　大原富枝「婉という女」論―歴史小説と自伝小説―

原題同じ。「福島大学教育学部論集」第七六号、平成一六年（二〇〇四）六月。

第五節　井上靖「補陀落渡海記」論

原題同じ。「言文」第四六号、平成一〇年（一九九八）一二月。

第六節　中山義秀「咲庵」論―光秀反逆への「道」―

原題同じ。「福島大学教育学部論集」第七七号、平成一六年（二〇〇四）一二月。

近現代の歴史小説に関する研究的関心は、先に『芥川龍之介の歴史小説』（昭和五八年、教育出版センター）としてまとめる機会を得たが、そこで得た問題意識は鷗外をはじめとする他の歴史小説家に及ぶとともに、歴史物語にも通底するところがあり、並行した歩みはしばしば停滞することとなった。そのうち歴史物語『大鏡』に関する私見は『大鏡の史的空間』（平成一七年、風間書房）としてまとめた。今回、勤務先の在職期間が残り少ないことも視野に入れて研究生活の一応の中仕切りを意図したが、関係各位のご高配により本書の出版の機会を得たことは望外の喜びである。

本書の出版をご快諾いただいた和泉書院社長・編集長廣橋研三氏に心からお礼を申し上げる。なお、本書は勤務先福島大学の学術振興基金平成十九年度学術出版助成事業に基づき、福島大学叢書の一冊として刊行されるものであることを付記し、謝意を表する。

平成二十年一月二十日

勝倉壽一

福島大学叢書について

歴史的に見ると大学は永年にわたって人類知のトップリーダーでした。しかし、二一世紀のこんにち、自然・人文・社会科学などの分野において、人類知は大学の中だけにとどまらず、大学外の様々な方面に広がっているかのようです。大学とその役割の限界を指摘する声も聞かれるようになりました。しかし、わたくしたちは大学が教育と研究とに占めている位置は依然として大きいものと考えています。ただ単に膨大な知識を大学に集中し、博識を誇ることだけではなく、人類の知を総合的に受け継ぎ、分析を加え、若い世代をはじめとする多くの人々に引き継いでゆくことにおいて、大学はまだその果たすべき役割を求められているのです。

福島大学は創立以来半世紀以上、主として人文、社会科学の面で、教育者、研究者、公務担当者、経済人等を多く世に送り出すとともに、研究面でも研鑽を積んできました。二〇〇四年には共生システム理工学類が創設され、自然科学分野の教育、研究にもよりいっそうその翼を広げました。

わたくしたちは福島大学が永年蓄積し、分析検討し、展開してきた人類の知を「福島大学学術振興基金」の助成により、叢書として刊行してきました。今回、これまでの刊行事業を質、量ともにさらに発展させ、活字のかたちで地域に、日本に、世界に知の重要性を訴えかけて行きたいと念じています。

福島大学学術振興基金運営委員会

二〇〇七年一月

■著者略歴

勝倉壽一（かつくら　としかず）

昭和19年１月生まれ　福島県いわき市出身
東北大学文学部卒業・同大学院文学研究科修士課程修了
東北大学文学部助手、山形女子短期大学助教授、愛媛大学教養部助教授、福島大学教育学部助教授、同教授を経て、
現在、福島大学人文社会学群、文学・芸術学系、人間発達文化学類教授
博士（文学）、平成５年、東北大学
日本近世文学（秋成、近松、西鶴）、近代文学（鷗外、芥川、歴史小説）、平安文学（大鏡）専攻
著書
『雨月物語構想論』（昭和52年、教育出版センター）
『芥川龍之介の歴史小説』（昭和58年、教育出版センター）
『上田秋成の古典学と文芸に関する研究』（平成６年、風間書房）
『大鏡の史的空間』（平成17年、風間書房）
現住所　960-8157　福島市蓬莱町７丁目11-21

近代文学研究叢刊 39

歴史小説の空間
——鷗外小説とその流れ——

二〇〇八年三月一五日初版第一刷発行
（検印省略）

著者　勝倉壽一
発行者　廣橋研三
印刷所　太洋社
製本所　大光製本所
発行所　有限会社 和泉書院
大阪市天王寺区上汐五-三-八
〒五四三-〇〇〇二
電話　〇六-六七七一-一四六七
振替　〇〇九七〇-八-一五〇四三

装訂　井上二三夫　ISBN978-4-7576-0452-0 C3395

――森鷗外研究――

森鷗外研究 一		森鷗外研究会編	二一〇〇円
森鷗外研究 二		森鷗外研究会編	品切
森鷗外研究 三		森鷗外研究会編	二一〇〇円
森鷗外研究 四		森鷗外研究会編	二一〇〇円
森鷗外研究 五		森鷗外研究会編	二一〇〇円
森鷗外研究 六	特集 明治四十年代の鷗外	谷沢永一・山崎國紀編	三〇五九円
森鷗外研究 七		谷沢永一・山崎國紀編	四七二五円
森鷗外研究 八	特集 鷗外・歴史小説を考える	谷沢永一・山崎國紀編	五二五〇円
森鷗外研究 九		谷沢永一・山崎國紀編	四七二五円
森鷗外研究 十	特集『舞姫』を考える	谷沢永一・山崎國紀編	五二五〇円

（全十巻完結・価格は５％税込）